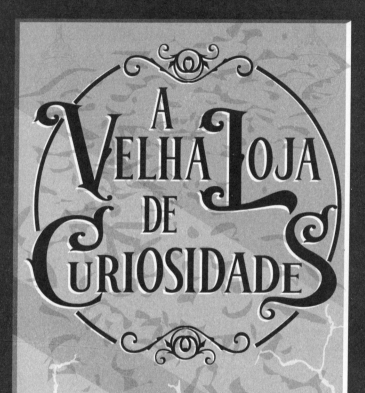

CHARLES DICKENS

A Velha Loja de Curiosidades

Tradução
Fábio Meneses Santos

02

Principis

Esta é uma publicação Principis, selo exclusivo da Ciranda Cultural
© 2021 Ciranda Cultural Editora e Distribuidora Ltda.

Traduzido do original em inglês
The old curiosity shop

Texto
Charles Dickens

Tradução
Fábio Meneses Santos

Preparação
Fernanda R. Braga Simon

Revisão
Agnaldo Alves
Valquíria Della Pozza

Produção editorial e projeto gráfico
Ciranda Cultural

Diagramação
Linea Editora

Imagens
Millena/shutterstock.com;
AKaiser/shutterstock.com

Dados Internacionais de Catalogação na Publicação (CIP) de acordo com ISBD

D548v	Dickens, Charles
	A velha loja de curiosidades: Tomo 2 / Charles Dickens ; traduzido por Fábio Meneses Santos. - Jandira, SP : Principis, 2021.
	320 p. ; 15,5cm x 22,6cm. - (Clássicos da literatura mundial)
	Tradução de: The old curiosity shop
	ISBN: 978-65-5552-317-1
	1. Literatura inglesa. 2. Romance. I. Santos, Fábio Meneses. II. Título. III. Série.
2021-516	CDD 823 CDU 821.111-31

Elaborado por Odilio Hilario Moreira Junior - CRB-8/9949

Índice para catálogo sistemático:
1. Literatura inglesa : Romance 823
2. Literatura inglesa : Romance 821.111-31

1ª edição em 2021
www.cirandacultural.com.br
Todos os direitos reservados.
Nenhuma parte desta publicação pode ser reproduzida, arquivada em sistema de busca ou transmitida por qualquer meio, seja ele eletrônico, fotocópia, gravação ou outros, sem prévia autorização do detentor dos direitos, e não pode circular encadernada ou encapada de maneira distinta daquela em que foi publicada, ou sem que as mesmas condições sejam impostas aos compradores subsequentes.

Sumário

Capítulo 39 359

Capítulo 40 366

Capítulo 41 375

Capítulo 42 383

Capítulo 43 393

Capítulo 44 400

Capítulo 45 410

Capítulo 46 417

Capítulo 47 428

Capítulo 48 435

Capítulo 49 445

Capítulo 50 452

Capítulo 51 462

Capítulo 52 469

Capítulo 53 480

Capítulo 54 487

Capítulo 55 498

Capítulo 56 505

Capítulo 57 516

Capítulo 58 523

Capítulo 59 534

Capítulo 60 541

Capítulo 61 552

Capítulo 62 559

Capítulo 63 569

Capítulo 64 576

Capítulo 65 587

Capítulo 66 593
Capítulo 67 609
Capítulo 68 619
Capítulo 69 627
Capítulo 70 638
Capítulo 71 645
Capítulo 72 654
Capítulo 73 663

Capítulo 39

Durante todo aquele dia, embora tenha esperado o senhor Abel até a noite, Kit manteve-se afastado da casa da mãe, determinado a não antecipar os prazeres do dia seguinte, mas deixá-los acontecer em seu ímpeto de alegria; pois amanhã seria a grande e longamente esperada ocasião de sua vida: amanhã seria o fim de seu primeiro trimestre, o dia em que receberia, pela primeira vez, uma quarta parte de sua renda anual de seis libras em uma vasta soma de trinta xelins, amanhã seria um meio-feriado dedicado a um turbilhão de entretenimentos, e o pequeno Jacob iria conhecer o sabor das ostras e ver uma peça.

Todos os tipos de incidentes se combinaram em favor da ocasião: não apenas o senhor e a senhora Garland o avisaram de que não pretendiam fazer nenhuma dedução por sua roupa da grande quantia, mas pagá-la integralmente, em toda a sua grandeza; não apenas o cavalheiro desconhecido aumentara o estoque na soma de cinco xelins, o que era um perfeito presente de deus e em si mesmo uma fortuna; não apenas aconteceram coisas que ninguém poderia ter previsto, ou ter esperado em seus sonhos mais loucos; mas era a folga de Bárbara também, a folga de Bárbara, naquele mesmo dia, e ela tinha meio-feriado tanto quanto Kit, e a mãe de

Bárbara iria participar da festa e tomar chá com a mãe de Kit e apurar suas afinidades.

Com certeza Kit olhou pela janela muito cedo naquela manhã a fim de ver para que lado as nuvens estavam voando, e com certeza Bárbara também estaria na dela se ela não tivesse ficado até tarde da noite engomando e passando pequenos pedaços de musselina, crimpando-os em babados e costurando-os em outras peças para formar magníficas peças para o dia seguinte. Os dois acordaram muito cedo para tudo isso e tinham pouco apetite para o café da manhã e menos para o jantar, e estavam em um estado de grande excitação quando a mãe de Bárbara entrou, com relatos surpreendentes sobre o bom tempo fora de casa (apesar de um guarda-chuva muito grande, pois pessoas como a mãe de Bárbara raramente saíam nos feriados sem ele), e quando a campainha tocou para que subissem as escadas e recebessem o dinheiro do trimestre em ouro e prata.

Bem, o senhor Garland foi gentil quando disse "Christopher, aqui está o seu dinheiro, e você o mereceu", e a senhora Garland foi gentil quando disse "Bárbara, aqui está a sua parte, e estou muito satisfeita com você", e Kit assinou seu nome em negrito no recibo, e Bárbara assinou seu nome trêmula; e foi lindo ver como a senhora Garland serviu uma taça de vinho para a mãe de Bárbara; e a mãe de Bárbara elevou suas preces ao dizer "Aqui a estou abençoando, senhora, como uma boa dama, e a você, senhor, como um bom cavalheiro, e Bárbara, com meu amor para você, e aqui está para você também, senhor Christopher"; e ela bebeu por tanto tempo como se fosse um copo d'água; e ela parecia educada, parada ali com suas luvas; e houve muitas risadas e conversas entre eles enquanto revisavam todas essas coisas no topo da carruagem, e eles tiveram pena das pessoas que não podiam ter suas férias!

Mas, voltando à mãe de Kit, ninguém imaginava que ela vinha de uma boa linhagem e que foi uma dama durante toda a vida! Lá estava ela, pronta para recebê-los, com uma baixela para servir chá que poderia sustentar o estoque de uma loja de porcelanas; e o pequeno Jacob e o bebê em tal estado de perfeição que suas roupas pareciam novas, embora Deus saiba que elas eram suficientemente usadas! Não fazia nem cinco minutos que estavam sentados juntos quando ela disse que a mãe de Bárbara era exatamente o tipo de senhora que ela esperava, e a mãe de Bárbara disse que a mãe de Kit era a própria imagem do que ela imaginava, e a mãe de Kit cumprimentou a mãe de Bárbara por sua filha, e a mãe de Bárbara elogiou a mãe de Kit por seu filho, e a própria Bárbara estava fascinada com o pequeno Jacob, e, como uma criança sempre se exibe quando é desejada, aquela criança fez amizade quanto pôde!

– E nós duas também somos viúvas! – disse a mãe de Bárbara. – Devemos ter sido feitas para sermos amigas.

– Não tenho dúvida sobre isso – respondeu a senhora Nubbles. – E que pena que não nos conhecemos antes.

– Mas então, você sabe, é um prazer – disse a mãe de Bárbara – termo-nos encontrado por meio dos nossos filhos, e isso já é uma grande bênção, não acha?

Para isso, a mãe de Kit cedeu seu consentimento total, e, rastreando as coisas em suas causas e efeitos, elas naturalmente voltaram aos seus falecidos maridos e, comparando suas vidas, mortes e sepultamentos, através de documentos e notas, descobriram várias circunstâncias que correspondiam com exatidão impressionante. O pai de Bárbara era exatamente quatro anos e dez meses mais velho que o pai de Kit, e um deles tendo morrido em uma quarta-feira e o outro em uma quinta-feira, e ambos foram pessoas muito boas e eram extremamente bonitos, além de outras coincidências extraordinárias. Como essas lembranças tinham tudo para lançar uma sombra sobre a claridade do feriado, Kit desviou a conversa para assuntos gerais, que logo ganharam grande força novamente, e tão alegres quanto antes. Entre outras coisas, Kit contou-lhes sobre seu antigo emprego e a extraordinária beleza de Nell (de quem ele já havia falado com Bárbara mil vezes); mas a menção desse assunto não gerou nenhum interesse em seus ouvintes, como ele havia suposto, e até mesmo sua mãe disse (olhando acidentalmente para Bárbara ao mesmo tempo) que não havia dúvida de que a senhorita Nell era muito bonita, mas ela era, afinal de contas, apenas uma criança, e havia muitas moças tão bonitas quanto ela; e Bárbara disse delicadamente que ela também pensava assim, e que ela acreditava que o senhor Christopher devia estar equivocado, fato que deixou Kit muito admirado, não entendendo as razões que ela tinha para duvidar dele. A mãe de Bárbara também observou que era muito comum os jovens mudarem por volta dos 14 ou 15 anos e, embora fossem muito bonitos até então, cresciam sendo bastante simples; essa verdade ela ilustrou com muitos exemplos convincentes, especialmente o de um jovem que, sendo um construtor com grandes perspectivas, tinha sido atencioso com Bárbara, mas a quem Bárbara nada tinha a dizer, o que (embora tudo tenha acontecido sem nenhum problema) ela chegou a pensar que era uma pena. Kit disse que também pensava assim, e disse isso honestamente, e se perguntou o que deixara Bárbara tão calada em seguida e por que sua mãe olhou para ele como se ele não devesse ter dito isso.

No entanto, já era hora de pensar na peça, que requeria uma grande preparação, na forma de xales e gorros, sem falar de um lenço cheio de laranjas e outro de maçãs, que demoraram para amarrar, em razão de as frutas tenderem a rolar pelos cantos. Por fim, tudo ficou pronto, e eles saíram muito rápido, a mãe de Kit carregando o bebê, que estava terrivelmente acordado, e Kit segurando o pequeno Jacob em uma mão e acompanhando Bárbara com a outra, em um arranjo que levou as duas mães, que caminhavam atrás, a declarar que pareciam bastante uma família, e fez com que Bárbara corasse e dissesse "agora não, mãe!", mas Kit disse que não ligasse para o que elas diziam; e, de fato, não precisava, se soubesse quão longe dos pensamentos de Kit estava qualquer ato de amor. Pobre Bárbara!

Por fim, eles chegaram ao teatro Astley: e, cerca de dois minutos depois de terem alcançado a porta ainda fechada, o pequeno Jacob foi espremido, e o bebê recebeu vários sacolejos, e o guarda-chuva da mãe de Bárbara foi carregado a vários metros de distância e voltou para ela sobre os ombros do povo, e Kit bateu na cabeça de um homem com o lenço de maçãs por "arranhar" sua mãe com violência desnecessária, e houve um grande alvoroço. Mas, uma vez que já haviam passado a bilheteria e seguido adiante com seus bilhetes nas mãos, e, acima de tudo, quando eles estavam no teatro e sentados em lugares que não poderiam ser melhores se eles os tivessem escolhido de antemão, tudo isso foi visto como uma grande piada e uma parte necessária do entretenimento.

Minha gente, que lugar era aquele Astley! Com toda a pintura, detalhes dourados e espelhados, o leve cheiro de cavalos que sugere as maravilhas que virão; a cortina que escondia mistérios tão lindos; a serragem branca e limpa do circo; a companhia entrando e ocupando seus lugares; os violinistas olhando descuidadamente para eles enquanto afinavam seus instrumentos, como se não quisessem que a peça começasse e soubessem de tudo de antemão! Que brilho foi aquele que explodiu sobre todos eles, quando aquela longa, clara e brilhante fileira de luzes surgiu lentamente; e que excitação febril quando o sininho tocou e a música começou de verdade, com pautas fortes para os tambores e efeitos suaves para os triângulos! Bem, a mãe de Bárbara disse à mãe de Kit que a galeria era o lugar perfeito para se ver e pensou se não seria muito mais cara do que os camarotes; e Bárbara não sabia se ria ou chorava, em sua vibração de alegria.

Enfim, começou o espetáculo! Os cavalos que o pequeno Jacob desde o início acreditou serem verdadeiros, e as senhoras e senhores de cuja realidade ele não podia ser de forma alguma persuadido, por nunca ter visto ou ouvido algo parecido com eles, o disparo do revólver, que fez Bárbara piscar, a desamparada que a fez chorar, o tirano que a fez tremer, o homem que cantou a canção com a donzela e dançou o coro que a fez sorrir, o pônei que se empinou nas patas traseiras quando viu o assassino e não quis ouvir falar de andar de quatro novamente até ser levado sob custódia, o palhaço que abusou da sua familiaridade com o militar de botas, a senhora que saltou sobre vinte e nove fitas e desceu em segurança nas costas do cavalo, tudo era encantador, esplêndido e surpreendente! O pequeno Jacob aplaudiu até que suas mãos doeram; Kit gritou "an–kor" no final de tudo, incluindo a peça em três atos; e a mãe de Bárbara bateu com o guarda-chuva no chão, em êxtase, até que ele estivesse quase totalmente destruído.

Em meio a todo esse fascínio, os pensamentos de Bárbara pareciam ainda estar girando em torno do que Kit havia dito na hora do chá, pois, quando eles estavam saindo da peça, ela perguntou a ele, com um sorriso histérico, se a senhorita Nell era tão bonita quanto a senhora que pulou as fitas.

– Tão bonita quanto ela? – disse Kit. – O dobro de beleza.

– Ah, Christopher! Tenho certeza de que ela era a criatura mais bonita que já existiu – disse Bárbara.

– Absurdo! – Kit respondeu. – Ela tinha boa aparência, não nego; mas pense em como ela estava vestida e pintada, e que diferença isso fazia. Porque VOCÊ é muito mais bonita do que ela, Bárbara.

– Oh, Christopher! – disse Bárbara, olhando para baixo.

– Você é, todos os dias – disse Kit –, e sua mãe também. – Pobre Bárbara!

Mas o que foi tudo isso, tudo isso mesmo, em comparação ao esbanjamento extraordinário que se seguiu, quando Kit, entrando em um restaurante de ostras tão naturalmente como se vivesse ali, e sem olhar muito para o balcão ou para o homem atrás dele, conduziu seu grupo para um local reservado, uma sala privada, ornada com cortinas vermelhas, toalha de mesa branca e galheteiro completo, e pediu a um cavalheiro altivo de bigodes, que atuava como garçom e o chamou, a ele, Christopher Nubbles, de "senhor", para trazer três dúzias de suas ostras maiores, e para caprichar! Sim, Kit disse a esse cavalheiro para que caprichasse, e ele não apenas disse que o faria, mas realmente o fez, e logo voltou correndo com os pães mais quentes, e a manteiga mais fresca e as maiores ostras já vistas. Então Kit disse a esse cavalheiro "um bule de cerveja", exatamente assim, e o cavalheiro, em vez de responder "Senhor, você se dirigiu a mim?", disse apenas "Uma caneca de cerveja? Claro, senhor!" e foi buscá-la, e colocou-a sobre a mesa em um pequeno decantador, como os que os cães dos cegos carregam na boca pelas ruas, para recolher as moedas; e a mãe de Kit e a mãe de Bárbara disseram, quando ele se virou, que ele era um dos rapazes mais elegantes e graciosos que já tinham visto.

Então eles começaram a dar cabo da ceia para valer; e lá estava Bárbara, aquela Bárbara tola, declarando que não podia comer mais do que duas, e esperando mais pressão do que você imagina para aceitar comer quatro, embora sua mãe e a mãe de Kit compensassem muito bem, e comeram e riram e se divertiram tanto que fez bem a Kit vê-las assim, e ele sorriu e comeu da mesma forma por simpatia. Mas o maior milagre da noite foi o pequeno Jacob, que comeu ostras como se tivesse nascido e criado para aquilo, borrifou a pimenta e o vinagre com um cuidado além da sua idade, e depois construiu uma gruta na mesa com as conchas vazias. Lá estava o bebê também, que não pregou os olhos a noite toda, mas ficou sentado e muito bem-comportado, tentando enfiar uma laranja grande em sua boca e olhando atentamente para as luzes do lustre, lá estava ele, sentado no colo da mãe, olhando para a chama sem piscar e marcando seu rosto macio com uma concha de ostras, a tal ponto que um coração de ferro se derreteria por ele! Em suma, nunca houve uma ceia tão prazerosa; e, quando Kit pediu um copo de uma bebida quente para terminar e propôs um brinde ao senhor e à senhora Garland antes de engolir, não havia seis pessoas mais felizes em todo o mundo.

Mas toda felicidade tem um fim, daí o principal prazer em começar de novo, e, como agora estava ficando tarde, eles concordaram que era hora de voltar para casa. Então, depois de se desviar um pouco do caminho para deixar Bárbara e sua mãe em segurança na casa de um amigo, onde deveriam passar a noite, Kit e sua mãe os deixaram na porta, com um compromisso para retornar a Finchley na manhã seguinte, e muitos planos para a nova diversão no próximo trimestre. Então, Kit pegou o pequeno Jacob nas costas e, dando o braço à sua mãe e um beijo no bebê, caminharam alegremente para casa juntos.

Capítulo 40

Sentindo aquele tipo vago de penitência que os feriados despertam na manhã seguinte, Kit saiu ao nascer do sol e, com sua fé nas alegrias da noite anterior um pouco abalada pela luz fria do dia e o retorno aos deveres e ocupações do dia a dia, foi ao encontro de Bárbara e da mãe dela no local combinado. E, tomando cuidado para não despertar ninguém de sua pequena família, que ainda descansava de suas atividades incomuns, Kit deixou seu dinheiro na chaminé, com uma inscrição em giz chamando atenção de sua mãe para aquilo e informando-a de que a quantia vinha de seu filho obediente; e seguiu seu caminho, com o coração um pouco mais pesado do que os bolsos, mas livre de qualquer preocupação maior, apesar de tudo.

Oh, as férias! Por que elas sempre nos deixam algum arrependimento? Por que não podemos retrocedê-los apenas uma ou duas semanas em nossa memória, de modo a colocá-las de uma vez naquela distância conveniente, de onde podem ser vistas com uma indiferença serena ou com um agradável esforço de lembrança? Por que elas pairam sobre nós, como o sabor do vinho da véspera, sugestivo de dores de cabeça e tontura, e aquelas boas intenções para o futuro, que, sob a terra, formam o pavimento duradouro de uma grande propriedade, mas sobre ela, geralmente, só duram até a hora do jantar, se tanto?

Quem vai se perguntar se Bárbara estava com dor de cabeça ou se a mãe de Bárbara estava disposta a ficar azeda, ou se ela avaliou mal a apresentação do Astley e achou que o palhaço parecia mais velho do que eles imaginaram na noite anterior? Kit não ficou surpreso ao ouvi-la dizer isso, não ele. Ele já tinha desconfiado de que os atores inconstantes naquele espetáculo deslumbrante estiveram fazendo a mesma coisa na noite de anteontem e fariam de novo naquela noite, e na seguinte, e por semanas e meses, embora ele não estivesse lá para ver. Essa é a diferença entre ontem e hoje: estamos todos indo para um teatro ou voltando dele para casa.

No entanto, até o sol é fraco logo quando nasce e ganha força e coragem com o passar do dia. Aos poucos, eles começaram a se lembrar cada vez mais das coisas agradáveis, até que, entre falar, andar e rir, chegaram a Finchley com tanto bom humor que a mãe de Bárbara disse que nunca se sentira tão bem-disposta ou de tão bom humor antes. E Kit afirmou estar assim também. Bárbara ficara em silêncio o dia todo, mas disse que ela também. Pobre Bárbara! Ela estava muito quieta.

Eles chegaram em casa em tão boa hora que Kit escovou o pônei e o deixou tão elegante quanto um cavalo de corrida antes que o senhor Garland descesse para o café da manhã, conduta pontual e laboriosa que a velha senhora, o velho cavalheiro e o senhor Abel exaltaram muito. Em sua hora habitual (ou melhor, em seu minuto e segundo habituais, pois ele era a alma da pontualidade), o senhor Abel partiu, para ser ultrapassado pela carruagem de Londres, e Kit e o velho cavalheiro foram trabalhar no jardim.

Este não era o pior dos empregos de Kit. Em um dia bom, eles pareciam estar em uma grande festa familiar, a velha senhora sentada, com seu cesto de trabalho sobre uma mesinha, o velho cavalheiro cavando, podando ou aparando com uma grande tesoura ou ajudando Kit de uma forma ou de outra com grande atenção, e Whisker olhando de seu *paddock* em plácida contemplação de todos eles. Nesse dia eles deveriam aparar a videira, então

Kit subiu até a metade de uma escada curta e começou a cortar e martelar, enquanto o velho cavalheiro, com grande atenção em suas ações, entregava os pregos e fragmentos de tecido quando Kit precisava deles. A senhora e Whisker continuaram observando, como de costume.

– Bem, Christopher – disse o senhor Garland –, então você fez um novo amigo, hein?

– Perdão, senhor, como? – Kit voltou, olhando do alto da escada.

– Você fez um novo amigo, ouvi sobre o caso do senhor Abel – disse o velho cavalheiro – no escritório!

– Oh! Sim senhor, sim. Ele foi muito educado comigo, senhor.

– Fico feliz em saber disso – respondeu o velho cavalheiro com um sorriso. – Ele está disposto a se comportar melhor ainda, Christopher.

– Realmente, senhor! É muito gentil da parte dele, mas desnecessário, tenho certeza – disse Kit, martelando com força um prego resistente.

– Ele está bastante ansioso – prosseguiu o velho cavalheiro – por contar com os seus serviços. Cuidado com o que está fazendo, ou você pode cair e se machucar.

– Para ter-me ao seu serviço, senhor? – exclamou Kit, que havia parado de repente em seu trabalho e se virava para a escada como um hábil acróbata. – Ora, senhor, não acho que ele possa ser sincero quando diz isso.

– Mas ele certamente foi sincero – disse Garland. – E ele disse isso ao senhor Abel.

– Nunca ouvi tal proposta! – murmurou Kit, olhando com tristeza para seu mestre e sua senhora. – Eu me admirei com ele, realmente.

– Veja, Christopher – disse o senhor Garland –, este é um ponto de muita importância para você, e você deve entendê-lo e considerá-lo sob esse prisma. Esse cavalheiro é capaz de dar-lhe mais dinheiro do que eu... Espero que não para manter a relação entre senhor e servo com mais bondade e confiança, como a nossa, mas certamente, Christopher, para lhe dar mais dinheiro.

– Bem – disse Kit –, visto desse modo, senhor...

– Espere um pouco – interpôs o senhor Garland. – Isso não é tudo. Você foi um criado muito fiel aos seus antigos empregadores, pelo que entendi, e, se esse cavalheiro os trouxesse de volta, como é seu objetivo conseguir por todos os meios ao seu alcance, não tenho dúvida de que você, estando a seu serviço, receberá sua recompensa. Além disso – acrescentou o velho cavalheiro com ênfase mais forte –, o prazer de reencontrar aqueles a quem você parece ter uma ligação forte e desinteressada. Você deve considerar tudo isso, Christopher, e não ser apressado ou precipitado em sua escolha.

Kit sofreu uma pontada, uma pancada momentânea, ao manter a resolução que já havia tomado, quando este último argumento passou rapidamente por seus pensamentos e trouxe à tona a possibilidade de realização de todas as suas esperanças e sonhos. Mas tudo sumiu em um minuto, e ele respondeu com firmeza que o cavalheiro deveria cuidar de achar outra pessoa, como ele imaginou que poderia ter feito logo de início.

– Ele não tem o direito de imaginar que eu seria convencido por ele, senhor – disse Kit, virando-se novamente depois de meio minuto de martelar. – Ele acha que sou idiota?

– Ele pode, talvez, Christopher, se você recusar a oferta – disse o senhor Garland gravemente.

– Então deixe que pense, senhor – retrucou Kit. – O que me importa, senhor, o que ele pensa? Por que eu deveria me importar com o pensamento dele, senhor, quando eu sei que eu seria um tolo, e, pior do que isso, senhor, para deixar o mestre e a senhora mais gentis que já conheci, que tiraram das ruas este rapaz muito pobre e faminto, de fato, mais pobre e faminto talvez do que possa imaginar, senhor, para correr até ele ou atrás de qualquer pessoa? Se a senhorita Nell voltasse, senhora – acrescentou Kit, voltando-se repentinamente para a patroa –, isso sim poderia ser diferente, e talvez se ela me quisesse, poderia pedir-lhe de vez em quando para me deixar trabalhar para ela quando tudo estivesse feito aqui em casa. Mas, quando ela voltar, vejo agora que será rica, como o velho mestre sempre disse que seria, e, sendo uma jovem rica, o que ela poderia querer de mim? Não, não – acrescentou Kit, balançando a cabeça pesarosamente –, ela nunca mais vai me querer e, abençoada seja, espero que nunca queira, embora eu ainda queira vê-la!

Aqui, Kit cravou um prego na parede com muita força, muito mais forte do que o necessário, e, tendo feito isso, voltou a se virar.

– Aí está o pônei, senhor – disse Kit. – Whiskers, senhora, e ele sabe tão bem que estou falando dele que começa a relinchar imediatamente, senhor. Ele deixaria alguém se aproximar dele além de mim, senhora? Aqui está o jardim, senhor, e o senhor Abel, senhora. O senhor Abel se separaria de mim, senhor, ou há alguém que poderia gostar mais do jardim, senhora? Isso partiria o coração de minha mãe, senhor, e até mesmo o pequeno Jacob teria bom senso o suficiente para chorar, senhora, se ele imaginasse que o senhor Abel quisesse se separar de mim tão cedo, depois de ter me dito, ainda outro dia, que ele esperava que pudéssemos passar juntos os próximos anos...

Não há como dizer por quanto tempo Kit teria ficado na escada, dirigindo-se alternadamente a seu mestre e a sua senhora, e geralmente se voltando para a pessoa errada, se Bárbara não tivesse, naquele momento, vindo correndo para dizer que um mensageiro do escritório havia trazido um bilhete que, com uma expressão de alguma surpresa pela voz de Kit, ela colocou nas mãos de seu mestre.

– Oh! – disse o velho senhor depois de lê-lo –, peça ao mensageiro que venha até aqui.

Com Bárbara tropeçando para fazer o que ele mandou, ele se virou para Kit e disse que eles não iriam prosseguir com o assunto e que Kit não poderia estar mais relutante em se separar deles do que eles estariam em se separar de Kit, um sentimento que a velha senhora muito generosamente fez ecoar.

– Ao mesmo tempo, Christopher – acrescentou o senhor Garland, olhando para o bilhete em sua mão –, se o cavalheiro quiser pegá-lo emprestado de vez em quando por uma hora ou mais, ou mesmo por um dia ou mais, de cada vez, devemos consentir em lhe emprestar, e você deve consentir em ser emprestado. – Oh!, aqui está o jovem cavalheiro. Como vai, senhor?

Essa saudação foi dirigida ao senhor Chuckster, que, com seu chapéu extremamente para um lado e o cabelo muito além dele, veio marchando pela calçada.

– Espero vê-lo bem, senhor – respondeu o cavalheiro. – Espero vê-la bem, senhora. Encantadora sua casa. Uma bela propriedade, certamente.

– Você quer levar Kit de volta com você, suponho – observou o senhor Garland.

– Tenho uma carruagem à espera, alugada para esse propósito – respondeu o atendente. – Com um belo cavalo cinza naquele táxi, senhor, se for um bom conhecedor de cavalos.

Recusando-se a inspecionar o cavalo cinza, alegando que ele mal conhecia esses assuntos e que não saberia apreciar suas belezas, o senhor Garland convidou o senhor Chuckster para participar de uma refeição leve no almoço. Aquele cavalheiro aceitou de pronto, e algumas comidas frias, acompanhadas de cerveja e vinho, foram rapidamente servidas para seu prazer.

Nessa refeição, o senhor Chuckster usou suas melhores habilidades para encantar seus anfitriões e impressioná-los com a convicção da inteligência superior dos moradores da cidade; com essa visão, levou o assunto para um pequeno escândalo da época, no qual foi considerado por seus amigos como um orador brilhante. Assim, ele estava em condições de relatar as circunstâncias exatas da disputa entre o marquês de Mizzler e lorde Bobby, que parecia ter origem em uma garrafa de champanhe, e não em uma torta de aves, como erroneamente relatavam os jornais; nem lorde Bobby disse ao marquês de Mizzler, "Mizzler, um de nós dois contou uma mentira, e não sou eu esse homem", como afirmado incorretamente pelas mesmas autoridades; mas "Mizzler, você sabe onde posso ser encontrado e, diabos, senhor, encontre-me se quiser", o que, é claro, mudou inteiramente o aspecto dessa disputa interessante e a colocou sob um prisma bem diferente. Ele também informou a eles sobre o valor exato da renda garantida pelo duque de Thigsberry a Violetta Stetta, da Ópera Italiana, que parecia ser paga trimestralmente, e não semestralmente, como o público havia sido informado, e que era excluindo, e não incluindo (como havia sido monstruosamente declarado), as joias, perfumaria, pó de cabelo para cinco lacaios e duas trocas diárias de luvas de pelica para um pajem. Tendo suplicado à velha senhora e ao cavalheiro que se tranquilizassem sobre esses pontos importantes, pois eles poderiam confiar que sua declaração era a correta, o senhor Chuckster os entreteve com bate-papos teatrais e a circular do tribunal; e assim encerrou uma conversa brilhante e fascinante que ele manteve sozinho, e sem nenhuma ajuda, por mais de três quartos de hora.

– E agora que o resmungão recuperou o fôlego – disse o senhor Chuckster levantando-se graciosamente – receio ter de partir.

Nem o senhor nem a senhora Garland se opuseram a que ele se afastasse (sentindo, sem dúvida, que tal homem deveria ser importante na sua área de atuação), e portanto o senhor Chuckster e Kit deviam estar um pouco adiante a caminho da cidade, Kit empoleirado na caixa do cabriolé ao lado do motorista, e o senhor Chuckster sentado solitário lá dentro, com uma de suas botas saindo de cada uma das janelas da frente.

Quando chegaram à casa do tabelião, Kit entrou no escritório e foi orientado pelo senhor Abel que se sentasse e esperasse, pois o cavalheiro que o chamara havia saído e talvez demorasse algum tempo para voltar. Essa hipótese foi rigorosamente acertada, pois Kit jantou, tomou seu chá, leu todas as amenidades na Lista de Leis e no Catálogo dos Correios e adormeceu muitas vezes antes que o cavalheiro, a quem ele tinha visto antes, entrasse, finalmente, com muita pressa.

Ele ficou fechado com o senhor Witherden por algum tempo, e o senhor Abel foi chamado para ajudar na conversa, antes que Kit, perguntando-se o que desejavam dele, fosse chamado para comparecer.

– Christopher – disse o cavalheiro, voltando-se diretamente para ele ao entrar na sala –, encontrei seu velho mestre e sua jovem companhia.

– Não, senhor! Você os encontrou? – Kit respondeu, seus olhos brilhando de alegria. – Onde eles estão, senhor? Como estão eles, senhor? Eles estão... eles estão perto daqui?

– Muito longe daqui – respondeu o cavalheiro, balançando a cabeça. – Mas vou embora nesta noite para trazê-los de volta e quero que você vá comigo.

– Eu, senhor?! – gritou Kit, cheio de alegria e surpresa.

– O lugar – disse o estranho cavalheiro, voltando-se pensativamente para o tabelião – indicado por esse treinador de cachorros fica a que distância daqui? Umas sessenta milhas?

– De sessenta a setenta.

– Hum! Se viajarmos pela carruagem do correio a noite toda, chegaremos lá em boa hora amanhã de manhã. A única questão é: como eles não me conhecem, e a criança, Deus a abençoe, pensaria que qualquer estranho que os seguisse ameaçaria a liberdade de seu avô, posso fazer melhor do que levar este rapaz, a quem ambos conhecem e se lembrarão prontamente, como uma garantia para eles de minhas intenções amigáveis?

– Certamente que não – respondeu o notário. – Leve Christopher, sem dúvida nenhuma.

– Perdão, senhor – disse Kit, que tinha ouvido esse discurso com um semblante preocupado –, mas, se for esse o motivo, receio que deva fazer mais mal do que bem. A senhorita Nell, senhor, ela me conhece e confiaria em mim, tenho certeza, mas o velho mestre, não sei por quê, senhores, ninguém sabe por quê, não suportava me ver depois de adoecer, e a própria senhorita Nell me disse que eu não deveria me aproximar dele nem permitir que ele me visse mais. Posso estragar tudo o que você está planejando fazer se fosse acompanhá-lo, infelizmente. Eu daria o mundo para ir, mas é melhor você não me levar, senhor.

– Mais uma dificuldade! – exclamou o cavalheiro impetuoso. – Já foi algum homem tão assediado como eu? Não há mais ninguém que os conheça, ninguém mais em quem tivessem confiança? Por mais solitária que fosse a vida deles, não havia ninguém que pudesse servir ao meu propósito?

– Alguém, Christopher? – perguntou o notário.

– Ninguém, senhor – respondeu Kit. – Sim, porém há minha mãe.

– Eles a conheciam? – disse o cavalheiro solteiro.

– Conheciam, senhor! Porque ela estava sempre perambulando. Eles foram tão gentis com ela quanto foram comigo! Deus o abençoe, senhor, ela esperava que eles voltassem para a casa dela.

– Então onde diabos está a mulher? – disse o cavalheiro impaciente, pegando o chapéu. – Por que ela não está aqui? Por que essa mulher está sempre distante quando mais precisamos dela? – Em uma palavra, o cavalheiro solteiro estava saindo do escritório decidido a colocar as mãos violentas sobre a mãe de Kit, forçando-a a entrar na carruagem e levando-a embora, quando essa tentativa de abdução foi, com alguma dificuldade, evitada pelos esforços do senhor Abel e do tabelião, que o contiveram com seus protestos e o convenceram a sondar Kit sobre a probabilidade de ela ser capaz e estar disposta a empreender tal jornada sem ser avisada com antecedência.

Isso suscitou algumas dúvidas por parte de Kit, algumas manifestações violentas por parte do cavalheiro solteiro e muitos discursos calmantes por parte do notário e do senhor Abel. O resultado do negócio foi que Kit, depois de pesar o assunto em sua mente e pensar cuidadosamente, prometeu, em nome de sua mãe, que ela estaria pronta dentro de duas horas a partir daquele momento para seguir com a expedição e comprometida a estar disponível naquele local, em todos os aspectos equipada e preparada para a viagem, antes que o período especificado tivesse expirado.

Tendo feito essa promessa, que foi um tanto ousada, e não particularmente fácil de ser entregue, Kit não perdeu tempo em escapar e tomar medidas para seu cumprimento imediato.

Capítulo 41

Kit caminhou pelas ruas movimentadas, dividindo o fluxo de pessoas, correndo pelas ruas movimentadas, mergulhando em vielas e becos e parando ou olhando para os lados sem motivo aparente, até que ele chegou na frente da Velha Loja de Curiosidades, quando ele finalmente parou, em parte por hábito, em parte por estar sem fôlego.

Era uma noite tenebrosa de outono, e ele pensou que o antigo lugar nunca parecera tão sombrio como em seu crepúsculo sombrio. As janelas quebradas, as persianas enferrujadas chacoalhando em suas molduras, a casa deserta formavam uma barreira monótona que separava as luzes brilhantes da agitação da rua em duas longas filas, e, parada no meio, fria, escura e vazia, a casa exibia um triste espetáculo que contrastava com as perspectivas brilhantes que o menino vinha alimentando para seus moradores anteriores e surgia como uma decepção ou infortúnio. Kit imaginava um fogo vivo, acendendo as chaminés vazias, luzes cintilando e brilhando através das janelas, pessoas movendo-se rapidamente de um lado para o outro, vozes em conversas animadas, algo em uníssono com as novas esperanças que surgiam. Ele não esperava que a casa tivesse nenhum aspecto diferente, apesar de saber que não deveria, mas, ao se deparar com ela em meio a pensamentos e expectativas positivas, a realidade freou a corrente de otimismo e a escureceu com uma triste sombra.

Kit felizmente não era erudito ou contemplativo o suficiente para ser incomodado com presságios do mal à frente, e, não tendo óculos mentais para auxiliar sua visão a esse respeito, nada viu além da casa nebulosa, que estremeceu desconfortavelmente seus pensamentos anteriores. Assim, quase desejando não ter passado ali, embora sem saber por quê, voltou a correr, recuperando com o aumento da velocidade os poucos momentos que havia perdido.

– Agora, e se ela estiver fora – pensou Kit, ao se aproximar da pobre morada de sua mãe –, e eu não for capaz de encontrá-la, aquele cavalheiro impaciente vai ficar zangado. E com certeza não há luz, e a porta está trancada. Agora, Deus me perdoe por dizer isso, mas, se isso é obra de Little Bethel, eu gostaria que Little Bethel estivesse... estivesse muito longe – disse Kit se controlando e batendo na porta.

Uma segunda batida não trouxe resposta de dentro da casa, mas fez com que uma mulher no caminho olhasse e perguntasse quem era, procurando a senhora Nubbles.

– Eu – disse Kit. – Ela está em... em Little Bethel, suponho? – dizendo o nome do desagradável templo com alguma relutância e dando ênfase maldosa às palavras.

A vizinha concordou com a cabeça.

– Então, por favor, diga-me onde está – disse Kit –, pois vim para tratar de um assunto urgente e devo ir buscá-la, mesmo que ela estivesse no púlpito.

Não foi muito fácil obter orientação para o redil em questão, pois nenhum dos vizinhos pertencia ao rebanho que ali se concentrava, e poucos conheciam mais do que o nome. Por fim, uma amiga de fofocas da senhora Nubbles, que a acompanhara à capela em uma ou duas ocasiões, quando uma agradável xícara de chá havia precedido suas devoções, forneceu as informações necessárias, e Kit, assim que as recebeu, começou sua busca novamente.

Little Bethel poderia estar mais perto e poderia estar em um caminho mais reto, embora, nesse caso, o reverendo que presidia aquela congregação teria perdido sua alusão favorita aos caminhos tortuosos que levavam a ela e que lhe permitiam compará-la ao próprio Paraíso, em contraste com a igreja paroquial e a ampla avenida que conduz a ela. Kit encontrou, finalmente, depois de alguns problemas, e, parando na porta para respirar a fim de que pudesse entrar com decência adequada, entrou na capela.

O nome vinha bem a calhar, pois na verdade era um templo bem pequeno, com um pequeno número de pequenos bancos e um pequeno púlpito, no qual um pequeno cavalheiro (por ofício, sapateiro e, por vocação, pastor) estava proferindo em uma voz nada pequena um sermão nada pequeno, julgando suas dimensões pelo tamanho do seu público, que, apesar de a quantidade total ser diminuta, contava com um número ainda menor de ouvintes, pois a maioria estava cochilando.

Entre eles estava a mãe de Kit, que, encontrando extrema dificuldade em manter os olhos abertos após o cansaço da noite anterior e sentindo-se inclinada a fechá-los fortemente apoiada pelo discurso do pastor, cedeu à sonolência que a dominava e adormeceu; embora não tão profundamente, mas ela podia, de vez em quando, emitir um gemido leve e quase inaudível, como se em reconhecimento às doutrinas do orador. O bebê em seus braços estava dormindo tanto quanto ela; e o pequeno Jacob, cuja juventude o impedia de reconhecer nesse prolongado alimento espiritual algo tão interessante quanto as ostras, estava ora dormindo profundamente, ora acordado, conforme sua propensão para dormir ou seu terror de ser pessoalmente citado no discurso que ganhava no domínio sobre ele.

"E agora estou aqui", pensou Kit, deslizando para o banco vazio mais próximo, que ficava em frente ao de sua mãe e do outro lado do pequeno corredor. "Como vou conseguir chegar até ela ou convencê-la a sair? É como se eu estivesse a quilômetros de distância dela... Ela nunca vai acordar antes que isso acabe, e lá vai o relógio avançando de novo! Se ele parasse por um minuto, ou se eles apenas começassem a cantar..."

Mas houve pouca indicação que o levasse a acreditar que qualquer um dos eventos aconteceria nas próximas horas. O pregador continuou dizendo a eles do que ele pretendia convencê-los antes de terminar o sermão, e estava claro que, se eles cumprissem pelo menos a metade de suas promessas e esquecessem a outra, já estaria muito bom por enquanto.

Em seu desespero e inquietação, Kit passou os olhos por toda a capela e, por acaso, fixou seu olhar em um pequeno assento em frente à mesa do escrivão, e mal pôde acreditar quando eles revelaram estar bem ali... Quilp!

Ele os esfregou duas ou três vezes, mas, mesmo assim, eles insistiram que Quilp estava lá, e realmente ele estava, sentado com as mãos nos joelhos e o chapéu entre estes em um pequeno suporte de madeira, com o sorriso de costume no rosto sujo, e seus olhos fixos no teto. Ele certamente não olhou para Kit ou para a mãe dele e parecia totalmente inconsciente de sua presença; ainda assim, Kit não pôde deixar de sentir, objetivamente, que a atenção do pequeno demônio astuto estava voltada para eles, e nada mais.

Mas, espantado como estava com a aparição do anão entre os Pequenos Bethelitas, e não livre do receio de que ele fosse o precursor de algum problema ou aborrecimento, ele foi compelido a dominar sua admiração e tomar medidas imediatas para a retirada de sua família, pois a noite avançava, e o assunto ficava mais sério. Portanto, na vez seguinte em que o pequeno Jacob acordou, Kit se dispôs a atrair sua atenção, e, não sendo essa uma tarefa muito difícil (um espirro funcionou bem), Kit fez sinal para que o menino despertasse sua mãe.

Mas que tremenda má sorte: bem naquele momento, o pregador, em uma exposição vigorosa de um dos tópicos de seu discurso, inclinou-se sobre a mesa do púlpito de modo que pouco mais do que suas pernas permanecera atrás dela, e, enquanto ele fazia gestos veementes com a mão direita e sustentava a esquerda parada, olhava, ou parecia olhar, diretamente nos olhos do pequeno Jacob, ameaçando-o com um olhar e atitude tensos – ao menos era o que parecia para a criança – que, se ele movesse um músculo, o pregador iria literalmente, e não figurativamente,

A velha loja de curiosidades - Tomo 2

"cair sobre ele" naquele instante. Nessa situação terrível, distraído pelo súbito aparecimento de Kit e paralisado pelos olhos do pregador, o miserável Jacob sentou-se ereto, totalmente incapaz de se mover, fortemente disposto a chorar, mas com medo de fazê-lo e devolvendo seu olhar para o pastor até que seus olhos infantis pareciam saltar das órbitas. "Se eu tiver que fazer isso abertamente, assim farei", pensou Kit. Com isso, ele saiu suavemente de seu banco para o de sua mãe e, como o senhor Swiveller teria observado se estivesse presente, apanhou o bebê sem dizer uma palavra.

– Calma, mãe! – Kit sussurrou. – Venha comigo, tenho uma coisa para lhe contar.

– Onde estou? – disse a senhora Nubbles.

– Nesta bendita Little Behtel – respondeu o filho, mal-humorado.

– Abençoada de fato! – gritou a senhora Nubbles, sintonizada na palavra. – Oh, Christopher, como fui edificada nesta noite!

– Sim, sim, eu sei – disse Kit apressadamente –, mas venha, mãe, todo mundo está olhando para nós. Não faça barulho. Traga Jacob. Isso mesmo!

– Fique, Satanás, fique! – gritou o pregador, quando Kit se afastou.

– Aquele cavalheiro disse que você deve ficar, Christopher – sussurrou sua mãe.

– Fique, Satanás, fique! – rugiu o pregador novamente. – Não tente a mulher que inclina o ouvido para ti, mas ouve a voz daquele que chama. Ele está levando um cordeiro do rebanho! – exclamou o pregador, elevando ainda mais a voz e apontando para o bebê. – Ele leva um cordeiro, um cordeiro precioso! Ele anda, como um lobo durante a noite, e devora os tenros cordeiros!

Kit era o sujeito menos temperamental do mundo, mas, considerando aquela língua ferina, e estando um tanto atordoado com as circunstâncias em que foi colocado, ele se virou para o púlpito com o bebê nos braços e respondeu em voz alta:

– Não, eu não. Ele é meu irmão.

– Ele é MEU irmão! – gritou o pregador.

379

– Não, ele não é – disse Kit indignado. – Como você pode dizer uma coisa dessas? E não me xingue, por favor. Que mal eu fiz? Eu não viria para levá-los embora, a menos que eu fosse obrigado, você pode contar com isso. Queria ter sido mais discreto, mas você não deixou. Agora, você fique à vontade para abusar de Satanás e deles quanto quiser, senhor, e me deixe em paz, se possível.

Dizendo isso, Kit saiu marchando da capela, seguido por sua mãe e pelo pequeno Jacob, e se viu ao ar livre, com uma vaga lembrança de ter visto o povo acordar e parecer surpreso, e de Quilp ter permanecido, durante toda a interrupção, em sua atitude anterior, sem mover os olhos do teto, ou pareceu não dar a menor atenção a qualquer coisa que se passasse.

– Oh, Kit! – disse sua mãe, com o lenço nos olhos –, o que você fez! Nunca mais poderei ir lá, nunca mais!

– Estou feliz com isso, mãe. O que havia de mal no pequeno prazer que você teve ontem à noite que tornasse necessário você se deprimir e se entristecer hoje à noite? É assim que você faz. Se você alguma vez fica feliz ou alegre, você vem aqui para dizer, com aquele sujeito, que sente muito por isso. Que vergonha para você, mãe, eu ia dizer.

– Calma, querido! – disse a senhora Nubbles. – Você não quis dizer isso, eu sei, mas está falando com pecado.

– Não quis dizer isso? Mas eu quero dizer isso, sim! – Kit respondeu. – Não acredito, mãe, que a alegria inocente e o bom humor sejam considerados pecados maiores no Céu do que o colarinho de uma camisa, e acredito que esses homens estão quase tão certos e sensatos em desprezar um como em deixar de fora o outro, essa é minha opinião. Mas não vou dizer mais nada sobre isso, se você prometer não chorar, é tudo. E você pegue o bebê, que é mais leve, e me dê o pequeno Jacob; e, à medida que avançamos (o que devemos fazer bem rápido), vou lhe dar as novidades que trago, que vão surpreendê-la um pouco, posso dizer. Pronto, isso mesmo. Agora parece que você nunca viu Little Bethel em toda a sua vida, como espero que nunca mais veja; e aqui está o bebê; e, pequeno Jacob, você fica em cima das minhas costas e me segura com força pelo pescoço, e, sempre que um pastorzinho da Little Bethel chamar você de cordeiro precioso ou disser que seu irmão também é, você diz a ele que são as verdades mais importantes que ele disse naquele mês e que, se ele próprio tivesse comido um pouco mais do cordeiro e menos do molho de hortelã, que não é muito picante e azedo, gostaria ainda mais dele. É isso que você tem a dizer a ele, Jacob.

Falando dessa maneira, meio de brincadeira, meio a sério, e animando sua mãe, as crianças e a si mesmo, pelo processo simples de decidir ficar de bom humor, Kit os conduziu rapidamente; e, a caminho de casa, contou o que se passara na casa do tabelião e o propósito com que se intrometeu nas solenidades de Little Bethel.

Sua mãe não ficou tranquila ao saber que serviço era exigido dela e logo caiu em uma confusão de ideias, das quais a mais proeminente era que seria uma grande honra e dignidade andar em uma carruagem e que seria uma impossibilidade moral deixar os filhos para trás. Mas essa objeção, e muitas outras, fundadas em quais artigos de vestuário precisariam ser lavados, e certos outros artigos que não existiam no guarda-roupa da senhora Nubbles, foram superados por Kit, que se opôs a cada um deles, pelo prazer de recuperar Nell e pelo deleite que seria trazê-la de volta em triunfo.

– Faltam apenas dez minutos, mãe – disse Kit, quando chegaram em casa. – Tem uma caixa com uma fita. Jogue o que quiser dentro e partiremos imediatamente.

Para contar como Kit empurrou para dentro da caixa todos os tipos de coisas que poderiam, por qualquer chance remota, ser utilizados, e como ele deixou de fora tudo que pudesse ter um mínimo de utilidade, como um vizinho foi persuadido a vir e cuidar das crianças e como as crianças a princípio choraram tristemente e depois riram muito ao receber a promessa de todos os tipos de brinquedos impossíveis e inéditos; como a mãe de Kit não parava de beijá-los e como Kit não conseguia ficar irritado com ela por fazer isso, levaria mais tempo e espaço do que você e eu podemos reservar. Assim, passando por cima de todas essas questões, basta dizer que, poucos minutos depois de transcorridas as duas horas, Kit e sua mãe chegaram à porta do tabelião, onde uma carruagem já os esperava.

– Com quatro cavalos, hein! – disse Kit, bastante admirado com os preparativos. – Bem, você conseguiu chegar e vai fazer isso, mãe! Aqui está ela, senhor. Aqui está minha mãe. Ela está pronta, senhor.

– Tudo bem – respondeu o cavalheiro. – Agora, não fique nervosa, senhora; você será muito bem tratada. Onde está a mala com as roupas novas e os itens pessoais dela?

– Aqui está – disse o notário. – Ande com isso, Christopher.

– Tudo bem, senhor – respondeu Kit. – Já está pronto, senhor.

– Então venha – disse o cavalheiro solteiro. E então ele deu o braço à mãe de Kit, conduziu-a para a carruagem com toda a educação possível e sentou-se ao lado dela.

Subiu os degraus, bateu a porta, as rodas giraram, e lá foram eles chacoalhando, com a mãe de Kit pendurada em uma janela balançando um lenço de bolso úmido e gritando muitas mensagens para o pequeno Jacob e o bebê, das quais ninguém ouviu uma palavra.

Kit parou no meio da estrada e olhou para eles com lágrimas nos olhos, não trazidas pela partida que testemunhou, mas pelo retorno que esperava. "Eles foram embora", pensou ele, "a pé, sem ninguém para dizer algo para eles ou dizer uma palavra amável na despedida, e eles voltarão, puxados por quatro cavalos, com este rico cavalheiro como amigo e todos os seus problemas solucionados! Ela vai esquecer que me ensinou a escrever…

O que quer que Kit tenha pensado depois disso, demorou um pouco para passar, pois ele ficou olhando para as fileiras de lâmpadas brilhantes, muito depois de a carruagem ter desaparecido, e não voltou para a casa até o tabelião e o senhor Abel, que se demoraram do lado de fora até que o som das rodas não fosse mais distinguível, várias vezes se perguntarem o que o poderia deter.

Capítulo 42

Cabe a nós deixar Kit por um tempo, pensativo e esperançoso, e seguir a sorte da pequena Nell, retomando o fio da narrativa no ponto em que foi deixada, alguns capítulos atrás.

Em uma daquelas caminhadas noturnas, quando, seguindo as duas irmãs a uma curta distância, ela sentiu, em sua simpatia por elas e seu reconhecimento de algo semelhante à sua própria solidão, um conforto e um consolo que fizeram desses momentos um tempo de profundo deleite, embora o prazer ameno proporcionado fosse do tipo que nasce e morre em lágrimas; em uma daquelas caminhadas no horário tranquilo do crepúsculo, quando o céu, a terra, o ar, as ondulações das águas e o som de sinos distantes encontravam eco nas emoções da criança solitária, inspirando-a com pensamentos tranquilos, mas não do mundo infantil, com suas alegrias fáceis; em uma daquelas caminhadas, que agora se tornaram seu único prazer ou alívio das preocupações, a luz se dissolveu na escuridão e a tarde se aprofundou na noite, e ainda assim a jovem criatura permanecia na escuridão, sentindo uma companhia na natureza tão serena e quieta, quando o som das palavras e o brilho das luzes significavam realmente solidão.

As irmãs tinham ido para casa, e ela estava sozinha. Ela ergueu os olhos para as estrelas brilhantes, olhando para baixo tão suavemente do éter infinito, e, fixando seus olhos nelas, encontrou novas estrelas brotando em sua visão, e mais além, e mais além de novo, até que toda a grande extensão da abóbada cintilou com esferas brilhantes, subindo cada vez mais alto no espaço incomensurável, eternas em seus números como em sua existência imutável e incorruptível. Ela se curvou sobre o rio calmo e as viu brilhar, da mesma maneira majestosa que a pomba as viu cintilar sobre as águas diluviais turbulentas, do topo das montanhas lá embaixo, onde estava a humanidade submersa, a centenas de metros de profundidade.

A criança sentou-se silenciosamente sob uma árvore, abafada pela quietude da noite e de todas as maravilhas que a acompanhavam. A hora e o lugar despertaram a reflexão, e ela pensou com uma esperança silenciosa – menos esperança, talvez, do que resignação – no passado, no presente e no que ainda estava diante dela. Entre o velho e ela havia ocorrido uma separação gradual, mais difícil de suportar do que qualquer sofrimento anterior. Todas as noites, e muitas vezes durante o dia, ele se ausentava, sozinho; e, embora ela soubesse bem aonde ele ia e por quê, muito pelo constante escoamento de sua bolsa pouco recheada e por sua aparência abatida, ele evitava todas as perguntas, mantinha-se reservado e até esquivava-se sua presença.

Ela sentou-se meditando tristemente sobre aquela mudança, e misturando-a, por assim dizer, com tudo sobre ela, quando o sino do relógio da igreja distante bateu nove horas. Levantando-se com o som, ela refez seus passos e se virou pensativamente em direção à cidade.

Ela havia atravessado uma pequena ponte de madeira, que, lançada sobre o riacho, conduzia a uma campina em seu caminho, quando de repente ela se deparou com uma luz vermelha e, olhando para a frente com mais atenção, percebeu que vinha do que parecia ser um acampamento cigano, onde haviam feito uma fogueira em um canto, não muito distante do caminho, e estavam sentados ou deitados em volta dela. Como era pobre demais para ter medo deles, não alterou seu curso (o que, de fato, não poderia ter feito sem dar uma longa volta), mas apressou um pouco o passo e seguiu em frente.

Um movimento de tímida curiosidade impeliu-a, ao se aproximar do local, a olhar para o fogo. Havia alguém entre as chamas e ela, o contorno fortemente destacado contra a luz, o que a fez parar abruptamente. Então, como se tivesse raciocinado consigo mesma e tivesse certeza de que não poderia ser, ou tivesse se convencido de que não era a pessoa que ela supunha, ela seguiu em frente. Mas, naquele instante, a conversa, seja lá o que fosse, que se desenrolava perto do fogo foi retomada, e o timbre da voz que falava, mesmo não conseguindo entender as palavras, soaram tão familiares para ela quanto sua própria voz.

Ela se virou e olhou para trás. A pessoa estava sentada antes, mas agora estava em pé e inclinada para a frente em uma bengala na qual descansava as duas mãos. A atitude não era menos familiar para ela do que o tom de voz. Era seu avô.

Seu primeiro impulso foi chamá-lo; o seguinte foi se perguntar quem poderiam ser aquelas pessoas e com que propósito estavam juntos. Alguma apreensão vaga surgiu e, cedendo à forte curiosidade despertada, ela se aproximou do lugar; não avançando pelo campo aberto, mas rastejando em sua direção pela cerca viva.

Dessa forma, ela avançou até poucos metros do fogo e, parada entre algumas árvores jovens, pôde ver e ouvir, sem muito perigo de ser vista.

Não havia mulheres ou crianças, como ela tinha visto em outros acampamentos ciganos pelos quais passaram em sua jornada, e havia apenas um cigano, um homem alto e atlético, que estava com os braços cruzados e encostado em uma árvore a uma pequena distância, olhando ora para o fogo, ora, entre seus cílios negros, para três outros homens que lá estavam, com um interesse atento, mas meio disfarçado em sua conversa. Destes, seu avô era um; os outros ela reconheceu como os primeiros jogadores de cartas na taverna na noite agitada da tempestade, o homem a quem eles chamavam de Isaac List, e seu companheiro rude. Uma das tendas ciganas baixas e arqueadas, comuns àquele povo, era muito bem construída, mas estava, ou parecia estar, vazia.

– Bem, você já vai? – disse o homem robusto, erguendo os olhos do chão onde estava deitado à vontade, para o rosto do avô dela. – Você estava com muita pressa um minuto atrás. Vá, se quiser. Você é dono do próprio nariz, suponho.

– Não o irrite – respondeu Isaac List, que estava agachado como um sapo do outro lado da fogueira e tinha se torcido tanto que parecia estar semicerrando os olhos. – Ele não quis ofender.

– Você me deixou pobre, me saqueou, e ainda zomba de mim – disse o velho, passando de um para o outro. – Vocês me deixam maluco!

A absoluta irresolução e fraqueza da criança de cabelos grisalhos, em contraste com os olhares perspicazes e astutos daqueles em cujas mãos ele estava, atingiu o coração da pequena ouvinte. Mas ela se obrigou a permanecer atenta a tudo o que se passava e a observar cada olhar e palavra.

– Maldito seja, o que você quer dizer? – disse o homem robusto levantando-se um pouco e apoiando-se no cotovelo. – Deixar você pobre! Você nos deixaria pobres se pudesse, não é? É assim com todos os jogadores chorões, fracos e lamentáveis. Quando você perde, você é um mártir; mas não acho que, quando você vence, olha para os outros perdedores sob essa mesma luz. Quanto à pilhagem! – exclamou o sujeito, erguendo a voz. – Droga, o que você quer dizer com essa linguagem tão pouco cavalheiresca como pilhagem, hein?

O orador se deitou novamente e deu um ou dois chutes curtos e raivosos, como se fosse uma expressão adicional de sua indignação ilimitada. Era bastante claro que ele agia como um valentão, e seu amigo, o pacificador, por algum propósito específico – ou melhor, estaria claro para qualquer um, exceto para o velho fraco –, pois trocavam olhares abertamente, um com o outro e com o cigano, que sorriu, aprovando a brincadeira, até que seus dentes brancos brilharam novamente.

O velho ficou desamparado entre eles por algum tempo e então disse, voltando-se para o agressor:

– Você mesmo falou em pilhagem agora há pouco, sabe? Não seja tão violento comigo. Você falou ou não?

A velha loja de curiosidades – Tomo 2

– Não falei de pilhagem entre os presentes! Honra entre... entre cavalheiros, senhor – respondeu o outro, que parecia ter estado muito perto
de encerrar a sentença de maneira estranha.

– Não seja duro com ele, Jowl – disse Isaac List. – Ele lamenta muito
por tê-lo ofendido. Pronto, continue com o que estava dizendo, continue.

– Eu sou um cordeiro de coração terno e alegre, eu sou – exclamou
o senhor Jowl –, por estar sentado aqui no meu tempo de vida dando
conselhos quando eu sei que não serão aceitos e que não receberei nada
além de abusos para as minhas dores. Mas foi assim que passei a vida. A
experiência nunca esfriou meu bom coração.

– Eu disse que ele sente muito, não é? – protestou Isaac List. – E que
ele gostaria que você continuasse.

– Ele gostaria mesmo? – disse o outro.

– Sim – resmungou o velho sentando-se e balançando-se para a frente
e para trás. – Vá em frente. É em vão lutar contra ele. Eu não posso fazer
isso. Continue.

– Continuarei, então – disse Jowl –, de onde parei, quando você se
levantou tão rápido. Se você estiver convencido de que é hora de a sorte
mudar, como certamente é, e descobrir que não tem meios suficientes
para tentar (e é nesse ponto que, para si mesmo, reconhece que nunca
tem fundos para continuar no jogo o tempo suficiente), sirva-se do que
parece estar no seu caminho de propósito. Pegue emprestado, eu digo, e,
quando puder, pague de volta.

– Certamente – Isaac List interrompeu –, se essa boa senhora que
gerencia o museu de cera tem dinheiro e o guarda em um cofre de ferro
quando vai para a cama, e não tranca a porta por medo de incêndio, parece uma coisa fácil; uma Providência e tanto poderia chamá-la se não
tivesse uma educação religiosa.

– Vê, Isaac – disse seu amigo, cada vez mais ansioso e se aproximando
do velho, enquanto fazia sinal ao cigano para não se interpor entre eles.
– Você vê, Isaac, estranhos entram e saem o dia todo; nada seria mais
provável do que um desses estranhos entrar debaixo da cama da senhora

ou se trancar no armário; a suspeita seria muito ampla e cairia muito longe do alvo, sem dúvida. Eu daria a ele sua revanche até o último centavo que trouxesse, fosse qual fosse a quantia.

– Mas você conseguiria? – perguntou Isaac List. – Sua banca é forte o suficiente?

– Suficientemente forte! – respondeu o outro, com desdém assumido. – Aqui, senhor, dê-me aquela caixa tirada debaixo da palha!

Este foi dirigido ao cigano, que se arrastou até a tenda baixa de quatro e, depois de remexer e farfalhar, voltou com uma caixa de dinheiro, que o homem que falara abriu com uma chave que trazia consigo.

– Você vê isso? – disse ele, juntando o dinheiro na mão e deixando-o cair de volta na caixa, entre os dedos, como água. – Você está ouvindo? Você conhece o som do ouro? Pronto, coloque de volta e não fale sobre dinheiro de novo, Isaac, até que você traga o seu próprio.

Isaac List, com grande humildade aparente, protestou que nunca duvidou do crédito de um cavalheiro tão notório por seu comportamento honrado como o senhor Jowl e que ele havia duvidado do conteúdo da caixa, não por duvidar dele, pois ele não tinha nenhuma dúvida, mas para ter o prazer de observar tanta riqueza que, embora pudesse ser considerada por alguns apenas um prazer sensorial, era para alguém em suas circunstâncias uma fonte de extremo deleite, superado apenas pelo seu depósito seguro em seus próprios bolsos. Embora o senhor List e o senhor Jowl se dirigissem um ao outro, foi notável que ambos olharam estreitamente para o velho, que, com os olhos fixos no fogo, estava sentado meditando sobre a conversa, ainda ouvindo ansiosamente, como se via por certo movimento involuntário da cabeça ou pela contração do rosto de vez em quando, tudo o que eles disseram.

– Meu conselho – disse Jowl, deitando-se de novo com ar descuidado –, é claro, eu já dei, na verdade. Eu ajo como um amigo. Por que eu deveria ajudar um homem a talvez ganhar tudo o que tenho, a menos que o considerasse meu amigo? É tolice, ouso dizer, ser tão cuidadoso com o bem-estar das outras pessoas, mas essa é a minha constituição, e não posso evitar. Então não me culpe por isso, Isaac List.

– Eu culpo você! – respondeu a pessoa a quem se dirigiu –, mas não culpo o mundo, senhor Jowl. Eu gostaria de poder ser tão liberal quanto você; e, como você diz, ele poderia devolver o dinheiro se ganhasse... e se perdesse.

– Você não pode levar isso em consideração – disse Jowl.

– Mas suponha que sim, e nada menos provável, pelo que sei sobre as probabilidades. Ora, é melhor perder o dinheiro de outras pessoas do que o seu, espero.

– Ah! – gritou Isaac List extasiado –, os prazeres de vencer! O prazer de recolher o dinheiro, as pequenas peças amarelinhas brilhantes, e colocá-las no bolso! A delícia de ter finalmente uma vitória e pensar que não parou no meio do caminho e voltou atrás, mas andou o caminho todo para encontrá-lo! O... mas você já vai, velho cavalheiro?

– Eu farei isso – disse o velho, que se levantara e dera dois ou três passos apressados para longe e agora retornava com a mesma pressa. – Eu terei cada centavo.

– Ora, isso é corajoso – gritou Isaac, levantando-se de um salto e dando-lhe um tapa no ombro –, e eu o respeito por ter sobrado tanto sangue jovem. Ha, ha, ha! Joe Jowl está meio arrependido de ter aconselhado você agora. Podemos rir dele, agora! Ha, ha, ha!

– Ele me dá a minha revanche, veja bem – disse o velho, apontando para ele avidamente com sua mão enrugada. – Veja, ele aposta moeda contra moeda, até a última na caixa, sejam elas muitas ou poucas. Lembre--se disso!

– Sou testemunha – respondeu Isaac. – Vou garantir a justiça entre vocês.

– Dei minha palavra – disse Jowl com fingida relutância – e vou cumpri--la. Quando essa partida começa? Eu gostaria que já tivesse acabado. Esta noite?

– Preciso primeiro do dinheiro – disse o velho –, e isso eu só terei amanhã...

– Por que não hoje?

– Já é tarde, e eu fico atordoado com toda a agitação – disse o velho. – Deve ser feito com muita calma. Não, amanhã à noite.

– Então que seja amanhã – disse Jowl. – Uma gota de conforto aqui. Sorte para o patrocinador! Encha agora! – o cigano pegou três canecas de lata e encheu-as até a borda com conhaque. O velho se virou de lado e murmurou para si mesmo antes de beber. Seu próprio nome chegou aos ouvidos da menina, juntamente com algum desejo tão fervoroso que ele pareceu respirar em uma agonia de súplica.

"Deus, tenha misericórdia de nós!", gritou a criança por dentro, "e ajude-nos nesta hora difícil! O que devo fazer para salvá-lo?"

O restante da conversa foi conduzido em um tom de voz mais baixo e suficientemente conciso, relativo apenas à execução do projeto, e os melhores cuidados para afastar suspeitas. O velho então apertou a mão de seus tentadores e se retirou.

Eles observaram sua figura curvada e arqueada recuar lentamente, e, quando ele virava a cabeça para olhar para trás, o que fazia com frequência, acenavam com as mãos ou gritavam alguma palavra de encorajamento. Só depois que o viram diminuir gradualmente até se tornar uma mera partícula na estrada distante, eles se viraram e se aventuraram a rir alto.

– Então – disse Jowl, aquecendo as mãos no fogo – finalmente acabou. Ele precisou de mais convencimento do que eu esperava. Faz três semanas, desde a primeira vez que colocamos isso em sua cabeça. O que acha que ele vai trazer?

– O que quer que ele traga, será dividido entre nós – respondeu Isaac List.

O outro homem acenou com a cabeça.

– Devemos fazer um trabalho rápido – disse ele –, e então cortar relações com ele, para não levantarmos suspeitas. Cuidado é a palavra certa.

List e o cigano consentiram. Quando os três se divertiram um pouco com a obsessão da vítima, descartaram o assunto como se tivesse sido suficientemente discutido e começaram a falar em uma língua que a criança não entendia. Como o discurso deles parecia relacionar-se a assuntos nos quais estavam calorosamente interessados, ela considerou aquele o melhor momento para escapar sem ser observada; e se afastou com passos lentos e cautelosos, mantendo-se na sombra das sebes ou forçando um caminho por entre elas ou por valas secas, até que pudesse sair na estrada em um ponto além do alcance de sua visão. Então ela fugiu para casa o mais rápido que pôde, dilacerada e sangrando pelas feridas de espinhos e sarças, mas com a mente ainda mais dilacerada, e se jogou na cama destruída.

A primeira ideia que surgiu em sua mente foi voar dali, voar imediatamente, arrastando-o daquele lugar, e antes morrer de necessidade na beira da estrada, do que expô-lo novamente a tais tentações terríveis. Então, ela lembrou que o crime não seria cometido até a noite seguinte e que teria tempo para pensar e resolver o que fazer. Então, foi tomada por um medo terrível de que ele pudesse estar fazendo aquilo naquele instante e sentiu pavor de ouvir gritos perfurar o silêncio da noite, temor do que ele poderia ser tentado e induzido a fazer se fosse apanhado no ato e só tivesse uma mulher com quem lutar. Era impossível suportar tal tortura. Ela foi até o quarto onde estava o dinheiro, abriu a porta e olhou para dentro. Deus seja louvado! Ele não estava lá, e ela dormia profundamente.

Ela voltou para seu quarto e tentou se preparar para dormir. Mas quem poderia dormir... dormir? Quem poderia ficar deitado passivamente, distraído por tais terrores? Eles a atacaram com mais e mais força ainda. Sem roupa e com o cabelo em desordem selvagem, ela voou para o lado da cama do velho, agarrou-o pelo pulso e o despertou de seu sono.

– O que é isso! – ele gritou, levantando-se na cama e fixando os olhos no rosto espectral dela.

– Tive um sonho terrível – disse a criança, com uma energia que nada além de tais terrores poderia ter despertado. – Um sonho terrível, medonho. Eu já o tive antes. É um sonho de homens de cabelos grisalhos como você, em quartos escuros à noite, roubando o ouro de pessoas que dormem. Levante-se, vamos!

O velho tremia em cada junta e cruzava as mãos como quem ora.

– Não para mim – disse a criança –, não para mim, para o Céu, para nos salvar de tais ações! Este sonho é muito real. Não consigo dormir, não posso ficar aqui, não posso deixá-lo sozinho sob o teto de onde vêm esses sonhos. Levante-se! Devemos voar daqui.

Ele olhou para ela como se ela fosse um espírito, e ela poderia ser, apesar da aparência terrena que tinha, e tremeu mais e mais.

– Não há tempo a perder; não vou perder um minuto – disse a criança. – Levante-se e venha embora comigo!

– Esta noite? – murmurou o velho.

– Sim, esta noite – respondeu a criança. – Amanhã à noite será tarde demais. O sonho terá voltado. Nada além da fuga pode nos salvar. Levante-se, vamos!

O velho levantou-se da cama, com a testa coberta pelo suor frio do medo, e, curvando-se diante da criança como se ela fosse um anjo mensageiro enviado para conduzi-lo aonde ela quisesse, preparou-se para segui-la. Ela o pegou pela mão e o conduziu. Ao passarem pela porta do quarto que ele havia proposto roubar, ela estremeceu e olhou para o rosto dele. Que rosto branco era aquele, e com que olhar ele encontrou o dela!

Ela o levou para seu quarto e, ainda segurando-o pela mão como se temesse perdê-lo por um instante, juntou as poucas provisões que tinha e pendurou a cesta no braço. O velho tirou a carteira das mãos dela e pendurou-a nos ombros, sua bengala também, ela a havia trazido, e então ela o levou para fora.

Pelas ruas estreitas e arredores estreitos e tortuosos, seus pés trêmulos passaram rapidamente. Também subindo a colina íngreme, coroada pelo velho castelo cinza, eles trabalharam com passos rápidos e nem uma vez olharam para trás.

Mas, à medida que se aproximavam das paredes em ruínas, a lua subiu em toda a sua glória suave e, ao sentir sua venerável idade, sua guirlanda de hera, os musgos e a grama ondulante, a criança olhou para trás, para a cidade adormecida, para as profundezas da sombra do vale, o rio distante com sua trilha sinuosa de luzes e as colinas distantes; e, ao fazer isso, ela apertou a mão que segurava, com menos firmeza, e explodindo em lágrimas, caiu sobre o pescoço do velho.

Capítulo 43

Passada sua fraqueza momentânea, a criança novamente assumiu a resolução que até agora a sustentara e, esforçando-se para manter firmemente à sua frente a ideia única de que eles estavam fugindo da desgraça e do crime e que a preservação de seu avô dependia exclusivamente de sua firmeza, sem a ajuda de uma palavra de conselho ou de qualquer ajuda, instou-o a continuar e não olhou mais para trás.

Enquanto ele, subjugado e envergonhado, parecia agachar-se diante dela, encolher e se acovardar, como se na presença de alguma criatura superior, a própria criança foi tomada por um novo sentimento dentro dela, que elevava sua energia e a inspirava com uma confiança que ela nunca havia sentido. Não havia responsabilidade dividida agora; todo o fardo da vida deles recaíra sobre ela, e daí em diante ela deveria pensar e agir por ambos. "Eu o salvei", ela pensou. "A cada perigo ou angústia, vou me lembrar disso."

Em qualquer outro momento, a lembrança de ter abandonado a amiga que lhes havia mostrado tanta bondade, sem uma palavra de justificativa, o pensamento de que eram culpados, aparentemente, de traição e ingratidão, até mesmo de terem se separado das duas irmãs, a teriam enchido de tristeza e pesar. Mas, agora, todas as outras considerações se perderam nas atuais incertezas e ansiedades de sua jornada selvagem e errante; e o próprio desespero de sua situação a despertou e estimulou.

Na pálida luz da lua, que emprestava uma fraqueza própria ao rosto delicado, onde o cuidado atencioso já se misturava com a graça e a beleza vencedoras da juventude, o olhar muito brilhante, a liderança espiritual, os lábios que se apertavam com tanta determinação e coragem de coração, a figura frágil, firme em seu porte e, no entanto, muito fraca, contou sua história silenciosa, mas contou-a apenas ao vento que sussurrava, o qual, levantando seu fardo, carregava, talvez até o travesseiro de alguma mãe, tênues sonhos de infância murchando em seu desabrochar e repousando no sono que não conhece o despertar.

A noite avançou rapidamente, a lua se escondeu, as estrelas ficaram pálidas e turvas, e a manhã, fria como elas, lentamente se aproximou. Então, atrás de uma colina distante, o nobre sol se ergueu, conduzindo as brumas em formas fantasmagóricas à sua frente e limpando a terra de suas formas sombrias até que a escuridão voltasse. Quando ele subiu mais alto no céu e havia calor em seus raios alegres, eles os colocaram para dormir, em uma margem, perto de algum curso d'água.

Mas Nell continuou segurando o braço do velho e, muito depois de ele ter adormecido profundamente, observou-o com olhos incansáveis. A fadiga finalmente a invadiu; seu aperto relaxou, apertou, relaxou novamente, e eles dormiram lado a lado.

Um som confuso de vozes, misturando-se com seus sonhos, a acordou. Um homem de aparência muito rude e dura estava parado sobre eles, e dois de seus companheiros estavam olhando, de um barco longo e pesado que chegara perto da margem enquanto eles dormiam. O barco não tinha remo nem vela, mas era rebocado por dois cavalos, que, com a corda a que estavam atrelados afrouxada e pingando na água, repousavam no gramado.

– Olá! – disse o homem asperamente. – Qual é o problema aqui?

– Estávamos apenas dormindo, senhor – disse Nell. – Caminhamos a noite toda.

A velha loja de curiosidades - Tomo 2

– Um par de viajantes esquisitos para passear a noite toda – observou o homem que os abordou pela primeira vez. – Um de vocês é um pouco velho demais para esse tipo de trabalho, e o outro, um pouco jovem demais. Aonde vocês vão?

Nell vacilou e apontou sob ameaça em direção ao oeste, ao que o homem perguntou se ela se referia a uma certa cidade que ele citou o nome. Nell, para evitar mais questionamentos, disse:

– Sim, era esse o lugar.

– De onde vocês vieram? – foi a próxima pergunta; e, sendo mais fácil de responder, Nell mencionou o nome da aldeia em que morava seu amigo, o professor da escola, como sendo menos provável de ser conhecida pelos homens ou de provocar novas perguntas.

– Achei que alguém estivesse sequestrando e talvez usando você – disse o homem. – Isso é tudo, bom dia!

Respondendo à saudação e sentindo-se muito aliviada com a partida dele, Nell o ajudou enquanto ele montava em um dos cavalos, e o barco seguiu em frente. Não tinha ido muito longe quando parou novamente, e ela viu os homens acenar para ela.

– Você me chamou? – disse Nell, correndo até eles.

– Você pode ir conosco, se quiser – respondeu um dos que estavam no barco. – Estamos indo para o mesmo lugar.

A criança hesitou por um momento. Pensando, como já havia pensado com grande temor mais de uma vez, que os homens que a viram com seu avô poderiam, talvez, em sua ânsia pela recompensa, segui-los e, recuperando sua influência sobre ele, desprezá-la, e que se eles fossem com esses homens, todos os vestígios deles certamente se perderiam naquele local, essas reflexões determinaram que ela aceitasse a oferta. O barco aproximou--se da margem novamente e, antes que ela tivesse mais tempo para pensar, ela e o avô estavam a bordo, deslizando suavemente pelo canal.

O sol brilhava agradavelmente na água transparente, que às vezes era sombreada por árvores, às vezes deslizava por campos abertos cortados por riachos e ricos em colinas arborizadas, terras cultivadas e fazendas protegidas. De vez em quando, um vilarejo com sua torre modesta, telhados de palha e cumeeiras espiavam por entre as árvores; e, mais de uma vez, uma cidade distante, com grandes torres de igreja assomando em meio à fumaça e altas fábricas ou oficinas erguendo-se acima da massa de casas, apareceria e, pelo tempo que ficavam a distância, revelava a eles quão lentamente eles viajavam. O caminho deles passava, na maior parte, pelos terrenos baixos e planícies abertas; e, exceto por esses lugares distantes, e ocasionalmente alguns homens trabalhando nos campos ou descansando nas pontes sob as quais eles passavam, para vê-los se arrastar, nada se intrometia em sua trilha monótona e isolada.

Nell ficou bastante desanimada quando pararam em uma espécie de cais no final da tarde, para saber de um dos homens que não chegariam ao local de destino até o dia seguinte e que, se ela não tivesse provisões com ela, era melhor que comprasse ali. Ela tinha apenas alguns centavos, já tendo dividido com eles um pão, mas mesmo destes era necessário ter muito cuidado, pois estavam a caminho de um lugar totalmente estranho, sem nenhum recurso. Um pãozinho e um pedaço de queijo, portanto, eram tudo pelo que ela podia pagar, e com isso ela tomou seu lugar no barco novamente e, após meia hora de atraso durante a qual os homens beberam na taberna, continuaram a jornada.

Eles trouxeram com eles um pouco de cerveja e destilados para o barco, e, como bebiam livremente antes, e agora novamente, logo estavam prontos para agir como homens briguentos e intoxicados. Evitando, portanto, a pequena cabana, que era muito escura e imunda, e para a qual muitas vezes a convidavam para entrar com o avô, Nell sentou-se ao ar livre com o velho ao seu lado, ouvindo seus anfitriões barulhentos com o coração palpitante e quase desejando estar segura em terra novamente, mesmo que tivessem que caminhar a noite toda.

Eles eram, na verdade, sujeitos muito rudes, barulhentos e bastante violentos entre si, embora corteses o suficiente com seus dois passageiros. Assim, quando surgiu uma disputa entre o homem que estava no leme e seu amigo na cabana, sobre a questão de quem havia sugerido primeiro oferecer um pouco de cerveja a Nell, e quando a discussão os levou a uma briga de fato, na qual eles se espancaram violentamente, para seu terror inexprimível, nenhum dos dois percebeu seu desconforto, mas cada um se contentou em descontar em seu adversário, a quem, além de golpes, dirigiam uma variedade de elogios, que, felizmente para a criança, foram expressos em termos que ela desconhecia. A diferença foi finalmente ajustada quando o homem que saíra da cabana bateu com o outro de cabeça e tomou o leme nas próprias mãos, sem se perturbar nem causar perturbação no amigo, que, sendo razoavelmente forte e habituado a esse tipo de briga, adormeceu como estava, com os calcanhares para cima e, em alguns minutos, roncava confortavelmente.

A essa altura já era noite de novo e, embora a criança sentisse frio, por estar malvestida, seus pensamentos ansiosos estavam longe de seu próprio sofrimento ou inquietação, e ela se ocupava em traçar um esquema para sua subsistência conjunta. O mesmo espírito que lhe dera suporte na noite anterior a sustentava e apoiava agora. Seu avô dormia em segurança ao lado dela, e o crime a que sua loucura o impelia não fora cometido. Esse foi o seu conforto.

Como todas as circunstâncias de sua curta e agitada vida se aglomeraram em sua mente enquanto eles viajavam! Pequenos incidentes, nunca pensados ou lembrados até agora; rostos vistos uma vez e desde então esquecidos; palavras mal entendidas na época; cenas, de um ano atrás e de ontem, confundindo-se e se misturando; lugares conhecidos se formando na escuridão a partir de coisas que, quando se aproximavam, eram as mais remotas e diferentes delas; às vezes, uma estranha confusão em sua mente relativa à ocasião em que ela participara, e o lugar para o qual ela estava indo, e as pessoas com quem estava; e a imaginação sugerindo observações e perguntas que soavam tão claramente em seus ouvidos que ela começava, e se virava, e era quase tentada a responder; todas as fantasias e contradições comuns na observação e excitação e mudança inquieta de lugar afligiam a criança.

Aconteceu que, enquanto estava assim ocupada, encontrou o rosto do homem no convés, em quem a fase sentimental da embriaguez agora sucedera à turbulenta e que, tirando de sua boca um curto cachimbo, forrado com barbante para durar mais, solicitou que ela o brindasse com uma canção.

– Você tem uma voz muito bonita, um olhar muito suave e uma memória muito forte – disse esse cavalheiro. – A voz e os olhos dos quais tenho registro na memória é uma opinião minha. E dificilmente me engano. Deixe-me ouvir uma canção agora.

– Acho que não conheço nenhuma, senhor – respondeu Nell.

– Você deve conhecer pelo menos umas quarenta e sete canções – disse o homem, com uma gravidade que não admitia discussão sobre o assunto. – Quarenta e sete é o seu número. Deixe-me ouvir uma delas; a melhor. Dê-me uma música imediatamente.

Não sabendo quais seriam as consequências de irritar seu amigo e tremendo de medo de fazê-lo, a pobre Nell cantou para ele uma cantiga que aprendera em tempos mais felizes e que lhe agradou tanto o ouvido que, ao terminar, ele, da mesma maneira imperativa, pediu para ser favorecido por outra, ao qual ele foi tão amável a ponto de rugir um refrão sem melodia específica, e sem nenhuma palavra, mas que amplamente compensou em sua energia surpreendente para sua deficiência em outros aspectos. O barulho dessa apresentação vocal despertou o outro homem, que, cambaleando no convés e apertando a mão de seu antigo oponente, jurou que cantar era seu orgulho, alegria e principal deleite, e que não desejava melhor entretenimento. Com uma terceira chamada, mais imperativa do que as duas anteriores, Nell sentiu-se obrigada a obedecer, e desta vez um coro foi mantido não apenas pelos dois homens juntos, mas também pelo terceiro homem a cavalo, que estava por sua posição impedido de uma participação mais próxima nas festanças da noite, berrou quando seus companheiros berraram, e rasgaram o próprio ar. Desse modo, com poucas interrupções e cantando as mesmas canções repetidas vezes, a criança, cansada e exausta, manteve-os de bom humor durante toda a noite; e muitos aldeões, que foram despertados de seu sono mais profundo pelo coro dissonante que flutuava com o vento, esconderam a cabeça sob os travesseiros e tremeram com os sons.

Por fim amanheceu. Mal fez-se a luz e começou a chover forte. Como a criança não suportava o cheiro pestilento da cabana, eles a cobriram, em troca de suas canções, com alguns pedaços de pano de vela e pontas de lona, que bastaram para mantê-la razoavelmente seca e abrigar também seu avô. Conforme o dia avançava, a chuva aumentava. Ao meio-dia, choveu mais desesperada e pesadamente do que nunca, sem a menor promessa de trégua.

Fazia algum tempo, eles vinham se aproximando gradativamente do lugar para o qual estavam indo. A água havia se tornado mais espessa e suja; outras barcaças, vindas de lá, passavam por eles com frequência; os caminhos de cinzas de carvão e cabanas de tijolos aparentes marcavam a vizinhança de alguma grande cidade industrial; enquanto ruas e casas espalhadas e fumaça de fornalhas distantes indicavam que eles já estavam na periferia. Agora, os telhados agrupados e pilhas de edifícios, tremendo com o funcionamento dos motores e vagamente ressoando com seus gritos e pulsações, as altas chaminés vomitando um vapor negro, que pairava em uma nuvem densa e poluída acima dos telhados e enchia o ar de escuridão, o clangor de martelos batendo em ferro, o rugido de ruas movimentadas e multidões barulhentas, aumentando gradualmente até que todos os vários sons se misturassem em um e nenhum fosse distinguível por si mesmo, anunciaram o término de sua jornada.

O barco flutuou até o cais a que pertencia. Os homens estavam muito ocupados. A criança e seu avô, depois de esperar em vão para agradecer- -lhes ou perguntar-lhes para onde deveriam ir, seguiram por uma viela suja e entraram em uma rua movimentada e ficaram parados, em meio ao barulho e o tumulto, e sob a chuva torrencial, estranhando a tudo e confusos, como se tivessem vivido mil anos antes e tivessem sido ressus- citados dos mortos e colocados lá por um milagre.

Capítulo 44

A multidão passava apressada, em duas correntes opostas, sem nenhum sintoma de parada ou de cansaço, pensando em seus próprios assuntos e imperturbável em suas preocupações com os negócios pelo rugido de carroças e carruagens carregadas de mercadorias, pelo deslizamento das patas de cavalos no pavimento úmido e gorduroso, pelo barulho da chuva nas janelas e nos topos dos guarda-chuvas, pelo empurrão dos pedestres mais impacientes e por todo o barulho e tumulto de uma rua movimentada na maré alta de sua ocupação. Enquanto isso, os dois pobres estranhos, atordoados e desnorteados pela pressa que observavam sem participar, olhavam tristemente, sentindo, no meio da multidão, uma solidão que não tem paralelo senão na sede do marinheiro naufragado, que, indo e voltando sobre as ondas de um poderoso oceano, seus olhos vermelhos cegos de olhar para as águas que o envolvem por todos os lados, não tem uma só gota para refrescar sua língua em brasa.

Eles se recolheram para baixo de uma arcada para se proteger da chuva e observaram os rostos dos que passavam, para encontrar em algum deles um raio de encorajamento ou esperança. Alguns franziram a testa, alguns sorriram, alguns murmuraram para si mesmos, alguns faziam gestos leves, como se antecipando à conversa em que logo estariam envolvidos, alguns tinham a aparência astuta pela barganha e conspiração, alguns estavam ansiosos e ávidos, alguns estavam lentos e monótonos; em alguns semblantes estava escrito "ganhos", em outros, "perda". Era como ter a confiança de todas aquelas pessoas para ficar ali em silêncio, olhando para seus rostos enquanto elas passavam. Em lugares movimentados, onde cada homem tem um objeto próprio e se sente seguro de que todos os outros têm o seu, seu caráter e propósito estão amplamente escritos em seu rosto. Nos passeios e salões públicos de uma cidade, as pessoas vão para ver e ser vistas, e ali a mesma expressão, com pouca variedade, repete-se centenas de vezes. Os rostos durante a jornada de trabalho são mais próximos da verdade e a revelam mais claramente.

Caindo naquele tipo de abstração que tal solidão desperta, a criança continuou a olhar com um interesse admirado para a multidão que passava, chegando quase a um esquecimento temporário de sua própria condição. Mas o frio, a umidade, a fome, a falta de descanso e a falta de qualquer lugar onde colocar sua cabeça dolorida logo trouxeram seus pensamentos de volta ao ponto de onde haviam se desviado. Ninguém passou que parecesse notá-los ou a quem ela ousasse apelar. Depois de algum tempo, eles deixaram seu refúgio das intempéries e se misturaram na multidão.

A noite chegou. Eles ainda vagavam para cima e para baixo, com menos gente ao redor, mas com a mesma sensação de solidão no coração e a mesma indiferença por todos os lados. As luzes nas ruas e nas lojas os deixavam ainda mais desolados, pois, com a ajuda delas, a noite e a escuridão pareciam chegar mais rápido. Tremendo com o frio e a umidade, com o corpo e o coração doentes, a criança precisava de sua maior firmeza e vontade até para se arrastar.

Por que eles vieram para esta cidade barulhenta quando havia lugares tranquilos no campo, onde, pelo menos, eles poderiam ter fome e sede com menos sofrimento do que nessa luta inglória? Eles eram apenas um átomo ali, em um monte de miséria, e sua própria aparência aumentava a desesperança e o sofrimento.

A criança teve de suportar não somente as agruras acumuladas de sua condição miserável, mas também as reclamações de seu avô, que começou a murmurar por ter sido afastado de sua última morada e exigir que voltassem para lá. Estando agora sem um tostão e sem alívio ou perspectiva de alívio pela frente, eles refizeram seus passos pelas ruas desertas e voltaram para o cais, na esperança de encontrar o barco em que tinham vindo para tentar dormir a bordo naquela noite. Mas aqui novamente ficaram desapontados, pois o portão estava fechado, e alguns cães ferozes, latindo ao se aproximar, obrigaram-nos a recuar.

– Precisamos dormir ao ar livre nesta noite, querido – disse a criança com voz fraca, enquanto eles se afastavam da última recusa. – E amanhã imploraremos para chegar a alguma parte tranquila do país e tentaremos ganhar nosso pão com nosso humilde trabalho.

– Por que você me trouxe aqui? – respondeu o velho ferozmente. – Eu não posso suportar essas ruas eternamente fechadas. Viemos de uma região tranquila. Por que você me forçou a deixá-la?

– Porque eu tive aquele sonho de que lhe falei, nada mais – disse a criança, com uma firmeza momentânea que se desfez em lágrimas. – E devemos viver entre os pobres, ou ele acontecerá novamente. Querido avô, você está velho e fraco, eu sei; mas olhe para mim. Nunca vou reclamar se você não quiser, mas estou sofrendo muito.

– Ah! Pobre criança sem casa, errante e sem mãe! – exclamou o velho, juntando as mãos e olhando, como se pela primeira vez, o rosto ansioso, o vestido manchado da viagem e os pés machucados e inchados. – Toda a minha agonia de preocupação finalmente a trouxe para isso! Fui um homem feliz e perdi a felicidade e tudo o que eu tinha, para isso?

– Se estivéssemos no campo agora – disse a criança, com presumida alegria, enquanto eles caminhavam procurando por um abrigo em volta –, poderíamos encontrar alguma boa árvore velha, estendendo seus braços verdes como se nos amparasse, e acenando e farfalhando como se quisesse nos embalar, pensando nela enquanto guardava nosso sono. Por favor, Deus, estejamos logo por lá, amanhã ou no dia seguinte, no máximo. Enquanto isso, pensemos, querido, que foi bom termos vindo até aqui, pois estamos perdidos na multidão e na pressa deste lugar, e, se qualquer pessoa cruel nos perseguisse, certamente nunca nos encontraria aqui. Há conforto nisso. E aqui está uma porta velha e recuada, muito escura, mas bastante seca e quente também, pois o vento não sopra aqui... O que é isso?

Soltando um grito abafado, ela recuou de uma figura negra, que saiu de repente do canto escuro em que estavam prestes a se refugiar e ficou parada, olhando para eles.

– Fale novamente – a figura disse. – Eu conheço essa voz?

– Não – respondeu a criança timidamente. – Nós somos estranhos, e, não tendo dinheiro para uma noite de hospedagem, íamos descansar aqui.

Havia uma lâmpada fraca a uma distância não muito grande, a única no local, que era uma espécie de quintal quadrado, mas suficiente para mostrar quão pobre e miserável era. Para isso, a figura acenou para eles, ao mesmo tempo que avançava para a luz, como para mostrar que não desejava se ocultar ou tirar vantagem deles.

A figura era a de um homem, miseravelmente vestido e coberto de fumaça, que, talvez por seu contraste com a cor natural de sua pele, o fazia parecer mais pálido do que realmente era. Que ele tinha naturalmente um aspecto muito pálido e abatido, no entanto, suas bochechas encovadas, feições marcadas e olhos fundos, nada menos do que uma certa aparência de resistência paciente, testemunhavam suficientemente. Sua voz era áspera por natureza, mas não brutal; e, embora seu rosto, além de ter as características já mencionadas, fosse ofuscado por uma quantidade de longos cabelos negros, sua expressão não era agressiva nem ruim.

– Como você imaginava descansar aí? – ele disse. – Ou como – acrescentou ele, olhando mais atentamente para a criança – você ia querer encontrar um lugar para passar a noite tão tarde?

– Nossas desventuras – o avô respondeu – são a causa.

– Você sabe – disse o homem, olhando ainda mais sério para Nell – como ela está molhada e que as ruas úmidas não são lugar para ela?

– Eu sei disso, Deus me ajude – respondeu ele. – O que eu posso fazer?

O homem olhou novamente para Nell e tocou suavemente suas vestes, de onde a chuva escorria em pequenos riachos.

– Posso aquecer você – disse ele, após uma pausa –, nada mais. O alojamento que eu tenho é naquela casa – apontando para a porta de onde ele emergiu –, mas você estará mais segura e melhor lá do que aqui. O fogo está em um lugar difícil, mas você pode passar a noite ao lado dele com segurança se confiar em mim. Você vê aquela luz vermelha ali?

Eles ergueram os olhos e viram um clarão lúgubre pairando no céu escuro; o reflexo opaco de algum fogo distante.

– Não é longe – disse o homem. – Quer que eu os leve até lá? Você ia dormir sobre tijolos frios; posso dar a você uma cama de cinzas quentes, nada melhor que isso.

Sem esperar por mais nenhuma resposta do que via em seus olhares, ele pegou Nell nos braços e pediu ao velho que o seguisse.

Carregando-a com ternura e com facilidade, como se ela fosse um bebê, e mostrando um caminhar rápido e seguro, ele liderou o caminho por onde parecia ser o bairro mais pobre e miserável da cidade e desviava para evitar os canis lotados ou as enxurradas, mas mantendo seu curso, independentemente de tais obstáculos, e abrindo caminho direto entre eles. Caminhavam assim, em silêncio, por cerca de um quarto de hora e perderam de vista o clarão para o qual ele havia apontado, nos caminhos escuros e estreitos pelos quais tinham vindo, quando de repente apareceu diante deles novamente, fluindo da alta chaminé de um prédio próximo a eles.

– Este é o lugar – disse ele, parando em uma porta para colocar Nell no chão e pegar sua mão. – Não tenha medo. Não há ninguém aqui que possa machucar você.

Foi necessária uma forte confiança nessa garantia para convencê-los a entrar, e o que viram lá dentro não diminuiu sua apreensão e alarme. Num edifício amplo e elevado, sustentado por pilares de ferro, com grandes aberturas negras nas paredes superiores, invadidas pelo ar exterior, ecoando no telhado com o bater de martelos e o rugido de fornos, misturado com o assobio de metal em brasa mergulhado na água, e uma centena de ruídos sobrenaturais estranhos nunca ouvidos em outro lugar, neste local sombrio, movendo-se como demônios entre as chamas e a fumaça, vaga e intermitentemente vistos, corados e atormentados pelos fogos ardentes, e empunhando grandes ferramentas, que em uma manobra descuidada poderia esmagar o crânio de algum trabalhador, uma variedade de homens trabalhava como gigantes. Outros, repousando sobre pilhas de carvão ou cinzas, com o rosto voltado para a abóbada negra acima, dormiam ou descansavam de seu trabalho. Outros, ainda, abriam as portas da fornalha incandescente, lançavam combustível nas chamas, que avançavam e rugiam ao seu encontro, lambendo-os como óleo. Outros puxavam para fora, com ruído colidindo, sobre o solo, grandes folhas de aço brilhante, emitindo um calor insuportável e uma luz profunda e opaca como aquela que brilha vermelha nos olhos de animais selvagens.

Através dessas visões desconcertantes e sons ensurdecedores, seu condutor os conduziu para onde, em uma parte escura do edifício, uma fornalha queimava noite e dia; pelo menos foi o que eles entenderam pela leitura dos movimentos de seus lábios, pois ainda não conseguiam ouvi-lo falar. O homem que estivera vigiando o fogo e cuja tarefa estava encerrada no momento retirou-se alegremente e deixou-os com seu amigo, que, espalhando o manto de Nell sobre um monte de cinzas e mostrando onde ela poderia pendurar suas roupas para secar, sinalizou para ela e o velho para deitarem e dormirem. Para si mesmo, ele assumiu sua posição em um tapete áspero diante da porta da fornalha e, apoiando o queixo nas mãos, observou a chama que iluminava através das fendas de ferro e as cinzas brancas que caíam em sua sepultura quente e brilhante abaixo.

O calor de sua cama, dura e humilde como era, combinado com o grande cansaço pelo qual havia passado, logo fez o tumulto do lugar cair com um som mais suave nos ouvidos cansados da criança, e não demorou muito em embalá-la para dormir. O velho estava estendido ao seu lado e, com a mão dela em seu pescoço, ela se deitou e sonhou.

Ainda era noite quando ela acordou, e não fazia ideia se dormira por muito ou por pouco tempo. Mas ela se sentiu protegida, tanto de qualquer ar frio que pudesse entrar no prédio quanto do calor escaldante, por algumas das roupas dos operários; e, olhando para o amigo, viu que ele se sentava exatamente na mesma posição, olhando com uma seriedade fixa em atenção para o fogo e mantendo-se tão imóvel que nem parecia respirar. Ela ficou deitada entre o sono e a vigília, olhando por tanto tempo para aquela figura imóvel que por fim quase temeu que ele tivesse morrido sentado ali; e levantando-se suavemente e aproximando-se dele, aventurou-se a sussurrar em seu ouvido.

Ele se moveu e, olhando dela para o lugar que ela ocupava recentemente, como se para se assegurar de que era realmente a criança tão perto dele, olhou interrogativamente para o seu rosto.

– Temi que você estivesse doente – disse ela. – Os outros homens estão todos em movimento, e você está muito quieto.

– Eles me deixam sozinho – respondeu ele. – Eles conhecem meu humor. Eles riem de mim, mas não me machucam com isso. Veja ali, aquele é meu amigo.

– O fogo? – perguntou a criança.

– Ele está vivo há tanto tempo quanto eu – respondeu o homem. – Nós conversamos e pensamos juntos a noite toda.

A criança olhou rapidamente para ele com surpresa, mas ele havia virado os olhos na direção anterior e estava meditando como antes.

– É como um livro para mim – disse ele –, o único livro que aprendi a ler; e muitas histórias antigas que ele me conta. É música, pois eu deveria conhecer sua voz entre mil, e há outras vozes em seu rugido. Ele também tem suas imagens. Você não sabe quantos rostos estranhos e cenas diferentes eu vejo nas brasas em chamas. É a minha memória, aquele fogo, e me revela toda a minha vida.

A criança, abaixando-se para escutar suas palavras, não pôde deixar de observar com que olhos iluminados ele continuava falando e meditando.

A velha loja de curiosidades - Tomo 2

– Sim – disse ele, com um sorriso fraco –, era a mesma coisa desde quando eu era um bebê e engatinhava até adormecer. Meu pai cuidava dele, então.

– Você não conheceu sua mãe? – perguntou a criança.

– Não, ela estava morta. As mulheres trabalham muito por aqui. Ela trabalhou até a morte, disseram-me, e o fogo continua contando a mesma história desde então. Suponho que seja verdade. Sempre acreditei nisso.

– Você foi criado aqui? – perguntou a criança.

– Verão e inverno – respondeu ele. – No início, secretamente, mas, quando descobriram, deixaram que ele me mantivesse aqui. Então o fogo cuidou de mim, o mesmo fogo. Nunca apagou.

– Você gosta deste lugar? – arguiu a criança.

– Claro que sim. Ele morreu diante desse fogo. Eu o vi cair, bem ali, onde aquelas cinzas estão queimando agora, e me perguntei, eu me lembro, por que o fogo não o ajudou.

– E você está aqui desde então? – perguntou a criança.

– Desde que vim acompanhá-lo; mas houve um tempo de intervalo, e um tempo muito frio e sombrio. Mas ele queimou esse tempo todo, rugiu e saltou quando voltei, como costumava fazer em nossos dias de diversão. Você pode adivinhar, olhando para mim, que tipo de criança eu era, mas, apesar de toda a diferença entre nós, eu também fui uma criança. Quando vi você na rua nesta noite, você me lembrou de mim mesmo, como eu fiquei depois que ele morreu, e me fez desejar trazê-la para o fogo. Pensei novamente naqueles velhos tempos quando a vi dormir ao lado dele. Você deveria estar dormindo agora. Deite-se de novo, pobre criança, deite-se de novo!

Com isso, ele a conduziu até seu rude sofá, e, cobrindo-a com as roupas com as quais ela se viu envolvida ao acordar, voltou ao seu assento, de onde ele não se moveu mais a não ser para alimentar a fornalha, mas permaneceu imóvel como uma estátua. A criança continuou a observá-lo por um pouco de tempo, mas logo cedeu à sonolência que se apoderou dela e, no lugar escuro e estranho e sobre o monte de cinzas, dormiu tão pacificamente como se o quarto fosse a câmara de um palácio, e a cama, uma cama de penas.

Quando ela acordou novamente, o dia largo brilhava através das altas aberturas nas paredes e, incidindo em raios oblíquos até a metade das paredes, parecia deixar o prédio mais escuro do que à noite. O clangor e o tumulto ainda continuavam, e os fogos implacáveis queimavam ferozmente como antes, pois poucas mudanças entre os dias e as noites traziam algum descanso ou sossego até ali.

Seu amigo dividiu seu desjejum, uma mistura rala de café e um pouco de pão grosso, com a criança e o avô, e perguntou para onde estavam indo. Ela disse a ele que eles procuravam algum lugar distante no campo, longe das cidades ou mesmo de outras aldeias, e com uma fala vacilante perguntou que estrada eles deveriam tomar.

– Eu conheço muito pouco sobre o campo – disse ele, balançando a cabeça –, pois, tal como eu, passamos toda a nossa vida diante das portas dessa fornalha e raramente saímos para respirar. Mas existem lugares assim lá adiante.

– É longe daqui? – disse Nell.

– Sim, com certeza. Como eles poderiam estar perto de nós e permanecerem verdes e frescos? A estrada também se estende por quilômetros e quilômetros, toda iluminada por fogos como os nossos, uma estranha estrada negra e que assustaria qualquer um à noite.

– Estamos aqui e devemos prosseguir – disse a criança corajosamente, pois ela viu que o velho ouvia com ouvidos ansiosos a esse relato.

– Gente rude, caminhos inapropriados para pezinhos como os seus, em um caminho triste e arruinado, não há como voltar, minha filha?

– Não, nenhuma chance! – gritou Nell, avançando. – Se você pode nos dar orientação, que o faça. Se não, por favor, não tente nos desviar de nosso propósito. Na verdade, você não conhece o perigo que evitamos e quão certos e seguros estamos em fugir dele, ou você não tentaria nos impedir, tenho certeza de que não faria.

– Deus me livre, se for assim! – disse seu protetor rude, olhando da criança ansiosa para seu avô, que baixou a cabeça e voltou os olhos para o chão. – Vou orientá-los da porta, o melhor que puder. Eu gostaria de poder fazer mais.

Ele mostrou-lhes, então, por qual estrada eles deveriam deixar a cidade e que caminho deveriam seguir quando a alcançassem. Ele demorou tanto tempo nessas instruções que a criança, com uma bênção fervorosa, se afastou e não ficou para ouvir mais nada.

Mas, antes que eles alcançassem a esquina da estrada, o homem veio correndo atrás deles e, pressionando a mão dela, deixou algo nela, duas moedas velhas, surradas e incrustadas de fumaça. Quem sabe como elas brilharam tão intensamente aos olhos dos anjos, como presentes de ouro que foram narrados nas lápides?

E assim eles se separaram, a criança a liderar sua sagrada missão para longe da culpa e da vergonha; o trabalhador para avivar seu interesse sobre o local onde os hóspedes haviam passado a noite e ler novas histórias nas chamas de sua fornalha.

Capítulo 45

Em todas as suas viagens, eles nunca ansiaram tanto, nunca se sentiram tão desgastados e cansados, pela liberdade do ar puro e do campo aberto como agora. Não, nem mesmo naquela manhã memorável, quando, abandonando sua antiga casa, eles se lançaram à mercê de um mundo desconhecido e deixaram para trás todas as coisas simples e sem sentido que conheciam e amavam, nem mesmo então ansiaram tanto pela solidão das florestas, encostas e campos como agora, quando o barulho, a sujeira e o vapor da grande cidade manufatureira, cheirando a miséria esquálida e faminta, os cercavam por todos os lados e pareciam bloquear sua esperança e tornar a fuga impossível.

"Dois dias e duas noites!", pensou a criança. "Ele disse que deveríamos passar dois dias e duas noites entre cenários como esse. Oh! se vivermos para chegar ao campo mais uma vez, se nos livrarmos desses lugares terríveis, nem que seja para podermos nos deitar e morrer, com que coração feliz darei graças a Deus por tamanha misericórdia!"

Com pensamentos como este, e com o vago desejo de viajar por grandes distâncias entre riachos e montanhas, onde viviam apenas pessoas muito pobres e simples e onde poderiam manter-se humildemente ajudando no trabalho em fazendas, livres de terrores como aquele de onde eles fugiram, a criança, sem nenhum recurso além do dom dos pobres e nenhum incentivo além do que fluía de seu próprio coração, de seu senso da verdade e do direito sobre seus atos, atreveu-se para esta última jornada e corajosamente perseguiu seu objetivo.

– Hoje seremos muito lentos, querido – disse ela, enquanto eles mendigavam dolorosamente pelas ruas. – Meus pés estão doloridos, e eu tenho dores em todos os meus membros por causa da umidade de ontem. Eu vi que ele olhou para nós e pensou nisso quando perguntou há quanto tempo estávamos na estrada.

– Ele nos indicou esse caminho triste – respondeu o avô, piedosamente. – Não há outra estrada? Você não vai me conduzir por outro caminho que não este?

– Existem lugares além desses – disse a criança, com firmeza –, onde podemos viver em paz e ser tentados a não causar danos. Pegaremos a estrada que promete ter esse fim e não sairemos dela, mesmo que for cem vezes pior do que nossos medos nos fazem imaginar. Não é verdade, avô?

– Não – respondeu o velho, vacilando em sua voz. – Não. Vamos em frente. Estou pronto. Estou pronto, Nell.

A criança caminhava com mais dificuldade do que ela avisara ao seu companheiro, pois as dores que atormentavam suas articulações não eram comuns, e a cada esforço aumentavam. Mas elas não arrancaram dela nenhuma reclamação ou aparência de sofrimento; e, embora os dois viajantes prosseguissem muito lentamente, eles avançaram. Passando a cidade após algum tempo, eles começaram a sentir que estavam no caminho certo.

Um longo subúrbio de casas de tijolos vermelhos, algumas com hortas e jardins, onde pó de carvão e fumaça de fábrica escureciam as folhas que encolhiam e flores estranhas, e onde a vegetação persistente adoecia e afundava sob o hálito quente do forno e da fornalha, fazendo com que por sua presença parecessem ainda mais devastadores e nocivos do que na própria cidade, um subúrbio longo, plano e disperso passou, e eles chegaram, aos poucos, a uma região monótona, onde nenhuma folha de grama foi vista crescer, onde nenhum botão deu sua promessa para a primavera, onde nada verde poderia viver, a não ser na superfície das poças estagnadas, que aqui e ali jaziam preguiçosamente sufocando à beira da estrada negra.

Avançando mais e mais nas sombras desse lugar lúgubre, sua influência deprimente roubou seus ânimos e os encheu de uma escuridão profunda. Por todos os lados, e tanto quanto os olhos podiam ver a distância, altas chaminés, aglomerando-se umas nas outras, apresentando aquela repetição infinita da mesma forma maçante e feia, que é o horror dos sonhos opressivos, despejavam sua praga de fumaça, obscurecia a luz e tornava o ar melancólico e sujo. Em montes de cinzas à beira do caminho, protegidos apenas por algumas tábuas ásperas ou telhados podres de cobertura, estranhos motores giravam e se contorciam como criaturas torturadas; tinindo suas correntes de ferro, gritando em seu giro rápido de vez em quando como se em tormento insuportável e fazendo o chão tremer com suas agonias. Casas desmontadas aqui e ali apareceram, desmoronando sobre a terra, sustentadas por fragmentos de outras que haviam caído, sem telhado, sem janelas, enegrecidas, desoladas, mas ainda habitadas. Homens, mulheres, crianças, de aparência pálida e trajes esfarrapados, cuidavam dos motores, alimentavam o fogo tributário, pediam esmolas na estrada ou faziam cara feia, seminus, saindo das casas sem portas. Então vieram mais monstros furiosos, cujos semelhantes pareciam estar em sua selvageria e seu ar indomado, gritando e girando e girando novamente; e ainda, antes, atrás, e à direita e à esquerda, estava a mesma perspectiva interminável de torres de tijolos, nunca cessando em seu vômito negro, atacando todas as coisas vivas ou inanimadas, fechando o dia e todos esses horrores com uma nuvem escura e densa.

Mas a noite neste lugar terrível! A noite, quando a fumaça era transformada em fogo; quando cada chaminé acendia sua chama; e lugares, que haviam sido abóbadas escuras durante todo o dia, agora brilhavam em brasa, com figuras se movendo de um lado para outro dentro de suas mandíbulas em chamas, e chamando umas às outras com gritos roucos, a noite, quando o ruído de cada máquina estranha era amplificado pela escuridão; quando as pessoas perto delas pareciam mais selvagens e descontroladas; quando bandos de trabalhadores desempregados desfilavam nas estradas, ou agrupados à luz de tochas em volta de seus líderes, que lhes apontavam seus erros em linguagem severa, e os tangiam aos gritos de ameaças terríveis; quando os homens enlouquecidos, armados com espada e tição, rejeitando as lágrimas e orações das mulheres que poderiam contê-los, correram em ataques de terror e destruição, para aumentar a ruína, sem perceber que colaboravam apenas com a sua própria; noite, quando as carroças passavam ruidosamente, cheias de caixões rudes (pois doenças contagiosas e a morte estavam ocupadas em colher os vivos); quando os órfãos choravam e as mulheres distraídas gritavam e seguiam seu rastro; noite, quando alguns pediam pão e alguns bebiam para afogar suas preocupações, e alguns com lágrimas, e alguns com pés cambaleantes, e alguns com olhos injetados de sangue, foram aninhar-se em suas casas; noite, que, ao contrário da noite que o céu enviava à terra, não trazia paz, nem sossego, nem sinais de sono abençoado; quem deverá contar os terrores da noite à criança errante?

E ainda assim ela se deitou, sem nada entre ela e o céu; e, sem temer por si mesma, pois ela já o havia superado, orou pelo pobre velho. Sentia-se tão fraca e exausta, tão calma e sem resistência que não pensava em nenhum desejo próprio, mas orou para que Deus levasse algum amigo para ele. Ela tentou se lembrar de como eles tinham vindo e buscar a direção onde o fogo perto do qual eles haviam dormido na noite anterior estava aceso. Ela havia se esquecido de perguntar o nome do pobre homem, seu amigo, e, quando ela se lembrou dele em suas orações, parecia ingrato de sua parte não citar seu nome ou o do lugar onde ele olhava o fogo.

Um pão de um centavo era tudo o que tinham naquele dia. Era muito pouco, mas até a fome foi esquecida na estranha tranquilidade que invadiu seus sentidos. Ela se deitou delicadamente, e, com um sorriso tranquilo no rosto, caiu no sono. Não era como dormir, e ainda assim deve ter sido, ou por que aqueles sonhos agradáveis, lembrando do pequeno estudante, a acompanhariam a noite toda? A manhã chegou. Muito mais fracos, diminuíram seus poderes até mesmo de visão e audição, mas a criança não fez nenhuma reclamação, talvez não tivesse feito nenhuma, mesmo se ela não tivesse tido um incentivo para ficar em silêncio viajando ao seu lado. Ela se sentia desesperada por jamais serem libertados daquele lugar abandonado; uma vaga convicção de que estava muito doente, talvez morrendo, mas sem medo ou ansiedade.

Uma aversão à comida da qual ela não tinha consciência até que eles gastassem seu último centavo na compra de outro pão a impedia de participar até mesmo dessa humilde refeição. Seu avô comia com avidez, o que ela ficou feliz em ver. O caminho passou pelas mesmas cenas do dia anterior, sem variedade ou melhoria. Havia o mesmo ar espesso, difícil de respirar; o mesmo terreno arruinado, a mesma perspectiva desesperadora, a mesma miséria e angústia. Os objetos pareciam mais turvos, o ruído, menor, o caminho, mais acidentado e irregular, pois às vezes ela tropeçava e ficava alerta, por assim dizer, no esforço de evitar cair. Pobre criança! A causa estava em seus pés vacilantes.

Perto da tarde, seu avô queixou-se amargamente de fome. Ela se aproximou de uma das cabanas miseráveis à beira do caminho e bateu com a mão na porta.

– O que você quer aqui? – inquiriu um homem magro, abrindo a porta.

– Caridade. Um pedaço de pão.

– Você vê isso? – respondeu o homem com a voz rouca, apontando para uma espécie de pacote no chão. – É uma criança morta. Eu e quinhentos outros homens fomos despedidos do trabalho há três meses. Esse é meu terceiro filho morto, e o último deles. Você acha que eu tenho caridade para doar ou um pedaço de pão sobrando?

A criança recuou diante da porta, que se fechou diante dela. Impelida por uma forte necessidade, bateu em outra casa; uma casa vizinha, que, cedendo à leve pressão de sua mão, se abriu.

Parecia que algumas famílias pobres viviam neste casebre, pois duas mulheres, cada uma com seus próprios filhos, ocupavam diferentes partes do quarto. No centro, estava um senhor sério vestido de preto que parecia ter acabado de entrar e que segurava pelo braço um menino.

– Aqui, mulher – disse ele –, aqui está o seu filho surdo e mudo. Você pode me agradecer por devolvê-lo para você. Ele foi trazido perante mim, nesta manhã, acusado de roubo; e com qualquer outro garoto teria sido difícil, garanto a você. Mas, como tive compaixão de suas enfermidades e pensei que ele não conseguia entender nada melhor, consegui trazê-lo de volta para você. Cuide mais dele no futuro.

– E você não vai devolver o MEU filho? – disse a outra mulher, levantando-se apressadamente e confrontando-o. – Você não vai me devolver o MEU filho, senhor, que foi detido pelo mesmo crime?

– Ele também é surdo e mudo, mulher? – perguntou o cavalheiro severamente.

– Ele não é, senhor?

– Você sabe que não.

– Ele é sim – exclamou a mulher. – Ele é surdo, mudo e cego, para tudo o que é bom e certo, desde o seu berço. Seu filho pode não ter aprendido nada melhor! Onde o meu aprenderia? Onde ele poderia aprender? Quem estava lá para ensiná-lo melhor, ou onde poderia ser ensinado?

– Paz, mulher – disse o cavalheiro. – Seu filho tinha todos os sentidos perfeitos.

– Ele tinha – exclamou a mãe. – E era mais fácil ser detido porque os tinha. Se você salvou esse menino, porque ele não consegue distinguir o certo do errado, por que você não salvou o meu, a quem nunca foi ensinada a mesma diferença? Vocês, senhores, têm tanto direito de punir o filho dela, que Deus manteve na ignorância do som e da fala, quanto vocês têm de punir o meu, que vocês mesmos mantiveram na ignorância. Quantas das meninas e meninos, ah, homens e mulheres também, que são levados até você e você não tem pena, são surdos e mudos em suas mentes, e erram nesse estado, e são punidos nesse estado, corpo e alma, enquanto vocês cavalheiros estão discutindo entre si se devem aprender isso ou aquilo? Seja um homem justo, senhor, e me devolva meu filho.

– Você está desesperada – disse o cavalheiro, pegando sua caixa de rapé, – e sinto muito por você.

– Estou desesperada – respondeu a mulher –, e você me fez ficar assim. Devolva meu filho para trabalhar por essas crianças indefesas. Seja um homem justo, senhor, e, como você teve misericórdia deste menino, devolva-me meu filho!

A criança tinha visto e ouvido o suficiente para saber que aquele não era um lugar para pedir esmolas. Ela conduziu o velho suavemente para fora da porta, e eles continuaram sua jornada.

Com cada vez menos esperança ou força, à medida que avançavam, mas com a resolução inalterada de não trair por nenhuma palavra ou suspiro seu estado de falência, desde que ela tivesse energia para se mover, a criança, durante o resto daquele dia difícil, obrigou-se a prosseguir, nem mesmo parando para descansar com a frequência habitual, para compensar em alguma medida o ritmo lento com que era obrigada a caminhar. A noite estava caindo, mas não havia acabado quando, ainda viajando entre os mesmos objetos sombrios, eles chegaram a uma cidade movimentada.

Fracos e sem ânimo como estavam, as ruas eram insuportáveis. Depois de humildemente pedir um alívio em algumas portas e serem repelidos, eles concordaram em sair dali o mais rápido que pudessem e tentar ver se os moradores de qualquer casa isolada mais além teriam mais pena de seu estado de exaustão.

Estavam se arrastando pela última rua, e a criança sentiu que se aproximava a hora em que suas débeis forças não aguentariam mais. Apareceu diante deles, nesta conjuntura, indo na mesma direção, um viajante a pé, que, com uma valise amarrada às costas, se apoiava em uma vara robusta enquanto caminhava e lia um livro, que segurava em sua outra mão.

Não foi fácil chegar até ele e implorar sua ajuda, pois ele caminhava rápido e estava um pouco distante. Por fim, ele parou, para olhar mais atentamente para alguma passagem de seu livro. Animada por um raio de esperança, a criança disparou antes do avô e, aproximando-se do estranho sem despertá-lo com o som de seus passos, começou, em poucas palavras, a implorar sua ajuda.

Ele virou a cabeça. A criança bateu palmas, deu um grito selvagem e caiu sem sentidos a seus pés.

Capítulo 46

Era o pobre professor da escola. Ninguém menos que o pobre mestre. Quase menos comovido e surpreso com a visão da criança do que ela ao reconhecê-lo, ele ficou, por um momento, calado e confuso com a aparição inesperada, sem sequer ter a presença de espírito para levantá-la do chão.

Mas, recuperando rapidamente seu autocontrole, jogou no chão sua bengala e o livro e, ajoelhando-se ao lado dela, esforçou-se, pelos meios simples que lhe ocorreram, para restaurá-la; enquanto seu avô, parado de braços cruzados, torcia as mãos e implorava com muitas frases cativantes que falasse com ele, mesmo que fosse apenas uma palavra.

– Ela está exausta – disse o professor, olhando para o rosto dele. – Você sobrecarregou demais a capacidade dela, amigo.

– Ela está morrendo de necessidade – respondeu o velho. – Nunca imaginei como ela estava fraca e doente, até agora.

Lançando um olhar para ele meio reprovador, meio compassivo, o mestre pegou a criança nos braços e, ordenando ao velho que pegasse sua pequena cesta e o seguisse imediatamente, carregou-a para longe em sua máxima velocidade.

Havia uma pequena estalagem à vista, para a qual, ao que parecia, ele estava dirigindo seus passos quando foi surpreendido por ela. Em direção a este lugar ele se apressou com sua carga inconsciente e correu para a cozinha e, conclamando a multidão ali reunida para abrir espaço pelo amor de Deus, acomodou-a em uma cadeira diante do fogo.

O grupo, que se levantou confuso com a entrada do professor, fez o que as pessoas costumam fazer nessas circunstâncias. Todos pediram seu remédio favorito, que ninguém trouxe; cada um clamava por mais ar, ao mesmo tempo excluindo cuidadosamente o ar que havia, fechando em torno do objeto de simpatia; e todos se perguntavam por que outra pessoa não fazia o que eles mesmos poderiam fazer, mas não faziam, ocupados em apenas indicar soluções e providências.

A senhoria, no entanto, que tinha mais prontidão e ação do que qualquer um deles, e que tinha também uma percepção mais rápida do mérito do caso, logo entrou correndo, com um pouco de conhaque quente e água, seguida por sua serva, carregando vinagre, amônia, sais aromáticos e outros restauradores; o que, devidamente administrado, recuperou a criança a ponto de permitir-lhe agradecer com voz débil e estender a mão ao pobre mestre, que se encontrava de pé, com uma expressão ansiosa, bem perto dela. Sem deixar que ela falasse mais uma palavra, ou sequer mexesse um dedo, as mulheres imediatamente a carregaram para a cama; e, tendo-a coberto de calor, banhado seus pés frios e embrulhado em flanela, despacharam um mensageiro para buscar o médico. O médico, que era um cavalheiro de nariz vermelho com um grande monte de focas penduradas sob um colete de cetim preto com nervuras, chegou a toda a velocidade e sentou-se ao lado da cama da pobre Nell, tirou o relógio e sentiu o pulso dela. Então ele olhou para a língua, sentiu seu pulso novamente, e, enquanto fazia isso, olhou para a taça de vinho meio vazia como se estivesse em profunda abstração.

– Eu deveria dar a ela – disse o médico por fim – uma colher de chá, de vez em quando, de conhaque quente e água.

– Ora, foi exatamente isso que fizemos, senhor! – disse a senhoria, orgulhosa.

– Eu também deveria – observou o médico, que havia passado pelo escalda-pés na escada – eu também deveria –, disse o médico, na voz de um oráculo – colocar os pés dela em água quente e embrulhá-los em flanela. Eu também deveria – disse o médico com maior solenidade – dar a ela algo leve para o jantar, a asa de uma ave assada agora...

– Ora, meu Deus, meu Deus, está cozinhando no fogo da cozinha neste instante! – exclamou a senhoria. E assim foi, pois o mestre da escola ordenou que fosse servida uma porção, e estava tão bem preparada que o médico poderia ter sentido o cheiro, se tentasse; talvez ele tenha sentido.

– Você pode então – disse o médico, levantando-se gravemente –, dê-lhe uma taça de vinho do Porto quente com especiarias, se ela gostar de vinho...

– E uma torrada, senhor? – sugeriu a senhoria.

– Sim – disse o médico, no tom de um homem que faz uma concessão digna. – E uma torrada... de pão. Mas seja muito cuidadosa ao trazer apenas pão, por favor, senhora.

Com as palavras de despedida proferidas de maneira lenta e solene, o médico partiu, deixando toda a casa admirada com aquela sabedoria que tanto se parecia com a deles. Todos diziam que ele era um médico muito astuto e sabia perfeitamente como era a constituição das pessoas, o que parece haver alguma razão para supor que sim.

Enquanto seu jantar era preparado, a criança adormeceu em um sono revigorante, do qual foram obrigados a despertá-la quando estava tudo pronto. Como ela demonstrou um desconforto extraordinário ao saber que seu avô estava no andar de baixo, e como ela estava muito preocupada com a ideia de eles estarem separados, ele jantou com ela. Encontrando-a ainda muito inquieta em seus pensamentos, fizeram para ele uma cama em um quarto interno, para a qual ele se retirou. Por sorte, a chave deste aposento estava do lado da porta que ficava no quarto de Nell; ela virou a chave atrás dele quando a senhoria se retirou e voltou a se deitar com o coração agradecido.

O professor ficou muito tempo fumando seu cachimbo ao lado da lareira da cozinha, agora deserta, pensando, com uma cara muito feliz, na sorte que o havia trazido tão oportunamente em socorro da criança, e defendendo-a, com seu jeito simples de fazer isso, do interrogatório da senhoria, que tinha grande curiosidade em saber cada detalhe da vida e da história de Nell. O pobre professor era tão franco e tão pouco versado em astúcia e na arte de ludibriar que ela poderia ter conseguido obter as respostas certas em menos de cinco minutos, mas por acaso ele não sabia o que ela procurava descobrir e então ele disse a ela. A senhoria, nada satisfeita com essa resposta, considerou-a uma engenhosa evasiva para sua pergunta, mas respondeu que ele deveria ter seus motivos, é claro. Deus me livre que ela quisesse se intrometer nos negócios de seus clientes, que na verdade não eram da sua conta, pois já tinha que cuidar dos seus. Ela tinha apenas feito uma pergunta civilizada, e para ter certeza de que ela teria uma resposta civilizada. Ela estava bastante satisfeita, muito mesmo. Ela preferia que ele tivesse dito de imediato que não era muito comunicativo, porque isso seria claro e inteligível. No entanto, ela não tinha o direito de se sentir ofendida, é claro. Ele sabia melhor do que ninguém o que deveria dizer, e ninguém poderia contestar isso por um momento. Não mesmo!

– Garanto-lhe, minha boa senhora – disse o moderado professor –, que lhe disse a pura verdade. Como espero a salvação, eu disse a você a verdade.

– Ora, então, acredito que está falando sério – respondeu a senhoria, com bom humor –, e lamento muito tê-lo provocado. Mas a curiosidade, você sabe, é a maldição do nosso sexo, e isso é fato.

O proprietário coçou a cabeça, como se pensasse que a maldição às vezes envolvia o outro sexo da mesma forma, mas ele foi impedido de fazer qualquer observação a esse respeito, se essa fosse sua intenção, pela réplica do professor.

– Você poderia ter me questionado por meia dúzia de horas em uma sessão e seria bem-vinda, e eu responderia pacientemente pela bondade de coração que você demonstrou nesta noite, se eu pudesse – disse ele. – Assim sendo, por favor, cuide dela pela manhã e me diga logo como ela está; e entenda que eu cuidarei das despesas de nós três.

Assim, despedindo-se deles em termos muito amigáveis (não menos cordiais, talvez por causa dessa última informação), o mestre foi para a sua cama, e o anfitrião e a anfitriã, para a deles.

O relatório da manhã era que a criança estava melhor, mas estava extremamente fraca e precisaria de pelo menos um dia de descanso e cuidadosa alimentação antes que ela pudesse prosseguir em sua jornada. O professor recebeu essa informação com plena alegria, dizendo que tinha um dia a mais de folga, dois dias, nesse caso, e poderia muito bem esperar. Como a paciente deveria sentar-se à noite, ele combinou de visitá-la em seu quarto em determinada hora e, dando voltas com seu livro, só voltou na hora marcada.

Nell não conseguiu evitar o choro quando foram deixados sozinhos. Ao ver seu rosto pálido e abatido, o humilde professor derramou algumas lágrimas, ao mesmo tempo mostrando em uma linguagem muito severa como era tolice fazer aquilo e como isso poderia ser evitado se alguém tentasse.

– Fico infeliz, mesmo em meio a toda essa bondade – disse a criança –, ao pensar que poderíamos ser um fardo para você. Como posso lhe agradecer? Se eu não o tivesse reconhecido tão longe de casa, teria morrido, e ele teria ficado sozinho.

– Não vamos falar sobre morrer – disse o mestre. – E, quanto aos fardos, mudei meu destino desde que você dormiu em minha cabana.

– Verdade? – respondeu a criança alegremente.

– Ah, sim – respondeu o amigo. – Fui nomeado escriturário e diretor em uma aldeia muito longe daqui, e muito longe da antiga, como você pode supor, a trinta e cinco libras por ano. Trinta e cinco libras!

– Fico muito feliz – disse a criança –, muito, muito feliz.

– Estou indo para lá agora – resumiu o mestre. – Eles permitiram que eu contratasse a diligência, contratasse uma diligência exclusiva o tempo todo. Deus abençoe, eles não me negam nada. Mas, como o horário em que lá me esperam me deixa bastante tempo livre, resolvi caminhar. Como estou feliz em pensar que fiz isso!

– Como nós deveríamos estar felizes!

– Sim, sim – disse o professor, movendo-se inquieto em sua cadeira –, certamente, isso é verdade. Mas você, para onde está indo, de onde vem, o que tem feito desde que me deixou, o que esteve fazendo antes? Agora, diga-me, diga-me. Eu sei muito pouco sobre o mundo, e talvez você esteja mais bem preparada para me aconselhar sobre seus assuntos do que eu para dar conselhos a você, mas sou muito sincero e tenho um motivo (certamente você não o esqueceu) para amar você. Desde então, sinto como se meu amor por aquele aluno que morreu tivesse sido transferido para você, que estava ali, ao lado da cama dele. Se esta – ele acrescentou, olhando para cima – é a bela criação que nasce das cinzas, deixe sua paz prosperar em mim, enquanto eu cuido terna e compassivamente desta criança!

A bondade simples e franca do professor, a seriedade afetuosa em sua fala e seus modos, a verdade que estava estampada em cada palavra e olhar deram à criança tanta confiança nele que nenhum ato de traição e dissimulação poderia ser imaginado por seu coração. Ela disse a ele tudo, que eles não tinham nenhum amigo ou parente, que ela havia fugido com o velho, para salvá-lo de um hospício e de todas as misérias que ele temia, que ela estava voando agora, para salvá-lo de si mesmo, e que ela procurava asilo em algum lugar remoto e primitivo, onde a tentação diante da qual ele sucumbia nunca chegaria até ele, e suas tristezas e angústias recentes não tivessem lugar.

O professor a ouviu com espanto. "Esta criança", ele pensou, "será que esta criança perseverou heroicamente sob todas as dúvidas e perigos, lutou contra a pobreza e o sofrimento, sustentada e apoiada apenas pelo forte afeto e pela consciência da retidão? No entanto, o mundo está cheio de tal heroísmo. Ainda estou para aprender que as provações mais difíceis e bem suportadas são aquelas que nunca são contadas por nenhum registro terreno e são sofridas todos os dias! E eu deveria ficar surpreso ao ouvir a história desta criança!" O que mais ele pensou ou disse não importa. Concluiu-se que Nell e seu avô deveriam acompanhá-lo até a aldeia para onde ele se dirigia e que ele deveria se esforçar para encontrar para eles alguma ocupação humilde pela qual pudessem subsistir.

– Tenho certeza de que alcançaremos o sucesso – disse o professor cordialmente. – A causa é boa demais para falhar.

Eles combinaram de prosseguir em sua jornada na noite seguinte, com uma carruagem, que viajou certa distância na mesma estrada que eles deveriam tomar, parariam em uma pousada para trocar de cavalo, e o motorista, por uma pequena gratificação, daria a Nell um lugar junto à carga para viajar. Uma barganha logo foi fechada quando a carroça chegou; e no devido tempo ela rodou para longe; com a criança confortavelmente distribuída entre os pacotes mais macios, seu avô e o professor caminhando ao lado do motorista, e a senhoria e todo o pessoal da estalagem gritando seus votos de boa sorte e despedidas.

Que maneira relaxante, luxuosa e sonolenta de viajar, deitada dentro daquela montanha que se movia lentamente, ouvindo o tilintar dos sinos dos cavalos, o estralar ocasional do chicote do carroceiro, o rolamento suave das grandes rodas largas, o chocalhar dos arreios, os boas-noites alegres dos viajantes que passavam correndo em pequenos cavalos de passos curtos, todos os sons agradavelmente indistintos graças ao toldo grosso, que parecia feito para se ficar ouvindo preguiçosamente sob ele, até que alguém adormecesse! O próprio adormecer, ainda com ideias confusas, enquanto a cabeça balançava de um lado para o outro sobre o travesseiro, de seguir em frente sem problemas ou cansaço, e ouvindo todos esses sons como a música de um sonho, embalando os sentidos, e o lento despertar e se encontrar olhando, através da cortina arejada entreaberta da frente, bem alto no céu frio e brilhante, com suas incontáveis estrelas, e para baixo para a lanterna do motorista, dançando como seu homônimo Jack dos pântanos e charcos[1], nas laterais, as árvores escuras e sombrias, e adiante na longa estrada nua subindo, subindo, subindo, até a parada abrupta em

---

[1] Referência à lenda de Jack O'Lantern, uma luz misteriosa que aparecia sobre pântanos, charcos ou brejos à noite, na forma de uma pequena bola de fogo, que atraía as pessoas para o perigo naquelas áreas inundadas. A ciência chama o fenômeno de fogo-fátuo. (N.T.)

uma crista alta e acentuada como se não houvesse mais estrada, e tudo além fosse o céu; era a parada na estalagem para servir-se de uma ligeira refeição e ser ajudada a descer, entrar em uma sala aquecida e iluminada com fogo e velas, fazendo os olhos piscar muito, e ser agradavelmente lembrada de que a noite estava fria e cercada de tanto conforto, e pensar que estava mais frio do que realmente estava! Que viagem deliciosa foi aquela jornada na carroça.

Em seguida, de volta à atividade, tão fresca no início, e logo depois tão sonolenta. O despertar de um cochilo profundo enquanto a carruagem com a correspondência passava correndo como um cometa rodoviário, com lâmpadas brilhantes e cascos chacoalhando, e a visão de um guarda atrás, levantando-se para manter os pés aquecidos, e de um cavalheiro com um gorro de pele abrindo os olhos e parecendo selvagem e estupefato; a parada no pedágio onde o homem tinha ido dormir, e batendo na porta até que ele respondesse com um grito abafado debaixo das roupas de cama no quartinho acima, onde a luz fraca estava queimando, e logo desceu, com sua touca de dormir e tremendo de frio, para escancarar o portão e desejar que todas as carroças saíssem da estrada à noite e viajassem somente durante o dia. O intervalo frio e agudo entre a noite e a manhã; a faixa distante de luz se ampliando e se espalhando, e passando de cinza para branco, e de branco para amarelo, e de amarelo para vermelho ardente; a presença do dia, com toda a sua alegria e vida; homens e cavalos nos arados; pássaros nas árvores e sebes, e meninos em campos solitários, assustando-os com chocalhos. A chegada a uma cidade; pessoas ocupadas nos mercados; carrinhos leves e espreguiçadeiras ao redor do pátio da taverna; comerciantes em pé em suas portas; homens correndo com cavalos para cima e para baixo na rua para vendê-los; porcos mergulhando e grunhindo na sujeira a distância, escapando com longas cordas amarradas nas pernas, correndo para dentro das lojas de farmácias limpas e expulsos com vassouradas pelos aprendizes; a carruagem noturna trocando de cavalo; os passageiros tristes, frios, feios e descontentes, com barba de três meses que crescia em uma noite; o cocheiro recém-saído de uma caixa de chapéus e primorosamente belo em contraste: tanto alvoroço, tanta coisa em movimento, tanta variedade de incidentes, quando houve uma viagem com tantas delícias como aquela viagem na carroça!

Às vezes caminhando por uma ou duas milhas enquanto seu avô viajava lá dentro, e às vezes até persuadindo o professor a tomar seu lugar e se deitar para descansar, Nell viajou muito feliz até que chegaram a uma grande cidade, onde a carroça parou, e onde eles pousaram uma noite. Eles passaram por uma grande igreja; e nas ruas havia uma série de casas antigas, construídas com uma espécie de barro ou gesso, entrecruzadas em muitas direções com vigas pretas, o que lhes dava um aspecto sóbrio e muito antigo. As portas também eram arqueadas e baixas, algumas com portais de carvalho e bancos pitorescos, onde os antigos habitantes se sentavam nas noites de verão. As janelas eram treliçadas por pequenos painéis em formato de diamante, que pareciam piscar e piscar para os passageiros como se eles estivessem cegos. Fazia muito haviam se livrado da fumaça e das fornalhas, exceto em um ou dois casos solitários, em que uma fábrica plantada entre os campos murchava o espaço ao redor, como uma montanha em chamas. Depois de passar por esta cidade, eles entraram novamente no campo e começaram a se aproximar de seu destino.

Não era tão perto, no entanto, pois eles passaram outra noite na estrada; não que fazer isso fosse um ato de necessidade, mas que o professor, quando eles se aproximaram de sua aldeia a poucos quilômetros do destino, teve noção de sua dignidade como o novo escrivão e não estava disposto a fazer sua entrada com sapatos empoeirados e roupas desordenadas pela viagem. Era uma bela e clara manhã de outono quando entraram na cena de sua promoção e pararam para contemplar suas belezas.

– Veja: ali está a igreja! – gritou o professor, encantado, em voz baixa. – E aquele prédio velho perto dela é a escola, eu presumo. Trinta e cinco libras por ano neste lindo lugar!

Eles admiraram tudo: a velha varanda cinza, as janelas gradeadas, as veneráveis lápides pontuando o cemitério verde da igreja, a torre antiga, o próprio cata-vento; os telhados de palha marrom das cabanas, celeiros e casas, espiando por entre as árvores; o riacho que ondulava pelo distante moinho d'água; as montanhas azuis de Gales ao longe. Era esse o lugar que a criança imaginou quando saíram das sombras densas, escuras e miseráveis do trabalho nas fábricas. Sobre seu leito de cinzas, e em meio aos horrores esquálidos entre os quais eles haviam passado, as visões desse novo cenário, lindo de fato, mas não mais bonito do que a doce realidade, sempre estiveram presentes em sua mente. Eles pareciam derreter em uma distância turva e etérea, à medida que a perspectiva de os ver novamente se tornava mais remota; mas, conforme recuavam, ela os amava e ofegava novamente.

– Devo deixá-los em algum lugar por alguns minutos – disse o professor, quebrando por fim o silêncio em que haviam caído de alegria. – Tenho uma carta a apresentar e perguntas a fazer, você sabe. Para onde posso levá-los? Para a pequena estalagem ali?

– Vamos esperar aqui – respondeu Nell. – O portão está aberto. Vamos nos sentar na varanda da igreja até você voltar.

– É um bom lugar também – disse o professor, guiando o caminho até lá, desembaraçando-se de sua valise e colocando-a no assento de pedra. – Tenham certeza de que voltarei com boas notícias, e não vou demorar!

Assim, o feliz professor calçou um par de luvas novas, que carregava consigo em um pacotinho no bolso, e saiu apressado, cheio de ardor e entusiasmo.

A criança o observou da varanda até que a folhagem entre eles o escondeu de sua vista, e então saiu suavemente para o antigo cemitério da igreja, tão solene e silencioso que cada farfalhar de seu vestido nas folhas caídas, que se espalhavam sobre o caminho e tornavam os passos silenciosos, parecia uma invasão de seu silêncio. Era um lugar muito antigo e fantasmagórico; a igreja fora construída havia muitas centenas de anos e outrora tinha um convento ou mosteiro anexo, pois arcos em ruínas, restos de janelas de sacadas e fragmentos de paredes enegrecidas ainda estavam de pé, enquanto outras partes do antigo edifício, que havia desmoronado e caído, estavam misturadas com a terra do cemitério e cobertas de grama, como se elas também reivindicassem um cemitério e procurassem misturar suas cinzas com o pó dos homens. Perto dessas lápides de anos passados, e formando uma parte da ruína que alguns esforços haviam feito para tornar habitável nos tempos modernos, estavam duas pequenas moradias com janelas rebaixadas e portas de carvalho, rapidamente se deteriorando, vazias e desoladas.

Para aqueles cortiços a atenção da criança tornou-se exclusivamente concentrada. Ela não sabia por quê. A igreja, a ruína, as sepulturas antiquadas tinham a mesma atração, pelo menos sobre os pensamentos de um estranho, mas, desde o momento em que seus olhos pousaram nessas duas habitações, ela não conseguiu observar mais nada. Mesmo depois de dar uma volta pelo recinto, voltou ao alpendre, sentou-se pensativa à espera do amigo, posicionando-se onde ainda podia olhá-los, e sentiu-se fascinada por aquele local.

Capítulo 47

A mãe de Kit e o cavalheiro solteiro – cuja trilha convém seguir com a devida pressa, para que essa história não seja acusada de inconstância ou de deixar suas personagens em situações de incerteza e dúvida –, acelerando na carruagem com os quatro cavalos, cuja saída da porta do tabelião já testemunhamos, logo deixaram a cidade para trás e dispararam soltando faíscas pela larga estrada.

A boa mulher, não muito envergonhada com a novidade de sua situação, mas tendo certas preocupações práticas de que talvez a essa altura o pequeno Jacob, ou o bebê, ou ambos, tivessem caído no fogo, ou descido escadas, ou sido espremidos atrás de portas, ou escaldado suas traqueias ao tentar matar a sede no bico da chaleira, preservava um silêncio inquietante; e, encontrando na janela os olhos de pedreiros, motoristas de ônibus e outros, sentiu-se na dignidade de sua posição como uma enlutada em um funeral que, não estando muito aflita pela perda do falecido, reconhece todos os conhecidos dele pela janela da carruagem de luto, mas é forçada a preservar uma solenidade decente e a aparência de ser indiferente a todos os objetos externos.

Ser indiferente à companhia do cavalheiro solteiro seria o mesmo que ser dotado de nervos de aço. Nunca a carruagem carregou ou os cavalos haviam puxado um cavalheiro tão inquieto como ele. Ele nunca se sentou na mesma posição por dois minutos juntos, mas estava perpetuamente agitando os braços e as pernas, puxando as vidraças e deixando-as cair violentamente ou lançando a cabeça para fora de uma janela para recolhê-la e empurrá-la para fora do outro lado do coche. Ele carregava no bolso, também, uma caixa de fósforos de construção misteriosa e desconhecida; e, a cada vez que a mãe de Kit fechava os olhos, certamente vinha aquele barulho de abrir, riscar e acender, e lá estava o homem solteiro consultando seu relógio junto a uma pequena chama e deixando as faíscas cair entre a palha como se não houvesse a possibilidade de ele e a mãe de Kit serem assados vivos antes que os meninos pudessem parar os cavalos. Sempre que paravam para se trocar, lá estava ele, pulando da carruagem sem baixar os degraus, irrompendo pelo pátio da estalagem como um pavio aceso, puxando o relógio à luz do lampião e esquecendo-se de olhá-lo antes de colocá-lo no bolso de volta e, em suma, cometendo tantas extravagâncias que a mãe de Kit teve muito medo dele. Então, quando os cavalos chegaram, ele entrou como um arlequim, e, antes que eles tivessem percorrido uma milha, sacou o relógio e a caixa de fósforos ao mesmo tempo, e a mãe de Kit ficou bem acordada novamente, sem esperança de dormir um pouco naquela etapa da viagem.

– Você está confortável? – O cavalheiro solteiro diria após uma dessas façanhas, girando bruscamente.

– Bastante, senhor, obrigada.

– Você tem certeza? Você não está com frio?

– Está um pouco frio, senhor – respondia a mãe de Kit.

– Eu sabia! – exclamou o cavalheiro solteiro, baixando um dos vidros dianteiros. – Ela quer um pouco de conhaque e água! Claro que ela quer. Como eu fui descuidado. Olá! Pare na próxima estalagem e peça um copo de conhaque quente e água.

Foi em vão a mãe de Kit protestar que não precisava de nada disso. O cavalheiro solteiro era irredutível; e, sempre que ele exauria todas as maneiras e modos de inquietação, invariavelmente lhe ocorria que a mãe de Kit queria conhaque e água. Assim viajaram até quase meia-noite, quando pararam para jantar, e para tal refeição o cavalheiro solteiro pediu tudo o que havia de comestível na casa; como a mãe de Kit não comia tudo de uma vez, nem provava de tudo, ele imaginou que ela devia estar doente.

– Você está desmaiando – disse o homem solteiro, que não fez nada além de andar pela sala. – Estou vendo o que está acontecendo com você, senhora. Você está a ponto de desmaiar.

– Obrigada pela preocupação, senhor, mas de fato não estou.

– Eu sei que você está. Estou certo disso. Arranco esta pobre mulher do seio de sua família em um minuto, e ela vai ficando cada vez mais fraca diante de meus olhos. Mas que sujeito eu sou... Quantos filhos você tem, senhora?

– Dois, senhor, além de Kit.

– Meninos, senhora?

– Sim, senhor.

– Eles foram batizados?

– Apenas batizados pela metade, senhor.

– Eu serei o padrinho de ambos. Lembre-se disso, por favor, senhora. É melhor você beber um pouco de vinho quente.

– Não consigo beber nem mais uma gota, senhor.

– Você deve beber – disse o homem solteiro. – Vejo que você quer. Eu deveria ter pensado nisso antes.

Imediatamente voando para a campainha e pedindo vinho quente com tanta impetuosidade como se quisesse usá-lo imediatamente na recuperação de uma pessoa aparentemente afogada, o cavalheiro solteiro fez a mãe de Kit engolir um copo cheio, com uma temperatura tão alta que as lágrimas desceram pelo rosto dela e a puxou para a espreguiçadeira novamente, onde, provavelmente por causa dos efeitos desse sedativo agradável, ela logo ficou insensível à inquietação dele e adormeceu profundamente. Tampouco foram transitórios os efeitos felizes dessa prescrição, pois, embora a distância fosse maior e a viagem mais longa do que o cavalheiro solteiro havia previsto, ela só acordou com o dia e os raios do sol, quando eles começaram a tremer sobre a pavimentação de uma nova cidade.

– Este é o lugar! – gritou seu companheiro, baixando todas as janelas. – Dirija para o museu de cera!

O menino na condução do coche tocou seu chapéu e esporas em seu cavalo, para que eles pudessem entrar com pompa. Todos os quatro avançaram em um galope inteligente e dispararam pelas ruas com um barulho que trouxe as pessoas até as portas e janelas e abafou as vozes sóbrias dos relógios da cidade, quando soaram oito e meia. Eles dirigiram até uma porta em torno da qual uma multidão de pessoas estava reunida, e lá pararam.

– O que é isso? – disse o cavalheiro solteiro colocando a cabeça para fora. – Há algum problema aqui?

– Um casamento, senhor, um casamento! – gritaram várias vozes. – Viva!

O cavalheiro solteiro, bastante perplexo por se ver no meio daquela multidão barulhenta, desceu com a ajuda de um dos condutores e ajudou a mãe de Kit, à vista de quem a população gritou: "Aqui está outro casamento!", e rugiu e saltou de alegria.

– O mundo enlouqueceu, eu acho – disse o cavalheiro solteiro, passando pelo saguão com sua suposta noiva. – Fique aqui e deixe-me bater à porta.

Qualquer coisa que faça barulho é satisfatória para a multidão. Várias mãos sujas foram levantadas diretamente para bater por ele, e raramente uma aldrava de igual poder foi feita para produzir sons mais ensurdecedores do que este motor formado na ocasião. Tendo prestado esses serviços voluntários, a multidão modestamente afastou-se um pouco, preferindo que o cavalheiro solteiro suportasse sozinho as consequências.

– Agora, senhor, o que você quer? – disse um homem com um grande laço branco na botoeira, abrindo a porta e confrontando-o com um aspecto muito desconfiado.

– Quem está se casando aqui, meu amigo? – perguntou o cavalheiro solteiro.

– Eu!

– Você! E com quem, em nome do diabo?

– Que direito você tem de perguntar? – devolveu o noivo, olhando-o da cabeça aos pés.

– Que direito? – exclamou o cavalheiro solteiro, apertando o braço da mãe de Kit com mais força ao seu, pois aquela boa mulher evidentemente estava pensando em fugir. – Um direito com o qual você nem sonha. Cuidado, boas pessoas, se esse sujeito não está se casando com uma menor! *Tsc, tsc*, não pode ser. Onde está a criança que você tem aqui, meu bom amigo? Você a chama de Nell. Onde ela está?

Enquanto ele fazia essa pergunta, que a mãe de Kit repetiu, alguém em uma sala próxima deu um grande grito, e uma senhora robusta em um vestido branco veio correndo para a porta e se apoiou no braço do noivo.

– Onde ela está? – gritou esta senhora. – Que notícias você me trouxe? O que aconteceu com ela?

O cavalheiro solteiro recuou e olhou para o rosto da anteriormente se-nhora Jarley (naquela manhã casada com o filosófico George, para a eterna cólera e desespero do senhor Slum, o poeta), com olhares de apreensão, decepção e incredulidade conflitantes. Por fim, ele gaguejou:

– Eu é que pergunto onde ela está! O que você quer dizer?

– Oh, senhor! – exclamou a noiva. – Se você veio aqui para fazer algum bem a ela, por que não estava aqui há uma semana?

– Ela não está… não está morta? – disse a pessoa a quem ela se dirigiu, ficando muito pálida.

– Não, não é tão ruim assim.

– Graça a Deus! – gritou o cavalheiro solteiro debilmente. – Deixe-me entrar.

Eles recuaram para deixá-lo entrar e, quando ele entrou, fecharam a porta.

– Vocês veem em mim boa gente – disse ele, voltando-se para o casal recém-casado –, alguém para quem a própria vida não é mais cara do que as duas pessoas que procuro. Eles não me conhecem. Minhas feições são estranhas para eles, mas, se eles ou algum deles estiver aqui, levem essa boa mulher com vocês e deixe-os vê-la primeiro, pois ambos a conhecem bem. Se vocês negarem por qualquer consideração equivocada ou temor por eles, julgue minhas intenções pelo afeto desta senhora com o seu velho e humilde amigo.

– Eu sempre disse isso! – exclamou a noiva. – Eu sabia que ela não era uma criança comum! Ai, senhor! Não temos como ajudá-lo, pois tudo o que podíamos fazer foi tentado em vão.

Com isso, contaram a ele, sem disfarçar ou esconder, tudo o que sabiam sobre Nell e seu avô, desde o primeiro encontro com eles até o momento de seu súbito desaparecimento, acrescentando (o que era bem verdade) que haviam feito todos os esforços possíveis para localizá-los, mas sem sucesso, tendo ficado, a princípio, muito alarmados por sua segurança, bem como por causa das suspeitas a que eles próprios poderiam um dia ser expostos em consequência de sua partida abrupta. Eles se concentraram na debilidade do velho, na inquietação que a criança sempre sentia quando ele estava ausente, na companhia que ele deveria buscar e na depressão crescente que gradualmente se apoderou dela e a mudou tanto em saúde e ânimo. Se ela havia sentido saudade do velho durante a noite e sabendo ou conjeturando para onde ele havia dirigido seus passos, saído em sua perseguição ou se haviam saído de casa juntos, eles não tinham como determinar. Certos eles consideraram isso, que havia apenas uma perspectiva tênue de vê-los novamente, e que, quer sua fuga tivesse origem no velho, quer estivesse na criança, agora não havia esperanças de seu retorno. A tudo isso o cavalheiro solteiro ouviu com o ar de um homem abatido pela dor e pela decepção. Ele derramou lágrimas quando eles falaram do avô e parecia estar em profunda aflição.

Para não prolongar esta parte de nossa narrativa, e para resumir uma longa história, deixe ser brevemente registrado que, antes de a entrevista chegar ao fim, o cavalheiro solteiro considerou que tinha provas suficientes de ter sido dita a verdade, e que ele se esforçou para dar à noiva e ao noivo uma gratificação por sua bondade para com a criança, o que, no entanto, eles recusaram aceitar. No final, o feliz casal saiu sacudindo na caravana para passar a lua de mel em uma excursão pelo campo; e o cavalheiro solteiro e a mãe de Kit pararam tristes diante da porta da carruagem.

– Para onde o levaremos, senhor? – disse o menino dos correios.

– Você pode me levar – disse o cavalheiro solteiro – para a... – Ele não ia acrescentar "estalagem", mas acrescentou por causa da mãe de Kit; e para a pousada eles foram.

Já se espalhavam boatos de que a garotinha que apresentava o museu de cera era filha de gente importante, que havia sido roubada de seus pais na infância e que acabara de ser localizada. As opiniões estavam divididas se ela era filha de um príncipe, um duque, um conde, um visconde ou um barão, mas todos concordavam no fato principal: que o cavalheiro solteiro era seu pai. E todos se curvaram para a frente para espiar, embora vissem apenas a ponta de seu nobre nariz, enquanto ele cavalgava, desanimado, em sua carruagem de quatro cavalos.

O que ele teria dado para saber, e que tristeza teria sido economizada se ele soubesse, que naquele momento tanto a filha quanto o avô estavam sentados na velha porta da igreja, esperando pacientemente o retorno do professor!

Capítulo 48

O rumor popular sobre o cavalheiro solteiro e sua missão, passando de boca em boca e ficando mais forte e mais fantástico conforme era divulgado – pois o rumor popular, ao contrário da pedra que rola do provérbio, é aquele que junta muito musgo em suas andanças para cima e para baixo –, fez com que sua chegada à porta da estalagem fosse considerada um espetáculo excitante e atraente, que dificilmente poderia ser admirado o suficiente, e reuniu uma grande multidão de preguiçosos, que recentemente foram, por assim dizer, desempregados pelo fechamento do museu de cera e pelo encerramento das cerimônias nupciais, consideraram sua chegada como pouco mais do que uma providência especial e saudaram-no com demonstrações da mais viva alegria.

Sem participar da sensação do momento, mas com a expressão deprimida e cansada de quem procura meditar sobre sua decepção em silêncio e privacidade, o cavalheiro solteiro desceu e auxiliou a mãe de Kit com uma polidez sombria que impressionou extremamente os espectadores. Feito isso, ele deu-lhe o braço e acompanhou-a para dentro de casa, enquanto vários garçons ativos corriam antes como um grupo de escaramuça para limpar o caminho e mostrar o quarto que estava pronto para sua recepção.

– Qualquer quarto serve – disse o cavalheiro solteiro. – Que esteja perto e de fácil acesso, só isso.

– Aqui perto, senhor, por favor, venha por aqui.

– O cavalheiro gostaria deste quarto? – disse uma voz, quando uma pequena porta fora do caminho ao pé da escada do poço se abriu rapidamente e uma cabeça apareceu. – Ele é bem-vindo. Ele é tão bem-vindo quanto flores em maio ou as brasas no Natal. Você gostaria deste quarto, senhor? Faço as honras para que entre. Por favor, eu agradeço.

– Valha-me Deus! – gritou a mãe de Kit, caindo para trás em extrema surpresa. – Vejam só isso!

Ela tinha algum motivo para estar surpresa, pois a pessoa que fez o gentil convite não era outro senão Daniel Quilp. A portinha pela qual ele enfiou a cabeça ficava perto da despensa da estalagem; e lá estava ele, curvando-se com uma polidez grotesca, tão à vontade como se a porta fosse a de sua própria casa, arruinando todas as pernas de carneiro e as aves assadas por sua proximidade e parecendo o gênio do mal vindo dos porões, subindo do subsolo para alguma travessura.

– Você me daria a honra? – disse Quilp.

– Prefiro ficar sozinho – respondeu o cavalheiro solteiro.

– Ah! – disse Quilp. E, com isso, ele avançou novamente com um salto e bateu a portinha, como o boneco de um relógio holandês quando a hora bate.

– Ora, foi logo ontem à noite, senhor – sussurrou a mãe de Kit –, que o deixei em Little Bethel.

– De fato! – disse seu companheiro de viagem. – Quando essa pessoa chegou aqui, garçom?

– Veio na carruagem noturna nesta manhã, senhor.

– Hum! E quando ele vai embora?

– Não sei dizer, senhor, realmente. Quando a camareira lhe perguntou há pouco se ele queria uma cama, senhor, ele primeiro fez caretas para ela e depois tentou beijá-la.

A velha loja de curiosidades – Tomo 2

– Peça que ele venha até aqui – disse o cavalheiro solteiro. – Eu ficaria feliz em trocar umas palavras com ele, diga-lhe. Implore a ele para vir imediatamente, ouviu?

O homem ficou olhando ao receber essas instruções, pois o cavalheiro solteiro não apenas demonstrara tanto espanto quanto a mãe de Kit ao ver o anão, mas, não tendo medo dele, não fizera nenhum esforço para esconder sua antipatia e repugnância. Ele partiu em sua missão, no entanto, e voltou imediatamente, introduzindo seu convidado.

– Seu servo, senhor – disse o anão. – Encontrei seu mensageiro no meio do caminho. Achei que me permitiria fazer meus cumprimentos a você. Espero que esteja bem.

Houve uma breve pausa, enquanto o anão, com os olhos semicerrados e o rosto enrugado, esperava por uma resposta. Não recebendo nenhuma, ele se voltou para a sua conhecida mais familiar.

– Mãe do Christopher! – gritou ele. – Uma senhora tão querida, uma mulher tão digna, tão abençoada por seu filho honesto! Como está a mãe de Christopher? A mudança de ares e de cenário a melhorou? Sua pequena família também, e Christopher? Eles cresceram? Eles têm passado bem? Eles estão se tornando cidadãos dignos, hein?

Fazendo sua voz subir na escala a cada pergunta que se seguia, o senhor Quilp terminou com um guincho estridente e diminuiu para o olhar ofegante que lhe era peculiar e que, fosse assumido ou fingido, tinha igualmente o efeito de eliminar qualquer expressão de seu rosto e torná-lo, quanto a fornecer qualquer indicador de seu humor ou significado, uma tela em branco.

– Senhor Quilp – disse o cavalheiro solteiro.

O anão levou a mão à grande orelha abaulada e fingiu a maior atenção.

– Nós dois nos conhecemos antes...

– Certamente! – gritou Quilp, balançando a cabeça. – Oh, certamente, senhor. Uma grande honra e prazer; ambos, mãe do Christopher, ambos. Não devem ser esquecidos tão cedo, de jeito nenhum!

437

– Você deve se lembrar de que, no dia em que cheguei a Londres e encontrei a casa que eu buscava vazia e deserta, fui encaminhado por alguns dos vizinhos até você e o esperei sem parar para descansar ou me refrescar?

– Que precipitado foi, mas que atitude séria e eficaz – disse Quilp, conferenciando consigo mesmo, imitando seu amigo, o senhor Sampson Brass.

– Eu descobri – disse o cavalheiro solteiro – que você, inexplicavelmente, estava de posse de tudo que tinha pertencido recentemente a outro homem e que aquele outro homem, que, até o momento em que você entrou na propriedade dele, tinha sido considerado rico, estava reduzido à mendicância repentina e expulso de casa e de seu lar.

– Tínhamos garantias para o que fizemos, meu bom senhor – replicou Quilp. – Tínhamos nosso mandado. Não diga "expulso" também. Ele foi por conta própria; desapareceu durante a noite, senhor.

– Não importa – disse o cavalheiro solteiro com raiva. – Ele se foi.

– Sim, ele se foi – disse Quilp, com a mesma compostura exasperante. – Sem dúvida ele se foi. A única questão era para onde. E ainda é uma questão.

– O que devo pensar – disse o cavalheiro solteiro, severamente em relação a ele – de você, que, claramente indisposto na ocasião a me dar qualquer informação, ou pior, obviamente se defendendo e protegendo-se com todos os tipos de astúcia, trapaça e evasão, agora está farejando os meus passos?

– Eu, farejando?! – gritou Quilp.

– Por quê? Você não está? – disse seu questionador, em um estado de extrema irritação. – Você não esteve há algumas horas, sessenta milhas de distância daqui, na capela a que essa boa mulher foi fazer suas orações?

– Ela também estava lá? – perguntou Quilp, ainda perfeitamente impassível. – Eu poderia dizer, se eu estivesse inclinado a ser rude, como vou saber se você está seguindo MEUS passos? Sim, eu estava na capela. O que tem isso demais? Li em livros que os peregrinos costumavam ir à capela antes de viajar, para rogar para que voltem em segurança. Homens sábios! As viagens são muito perigosas, especialmente fora da carruagem. As rodas se soltam, os cavalos se assustam, os cocheiros dirigem rápido demais, os coches tombam. Sempre vou à capela antes de iniciar minhas viagens. É a última coisa que faço nessas ocasiões, de fato.

Que Quilp mentiu com mais vigor nesse discurso não precisou de muita reflexão para descobrir, embora para qualquer coisa que ele sofreu aparecer em seu rosto, voz ou gestos ele precisasse estar apegado à verdade com a calma e a constância de um mártir.

– Em nome de tudo que é calculado para deixar alguém louco, senhor – disse o infeliz cavalheiro solteiro –, você não assumiu, por algum motivo particular, a minha missão? Você não sabe com que propósito eu vim aqui e, se sabe, não pode dizer nada sobre isso?

– Você acha que sou um mágico, senhor? – respondeu Quilp, enco- lhendo os ombros. – Se eu fosse, deveria prever meu próprio destino e realizá-lo.

– Bem, já dissemos tudo o que precisávamos dizer, pelo que vejo – res- pondeu o outro, atirando-se impacientemente num sofá. – Peço que nos deixe agora, por favor.

– De boa vontade – respondeu Quilp. – De boa vontade. Mãe do Christopher, minha boa alma, adeus. Tenha uma viagem agradável de volta, senhor.

Com essas palavras de despedida, e com um sorriso no rosto total- mente indescritível, mas que parecia ser composto de todas as caretas monstruosas de que os homens ou os macacos são capazes, o anão recuou lentamente e fechou a porta atrás de si.

– Oh, oh! – disse ele quando entrou de novo no seu quarto e sentou-se numa cadeira com as mãos na cintura. – Oh, oh! Você está aí meu amigo? De verdade?

Rindo como se estivesse em grande alegria e recompensando-se pela restrição que ultimamente colocara em seu semblante torcendo-o em todas as variedades imagináveis de feiura, o senhor Quilp, balançando-se para a frente e para trás em sua cadeira e acariciando sua perna esquerda ao mesmo tempo, entrou em certas meditações cuja natureza pode ser necessário revelar aqui.

Primeiro, ele reviu as circunstâncias que o levaram a chegar até aquele local, que em resumo foram as seguintes. Ao aparecer no escritório do senhor Sampson Brass na noite anterior, na ausência daquele cavalheiro e de sua erudita irmã, ele se deparou com o senhor Swiveller, que por acaso naquele momento estava borrifando um copo de gim morno e água sobre a poeira da lei e estava molhando a sua garganta, como se diz popularmente, com bastante apetite. Mas, como a garganta já estava quase encharcada, a consciência tornou-se fraca e incerta, cedendo em assuntos inesperados, retendo informações, mas apenas vagamente, e não preservando nenhuma força ou firmeza de caráter, assim como era disposição do senhor Swiveller, que, umedecendo em demasia a garganta, estava bastante solto e escorregadio, de modo que suas ideias estavam perdendo a clareza e se chocando umas com as outras. Não é incomum que o ser humano nessas condições valorize-se acima de todas as coisas por sua grande prudência e sagacidade; e o senhor Swiveller, valorizando-se especialmente por essas qualidades, aproveitou a ocasião para observar que havia feito estranhas descobertas em relação ao cavalheiro solteiro que se hospedava acima, que ele havia determinado manter em segredo, e que nem torturas nem bajulação deveriam jamais induzi-lo a revelar. Por essa determinação, o senhor Quilp expressou sua aprovação e, empenhando-se ao mesmo tempo para convencer o senhor Swiveller a reconsiderar, logo soube que o cavalheiro solteiro havia sido visto conversando com Kit, e que esse era o segredo que nunca deveria ser divulgado.

De posse dessa informação, o senhor Quilp supôs diretamente que o cavalheiro solteiro do andar de cima devia ser o mesmo indivíduo que tinha esperado por ele e, tendo-se assegurado por meio de novas investigações de que essa suposição estava correta, não teve dificuldade em chegar à conclusão de que a intenção e o objetivo de seu contato com Kit eram a recuperação de seu antigo cliente e da criança. Ardendo de curiosidade para saber o que estava acontecendo, ele decidiu atacar a mãe de Kit como a pessoa menos capaz de resistir às suas artimanhas e, consequentemente, a mais provável de ser aprisionada nas revelações que ele buscava; então, despedindo-se abruptamente do senhor Swiveller, ele correu para a casa dela. Sendo uma boa mulher de trato doméstico, ele perguntou a uma vizinha, como o próprio Kit fez logo em seguida, e sendo dirigido até a capela, correu até lá a fim de emboscá-la, no final do ofício.

Ele não estava sentado ali por mais de um quarto de hora, e, com os olhos piamente fixos no teto, sorria interiormente da ironia que sua presença ali representava, quando o próprio Kit apareceu. Vigilante como um lince, um olhar mostrou ao anão que ele tinha vindo a negócios. Aparentemente absorto, como vimos, e fingindo uma abstração profunda, ele notou todas as ações do comportamento de Kit, e, quando este se retirou com sua família, o anão disparou atrás dele. Em suma, ele os seguiu até a casa do notário; soube o destino da carruagem com um dos carroceiros; e, sabendo que uma carruagem noturna veloz partia para o mesmo lugar, no mesmo horário, quase a ponto de baterem, saindo de uma rua próxima, disparou atrás da carruagem sem mais delongas e sentou-se no banco acima da cabine. Depois de passar e repassar a carruagem na estrada e ser ultrapassado e repassado por ela várias vezes no decorrer da noite, conforme suas paradas fossem mais longas ou mais curtas ou sua velocidade de viagem variasse, eles chegaram à cidade quase juntos. Quilp manteve a carruagem à vista, misturou-se à multidão, soube da incumbência do cavalheiro solteiro e de seu fracasso e, tendo se apossado de tudo o que era importante saber, saiu apressado, chegou à pousada antes dele, teve a conversa detalhada há pouco e fechou-se na pequena sala em que rememorou apressadamente todas essas ocorrências.

– Você está aí, não é, meu amigo? – ele repetiu, mordendo as unhas avidamente. – Sou suspeito e posto de lado, e na verdade Kit é o agente confidencial, não é? Terei de me livrar dele, eu temo. Se tivesse me acertado com eles nesta manhã – continuou ele, após uma pausa pensativa –, eu estaria pronto para um ajuste de contas. Eu poderia ter obtido meu lucro. Se não fosse por esses beatos hipócritas, o rapaz e sua mãe, eu poderia colocar esse cavalheiro destemido tão confortavelmente em minha rede quanto nosso velho amigo, nosso amigo em comum, ha!, ha!, e a gordinha e rosada Nell. Na pior das hipóteses, é uma oportunidade de ouro, que não pode ser desperdiçada. Deixe-nos encontrá-los primeiro, e eu acharei um meio de drenar um pouco de seu dinheiro supérfluo, senhor, enquanto houver grades na prisão e ferrolhos e fechaduras, para manter seu amigo ou parente em segurança. Eu odeio seu povo virtuoso! – disse o anão, jogando para dentro uma dose enorme de conhaque e estalando os lábios. – Ah! Eu odeio todos eles!

Isso não foi um mero desabafo vazio, mas uma confissão deliberada de seus sentimentos reais, pois o senhor Quilp, que não amava ninguém, aos poucos passou a odiar todos quase ou remotamente todos ligados ao seu cliente arruinado: o próprio velho, porque ele foi capaz de enganá-lo e escapar de sua vigilância; a criança, porque ela era objeto de pena e autocensura constante da senhora Quilp; o cavalheiro solteiro, por causa de sua aversão a ele; Kit e sua mãe, mais mortalmente, pelas razões apresentadas. Acima e além daquele sentimento geral de oposição a eles, que teria sido inseparável de seu desejo voraz de enriquecer com essas circunstâncias alteradas, Daniel Quilp odiava a todos.

Com esse humor amigável, o senhor Quilp animou a si mesmo e seus ódios com mais conhaque, e então, trocando de aposento, retirou-se para uma obscura cervejaria, e sob esse abrigo ele avaliou todas as possíveis investigações que pudessem levar à descoberta do velho e sua neta. Mas tudo foi em vão. Não foi possível obter o menor vestígio ou pista. Eles haviam deixado a cidade à noite; ninguém os tinha visto partir; ninguém os conhecia na estrada; o motorista de nenhuma carruagem, carroça ou coche vira qualquer viajante que correspondesse à sua descrição; ninguém tinha se juntado a eles ou ouvido falar deles. Finalmente convencido de que, no momento, todas essas tentativas eram inúteis, ele nomeou dois ou três batedores, com promessas de grandes recompensas caso eles lhe enviassem informações, e voltou a Londres na carruagem do dia seguinte.

Foi uma grande gratificação para o senhor Quilp descobrir, enquanto ele ocupava seu lugar em cima do coche, que a mãe de Kit estava sozinha lá dentro; desse fato ele tirou, no curso da viagem, muita disposição, visto que, estando ela sozinha, lhe permitiu aterrorizá-la com muitos aborrecimentos extraordinários, como ficar pendurado na lateral da carruagem arriscando sua vida e olhando fixamente para dentro com seus grandes olhos arregalados, que pareciam aos dela ainda mais horríveis por seu rosto estar de cabeça para baixo; esgueirando-se dessa forma de uma janela para outra; abaixando-se agilmente sempre que trocavam de cavalo e enfiando a cabeça pela janela com um olhar sombrio: torturas engenhosas que tiveram tanto efeito sobre a senhora Nubbles que ela não conseguiu resistir, naquele momento, à crença de que o senhor Quilp não agia por conta própria; essa pessoa representava e personificava o Poder do Mal, que era tão vigorosamente atacado em Little Bethel, e que, por causa de sua apostasia em relação à visita a Astley e às ostras, estava agora brincalhão e desenfreado em represália.

Kit, tendo sido avisado por carta da intenção do retorno de sua mãe, esperava por ela na cocheira; e grande foi sua surpresa ao ver, olhando de soslaio por cima do ombro do cocheiro como um demônio familiar, invisível a todos os olhares, exceto aos seus, o rosto conhecido de Quilp.

– Como você está, Christopher? – resmungou o anão da carroceria.

– Tudo bem, Christopher. A mãe está lá dentro.

– Por que ele estava aqui, mãe? Como? – Kit sussurrou.

– Não sei como ele veio ou por quê, meu querido – respondeu a senhora Nubbles, descendo com a ajuda do filho –, mas ele tem sido o terror dos meus sete sentidos durante todo este dia abençoado.

– É verdade?! – gritou Kit.

– Você não acreditaria, não acreditaria – respondeu a mãe –, mas não diga uma palavra a ele, pois realmente não acredito que ele seja humano. Silêncio! Não se vire como se eu estivesse falando dele, mas ele está me encarando com os olhos semicerrados sob o brilho intenso da lâmpada da carruagem, que horror!

Apesar da recomendação da mãe, Kit se virou bruscamente para olhar. O senhor Quilp olhava serenamente para as estrelas, totalmente absorto na contemplação celestial.

– Oh, ele é a criatura mais astuta! – gritou a senhora Nubbles. – Mas vá embora. Não fale com ele, por nada neste mundo.

– Vou sim, mãe. Que absurdo. Eu digo, senhor…

O senhor Quilp fingiu surpresa e olhou em volta sorrindo.

– Você, deixe minha mãe em paz, sim? – disse Kit. – Como se atreve a provocar uma pobre mulher solitária como ela, deixando-a infeliz e melancólica, como se ela já não tivesse motivos suficientes para ser assim sem a sua ajuda? Você não tem vergonha de si mesmo, seu monstrinho?

– Monstro! – disse Quilp interiormente, com um sorriso. – O anão mais feio que poderia ser visto em qualquer lugar por um centavo, monstro… ah!

– Mostre a ela um pouco do seu atrevimento de novo – retomou Kit, colocando a caixa de fita no ombro – e vou lhe dizer uma coisa, senhor Quilp, não vou mais tolerar. Você não tem o direito de fazer isso; tenho certeza de que nunca interferimos com você. Esta não é a primeira vez; e, se alguma vez a preocupar ou assustar de novo, serei obrigado (embora deva lamentar muito em fazê-lo, devido ao seu tamanho) a bater em você.

Quilp não disse uma palavra em resposta, mas, caminhando tão perto de Kit a ponto de trazer seus olhos a cinco ou três centímetros de seu rosto, olhou fixamente para ele, recuou um pouco sem desviar seu olhar, aproximou-se novamente, novamente se retirou, e assim repetiu meia dúzia de vezes, como uma cabeça em um show de horrores. Kit se manteve firme como se esperasse um ataque imediato, mas, descobrindo que nada resultava desses gestos, estalou os dedos e foi embora. Sua mãe o arrastou o mais rápido que podia e, mesmo no meio das notícias do pequeno Jacob e do bebê, olhava ansiosamente por cima do ombro para ver se Quilp não os estava seguindo.

Capítulo 49

A mãe de Kit poderia ter se poupado do trabalho de olhar para trás tantas vezes, pois nada estava mais longe dos pensamentos do senhor Quilp do que qualquer intenção de perseguir a ela e seu filho ou retomar a briga da qual eles haviam se separado. Ele seguiu seu caminho, assobiando de vez em quando alguns fragmentos de uma melodia; e, com um rosto bastante tranquilo e composto, correu agradavelmente para casa, entretendo-se enquanto partia com lembranças dos medos e terrores da senhora Quilp, que, não tendo recebido nenhuma informação dele por três dias inteiros e duas noites, e não tendo tido nenhum aviso antecipado de sua ausência, estava sem dúvida naquele momento em um estado de desespero e constantemente desmaiando de ansiedade e tristeza.

Essa probabilidade jocosa era tão característica do humor do ano e tão estranhamente divertida para ele que ele ria enquanto caminhava até que as lágrimas corressem por seu rosto; e, mais de uma vez, quando se viu em uma rua secundária, extravasou sua alegria com um grito estridente, que aterrorizaria qualquer passageiro solitário que por acaso caminhasse inadvertidamente diante dele, o que aumentava sua disposição e o fazia notavelmente mais alegre e efusivo.

Nesse feliz fluxo de ânimo, o senhor Quilp chegou a Tower Hill, quando, olhando pela janela de sua própria sala de estar, pensou ter visto mais luz do que o normal em uma casa de tristezas. Aproximando-se e ouvindo com atenção, ele escutou várias vozes em conversas sérias, entre as quais ele pôde distinguir não apenas as de sua esposa e sogra, mas as línguas de alguns homens.

– A-há! – gritou o anão ciumento. – O que é isso? Elas entretêm visitantes enquanto estou fora?

Uma tosse abafada de cima foi a resposta. Ele apalpou os bolsos em busca da chave, mas havia esquecido. Não havia saída senão bater à porta.

– Uma luz na passagem – disse Quilp, espiando pelo buraco da fechadura. – Uma batida muito suave; e, com sua permissão, minha senhora, ainda posso atacá-la de surpresa. Vamos lá!

Uma batida muito baixa e suave não obteve resposta de dentro. Mas, depois de uma segunda batida com a aldrava, não mais alta que a primeira, a porta foi aberta suavemente pelo menino do cais, que Quilp instantaneamente amordaçou com uma das mãos e arrastou para a rua com a outra.

– Você vai me estrangular, mestre – sussurrou o menino. – Solte-me, por favor.

– Quem está no andar de cima, seu cachorro? – retrucou Quilp no mesmo tom. – Conte-me. E não fale tão alto, ou vou enforcá-lo para valer.

O menino só conseguiu apontar para a janela e responder com uma risadinha abafada, expressiva de tão intensa alegria, que Quilp o agarrou pelo pescoço de modo a quase levar sua ameaça a cabo, ou pelo menos ter feito um bom estrago nesse sentido, mas, como o menino se libertou agilmente de suas garras e se fortaleceu se esquivando para trás do poste mais próximo, após algumas tentativas infrutíferas de agarrá-lo pelos cabelos, seu mestre foi obrigado a negociar.

– Você vai me responder? – disse Quilp. – O que está acontecendo lá em cima?

– Você não deixa ninguém falar – respondeu o menino. – Eles... Ha, ha, ha! Eles pensam que você... que você está morto. Ha, ha, ha!

– Morto? – gritou Quilp, relaxando em uma risada sombria. – Não! Eles pensaram... É verdade, seu cachorro?

– Eles pensam que você está... você está afogado – respondeu o menino, que em sua natureza maliciosa recebeu uma forte influência de seu mestre. – Você foi visto pela última vez na beira do cais e eles acham que você caiu. Ha, ha!

A perspectiva de bancar o espião em circunstâncias tão deliciosas e de desapontar a todos entrando com vida deu mais prazer a Quilp do que o maior golpe de sorte poderia tê-lo inspirado. Ele não estava menos excitado do que seu esperançoso assistente, e os dois ficaram parados por alguns segundos, sorrindo, ofegando e balançando a cabeça um para o outro, um de cada lado do poste, como um par incomparável de duas estátuas chinesas.

– Nem uma palavra – disse Quilp, indo em direção à porta na ponta dos pés. – Nem um som, nem mesmo uma tábua rangendo ou um tropeço em uma teia de aranha. Afogado, hein, senhora Quilp! Afogado!

Dizendo isso, ele apagou a vela, tirou os sapatos e tateou para subir as escadas, deixando seu jovem amigo em êxtase na calçada.

Destrancada a porta do quarto da escada, o senhor Quilp entrou e plantou-se atrás da porta de comunicação entre aquele aposento e a sala de estar, que estava entreaberta para torná-la mais arejada e com uma fenda muito conveniente (da qual muitas vezes ele se valeu para propósitos de espionagem, e de fato aumentou com seu canivete), permitindo-lhe não apenas ouvir, mas ver claramente o que estava acontecendo.

Colocando seus olhos neste lugar conveniente, ele avistou o senhor Brass sentado à mesa com caneta, tinta e papel, e a caixa com a garrafa de rum, sua própria garrafa, sua própria reserva particular da Jamaica, ao alcance de suas mãos, com água quente, limões perfumados, açúcar em bloco branco e todas as coisas adequadas; desses materiais selecionados, Sampson, de forma alguma insensível às reivindicações de sua atenção, tinha composto um copo poderoso de ponche escaldante, que ele estava naquele exato momento mexendo com uma colher de chá e contemplando com olhares nos quais se via uma leve suposição de pesar e de luto, mas muito leve, com uma alegria branda e confortável. Na mesma mesa, com os cotovelos apoiados, estava a senhora Jiniwin, não mais bebericando o ponche de outras pessoas com colheres de chá, mas tomando grandes goles de uma caneca própria; enquanto sua filha, não exatamente com cinzas na cabeça ou pano de saco nas costas, mas preservando uma aparência muito decente e adequada de tristeza, estava reclinada em uma poltrona, e acalmava sua dor com uma pequena porção do mesmo líquido displicente. Também estavam presentes dois homens do lado da água, carregando entre si certas máquinas chamadas de redes de arrasto; mesmo esses camaradas estavam acomodados com um grande copo cada um e, como os demais, bebiam com grande prazer e tinham naturalmente nariz vermelho, rosto cheio de espinhas e aparência alegre, sua presença aumentava mais do que diminuía aquela decidida aparência de conforto, que era a grande característica da festa.

– Se eu pudesse envenenar o rum e a água daquela velha senhora – murmurou Quilp –, morreria feliz.

– Ah! – disse o senhor Brass, quebrando o silêncio e erguendo os olhos para o teto com um suspiro. – Quem sabe se ele pode estar olhando para nós agora! Quem sabe ele pode estar nos observando de… de um lugar ou de outro e nos contemplando atentamente! Oh, Deus!

Aqui o senhor Brass parou para beber metade do seu ponche e depois recomeçou; olhando para a outra metade, enquanto falava, com um sorriso abatido.

– Quase posso imaginar – disse o advogado balançando a cabeça – que vejo seus olhos brilhando bem no fundo da minha bebida. Quando iremos olhar para ele novamente? Nunca, nunca! Num minuto estamos aqui – falou segurando um copo diante dos olhos –, no próximo estamos lá – e engoliu seu conteúdo e golpeando-se enfaticamente um pouco abaixo do peito –, no túmulo silencioso. E pensar que eu estaria aqui bebendo seu próprio rum! Parece um pesadelo.

Com o objetivo, sem dúvida, de testar a realidade de sua posição, o senhor Brass empurrou o copo, enquanto falava com a senhora Jiniwin, para ser reabastecido; e voltou-se para os marinheiros atendentes.

– A busca não teve sucesso, então?

– Exatamente, mestre. Mas devo dizer que, se ele aparecer em algum lugar, vai chegar a algum lugar perto de Grinidge amanhã, na maré vazante, certo, meu caro?

O outro senhor concordou, dizendo que ele era esperado no hospital e que vários servidores estariam prontos para recebê-lo se ali ele chegasse.

– Então não temos nada a fazer além da aceitação – disse o senhor Brass –, nada além de resignação e expectativa. Seria um conforto ter seu corpo; seria um triste consolo.

– Oh, sem dúvida – concordou a senhora Jiniwin apressadamente. – Se já tivéssemos isso, aí teríamos certeza.

– Quanto ao anúncio descritivo – disse Sampson Brass, pegando na caneta. – É um dever melancólico relembrar seus traços. Com respeito às pernas dele agora...?

– Tortas, certamente – disse a senhora Jiniwin.

– Você acha que elas ERAM tortas? – disse Brass, em um tom insinuante. – Acho que as vejo agora subindo a rua bem separadas, com pantalonas de babá um pouco encolhidas e sem alças. Ah! Em que vale de lágrimas vivemos. Dizemos tortas?

– Acho que eram um pouco assim – observou a senhora Quilp com um soluço.

– Pernas tortas – disse Brass, escrevendo enquanto falava. – Cabeça grande, corpo curto, pernas tortas...

– Muito tortas – sugeriu a senhora Jiniwin.

– Não diremos muito tortas, senhora – disse Brass piedosamente. – Não nos importemos com as fraquezas do falecido. Ele se foi, senhora, para um lugar onde suas pernas nunca serão questionadas. Nós nos contentaremos com tortas, senhora Jiniwin, e pronto!

– Achei que você queria a verdade – disse a velha. – Isso é tudo.

– Bendito sejam seus olhos, como eu amo você – murmurou Quilp. – Lá vai ela de novo. Nada além de um soco!

– Esta é uma atividade – disse o advogado, largando a caneta e esvaziando o copo – que parece trazê-lo aos meus olhos como o fantasma do pai de Hamlet, nas mesmas roupas que ele usava nos dias de trabalho. Seu paletó, seu colete, seus sapatos e meias, suas calças, seu chapéu, sua inteligência e humor, sua piedade e seu guarda-chuva, tudo vem diante de mim como visões de minha juventude. Seu linho! – disse o senhor Brass, sorrindo afetuosamente para a parede –, seu linho, que sempre foi de uma cor especial, pois tal era seu capricho e fantasia, como vejo claramente seu linho agora!

– É melhor você continuar, senhor – disse a senhora Jiniwin com impaciência.

– É verdade, senhora, é verdade – exclamou o senhor Brass. – Nossas faculdades não devem congelar de tristeza. Vou incomodá-la com um pouco mais disso, senhora. Uma questão surge agora, em relação ao nariz dele.

– Chato – disse a senhora Jiniwin.

– Aquilino! – gritou Quilp, empurrando sua cabeça e acertando o rosto com o punho. – Aquilino, sua bruxa. Você vê? Você chama isso de chato? Hein?

– Oh, esplêndido! Esplêndido! – gritou Brass, por mera força do hábito. – Excelente! Ele é muito bom! Ele é um homem notável, extremamente caprichoso! Que incrível poder de pegar as pessoas de surpresa!

Quilp não deu atenção a esses elogios, nem ao olhar duvidoso e amedrontado em que o advogado foi se acalmando aos poucos, nem aos gritos de sua esposa e sogra, nem à fuga desta última da sala, nem da primeira desmaiando. Mantendo os olhos fixos em Sampson Brass, ele caminhou até a mesa e, começando com seu copo, bebeu o conteúdo e seguiu virando até esvaziar os outros dois e, quando agarrou a caixa e a colocou sob seu braço, examinou-o com o olhar malicioso mais extraordinário.

– Ainda não, Sampson – disse Quilp. – Ainda não!

– Oh, muito bom mesmo! – gritou Brass, recuperando um pouco o ânimo. – Ha, ha, ha! Muito bom! Não há outro homem vivo que poderia levar isso adiante. Uma posição muito difícil de encenar. Mas ele tem uma dose de bom humor, uma dose incrível!

– Boa noite – disse o anão, assentindo expressivamente.

– Boa noite, senhor, boa noite – gritou o advogado, recuando em direção à porta. – Esta é uma ocasião realmente alegre, extremamente alegre. Ha, ha, ha! Oh, muito rico, muito rico mesmo, extraordinariamente!

Esperando até que as felicitações do senhor Brass morressem a distância (pois ele continuava a despejá-las, descendo as escadas), Quilp avançou na direção dos dois homens, que ainda permaneciam numa espécie de espanto estúpido.

– Vocês arrastaram a rede no rio o dia todo, senhores? – perguntou o anão, segurando a porta aberta com grande educação.

– E ontem também, mestre.

– Minha nossa, vocês tiveram muitos problemas. Por favor, considerem seu tudo o que encontrarem junto com o... com o cadáver. Boa noite!

Os homens se entreolharam, mas evidentemente não tinham vontade de discutir o assunto naquele momento e saíram arrastados da sala. Efetuada a rápida evacuação, Quilp trancou as portas; e, ainda abraçando a caixa-garrafa de rum, com os ombros encolhidos e os braços cruzados, ficou olhando para sua esposa insensível como um pesadelo interrompido.

Capítulo 50

As diferenças matrimoniais são geralmente discutidas pelas partes interessadas na forma de um diálogo, no qual a senhora tem pelo menos metade de sua parte. As do senhor e da senhora Quilp, entretanto, eram uma exceção à regra geral; os comentários que ocorriam limitavam-se a um longo solilóquio por parte do cavalheiro, talvez com algumas observações depreciativas da senhora, não se estendendo além de um monossílabo trêmulo proferido em longos intervalos, e em um tom muito submisso e humilde. Na ocasião presente, a senhora Quilp não se aventurou por muito tempo nem mesmo em sua defesa gentil, mas, quando se recuperou do desmaio, sentou-se em um silêncio choroso, ouvindo humildemente as reprovações de seu senhor e amo.

Destas, o senhor Quilp se apresentou com a maior animação e rapidez, e com tantas contorções de membros e de feições que até sua esposa, embora razoavelmente bem acostumada com sua proficiência nesses aspectos, estava quase fora de si de medo. Mas o rum da Jamaica e a alegria de ter ocasionado uma grande decepção aos poucos esfriaram a ira de senhor Quilp, que, de estar em um calor selvagem, caiu lentamente para o ponto de zombaria ou risada, no qual permaneceu constantemente.

– Então você pensou que eu estava morto e tinha partido, não é? – disse Quilp. – Você pensou que era viúva, hein? Ha, ha, ha, sua megera.

– De fato, Quilp – respondeu sua esposa. – Eu sinto muito...

– Quem duvida? – gritou o anão. – Você sente muito? Tenho certeza de que sim. Quem duvida que você está MUITO arrependida?

– Não quero dizer que sinto que você tenha voltado para casa vivo e bem – disse a esposa –, mas, sim, por ter sido levada a tal crença. Estou feliz em ver você, Quilp. De fato, eu estou.

Na verdade, a senhora Quilp parecia muito mais feliz em ver seu senhor do que se poderia esperar e demonstrou certo interesse por sua segurança que, considerando todas as coisas, era inexplicável. Em Quilp, entretanto, essa circunstância não causou impressão, além de quando estalou os dedos perto dos olhos da esposa, com vários sorrisos de triunfo e escárnio.

– Como você pôde se ausentar por tanto tempo sem me dizer uma palavra ou me deixar ouvir sobre você ou saber qualquer coisa a seu respeito? – perguntou a pobre mulher soluçando. – Como você pôde ser tão cruel, Quilp?

– Como pude ser tão cruel? Cruel? – gritou o anão. – Porque eu estava com vontade. Estou de bom humor agora. Serei cruel quando quiser. Eu estou indo embora de novo.

– De novo não!

– Sim, novamente. Eu estou indo embora agora. Estou saindo imediatamente. Pretendo ir morar onde quer que a alegria me permita, no cais, no escritório de contabilidade, e ser um solteirão alegre. Você foi viúva por antecipação. Droga! – gritou o anão. – Serei solteiro de verdade.

– Você não pode estar falando sério, Quilp – soluçou sua esposa.

– Eu lhe digo – disse o anão, exultando com seu projeto – que serei um solteiro, um solteiro que se preocupa com o diabo, e terei meu quarto de solteiro na casa de contabilidade, e quero ver se você irá até lá, se você ousar. E lembre-se também de que posso atacar você em qualquer hora, inesperadamente de novo, pois serei seu espião e irei e voltarei como uma toupeira ou um tecelão. Tom Scott, onde está Tom Scott?

– Aqui estou, mestre! – gritou a voz do menino, quando Quilp abriu a janela.

– Espere aí, seu cachorro – respondeu o anão –, para carregar uma mala de solteiro. Faça as malas, senhora Quilp. Ponha a querida velhinha para ajudar; recheie-a bem. Olá, olá, aí!

Com essas exclamações, o senhor Quilp pegou o atiçador e, correndo para a porta do quarto de dormir da boa dama, bateu nela até que ela acordou em terror inexprimível, pensando que seu amável genro certamente pretendia matá-la em justificativa das pernas que ela caluniou. Impressionada com esse pensamento, mal acordou e gritou violentamente, e teria logo pulado pela janela e por uma claraboia vizinha se a filha não corresse para acudi-la e implorar sua ajuda. Um tanto tranquilizada por seu relato do serviço que deveria prestar, a senhora Jiniwin apareceu em um roupão de flanela; e mãe e filha, tremendo de terror e frio, pois a noite já estava muito avançada, obedeceram às instruções do senhor Quilp em um silêncio submisso. Prolongando os preparativos tanto quanto possível, para maior conforto, aquele cavalheiro excêntrico supervisionou o acondicionamento de seu guarda-roupa e acrescentou a ele, com as próprias mãos, um prato, faca e garfo, colher, xícara de chá e pires, e outras miudezas de casa, amarrou a mala de viagem, colocou-a nos ombros e realmente saiu marchando sem dizer uma palavra, e com a caixa e a garrafa (que ele nunca havia largado) ainda firmemente presa debaixo do braço. Entregando seu fardo mais pesado aos cuidados de Tom Scott quando ele chegou à rua, tomando um gole da garrafa para seu próprio incentivo e dando ao menino uma batida na cabeça como um pequeno aperitivo para si mesmo, Quilp muito deliberadamente liderou o caminho para o cais e o alcançou entre três e quatro horas da manhã.

– Confortável! – disse Quilp, depois de tatear até a contabilidade de madeira e abrir a porta com uma chave que carregava consigo. – Lindamente confortável! Acorde-me às oito, seu cachorro.

Sem mais nenhuma despedida formal ou explicação, ele agarrou a valise, fechou a porta na cara de seu assistente e subiu na mesa, enrolando-se como um porco-espinho em uma velha capa de barco e adormeceu profundamente.

Acordado pela manhã na hora marcada, e com dificuldade, depois de seus esforços tão tarde da noite, Quilp instruiu Tom Scott a fazer uma fogueira no quintal com vários pedaços de madeira velha e a preparar um café para o desjejum. Para garantir o melhor suprimento possível para a refeição, foram confiados ao garoto alguns trocados, para serem gastos na compra de pãezinhos quentes, manteiga, açúcar, arenque Yarmouth e outros artigos para arrumação de casa, de modo que em poucos minutos uma refeição saborosa estava fumegando no tabuleiro. Com esse conforto substancial, o anão regalou-se ao máximo, e, estando muito satisfeito com esse modo de vida livre e cigano (que ele frequentemente planejava, aproveitando, sempre que quisesse, de uma agradável liberdade das restrições do matrimônio e um meio de escolha de manter a senhora Quilp e a mãe dela em estado de agitação e suspense incessantes), esforçou-se para arrumar seu retiro e torná-lo mais cômodo e confortável.

Com essa ideia, ele saiu para um lugar próximo, onde se vendiam artigos de marinheiro, comprou uma rede de segunda mão e mandou pendurá-la como um nó de marinheiro no teto da contabilidade. Também mandou erguer, na mesma cabina mofada, um velho fogão de navio com uma chaminé enferrujada para levar a fumaça pelo teto; e esses arranjos completados inspecionou-os com prazer.

– Eu tenho uma casa de campo como Robinson Crusoé – disse o anão, olhando as acomodações. – Um lugar solitário, afastado, como uma ilha deserta, onde posso estar bem sozinho quando tiver que tratar de negócios, e estar seguro de todos os espiões e ouvintes. Ninguém perto de mim aqui, exceto ratos, e eles são bons sujeitos, secretos e furtivos. Serei tão alegre quanto um baixinho entre esses grandes nobres. Vou procurar por alguém como Christopher e envená-lo... Ha, ha, ha! No entanto, negócios, negócios, devemos estar atentos aos negócios no meio do prazer, e o tempo voou nesta manhã, eu digo.

Instruindo Tom Scott a aguardar seu retorno e não se apoiar sobre a cabeça, não dar cambalhotas nem andar sobre as mãos enquanto isso, sob pena de castigos infinitos, o anão se lançou em um barco e cruzou para o outro lado do rio, e depois, acelerando a pé, chegou à casa de entretenimento usual do senhor Swiveller em Bevis Marks, exatamente quando aquele cavalheiro se sentava sozinho para jantar em sua sala escura.

– Dick – disse o anão, enfiando a cabeça pela porta –, meu bichinho de estimação, minha pupila, a menina dos meus olhos, ei, ei!

– Oh, você está aí, então? – disse o senhor Swiveller. – Como você está?

– Como estou, Dick? – retrucou Quilp. – Como está a nata da secretaria, hein?

– Bem azeda, senhor – respondeu o senhor Swiveller. – Começando a beirar a cafonice, na verdade.

– Qual é o problema? – disse o anão, avançando. – Sally se mostrou cruel? "De todas as garotas que são tão espertas, nenhuma como…" Hein, Dick?

– Certamente que não – respondeu o senhor Swiveller, jantando com grande gravidade –, ninguém como ela. Ela é a esfinge da vida privada, a Sally B.

– Você está maluco – disse Quilp, puxando uma cadeira. – Qual é o problema?

– As leis não combinam comigo – respondeu Dick. – Não estão úmidas o suficiente e fico confinado por muito tempo. Tenho pensado em fugir.

– Bah! – disse o anão. – Para onde você fugiria, Dick?

– Não sei – respondeu o senhor Swiveller. – Em direção a Highgate, suponho. Talvez os sinos tocassem "Volte novamente, Swiveller, lorde prefeito de Londres". O nome do prefeito Whittington era Dick. Gostaria que os gatos fossem mais escassos.

Quilp olhou para seu companheiro com os olhos franzidos em uma expressão cômica de curiosidade e esperou pacientemente por sua explicação, na qual, no entanto, o senhor Swiveller parecia não ter pressa em entrar, pois comia um longo jantar em profundo silêncio, e finalmente afastou o prato, jogou-se de volta na cadeira, cruzou os braços e olhou com tristeza para o fogo, onde algumas pontas de charutos fumegavam por conta própria, exalando um odor perfumado.

– Talvez você queira um pedaço de bolo – disse Dick, voltando-se finalmente para o anão. – Você pode comer se quiser. Você deveria, pois tem o seu patrocínio.

– O que você quer dizer? – questionou Quilp.

O senhor Swiveller respondeu tirando do bolso um pacote pequeno e muito gorduroso, desdobrando-o lentamente e exibindo uma pequena fatia de bolo de ameixa de aparência extremamente indigesta e cercada por uma pasta de açúcar branco com dois centímetros e meio de altura.

– De quem você diria que veio isso? – perguntou o senhor Swiveller.

– Parece bolo de noiva – respondeu o anão, sorrindo.

– E de quem você diria que foi? – perguntou o senhor Swiveller, esfregando o bolo contra o nariz com uma calma terrível. – De quem?

– Não!

– Sim – disse Dick –, a própria. Você não precisa nem dizer o nome dela. Não existe esse mais aquele nome agora. O nome dela agora é Cheggs, Sophy Cheggs. Mesmo assim, eu a amei profundamente, e meu coração, meu coração está partido pelo amor de Sophy Cheggs.

Com essa adaptação extemporânea de uma balada popular às circunstâncias angustiantes de seu próprio caso, o senhor Swiveller dobrou o pacote novamente, bateu-o bem achatado entre as palmas das mãos, enfiou-o no bolso da frente, abotoou o casaco sobre ele e cruzou seus braços sobre tudo.

– Agora, espero que esteja satisfeito, senhor – disse Dick – e espero que Fred esteja satisfeito. Vocês se tornaram parceiros na travessura e espero que gostem. Este é o triunfo que eu deveria ter, não é? É como a velha dança country com esse nome, em que há dois cavalheiros para uma senhora, e um está com ela, e o outro não, mas chega mancando por trás para distinguir sua figura. Mas é o destino, e o meu é esmagador.

Disfarçando sua secreta alegria pela derrota do senhor Swiveller, Daniel Quilp adotou o meio mais seguro de acalmá-lo, tocando a campainha e pedindo um suprimento de vinho *rosé* (isto é, de seu representante usual), que ele atendeu com grande entusiasmo, apelando ao senhor Swiveller para acompanhá-lo em vários brindes zombeteiros a Cheggs e elogios à felicidade dos homens solteiros. Tal foi a impressão deles sobre o senhor Swiveller, juntamente com a reflexão de que nenhum homem poderia opor-se ao seu destino, que em um curto espaço de tempo seu ânimo melhorou surpreendentemente e ele pôde dar ao anão um relato do recebimento do bolo, que, ao que parecia, havia sido trazido pessoalmente a Bevis Marks pelas duas senhoritas Wackles restantes e entregue na porta do escritório com muitas risadas e alegria.

– Há! – disse Quilp. – Será nossa vez de rir em breve. E isso me lembra... Você falou do jovem Trent... Onde ele está?

O senhor Swiveller explicou que seu respeitável amigo havia recentemente aceitado uma posição de respeito em uma casa de jogos de locomotivas e estava ausente em uma viagem de negócios entre os espíritos aventureiros da Grã-Bretanha.

– Que pena – disse o anão –, pois vim, na verdade, perguntar a você sobre ele. Um pensamento me ocorreu, Dick. Seu amigo do caminho...

– Que amigo? O do primeiro andar? Sim?

– Seu amigo no primeiro andar, Dick pode conhecê-lo.

– Não, ele não conhece – disse o senhor Swiveller, balançando a cabeça.

– Não! Não, porque ele nunca o viu – respondeu Quilp. – Mas, se fôssemos reuni-los, quem sabe, Dick, mas Fred, devidamente apresentado, serviria a sua vez quase tão bem quanto a pequena Nell ou seu avô, quem sabe se isso poderia fazer a fortuna do jovem, e, através dele, a sua, hein?

– Bem, o fato é – disse o senhor Swiveller – que eles já se reuniram.

– Já se reuniram? – espantou-se o anão, olhando desconfiado para o companheiro. – Por intermédio de quem?

– De mim – disse Dick, ligeiramente constrangido. – Não mencionei isso para você da última vez em que você me chamou ali?

– Você sabe que não fez isso – respondeu o anão.

– Acho que você está certo – disse Dick. – Não, eu não fiz, eu me lembro. Oh, sim, eu os reuni naquele mesmo dia. Foi sugestão de Fred.

– E o que resultou do encontro?

– Ora, em vez de meu amigo explodir em lágrimas quando soube quem era Fred, abraçando-o gentilmente e dizendo que era seu avô, ou sua avó disfarçada (o que esperávamos), ele se enfureceu profundamente; chamou-o de todos os tipos de nomes; disse que era em grande parte culpa dele que a pequena Nell e o velho cavalheiro caíram na pobreza; não sugeriu que levássemos nada para beber; e, em suma, preferiu nos expulsar da sala a agir de outra forma.

– Isso é muito estranho – disse o anão, meditando.

– Foi o que comentamos um com o outro na época – retrucou Dick friamente –, mas é a verdade.

Quilp ficou efetivamente pasmo com essa informação, na qual pensou por algum tempo em um silêncio taciturno, muitas vezes erguendo os olhos para o rosto do senhor Swiveller e examinando atentamente sua expressão. Como ele não pôde ler nela, entretanto, nenhuma informação adicional ou alguma coisa que o levasse a acreditar que havia mentido, e quando o senhor Swiveller, abandonando seus próprios pensamentos, suspirou profundamente e estava evidentemente ficando piegas no assunto da senhora Cheggs, o anão logo interrompeu a conversa e partiu, deixando o enlutado entregue às suas melancólicas ruminações.

– Foram reunidos, hein? – disse o anão enquanto caminhava sozinho pelas ruas. – Meu amigo avançou furtivamente contra mim. Isso o levou a nada e, portanto, não é grande coisa, exceto na intenção. Estou feliz que ele tenha perdido sua amante. Ha, ha! O cabeça-dura não deve abandonar o escritório legal no momento. Tenho certeza de que ele deve permanecer onde está, sempre que eu precisar dele para os meus próprios fins; além disso, ele é um bom espião inconsciente de Brass e conta, nas xícaras, tudo o que vê e ouve. Você é útil para mim, Dick, e não custa nada além de uns petiscos de vez em quando. Não estou certo de que não valha a pena, em breve, conseguir algum crédito com o estranho, Dick, para descobrir suas intenções com a criança; mas, por enquanto, continuaremos sendo os melhores amigos do mundo, com sua boa licença.

Perseguindo esses pensamentos e ofegando enquanto avançava, à sua maneira peculiar, o senhor Quilp mais uma vez cruzou o Tâmisa e se encerrou em seu Bachelor's Hall, que, por causa de sua chaminé recém-erguida, despejou a fumaça dentro do quarto e não levou nenhuma para fora, o que não era agradável como as pessoas mais exigentes poderiam desejar. Tais inconveniências, porém, em vez de repugnar o anão com sua nova morada, combinavam com seu humor; então, após jantar luxuosamente na taverna, ele acendeu seu cachimbo e fumou competindo com a chaminé, até que nada pudesse ser visto através da fumaça, exceto um par de olhos vermelhos e altamente inflamados, às vezes com uma visão turva de sua cabeça e rosto, como, em um violento acesso de tosse, ele agitou levemente a fumaça e entreabriu as cortinas pesadas pelas quais eles foram obscurecidos. Em meio a essa atmosfera, que infalivelmente teria sufocado qualquer outro homem, o senhor Quilp passou a noite com grande alegria, consolando-se o tempo todo com o cachimbo e a garrafa de rum, e ocasionalmente entretendo-se com um uivo melodioso, destinado a uma canção, mas não guardando a menor semelhança com qualquer fragmento de qualquer peça musical, vocal ou instrumental alguma vez inventada pelo homem. Assim se divertiu até quase meia-noite, quando se dirigiu para a rede com a maior satisfação.

O primeiro som que encontrou seus ouvidos pela manhã, quando ele abriu os olhos pela metade e, encontrando-se tão próximo do teto, teve uma ideia sonolenta de que ele teria se transformado em uma mosca ou uma libélula no decorrer da noite, foi o de um soluço abafado e de choro na sala. Espiando cautelosamente pela lateral da rede, avistou a senhora Quilp, a quem, depois de contemplá-la por algum tempo em silêncio, dirigiu um violento sobressalto, gritando repentinamente "Alô!".

– Oh, Quilp! – gritou sua pobre esposa, olhando para cima. – Como você me assustou!

A velha loja de curiosidades - Tomo 2

– Eu queria mesmo, sua megera – respondeu o anão. – O que você quer aqui? Estou morto, não estou?

– Oh, por favor, volte para casa, volte para casa – disse a senhora Quilp, soluçando. – Nunca mais faremos isso, Quilp, e afinal foi apenas um erro que surgiu por causa da nossa ansiedade.

– Por causa da sua ansiedade – sorriu o anão. – Sim, eu sei disso, por causa de sua ansiedade por me ver morto. Vou voltar para casa quando quiser, eu lhe digo. Voltarei para casa quando quiser e irei quando quiser. Serei um fogo-fátuo, ora aqui, ora ali, dançando em torno de você sempre, começando quando você menos espera e mantendo-a em constante estado de inquietação e irritação. Você vai embora agora?

A senhora Quilp apenas se atreveu a fazer um gesto de súplica.

– Digo que não! – gritou o anão. – Não. Se você se atrever a vir aqui de novo, a menos que seja chamada, vou manter cães de guarda no quintal que vão rosnar e morder, terei armadilhas para homens, habilmente alteradas e aprimoradas para pegar mulheres, eu terei revólveres de mola que explodirão quando você pisar nos fios e a explodirão em pequenos pedaços. Você vai embora?

– Perdoe-me. Volte – disse sua esposa, sinceramente.

– Nããããão! – rosnou Quilp. – Só depois de aproveitar minha diversão, e então voltarei com a frequência que quiser e não prestarei contas a ninguém por minhas idas ou vindas. Você vê a porta ali. Você vai?

O senhor Quilp proferiu este último comando com uma voz muito enérgica; além disso, acompanhou-o com um gesto tão repentino, indicativo de uma intenção de pular da rede e, ainda com a touca de dormir, levar sua esposa de volta para casa através das ruas públicas que ela disparou como uma flecha. Seu digno senhor esticou o pescoço e os olhos até que ela cruzasse o pátio, e então, nem um pouco arrependido de ter tido esta oportunidade de defender sua opinião e afirmar a santidade de seu castelo, caiu em um ataque de riso desmedido e se deitou para dormir novamente.

461

Capítulo 51

O proprietário suave e sincero do Bachelor's Hall dormiu em meio aos acompanhamentos agradáveis de chuva, lama, sujeira, umidade, neblina e ratos até o final do dia, quando, chamando seu valete Tom Scott para ajudá-lo a se levantar e preparar o café da manhã, deixou seu sofá e fez sua toalete. Cumprida a tarefa e terminada a refeição, ele se dirigiu novamente a Bevis Marks.

Essa visita não se destinava ao senhor Swiveller, mas ao seu amigo e contratado senhor Sampson Brass. Nenhum dos cavalheiros, entretanto, estava em casa, nem a vida e a luz da lei, senhorita Sally, estava em seu posto. O fato da deserção conjunta do escritório foi revelado a todos por um pedaço de papel escrito à mão pelo senhor Swiveller que estava preso à alça do sino e que, não dando ao leitor nenhuma pista da hora de dia em que foi postado pela primeira vez, lhe forneceu a informação um tanto vaga e insatisfatória de que aquele cavalheiro iria "voltar em uma hora".

– Deve haver uma criada, suponho – disse o anão, batendo à porta da casa. – Ela servirá.

Depois de um intervalo suficientemente longo, a porta foi aberta, e uma vozinha imediatamente o abordou com:

– Oh, por favor, você pode deixar um cartão ou mensagem?

– Hein? – disse o anão, olhando para baixo (era algo totalmente novo para ele) para a pequena criada.

A isso, a criança, conduzindo sua conversa como na ocasião de sua primeira entrevista com o senhor Swiveller, respondeu novamente:

– Oh, por favor, você pode deixar um cartão ou mensagem?

– Vou escrever um bilhete – disse o anão, passando por ela e entrando no escritório. – E garanta que o seu mestre o receba assim que ele voltar para casa.

Então o senhor Quilp subiu até o topo de um banquinho alto para escrever o bilhete, e a pequena criada, cuidadosamente treinada para tais emergências, olhou com os olhos bem abertos, pronta, se ele apenas surrupiasse um único selo, para correr até rua e dar o alarme para a polícia.

Quando o senhor Quilp dobrou sua nota (que foi escrita rapidamente, pois era muito curta), ele encontrou o olhar da pequena criada. Ele olhou para ela, longa e seriamente.

– Como você está? – disse o anão, umedecendo um selo com caretas horríveis.

A pequena criada, talvez assustada com sua aparência, não deu nenhuma resposta audível, mas parecia, pelo movimento de seus lábios, que ela estava repetindo interiormente a mesma frase de sempre relativa à nota ou mensagem.

– Eles mantêm você presa aqui? Sua chefe é uma tártara? – disse Quilp com uma risada.

Em resposta ao último interrogatório, a pequena criada, com um olhar de infinita astúcia mesclada com medo, franziu a boca muito apertada e redonda e balançou a cabeça violentamente. Se havia algo na astúcia peculiar de sua ação que fascinou o senhor Quilp, ou algo na expressão de suas feições no momento em que atraiu sua atenção por algum outro motivo, ou se simplesmente ocorreu a ele como um capricho agradável olhar a pequena serviçal sem expressão, é certo que ele plantou os cotovelos bem firmes na mesa e, apertando o rosto com as mãos, olhou-a fixamente.

– De onde você vem? – ele perguntou após uma longa pausa, coçando o queixo.

– Eu não sei.

– Qual o seu nome?

– Nenhum.

– Absurdo! – retrucou Quilp. – Como sua patroa a chama quando ela quer você?

– Diabinha – disse a criança. Ela acrescentou no mesmo fôlego, como se temesse qualquer pergunta adicional: – Mas, por favor, você pode deixar um cartão ou mensagem?

Essas respostas incomuns poderiam naturalmente ter provocado mais algumas perguntas. Quilp, no entanto, sem dizer outra palavra, afastou os olhos da pequena criada, acariciou seu queixo mais pensativo do que antes e então, curvando-se sobre a nota como se para se dirigir a ela com escrupulosa e minúscula delicadeza, olhou-a, disfarçadamente, mas muito estreitamente, sob suas sobrancelhas espessas. O resultado dessa pesquisa secreta foi que ele protegeu o rosto com as mãos e riu maliciosamente e sem fazer barulho, até que todas as veias dele estavam inchadas quase a ponto de estourar. Puxando o chapéu sobre a testa para esconder sua alegria e seus efeitos, ele jogou a carta para a criança e retirou-se apressadamente.

Uma vez na rua, levado por algum impulso secreto, ele riu com as mãos na cintura, e riu de novo, e tentou espiar através das grades da área empoeirada como se quisesse dar uma nova olhada na criança, até que ficou bastante cansado. Por fim, ele viajou de volta para Wilderness, que estava perto de sua residência de solteiro, e pediu chá para três pessoas na casa de veraneio de madeira para aquela tarde, um convite à senhorita Sally Brass e seu irmão para participarem daquele entretenimento naquele lugar, tendo sido o objeto de sua viagem e de sua nota.

Não era exatamente o tipo de clima em que as pessoas costumam tomar chá em casas de veraneio, muito menos em casas de veraneio em avançado estado de decadência e com vista para as margens viscosas de um grande rio na maré baixa. No entanto, foi neste retiro escolhido que o senhor Quilp ordenou que um lanche frio fosse preparado, e foi sob o telhado rachado e gotejante que ele, no devido tempo, recebeu o senhor Sampson e sua irmã Sally.

– Você gosta das belezas da natureza – disse Quilp com um sorriso. – Isso não é encantador, Brass? Não é único, simples, primitivo?

– É realmente encantador, senhor – respondeu o advogado.

– Lindo, não? – disse Quilp.

– N... não muito, acho, senhor – retrucou Brass, batendo os dentes dentro de sua cabeça.

– Talvez um pouco úmido e febril? – disse Quilp.

– Apenas úmido o suficiente para se alegrar, senhor – respondeu Brass. – Nada mais, senhor, nada mais.

– E Sally? – disse o anão encantado. – Ela gostou?

– Ela vai gostar mais – respondeu aquela senhora obstinada – quando tiver chá. Então deixe-nos com ele e não se preocupe.

– Doce Sally! – gritou Quilp, estendendo os braços como se fosse abraçá-la. – Sally gentil, charmosa e irresistível.

– Ele é realmente um homem notável! – disse o senhor Brass em solilóquio. – Ele é um verdadeiro trovador, você sabe. Um grande trovador!

Essas expressões elogiosas foram proferidas de maneira um tanto ausente e distraída, pois o infeliz advogado, além de estar com um forte resfriado na cabeça, havia se molhado no caminho e teria de boa vontade suportado algum sacrifício pecuniário se pudesse se transferir do seu atual quarto espartano para um quarto aquecido e para se aquecer perto do fogo. Quilp, no entanto, que, além da satisfação de seus caprichos demoníacos, devia a Sampson algum reconhecimento do papel que ele havia desempenhado na cena de luto, da qual ele tinha sido uma testemunha oculta, notou esses sintomas de inquietação com um deleite além de qualquer expressão e obteve deles uma alegria profunda, que nem o banquete mais caro poderia ter-lhe teria proporcionado.

É digno de nota, também, como ilustrando um pequeno traço no caráter da senhorita Sally Brass, que, embora por conta própria ela teria suportado os desconfortos do Wilderness com uma graça doentia, e provavelmente, de fato, teria se afastado antes mesmo que o chá aparecesse, ela não só percebeu o desconforto latente e a miséria de seu irmão como sentiu uma satisfação sombria e começou a se divertir à sua própria maneira.

Embora a chuva entrasse furtivamente pelo telhado e gotejasse sobre a cabeça deles, a senhorita Brass não fez nenhuma reclamação, mas administrou o serviço de chá com uma compostura imperturbável. Enquanto o senhor Quilp, em sua hospitalidade ruidosa, se sentava sobre um barril de cerveja vazio, alardeando o lugar como o mais belo e confortável dos três reinos e, erguendo sua taça, brindava pelo próximo encontro festivo naquele local jovial, e o senhor Brass, com a chuva caindo em sua xícara de chá, fazia uma tentativa desanimadora de recuperar o ânimo e parecer à vontade, e Tom Scott, que estava esperando na porta sob um velho guarda-chuva, observava a agonia deles e quase rachou de tanto rir, enquanto tudo isso acontecia, a senhorita Sally Brass, sem se importar com a goteira que caía sobre sua presença feminina e roupas elegantes, sentada tranquilamente diante do aparelho de chá, ereta como um urso, contemplava a infelicidade de seu irmão com a mente tranquila e estava contente, em seu amável desprezo por si mesma, por ficar ali a noite toda testemunhando os tormentos que a natureza avarenta e rasteira do irmão a obrigava a suportar e a proibia de reagir. E isso, deve-se observar, ou a descrição ficaria incompleta, embora do ponto de vista comercial ela tivesse a mais forte afinidade com o senhor Sampson e ficaria indignada além da medida se ele tivesse frustrado seu cliente em qualquer aspecto.

No auge de sua alegria turbulenta, o senhor Quilp, tendo sob algum pretexto dispensado seu assistente por um momento, retornou de repente aos seus modos habituais, desmontou de seu barril e colocou a mão na manga do advogado.

– Uma palavra – disse o anão – antes de prosseguirmos. Sally, ouça um minuto.

A senhorita Sally se aproximou, como se estivesse acostumada a conferências de negócios com o anfitrião, que deveriam ser guardadas em sigilo.

– Negócios – disse o anão, olhando de irmão para irmã. – Assunto muito privado. Aproximem suas cabeças mesmo estando a sós.

A velha loja de curiosidades – Tomo 2

– Certamente, senhor – respondeu Brass, tirando a caderneta e o lápis. – Vou tomar algumas notas, se me permitir, senhor. Documentos notáveis – acrescentou o advogado, erguendo os olhos para o teto –, documentos notáveis. Ele expõe seus pontos tão claramente que é um prazer anotá-los! Não conheço nenhum discurso no Parlamento que seja igual ao dele em clareza.

– Vou privar você dessa guloseima – disse Quilp. – Guarde seu caderno. Não queremos nenhum registro. Então. Há um rapaz chamado Kit...

Miss Sally acenou com a cabeça, dando a entender que o conhecia.

– Kit! – disse o senhor Sampson. – Kit! Há! Já ouvi esse nome antes, mas não me lembro exatamente...

– Você é lento como uma tartaruga e mais estúpido do que um rinoceronte – retrucou seu cliente com um gesto impaciente.

– Ele é muito agradável! – gritou o obsequioso Sampson. – Seu conhecimento da História Natural também é surpreendente. Ele é um bufão!

Não há dúvida de que o senhor Brass pretendia um ou outro elogio; e argumentou-se com razão que ele teria dito bufão, mas fez uso de uma vogal supérflua. Seja como for, Quilp não lhe deu tempo para correção, já que ele mesmo desempenhava essa função batendo em sua cabeça com o cabo do guarda-chuva.

– Não vamos brigar – disse a senhorita Sally, detendo-lhe a mão. – Já lhe disse que o conheço e basta.

– Ela está sempre à frente – disse o anão, dando tapinhas nas costas dela e olhando com desprezo para Sampson. – Não gosto de Kit, Sally.

– Nem eu – replicou a senhorita Brass.

– Nem eu – disse Sampson.

– Ora, isso mesmo! – gritou Quilp. – Metade do nosso trabalho já está feito. Este Kit é uma dessas pessoas honestas, uma de caráter justo, um cão curioso rondando, um hipócrita, um espião sorrateiro de duas caras e um covarde, um cão covarde para aqueles que o alimentam e persuadem e um cão valente para todos os demais.

– Terrivelmente eloquente! – gritou Brass com um espirro. – Muito terrível!

467

– Vá direto ao ponto – disse miss Sally – e não fale demais.

– Certa de novo! – exclamou Quilp, com outro olhar de desprezo para Sampson. – Sempre adiante dele! Eu digo, Sally, ele é um cão uivante e insolente com todos os outros e, acima de tudo, comigo. Em suma, devo a ele um rancor.

– Já chega, senhor – disse Sampson.

– Não, não é suficiente, senhor – zombou Quilp. – Você vai me ouvir? Além de que devo a ele um rancor por causa disso, ele me frustra neste minuto e se coloca entre mim e um fim que poderia ser de ouro para todos nós. Além disso, repito que ele contraria o meu humor e que o odeio. Agora, você conhece o rapaz e pode adivinhar o resto. Planeje seus próprios meios de colocá-lo fora do meu caminho e execute-os. Você consegue fazê-lo?

– Sim, senhor – disse Sampson.

– Então me dê sua mão – retrucou Quilp. – Sally, garota, a sua. Eu confio tanto, ou mais, em você do que nele. Tom Scott volta. Lanterna, cachimbos, mais grogue e uma noite de diversão!

Nenhuma outra palavra foi dita, nenhum outro olhar foi trocado que tivesse a menor referência a este, o ponto alto do seu encontro. Os três estavam bem acostumados a atuar juntos e estavam ligados entre si por laços de interesse e vantagem mútuos, e nada mais era necessário. Retomando seus modos agitados com a mesma facilidade com que se livrara deles, Quilp foi em um instante o mesmo selvagem barulhento e imprudente de alguns segundos atrás. Eram dez horas da noite quando a amável Sally apoiou seu amado e amoroso irmão para fora do Wilderness, momento em que ele precisava do máximo apoio que sua frágil estrutura pudesse oferecer; sua caminhada, por alguma razão desconhecida, era tudo menos constante, e suas pernas se dobravam em lugares inesperados.

Esgotado, apesar de seus cochilos prolongados, pelas atividades dos últimos dias, o anão não perdeu tempo em se esgueirar para sua delicada casa e logo estava sonhando em sua rede. Deixando-o com seus sonhos, nos quais talvez as figuras silenciosas que deixamos no pórtico da velha igreja estivessem presentes, talvez seja nossa tarefa juntá-los de novo, enquanto sentam e nos aguardam.

Capítulo 52

Depois de muito tempo, o professor apareceu na portinhola do cemitério e correu em direção a eles, tilintando com sua mão um molho de chaves enferrujadas ao passar. Ele estava quase sem fôlego de prazer e pressa quando chegou à varanda e, a princípio, só conseguiu apontar para o velho edifício que a criança contemplava com tanto afinco.

– Você está vendo aquelas duas casas antigas? – disse ele por fim.

– Sim, com certeza – respondeu Nell. – Estive olhando para elas quase todo o tempo em que você esteve fora.

– E você teria olhado para elas com mais curiosidade ainda se pudesse adivinhar o que tenho a lhe dizer – disse o amigo. – Uma daquelas casas é a minha.

Sem dizer mais nada nem dar tempo à criança para responder, o professor pegou-a pela mão e, com o rosto honesto e radiante de exultação, conduziu-a ao local de que falava.

Eles pararam diante de sua porta baixa em arco. Depois de tentar várias das chaves em vão, o professor encontrou uma para encaixar na enorme fechadura, que girou, rangendo, e os deixou entrar na casa.

A sala na qual entraram era uma câmara abobadada outrora nobremente ornamentada por arquitetos primorosos, e ainda retendo, em seu belo telhado ondulado e rico rendilhado de pedra, vestígios distintos de seu antigo esplendor. Uma folhagem esculpida na pedra imitando os mistérios da mãe natureza, mas não se podia calcular quantas vezes as folhas vivas vieram e se foram, enquanto ela permanecia inalterada. As estátuas quebradas suportando o peso da chaminé, embora mutiladas, ainda eram distinguíveis pelo que haviam sido, muito diferentes da poeira de fora, e exibidas tristemente pela lareira vazia, como criaturas que haviam sobrevivido à sua espécie e lamentavam a própria decadência muito lenta.

Antigamente, pois até as mudanças eram antigas naquele velho lugar, uma divisória de madeira fora construída em uma parte da câmara para formar um closet, no qual a luz era admitida naquele tempo por uma janela simples, ou melhor, um nicho, talhado na parede sólida. Esse biombo, com duas poltronas ao lado da ampla chaminé, em alguma data esquecida, fizera parte da igreja ou do convento, pois o carvalho, apropriado às pressas para seu propósito atual, pouco fora alterado de sua forma anterior e apresentava aos olhos uma pilha de fragmentos de ricas esculturas de antigas divisórias de monges.

Uma porta aberta que conduzia a uma pequena sala ou cela, obscurecida pela luz que entrava pelas folhas da hera, completava o interior dessa parte da ruína. Não era totalmente destituída de móveis. Algumas cadeiras estranhas, cujos braços e pernas pareciam ter murchado com o tempo, uma mesa, agora apenas um espectro de sua antiga aparência, um grande baú antigo, que outrora guardava os registros da igreja, com outras utilidades domésticas peculiares e um estoque de lenha para o inverno, estavam espalhados e davam provas evidentes de sua ocupação como moradia em época não muito distante.

A criança olhou ao seu redor, com aquele sentimento solene com que contemplamos a obra de séculos que se tornaram apenas gotas de água no grande oceano da eternidade. O velho os havia seguido, mas os três

A velha loja de curiosidades – Tomo 2

ficaram em silêncio por um tempo e respiraram suavemente, como se temessem quebrar o silêncio mesmo com um som tão leve.

– É um lugar muito bonito! – disse a criança, em voz baixa.

– Quase temi que você pensasse o contrário – respondeu o professor. – Você estremeceu quando entramos, como se sentisse frio ou medo.

– Não foi isso – disse Nell, olhando em volta com um leve estremecimento. – Na verdade, não sei dizer o que foi, mas, quando vi o lado de fora, da varanda da igreja, tive a mesma sensação. É por ser tão velha e cinza, talvez.

– Um lugar tranquilo para viver, não acha? – Disse o amigo.

– Oh, sim – respondeu a criança, apertando suas mãos com força. – Um lugar tranquilo e feliz, um lugar para viver e aprender a morrer! – Ela teria dito mais, mas a energia de seus pensamentos fez sua voz vacilar e sair em sussurros trêmulos de seus lábios.

– Um lugar para morar, aprender a viver e recuperar a saúde da mente e do corpo – disse o professor –, pois esta velha casa é de vocês.

– Nossa?! – gritou a criança.

– Sim – respondeu o mestre alegremente –, por muitos anos felizes, espero. Serei um vizinho próximo, bem ao lado, mas esta casa é de vocês.

Tendo agora se livrado de sua grande surpresa, o professor sentou-se e, puxando Nell para o seu lado, contou a ela como havia descoberto que o antigo cortiço fora ocupado por um velho, de quase 100 anos de idade, por muito tempo, que guardava as chaves da igreja, abria e fechava nos dias de serviços e a mostrava a estranhos; como ele morrera havia poucas semanas e ninguém mais tinha sido encontrado para ocupar o seu ofício; como, sabendo de tudo em uma conversa com o sacristão, que estava preso ao seu leito por reumatismo, ele ousou comentar isso com seu companheiro de viagem, que foi tão bem recebido por aquela alta autoridade que tomou coragem, agindo sob seu desejo, para propor o assunto ao clérigo. Em uma palavra, o resultado foi que Nell e seu avô deveriam ser apresentados para ele no dia seguinte; e, como sua aprovação da conduta e aparência era apenas uma formalidade, eles já foram nomeados para o cargo vago.

– Há uma pequena mesada em dinheiro – disse o professor. – Não é muito, mas ainda é o suficiente para viver neste local retirado. Combinando nossos fundos juntos, viveremos confortavelmente, não tenham receio.

– O céu o abençoe e o faça prosperar! – soluçou a criança.

– Amém, minha querida – respondeu o amigo alegremente. – E todos nós, como sempre foi e sempre será, seremos conduzidos através da tristeza e problemas para esta vida tranquila. Mas devemos olhar para MINHA casa agora. Venha!

Eles se dirigiram ao outro cortiço; tentaram as chaves enferrujadas como antes; finalmente encontraram a correta, e abriu-se a porta carcomida. Ela conduzia a uma câmara, abobadada e velha, como aquela de onde eles tinham vindo, mas não tão espaçosa e tendo apenas outro quartinho anexo. Não era difícil adivinhar que a outra casa era a designada ao professor e que ele havia escolhido para si a menos espaçosa, em razão de seu cuidado e consideração por eles. Como a habitação adjacente, esta continha os artigos de mobília antigos que eram absolutamente necessários e tinha sua pilha de lenha.

Tornar essas moradias o mais habitáveis e confortáveis que pudessem era agora seu agradável dever. Em pouco tempo, cada uma tinha seu fogo alegre brilhando e crepitando na lareira e avermelhando as velhas paredes pálidas com um rubor vigoroso e saudável. Nell, ocupada manipulando sua agulha, consertou as cortinas esfarrapadas das janelas, reuniu as almofadas que o tempo havia desgastado nos restos de carpete puído e os tornou inteiros e decentes. O professor varreu e alisou o chão diante da porta, aparou a grama alta, ajeitou a hera e as plantas rasteiras que pendiam sobre a cabeça deles, caídas em negligente melancolia, e deu às paredes externas um ar alegre de casa. O velho, ora ao seu lado, ora com a criança, dava auxílio a ambos, ia aqui e ali no atendimento aos pequenos trabalhos pacientes e ficava feliz. Os vizinhos também, quando voltaram do trabalho, ofereciam sua ajuda ou mandavam seus filhos com pequenos presentes ou empréstimos de coisas de que os estranhos mais precisavam.

A velha loja de curiosidades – Tomo 2

Foi um dia ocupado; e chegou a noite e os encontrou se perguntando se ainda havia tanto a fazer e por que escurecera tão cedo.

Jantaram juntos, na casa que doravante pode ser chamada da criança. Quando terminaram a refeição, contornaram o fogo e, quase aos sussurros, pois seus corações estavam quietos demais e contentes para uma fala em voz alta, eles discutiram seus planos futuros. Antes de se separarem, o professor leu algumas orações em voz alta; e então, cheios de gratidão e felicidade, eles se despediram para passar a noite.

Naquela hora de silêncio, quando o avô dormia pacificamente em sua cama, e todos os sons estavam calados, a criança demorou-se diante das brasas agonizantes e pensou em seu destino passado como se tivesse sido um sonho e só agora ela tivesse acordado. O brilho da chama que diminuía, refletido nos painéis de carvalho cujos topos esculpidos eram vagamente vistos no telhado escuro, as paredes envelhecidas, onde sombras estranhas iam e vinham com cada piscar do fogo – a presença solene, ali dentro, daquela decadência que cai sobre as coisas sem nenhum motivo, mesmo as mais duradouras em sua natureza, dentro, fora e ao redor, por todos os lados, da morte –, encheram-na de sentimentos profundos e pensativos, mas sem nenhum terror ou alarme. Uma mudança foi gradualmente se abatendo sobre ela, na época de sua solidão e tristeza. Com força declinante e vontade cada vez maior, surgiu uma mente purificada e modificada; havia crescido em seu seio pensamentos e esperanças abençoadas, que eram parte de poucos, mas dos fracos e humildes. Não havia ninguém para ver a figura frágil e débil, enquanto ela deslizava do fogo e se inclinava pensativamente na janela aberta; ninguém além das estrelas, para olhar o rosto voltado para cima e ler sua história. O velho sino da igreja tocou a hora com um som lamentoso, como se tivesse ficado triste de tanta comunhão com os mortos e de sua advertência ignorada pelos vivos; as folhas caídas farfalharam; a grama se agitou sobre os túmulos; tudo o mais estava quieto e dormindo. Alguns daqueles adormecidos sem sonhos jaziam próximos à sombra da igreja, quase tocando a parede, como se estivessem agarrados a ela para seu conforto e proteção. Outros optaram por se deitar sob a sombra das árvores; outros pelo caminho, onde os passos podem chegar perto deles; outros, entre os túmulos de crianças pequenas. Alguns desejavam descansar sob o próprio solo que haviam pisado em suas caminhadas diárias; alguns, onde o sol poente pode brilhar sobre suas camas; alguns, onde sua luz cairia sobre eles quando se levantasse. Talvez nenhuma das almas aprisionadas tivesse sido capaz de separar-se completamente em pensamento vivo de seu antigo companheiro. Se alguém o fez, ainda sentia por ele um amor semelhante ao que se sabe que os prisioneiros têm pela cela na qual estiveram confinados por muito tempo e, mesmo ao se separarem, penduraram-se afetuosamente em seus estreitos limites.

A criança demorou muito para fechar a janela e se aproximar da cama. Mais uma vez, algo com a mesma sensação de antes, um calafrio involuntário, uma sensação momentânea semelhante ao medo, mas desapareceu rapidamente, sem deixar nenhum rastro. Novamente, também, sonhava com o pequeno estudante; olhando pela abertura do telhado, em uma coluna de rostos brilhantes, erguendo-se bem longe no céu, como ela tinha visto em alguma velha gravura das escrituras uma vez, e olhava para ela, dormindo. Foi um sonho doce e feliz. O local tranquilo, lá fora, parecia o mesmo, exceto que havia música no ar e um som de asas de anjos. Depois de algum tempo, as irmãs chegaram, de mãos dadas, e postaram-se entre os túmulos. E então o sonho escureceu e desapareceu.

Com o brilho e a alegria da manhã, veio a renovação do trabalho da véspera, o reavivamento de seus pensamentos agradáveis, a restauração de suas energias, alegria e esperança. Eles trabalharam alegremente organizando e arrumando suas casas até o meio-dia e depois foram visitar o clérigo.

Era um velho cavalheiro simples, de espírito encolhido e submisso, acostumado à aposentadoria e muito pouco familiarizado com o mundo, que havia deixado muitos anos antes para vir e se estabelecer naquele lugar. Sua esposa morrera na casa em que ele ainda morava, e fazia muito ele havia perdido de vista quaisquer preocupações ou esperanças terrenas além dela.

A velha loja de curiosidades – Tomo 2

Ele os recebeu muito gentilmente e imediatamente mostrou interesse por Nell, perguntando seu nome e idade, seu local de nascimento, as circunstâncias que a levaram até lá, e assim por diante. O professor já havia contado sua história. Eles não tinham outros amigos ou casa para deixar, disse ele, e tinham vindo para compartilhar seus destinos. Ele amava a criança como se ela fosse sua.

– Bem, bem – disse o clérigo. – Deixe ser de acordo com o seu desejo. Ela é muito jovem.

– Amadurecida na adversidade e na provação, senhor – respondeu o professor.

– Deus a ajude. Deixe que ela descanse e esqueça as provações – disse o velho cavalheiro. – Mas uma velha igreja é um lugar enfadonho e sombrio para alguém tão jovem como você, minha filha.

– Oh, não, senhor – respondeu Nell. – Não tenho tais pensamentos, de fato.

– Prefiro vê-la dançar no gramado à noite – disse o velho cavalheiro, colocando a mão em sua cabeça e sorrindo tristemente – a vê-la sentada à sombra de nossos arcos em decomposição. Você deve cuidar para que o coração dela não fique pesado entre essas ruínas solenes. Seu pedido foi concedido, amigo.

Depois de mais palavras amáveis, eles se retiraram e se dirigiram para a casa da criança, onde eles ainda estavam conversando sobre sua sorte feliz quando outro amigo apareceu.

Tratava-se de um velhinho que vivia na casa paroquial e ali residira anteriormente (assim souberam logo depois) desde a morte da esposa do clérigo, ocorrida quinze anos antes. Ele tinha sido seu amigo de faculdade e sempre seu companheiro íntimo; no primeiro choque de sua dor, ele veio consolá-lo e confortá-lo; e desde então nunca mais se separaram. O velhinho era o espírito ativo do lugar, o conciliador de todas as diferenças, o promotor de todas as festas, o dispensador da generosidade de seu amigo e, além disso, de sua própria caridade, que não era pequena; o mediador universal, consolador e amigo. Nenhum dos aldeões mais simples precisou perguntar seu nome ou, quando souberam, em guardá-lo em sua memória. Talvez por causa de algum vago boato sobre suas honras na faculdade, sussurrado no exterior em sua primeira chegada, talvez por ser um cavalheiro solteiro e desimpedido, ele foi chamado de "o solteiro". O nome lhe agradava, ou combinava com ele tão bem quanto com qualquer outro, e como solteiro, que desde então permaneceu. E foi o solteiro, pode-se acrescentar, que com suas próprias mãos depositou o estoque de lenha que os viajantes encontraram em sua nova habitação.

O solteirão, então, para chamá-lo por seu nome usual, ergueu o trinco, mostrou por um momento seu rostinho redondo e suave pela porta e entrou na sala como quem não é estranho a ela.

– Você é o senhor Marton, o novo professor? – disse ele, cumprimentando o amigo gentil de Nell.

– Sou eu, senhor.

– Você foi bem recomendado, e estou feliz em vê-lo. Eu estaria no caminho ontem, esperando por você, mas cavalguei pelo campo para levar uma mensagem de uma mãe doente para sua filha em serviço a alguns quilômetros de distância, e agora retornei. Esta é a nossa jovem guardiã da igreja? Você não é menos bem-vindo, amigo, por ela ou por este velho; nem seria um professor pior por ter aprendido a caridade.

– Ela esteve doente, senhor, muito recentemente – disse o professor, em resposta ao olhar com que o visitante olhou para Nell quando a beijou no rosto.

– Sim, sim. Presumo que sim – ele respondeu. – Houve sofrimento e dor no coração bem aqui.

– Sim, sim, senhor.

O velhinho olhou para o avô, e de volta para a criança, cuja mão ele segurou com ternura.

– Você será mais feliz aqui – disse ele. – Vamos tentar, pelo menos, torná-la assim. Você já fez grandes melhorias aqui. São obra de suas mãos?

– Sim, senhor.

A velha loja de curiosidades – Tomo 2

– E faremos algumas outras, não melhores em si, mas com melhores recursos, talvez – disse o solteiro. – Vamos ver agora, vamos ver.

Nell o acompanhou até os outros quartos pequenos e pelas duas casas, nas quais ele encontrou vários pequenos confortos faltando, que ele combinou de fornecer a partir de certa coleção de objetos que tinha em casa, e que deve ter sido uma completa e extensa coleção, pois abrangia os artigos mais diversos imagináveis. Todos eles vieram, entretanto, e vieram sem perda de tempo, pois o velhinho desapareceu por cerca de cinco ou dez minutos e logo voltou, carregado com velhas prateleiras, tapetes, cobertores e outros utensílios domésticos, e seguido por um menino carregando uma carga semelhante. Depois de lançadas no chão em uma pilha desordenada, rendeu uma certa quantidade de trabalho para arrumar, erguer e guardar. A supervisão dessas tarefas proporcionou ao velho cavalheiro extremo deleite e o envolveu por algum tempo com grande vivacidade e ação. Quando nada mais restava para ser feito, ele ordenou ao menino que corresse e trouxesse seus colegas de escola para serem apresentados ao seu novo mestre e solenemente conhecidos.

– É um bom grupo de companheiros, Marton, como você gostaria de ver – disse ele, voltando-se para o professor quando o menino saiu. – Mas eu não os deixo saber que eu penso assim. Isso não daria certo.

O mensageiro logo voltou à frente de uma longa fila de moleques, grandes e pequenos, que, sendo confrontados pelo solteiro na porta de casa, se exibiram em várias convulsões de polidez, segurando seus chapéus e bonés, espremendo-os nas menores dimensões possíveis e fazendo todos os tipos de reverência e cumprimentos, que o velhinho contemplou com excessiva satisfação e expressou sua aprovação com muitos acenos e sorrisos. Na verdade, sua aprovação dos meninos não foi de forma tão escrupulosamente disfarçada como ele havia levado o professor a supor, visto que irrompeu em diversos comentários altos e observações confidenciais que eram perfeitamente audíveis para todos eles.

– Este primeiro menino, professor – disse o solteiro –, é John Owen, um rapaz de boas partes, senhor, e de temperamento franco e honesto, mas muito descuidado, muito brincalhão e muito tonto mesmo. Aquele menino, meu bom senhor, quebraria o pescoço de prazer e privaria seus pais de seu maior conforto, e, cá entre nós, quando você vier vê-lo como cães e gatos, pulando a cerca e o fosso pelo poste, e deslizando pela face da pequena pedreira, você nunca esquecerá. É sublime!

Tendo John Owen sido assim repreendido, e deixando de lado a posse perfeita do discurso, o solteiro escolheu outro menino.

– Agora, olhe para aquele rapaz, senhor – disse o solteiro. – Você vê aquele sujeito? Seu nome é Richard Evans, senhor. Um estudante incrível, abençoado com uma boa memória e um entendimento perfeito; além disso, tem boa voz e bom ouvido para o canto de salmos, nos quais ele é o melhor entre nós. Ainda assim, senhor, aquele menino terá um final ruim; ele nunca morrerá em sua cama; ele está sempre adormecendo na hora do sermão... e, para dizer a verdade, senhor Marton, eu sempre fiz o mesmo na idade dele e tenho certeza de que isso era natural para minha constituição e não poderia evitar.

Com esse esperançoso aluno edificado pela terrível reprovação acima, o solteiro se voltou para outro.

– Mas, se falarmos de exemplos a ser evitados – disse ele –, se falarmos sobre aqueles que servem de aviso e de mau exemplo para todos os seus companheiros, aqui está ele, e espero que você não o poupe. Este é o rapaz, senhor; esse de olhos azuis e cabelos claros. Este é um nadador, senhor, este sujeito, um mergulhador, senhor, salve-nos! Este é um menino, senhor, que tinha uma fantasia de mergulhar em água de cinco metros e meio, vestido, e trazer o cachorro de um cego, que estava se afogando pelo peso de sua corrente e coleira, enquanto seu mestre ficava torcendo com as mãos na margem, lamentando a perda de seu guia e amigo. Enviei ao menino dois guinéus anonimamente, senhor – acrescentou o solteiro, em seu sussurro peculiar –, imediatamente soube disso; mas nunca mencione isso de forma alguma, pois ele não tem a menor ideia de que tenham vindo de mim.

Tendo eliminado este culpado, o solteiro voltou-se para o próximo, e dele para outro, e assim por diante por toda a fileira, colocando, para sua restrição salutar dentro dos devidos limites, a mesma ênfase cortante em suas propensões que eram mais queridas para seu coração e eram inquestionavelmente referentes ao seu próprio preceito e exemplo. Completamente persuadido, no final, de que os havia deixado infelizes por sua severidade, ele os dispensou com um pequeno presente e uma advertência para voltarem para casa em silêncio, sem saltos, brigas ou desvios do caminho; e, sobre o tal aviso, ele informou ao professor com a mesma voz audível, ele não achava que ele mesmo poderia ter obedecido quando era menino, mesmo que sua vida dependesse disso.

Saudando esses pequenos sinais da disposição do solteiro como tantas garantias de sua própria boa conduta em sua época de estudante, o professor despediu-se dele com o coração leve e o espírito alegre e se considerou um dos homens mais felizes da Terra. As janelas das duas velhas casas estavam avermelhadas de novo, naquela noite, com o reflexo das lareiras alegres que queimavam dentro; e o solteiro e seu amigo, parando para olhá-los quando voltavam da caminhada noturna, conversaram baixinho sobre a bela criança e olharam para o cemitério da igreja com um suspiro.

Capítulo 53

Nell estava atarefada de manhã cedo, e, tendo cumprido suas tarefas domésticas e colocado tudo em ordem para o bom professor (embora contra a vontade dele, pois ele a teria poupado das dores), tirou de seu prego perto da lareira um pequeno molho de chaves que o solteiro lhe havia entregue formalmente no dia anterior e saiu sozinha para visitar a velha igreja. O céu estava sereno e claro, e o ar estava límpido, perfumado com o aroma fresco das folhas recém-caídas e agradável a todos os sentidos. O riacho vizinho cintilava e avançava com um som melodioso; o orvalho brilhava sobre os montes verdes, como lágrimas derramadas pelos bons espíritos sobre os mortos. Algumas crianças pequenas brincavam entre as tumbas e se escondiam umas das outras com rostos sorridentes. Eles tinham um bebê com eles e o colocaram dormindo sobre o túmulo de uma criança, em um pequeno canteiro de folhas. Era uma sepultura recente, o local de descanso, talvez, de alguma criaturinha que, mansa e paciente em sua doença, muitas vezes se sentava e os observava, e agora parecia, em suas mentes, que permanecia no mesmo lugar.

Ela se aproximou e perguntou a um deles de quem era o túmulo. A criança respondeu que não era esse o seu nome; era o jardim... de seu irmão. Era mais verde, disse ele, do que todos os outros jardins, e os pássaros o adoravam porque ele costumava alimentá-los. Quando ele terminou de falar, olhou para ela com um sorriso e, ajoelhando-se e aninhando-se por um momento com a bochecha contra a relva, saltou alegremente para longe.

Ela passou pela igreja, olhando para cima, para sua velha torre, passou pelo portão e entrou na aldeia. O velho sacristão, apoiado em uma muleta, estava respirando o ar fresco na porta de sua cabana e deu-lhe bom-dia.

– Você está melhor? – disse a criança, parando para falar com ele.

– Sim, com certeza – respondeu o velho. – Estou grato em dizer, muito melhor.

– Você ficará muito bem em breve.

– Com licença do céu e um pouco de paciência. Mas entre, entre! – O velho mancava à sua frente e, avisando-a dos degraus para baixo, os quais ele mesmo alcançou com grande dificuldade, abriu caminho para sua pequena cabana.

– É apenas um quarto, você vê. Há outro lá em cima, mas a escada ficou mais difícil de subir nos últimos anos, e nunca a uso. Estou pensando em fazer isso de novo no próximo verão, no entanto.

A criança se perguntou como um homem de cabelos grisalhos como ele, ainda mais com a profissão que tinha, conseguia falar sobre o tempo com tanta facilidade. Ele viu os olhos dela vagar para as ferramentas penduradas na parede e sorriu.

– Eu garanto agora – disse ele – que você acha que tudo isso é usado para fazer sepulturas.

– Na verdade, não imaginei que você utilizasse tantas coisas.

– E, bem, você pode mesmo imaginar. Eu sou um jardineiro. Eu escavo o solo e planto coisas que vão viver e crescer. Minhas obras não se desintegram e apodrecem na terra. Você vê aquela pá no centro?

– A muito antiga, tão entalhada e gasta? Sim.

– Essa é a pá do sacristão, e é bem usada, como você vê. Somos pessoas saudáveis aqui, mas ele tem feito um trabalho poderoso. Se pudesse falar agora, aquela pá contaria a você muitos trabalhos inesperados que ela e eu fizemos juntos; mas eu os esqueço, porque minha memória é fraca. Isso não é novidade – acrescentou ele apressadamente. – Sempre foi.

– Há flores e arbustos para falar do seu outro trabalho – disse a criança.

– Ah, sim. E árvores altas. Mas elas não são tão separadas do trabalho do sacristão quanto você pensa.

– Não?

– Não na minha cabeça, e em minha memória, tal como é – disse o velho. – Na verdade, muitas vezes ajudam. Para dizer que eu plantei uma árvore para tal homem. Aí está, para me lembrar que ele morreu. Quando olho para sua sombra ampla e me lembro do que era em sua época, isso me ajuda a envelhecer em meu outro trabalho, e posso dizer-lhe com bastante precisão quando fiz sua sepultura.

– Mas pode lembrá-lo de alguém que ainda está vivo – disse a criança.

– De cada vinte que estão mortos, há conexão com um que permanece vivo, então – respondeu o velho – esposa, marido, pais, irmãos, irmãs, filhos, amigos, uma contagem longa, pelo menos. Por isso a pá do sacristão fica gasta e surrada. Vou precisar de uma nova no próximo verão.

A criança olhou rapidamente para ele, pensando que ele brincava com sua idade e enfermidade, mas o sacristão inconscientemente falava sério.

– Ah! – disse ele, após um breve silêncio. – As pessoas nunca aprendem. Elas nunca aprendem. Só nós é que reviramos o terreno, onde nada cresce e tudo se decompõe, que pensamos em coisas como essas, que refletimos corretamente sobre elas, quero dizer. Você já entrou na igreja?

– Vou para lá agora – respondeu a criança.

– Há um velho poço ali – disse o sacristão –, logo abaixo do campanário; um poço profundo, escuro e ecoante. Quarenta anos atrás, bastava baixar o balde até que o primeiro nó da corda se soltasse do sarilho para ouvir o espirrar da água fria e opaca. Aos poucos a água foi diminuindo, de modo que, dez anos depois, um segundo nó foi feito, e você deve desenrolar muita corda, ou o balde se vira e se esvazia no final. Em dez anos, a água desceu novamente, e um terceiro nó foi feito. Em dez anos mais, o poço secou; e agora, se você abaixar o balde até os braços ficarem cansados e soltar quase toda a corda, você ouvirá, de repente, tinir e chacoalhar no chão abaixo; com um som tão profundo e tão baixo que seu coração pula em sua boca, e você começa a se afastar como se estivesse caindo.

– Um lugar horrível para entrar no escuro! – exclamou a criança, que havia seguido os olhares e as palavras do velho até parecer estar à beira do precipício.

– O que é ele senão um túmulo? – disse o sacristão. – O que mais? E qual de nossos velhos, consciente de tudo isso, pensou, à medida que a primavera terminava, em sua própria fraqueza e finitude da vida? Nenhum!

– Você também é muito velho? – perguntou a criança, involuntariamente.

– Vou fazer 79 anos no próximo verão.

– Você ainda trabalha quando está bem?

– Trabalho! Para ter certeza. Você verá meus jardins por aqui. Olhe pela janela ali. Fiz e mantive aquele terreno inteiramente com minhas próprias mãos. A essa altura do ano que vem, mal verei o céu, os ramos terão crescido muito. Além disso, tenho meu trabalho de inverno à noite.

Ele abriu, enquanto falava, um armário perto de onde estava sentado e tirou algumas caixas em miniatura, esculpidas de maneira delicada e feitas de madeira velha.

– Alguns nobres que gostam dos tempos antigos e do que lhes pertence – disse ele – gostam de comprar essas lembranças de nossa igreja e ruínas. Às vezes, eu os faço de restos de carvalho, que aparecem aqui e ali; às vezes, de pedaços de caixões que as abóbadas preservaram por muito tempo. Veja aqui, este é um pequeno baú desse tipo, preso nas bordas com fragmentos de placas de latão que já tiveram inscrições, embora seja difícil lê-lo agora. Não tenho muitos nesta época do ano, mas essas prateleiras estarão cheias no próximo verão.

A criança admirou e elogiou seu trabalho e logo depois partiu, pensando, enquanto caminhava, como era estranho que aquele velho, extraindo de suas investigações filosóficas e de tudo ao seu redor uma moral severa, nunca contemplou suas reflexões a si mesmo e, enquanto elaborava sobre a incerteza da vida humana, parecia, tanto em palavras quanto em atos, considerar-se imortal. Mas suas reflexões não pararam aqui, pois ela foi sábia o suficiente para pensar que, por um ajuste bom e misericordioso, esta deveria ser a natureza humana e que o velho sacristão, com seus planos para o próximo verão, era apenas um exemplar de toda a humanidade.

Cheia desses pensamentos, ela chegou à igreja. Foi fácil encontrar a chave pertencente à porta externa, pois cada uma estava etiquetada em um pedaço de pergaminho amarelo. O próprio giro da fechadura despertou um som oco, e, quando ela entrou com um passo vacilante, os ecos que ela gerou ao fechar a porta a assustaram.

Se a paz da aldeia simples tinha comovido a criança com mais força, por causa dos caminhos sombrios e conturbados que se estendiam além, e pelos quais ela havia viajado com os pés tão vacilantes, qual foi a profunda impressão de se encontrar sozinha naquele edifício solene, onde a própria luz, entrando pelas janelas estreitas, parecia velha e cinza, e o ar, impregnado de terra e mofo, parecia carregado de decomposição, purificado pelo tempo de todas as suas partículas mais grosseiras, e suspirando através do arco e do corredor, e pilares agrupados, como o sopro de séculos passados! Aqui estava o pavimento quebrado, gasto, há tanto tempo, por pés piedosos, que o tempo, furtivamente, nos passos dos peregrinos, havia trilhado seu rastro e deixado apenas pedras que se desintegravam. Aqui estavam a viga apodrecida, o arco afundando, a parede mofada e em decomposição, a trincheira humilde de terra, a tumba imponente na qual nenhum epitáfio permaneceu, tudo, mármore, pedra, ferro, madeira e poeira, um monumento comum de ruína. O melhor e o pior trabalho, o mais simples e o mais rico, o mais majestoso e o menos imponente, tanto do trabalho dos céus como o do homem, todos encontravam um nível comum aqui e contavam uma história comum.

Alguma parte do edifício tinha sido uma capela baronial, e aqui estavam efígies de guerreiros esticados em suas camas de pedra com as mãos postas, de pernas cruzadas, aqueles que lutaram nas Guerras Santas, cingidos com suas espadas e revestidos de armadura como eles viveram. Alguns desses cavaleiros tinham as próprias armas, elmos, cotas de malha penduradas nas paredes duras e penduradas em ganchos enferrujados. Quebrados e dilapidados como estavam, eles ainda mantinham sua forma antiga e algo de seu aspecto antigo. Assim, atos violentos vivem depois dos homens na terra, e vestígios de guerra e derramamento de sangue sobreviverão de maneira triste muito depois de aqueles que trabalharam na desolação voltarem a ser apenas átomos da própria terra.

A criança sentou-se, neste lugar antigo e silencioso, entre as figuras rígidas sobre os túmulos. Eles tornavam tudo mais silencioso lá do que em qualquer outro lugar, na sua imaginação, e, olhando em volta com um sentimento de temor, temperado com um calmo prazer, ela sentiu que agora estava feliz e em repouso. Pegou uma Bíblia da estante e leu; então, pousando-a, pensou nos dias de verão e na brilhante primavera que viria, nos raios de sol que cairiam obliquamente sobre as formas adormecidas, nas folhas que tremulariam na janela, e brincariam em sombras cintilantes na calçada, no canto dos pássaros e no crescimento de botões e flores ao ar livre, o ar doce, que entraria furtivamente e balançaria suavemente as bandeiras esfarrapadas no alto. E se o local despertasse pensamentos de morte? Quem fosse que morresse, tudo continuaria o mesmo; essas imagens e sons ainda continuariam, tão felizes como sempre. Não seria doloroso dormir entre eles.

Ela deixou a capela, muito lentamente e muitas vezes voltando-se para olhar de novo, e, chegando a uma porta baixa, que claramente conduzia à torre, abriu-a e subiu a escada sinuosa na escuridão, exceto onde ela pôde olhar para baixo, através de frestas estreitas, para o lugar que ela havia deixado, e teve uma visão cintilante dos sinos empoeirados. Por fim, ela alcançou o fim da subida e chegou ao topo da torre.

Oh! A glória da explosão repentina de luz; o frescor dos campos e bosques, estendendo-se por todos os lados e encontrando o céu azul brilhante; o gado pastando no campo; a fumaça que, vindo por entre as árvores, parecia subir da terra verde; as crianças ainda em suas brincadeiras lá embaixo, tudo, tudo tão lindo e feliz! Foi como passar da morte para a vida; estava se aproximando do céu.

As crianças tinham ido embora quando ela apareceu na varanda e trancou a porta. Ao passar pela escola, ouviu o zumbido de vozes. Seu amigo havia começado o trabalho apenas naquele dia. O barulho ficou mais alto e, olhando para trás, ela viu os meninos sair em grupos e se dispersar com gritos alegres e brincadeiras. "É uma visão muito boa", pensou a criança, "estou muito feliz por eles passarem pela igreja." E então ela parou, para imaginar como o barulho soaria por dentro e como seria suave a morte para os ouvidos.

Mais uma vez naquele dia, sim, mais duas vezes, ela voltou furtivamente para a velha capela e, em seu assento antigo, leu o mesmo livro ou se entregou à mesma linha silenciosa de pensamento. Mesmo quando já estava anoitecendo e as sombras da noite que se aproximava tornavam tudo ainda mais solene, a criança permaneceu, como que enraizada naquele local, e não teve medo ou ideia de sair dali.

Eles a encontraram lá, finalmente, e a levaram para casa. Ela parecia pálida, mas muito feliz, até que eles se separaram para passar a noite; e então, quando o pobre professor se abaixou para beijar a bochecha dela, ele pensou ter sentido uma lágrima em seu rosto.

Capítulo 54

O solteiro, entre as suas várias ocupações, encontrou na antiga igreja uma fonte constante de interesse e diversão. Tendo aquele orgulho que os homens concebem para as maravilhas de seu pequeno mundo, ele fez daquela história seu campo de estudos; e muitos dias de verão dentro de suas paredes, e muitas noites de inverno ao lado da fogueira do presbitério encontraram o solteirão ainda estudando e aumentando seu grande estoque de histórias e lendas.

Como ele não era um daqueles espíritos rigorosos, que buscam desnudar a verdade de toda a roupagem sombria de que o tempo e as fantasias costumam vesti-la, mesmo daquelas que a tornam mais agradável, servindo, como as águas de sua nascente, para adicionar mais graça aos encantos que ela meio esconde, meio revela, e para despertar desejos e perseguir mais do que o langor e a indiferença, ao contrário dessa gente severa e obstinada, ele adorava ver a deusa coroada com aquelas guirlandas de flores silvestres que a tradição trança para adorná-la com delicadeza e que muitas vezes são as mais frescas em suas formas mais delicadas, ele se movimentou com passo leve e mãos suaves sobre a poeira de séculos, não querendo demolir nenhum dos santuários leves que foram erguidos, geração após geração, sobre alguma boa ação ou afeto que a alma humana pudesse esconder ali. Assim, no caso de um antigo caixão de pedra bruta, onde se supôs, por muitas gerações, estarem os ossos de um certo barão, que, após saquear com espada, golpes e pilhagem as terras estrangeiras, voltou com um coração penitente e pesaroso para morrer em casa, mas que ultimamente havia sido revelado por estudiosos que a história não era bem essa, já que o barão em questão (assim eles afirmavam) morrera duramente em batalha, rangendo os dentes e xingando até o seu último suspiro; o solteirão afirmava solenemente que a antiga história era a verdadeira; que o barão, arrependendo-se do mal, fizera grandes obras de caridade e humildemente entregara o espírito; e que, se algum barão fosse algum dia para o céu, seria aquele digno de tal paz. Da mesma maneira, quando os historiadores acima mencionados argumentaram e afirmaram que certo cofre secreto não era o túmulo de uma senhora de cabelos grisalhos, que havia sido enforcada, puxada e esquartejada pela gloriosa rainha Bess por socorrer um padre miserável que desmaiava de sede e fome à sua porta, o solteiro afirmava solenemente, contra todos os que estudaram o caso, que a igreja era santificada pelas cinzas da dita pobre senhora; que seus restos mortais haviam sido recolhidos durante a noite em quatro dos portões da cidade e trazidos em segredo para lá, e ali depositados; e o solteirão ainda (estando muito excitado nessas ocasiões) negava a glória da rainha Bess e afirmava a glória incomensuravelmente maior da mulher mais mesquinha de seu reino, que tinha um coração misericordioso e terno. Quanto à afirmação de que a pedra plana perto da porta não era o túmulo do avarento que havia deserdado seu único filho e deixado dinheiro para a igreja comprar um par de sinos, o solteiro prontamente negou novamente, dizendo que aquela cidade não dera à luz tal homem. Em uma palavra, ele guardava todas as pedras e placas de latão como monumentos, mas apenas de ações cuja memória deveria sobreviver. Todas as outras ele estava disposto a esquecer. Eles poderiam estar enterrados em solo consagrado, mas ele os enterrava bem mais fundo ainda para nunca mais trazê-los à luz.

E foi dos lábios de tal tutor que a criança aprendeu sua tarefa suave. Já impressionada, além de tudo o que foi dito, pelo edifício silencioso e pela beleza tranquila do local em que se erguia, que tinha uma idade majestosa, mas era cercado pela eterna juventude, pareceu-lhe, ao ouvir essas coisas, que era consagrado por toda a bondade e virtude. Era outro mundo, aonde o pecado e a tristeza nunca chegaram; um lugar tranquilo de descanso, onde nada de mau penetrara.

Quando o solteiro já havia revelado para ela, em conexão com quase todas as tumbas e lápides lisas, alguma história particular, ele a levou para a cripta velha, agora uma mera abóbada sombria, e lhe mostrou como tinha sido iluminada no tempo dos monges e como, em meio a lâmpadas penduradas no teto e incensários balançando e exalando odores perfumados, e hábitos brilhando com ouro e prata, e quadros, e objetos preciosos e joias, todos piscando e brilhando sob os arcos baixos, o coro de vozes idosas foi ouvido muitas vezes ali, à meia-noite, nos velhos tempos, enquanto figuras encapuzadas se ajoelhavam, oravam em volta e recitavam seus rosários de contas. Dali ele a levou para a superfície novamente e mostrou-lhe, no alto das velhas paredes, pequenas galerias, por onde as freiras costumavam deslizar, quase imperceptíveis em seus vestidos escuros tão distantes, ou parar como tristes sombras, ouvindo as orações. Ele também mostrou a ela como os guerreiros, cujas figuras repousavam sobre os túmulos, tinham usado aqueles restos de armadura apodrecida lá em cima, como este tinha sido um capacete, e aquele um escudo, e aquela uma manopla, e como eles empunhavam as grandes espadas de duas mãos e abatiam homens com aquelas maças de ferro. Tudo o que ele disse à criança ela guardava na mente; e às vezes, quando ela acordava à noite dos sonhos dos velhos tempos e levantando-se da cama olhava para a igreja escura, ela quase esperava ver as janelas iluminadas e ouvir o som do órgão, e o som de vozes, no vento forte.

O velho sacristão logo melhorou e começou a se recuperar. Com ele, a criança aprendeu muitas outras coisas, embora de um tipo diferente. Ele não podia trabalhar, mas um dia havia uma sepultura a ser feita e ele veio para supervisionar o homem que a cavou. Ele estava com um humor falante; e a criança, primeiro de pé ao seu lado, e depois sentada na grama a seus pés, com o rosto pensativo erguido em sua direção, começou a conversar com ele. Agora, o homem que cumpria o dever de sacristão era um pouco mais velho do que ele, embora muito mais ativo. Mas ele era surdo; e, quando o sacristão (que porventura, em um beliscão, poderia ter caminhado um quilômetro com grande dificuldade em meia dúzia de horas) trocou um comentário com ele sobre seu trabalho, a criança não pôde deixar de notar que ele o fazia com uma piedade impaciente por sua enfermidade, como se ele próprio fosse o homem mais forte e mais corajoso do mundo.

– Lamento ver que isso tem de ser feito – disse a criança ao se aproximar. – Não ouvi falar de ninguém que havia morrido.

– Ela morava em outro povoado, minha querida – respondeu o sacristão. –Três milhas de distância.

– Ela era jovem?

– Sim, sim – disse o sacristão. – Não mais do que sessenta e quatro, eu acho. David, ela tinha mais de 64 anos?

David, que estava cavando pesado, nada ouviu do assunto. O sacristão, como não conseguia tocá-lo com a muleta e estava doente demais para se levantar sem ajuda, chamou sua atenção jogando um pouco de mofo em sua touca vermelha.

– Qual é o problema agora? – disse David, erguendo os olhos.

– Quantos anos tinha Becky Morgan? – perguntou o sacristão.

– Becky Morgan? – repetiu David.

– Sim – respondeu o sacristão, acrescentando em um tom meio compassivo, meio irritado, que o velho não conseguia ouvir. – Você está ficando muito surdo, Davy, muito surdo, com certeza!

O velho parou em seu trabalho, e, limpando sua pá com um pedaço de ardósia que ele tinha com esse propósito, e raspando, nesse processo, a essência de Deus sabe quantas Becky Morgan, pôs-se a considerar o assunto.

– Deixe-me pensar – disse ele. – Eu vi ontem à noite o que eles colocaram sobre o caixão. Eram 79?

– Não, não – disse o sacristão.

– Ah, sim, foi – respondeu o velho com um suspiro. – Pois eu me lembro de pensar que ela estava muito próxima da nossa idade. Sim, foram 79.

– Tem certeza de que não errou nos números, Davy? – perguntou o sacristão, com sinais de alguma emoção.

– O quê? – disse o velho. – Pergunte isso de novo.

– Ele é muito surdo. Ele é muito surdo! – gritou o sacristão com petulância. – Tem certeza de que está certo sobre os números?

– Ah, sim – respondeu o velho. – Por que não?

– Ele é extremamente surdo – murmurou o sacristão para si mesmo. – Acho que ele está ficando avoado.

A criança se perguntou o que o levou a essa ideia, pois, para dizer a verdade, o velho parecia tão astuto quanto ele e era infinitamente mais robusto. Como o sacristão não disse mais nada naquele momento, ela esqueceu por enquanto e voltou a falar.

– Você estava me contando – disse ela – sobre sua jardinagem. Você sempre plantou coisas aqui?

– No cemitério da igreja? – respondeu o sacristão. – Eu não.

– Eu vi algumas flores e pequenos arbustos – a criança continuou. – Tem alguns lá, você vê? Achei que fossem da sua criação, embora na verdade tenham crescido sem muitos cuidados.

– Elas crescem conforme a vontade do céu – disse o velho. – E ele gentilmente ordena que elas nunca floresçam aqui.

– Eu não entendo você.

– Ora, é isso – disse o sacristão. – Elas marcam apenas os túmulos daqueles que tinham amigos muito ternos e amorosos.

– Eu tinha certeza de que sim! – a criança exclamou. – Estou muito feliz em confirmar que sim!

– Sim – respondeu o velho –, mas preste atenção. Olhe para elas. Veja como elas baixam a cabeça, caem e murcham. Você adivinha o motivo?

– Não – respondeu a criança.

– Porque a memória daqueles que descansam ali embaixo desaparece logo. No início, eles cuidam delas, de manhã, ao meio-dia e à noite; logo começam a vir com menos frequência; de uma vez por dia a uma vez por semana; de uma vez por semana a uma vez por mês; então, em intervalos longos e incertos; então, nunca mais. Esses laços raramente duram muito. Eu sei que as flores de verão mais efêmeras sobrevivem mais tempo do que eles.

– Lamento ouvir isso – disse a criança.

– Ah! É o que dizem os senhores que descem aqui para dar uma olhada – respondeu o velho, balançando a cabeça –, mas eu digo o contrário. É um belo costume que se tem nesta parte do país, eles me dizem às vezes, plantar perto dos túmulos, mas é melancólico ver essas coisas todas murchando ou mortas. Eu imploro seu perdão e digo a eles que, no meu entender, é um bom sinal para a felicidade dos vivos. E assim é. É a natureza.

Talvez os enlutados aprendam a olhar para o céu azul durante o dia, e para as estrelas à noite, e pensar que os mortos estão lá, e não nas sepulturas – disse a criança em uma voz suave.

– Talvez – respondeu o velho em dúvida. – Pode ser.

"Seja como eu acredito, ou não", pensou a criança dentro de si, "farei deste lugar o meu jardim. Não fará mal nenhum trabalhar aqui dia após dia, e disso virão pensamentos agradáveis, tenho certeza."

Seu rosto brilhante e seus olhos úmidos passaram despercebidos pelo sacristão, que se voltou para o velho David e o chamou pelo nome. Estava claro que a idade de Becky Morgan ainda o incomodava, embora o motivo a criança mal conseguia entender.

A segunda ou terceira repetição de seu nome atraiu a atenção do velho. Parando seu trabalho, ele se apoiou na pá e levou a mão ao ouvido mouco.

– Você chamou? – ele disse.

– Estive pensando, Davy – respondeu o sacristão –, que ela – apontou para o túmulo – devia ser muito mais velha do que você ou eu.

– Setenta e nove – respondeu o velho com um aceno de cabeça –, eu lhe digo que eu vi.

– Viu isso? – tornou o sacristão. – Sim, Davy, mas as mulheres nem sempre dizem a verdade sobre sua idade.

– É verdade mesmo – disse o outro velho, com um brilho repentino nos olhos. – Ela poderia ser mais velha.

– Tenho certeza de que sim. Ora, só pense em quantos anos ela aparentava. Você e eu parecíamos apenas meninos perto ela.

– Ela parecia muito velha – respondeu David. – Você está certo. Ela parecia bem velha.

– Lembre-se quantos anos ela parecia ter por muitos, longos anos, e diga se ela não pôde ter senão 79 anos, quase a nossa idade – disse o sacristão.

– Cinco anos mais velha, no mínimo! – gritou o outro.

– Cinco? – retrucou o sacristão. – Dez, uns bons 89. Lembro-me da época em que a filha dela morreu. Ela tinha 89 anos, naquela época, e tenta passar para nós agora por dez anos mais jovem. Oh! A vaidade humana!

O outro velho não ficou para trás com algumas reflexões morais sobre este tema frutífero, e ambos aduziram uma massa de evidências, de tal peso que o tornava duvidoso, não se a falecida era da idade sugerida, mas se ela não tinha quase atingido a idade patriarcal de cem. Depois de resolverem a questão para satisfação mútua, o sacristão, com a ajuda do amigo, levantou-se para ir embora.

– Está frio, sentado aqui, e devo me cuidar, até o verão – disse ele enquanto se preparava para sair mancando.

– O quê? – perguntou o velho David.

– Ele está muito surdo, pobre sujeito! – gritou o sacristão.

– Adeus!

– Ah! – disse o velho David, cuidando dele. – Ele está se abalando muito rápido. Ele envelhece a cada dia.

E, assim eles se separaram, cada um convencido de que o outro tinha menos vida do que ele próprio, e ambos muito consolados e confortados pela pequena ficção em que haviam concordado, a respeito de Becky Morgan, cuja morte não era mais do que um incômodo precedente, que não seria da conta deles por mais alguns anos.

A criança ficou, por alguns minutos, observando o velho surdo, que jogava a terra com a pá, e, muitas vezes parando para tossir e respirar, ainda murmurava para si, com uma espécie de riso sóbrio, que o sacristão estava se desgastando rapidamente. Por fim, ela se virou e, caminhando pensativa pelo cemitério, encontrou inesperadamente o professor, que estava sentado em uma sepultura verde ao sol, lendo.

– Nell por aqui? – ele disse alegremente, enquanto fechava seu livro. – É bom ver você no ar fresco e na luz. Temi que você estivesse de novo na igreja, onde costuma estar.

– Temeu por quê? – perguntou a criança, sentando-se ao lado dele. – Ali não é um bom lugar?

– Sim, sim – disse o professor. – Mas você deve se alegrar às vezes... Não, não balance a cabeça, não sorria tão tristemente.

– Infelizmente, não, se você conhecesse meu coração. Não me olhe como se me achasse triste. Não há criatura mais feliz na Terra do que eu agora.

Cheia de terna gratidão, a criança pegou sua mão e a dobrou entre as suas.

– É a vontade de Deus! – ela disse, quando eles ficaram em silêncio por algum tempo.

– O quê?

– Tudo isso – ela respondeu. – Tudo isso sobre nós. Mas qual de nós está triste agora? Você vê, estou sorrindo.

– E eu também – disse o professor. – Sorrindo ao pensar quantas vezes riremos neste mesmo lugar. Você não estava falando ali?

– Sim – respondeu a criança.

– De algo que a deixou triste? – Houve uma longa pausa.

– O que foi isso? – disse o professor ternamente. – Venha. Diga-me o que foi.

– Eu lamento bastante, eu lamento pensar – disse a criança, explodindo em lágrimas –, que aqueles que morrem ao nosso redor são esquecidos tão rapidamente.

– E você acha – disse o professor, observando o olhar que ela lançou ao redor – que um túmulo não visitado, uma árvore murcha, uma ou duas flores murchas são sinais de esquecimento ou de fria negligência? Você acha que não há ações, longe daqui, nas quais esses mortos possam ser mais bem lembrados? Nell, Nell, pode haver pessoas ocupadas no mundo, neste instante, em cujas boas ações e bons pensamentos estes mesmos túmulos, negligenciados como eles estão diante de nós, são os principais objetos.

– Não me diga mais nada – disse a criança rapidamente. – Não me diga mais nada. Eu sinto, eu sei disso. Como pude esquecer disso quando pensei em você?

– Não há nada – exclamou o amigo –, não, nada inocente ou bom, que morra e seja esquecido. Vamos nos apegar a essa fé, ou melhor, não ter nenhuma. Um bebê, uma criança tagarela, morrendo em seu berço, viverá novamente nos melhores pensamentos daqueles que o amaram e desempenhará sua parte, por meio deles, nas ações redentoras do mundo, mesmo que seu corpo seja queimado até as cinzas ou afogado no mar mais profundo. Não há um anjo adicionado às Hostes Celestiais que não tenha feito seu trabalho abençoado na terra, naqueles que o amaram aqui. Esquecido? Oh, se as boas ações das criaturas humanas pudessem ser rastreadas até sua origem, quão bela até a morte pareceria, pois quanta caridade, misericórdia e afeição mais pura seriam vistas crescendo em sepulturas empoeiradas!

– Sim – disse a criança –, é a verdade, eu sei que é. Quem deveria sentir mais sua força do que eu, em quem seu pequeno estudante vive novamente! Caro, querido, bom amigo, se você soubesse o conforto que me deu!

O pobre professor não respondeu, mas curvou-se sobre ela em silêncio, pois seu coração estava transbordando.

Eles ainda estavam sentados no mesmo lugar quando o avô se aproximou. Antes de eles terem falado muitas palavras juntos, o relógio da igreja bateu a hora da escola, e o amigo se retirou.

– Um bom homem – disse o avô, olhando para ele –, um homem gentil. Certamente ele nunca nos faria mal, Nell. Estamos seguros aqui, finalmente, hein? Nós nunca iremos embora daqui?

A criança balançou a cabeça e sorriu.

– Ela precisa descansar – disse o velho, dando uma tapinha em sua bochecha. – Muito pálida, muito pálida. Ela não é mais como era.

– Quando? – perguntou a criança.

– Há! – disse o velho –, com certeza. Quando? Há quantas semanas? Eu poderia contá-las nos meus dedos? Deixe-as para trás; é melhor elas terem ido embora.

– Muito melhor, querido – respondeu a criança. – Vamos esquecê-las; ou, se algum dia as trouxermos à mente, será apenas como um sonho incômodo que já passou.

– Silêncio! – disse o velho, gesticulando apressadamente para ela com a mão e olhando por cima do ombro. – Não fale mais daquele sonho e de todas as misérias que ele trouxe. Não há sonhos aqui. É um lugar tranquilo, e eles se mantêm afastados. Nunca pensemos neles, para que não nos persigam novamente. Olhos fundos e bochechas encovadas, úmidas, frias e famintas, e horrores diante de todos eles, que eram ainda piores, devemos esquecer essas coisas se quisermos ficar em paz aqui.

– Graças a Deus – exclamou interiormente a criança – por esta mudança mais do que feliz!

– Serei paciente – disse o velho –, humilde, muito grato e obediente se me deixarem ficar. Mas não se esconda de mim, não saia sozinha, deixe-me ficar ao seu lado. Na verdade, serei muito verdadeiro e fiel, Nell.

– Eu, fugir sozinha? Por que isso? – espantou-se a criança em tom alegre. – Seria uma brincadeira agradável de fato. Veja aqui, querido avô, faremos deste lugar o nosso jardim, por que não? É muito bom, e amanhã vamos começar e trabalhar juntos, lado a lado.

– É uma ideia corajosa! – gritou seu avô.

– Pense, querido, começamos amanhã!

Quem estaria tão encantado quanto o velho quando eles começaram o trabalho no dia seguinte? Quem tão inconsciente de todas as associações relacionadas com o local, como ele? Eles arrancaram a grama alta e as urtigas dos túmulos, arrancaram os pobres arbustos e raízes, tornaram a grama lisa e limparam as folhas e ervas daninhas. Estavam ainda no ardor do trabalho quando a criança, levantando a cabeça do chão sobre o qual se inclinava, observou que o solteiro estava sentado na escada perto, observando-os em silêncio.

– Um bom escritório – disse o pequeno cavalheiro, acenando com a cabeça para Nell enquanto ela fazia uma reverência. – Vocês fizeram tudo isso nesta manhã?

– É muito pouco, senhor – respondeu a criança, com os olhos baixos –, diante do que pretendíamos fazer.

– Bom trabalho, bom trabalho – disse o solteiro. – Mas você só trabalha nos túmulos de crianças e jovens?

– Chegaremos logo aos outros, senhor – respondeu Nell, virando a cabeça para o lado e falando baixinho.

Foi apenas um incidente, e pode ter sido intencional ou por acidente a simpatia inconsciente da criança pelos jovens. Mas pareceu atingir seu avô, embora ele não tivesse notado antes. Ele olhou apressado para os túmulos, depois ansiosamente para a criança, depois a pressionou contra o lado dele e pediu que parasse para descansar. Algo que fazia muito havia esquecido parecia lutar vagamente em sua mente. Não passou, como aconteceram as coisas mais importantes; mas veio em primeiro lugar novamente, e novamente, e muitas vezes naquele dia, e com frequência depois. Uma vez, enquanto eles ainda estavam no trabalho, a criança, vendo que muitas vezes ele se virava e olhava para ela inquieto, como se estivesse tentando resolver algumas questões dolorosas ou reunir alguns pensamentos dispersos, pediu-lhe que dissesse o motivo. Mas ele disse que não era nada, nada, e, colocando a cabeça dela em seu braço, acariciou sua bela bochecha com a mão e murmurou que ela ficava mais forte a cada dia e que seria uma mulher em breve.

Capítulo 55

Desde então, surgiu na mente do velho uma solicitude pela criança que nunca dormia nem o deixava. Existem acordes no coração humano, cordas estranhas e variadas, que só são tocadas por acidente, que permanecerão mudas e sem sentido aos apelos dos mais apaixonados e fervorosos e que responderão finalmente ao mais leve toque por acaso. Nas mentes mais insensíveis ou infantis, há alguma linha de reflexão que a arte raramente pode conduzir, ou a habilidade ajudar, mas que se revelará, como as grandes verdades têm feito, por acaso e quando o descobridor tiver o objetivo mais simples em vista. Desde então, o velho nunca mais se esqueceu da fragilidade e da devoção da criança; desde o momento daquele pequeno incidente, ele, que a tinha visto lutando ao seu lado em tantas dificuldades e sofrimentos e mal pensava nela senão como uma companheira de misérias que ele sentia duramente em sua própria pessoa e deplorava para o seu próprio bem, pelo menos tanto quanto o dela, despertou para a sensação do tanto que ele lhe devia, e no que aquelas misérias a haviam transformado. Nunca, não, nenhuma vez, em um momento de descuido daquele dia até o fim, nenhum cuidado consigo mesmo, nenhum pensamento sobre seu próprio conforto, nenhuma consideração ou cuidado egoísta desviou seus pensamentos do objeto gentil de seu amor.

Ele a seguiria para cima e para baixo, esperando até que ela se cansasse e se apoiasse em seu braço; ele se sentaria em frente a ela no canto da chaminé, satisfeito em observar, e olhar, até que ela levantasse a cabeça e sorrisse para ele como antigamente; ele cumpriria furtivamente os deveres domésticos que a sobrecarregavam; ele se levantaria, nas noites frias e escuras, para ouvir sua respiração durante o sono, e às vezes se agacharia por horas ao lado da cama apenas para tocar a mão dela. Aquele que tudo sabe conhecia as esperanças, os medos e os pensamentos de profunda afeição que havia naquele cérebro desordenado e que mudanças tinham sido operadas no pobre velho. Às vezes, semanas se arrastavam assim, a criança, exausta, embora com pouco sono, passava noites inteiras em um sofá ao lado da lareira. Nessas ocasiões, o professor trazia livros e lia para ela em voz alta; e raramente pulava alguma noite, quando o solteiro entrava e começava a ler. O velho sentava-se e ouvia, com pouca compreensão das palavras, mas com os olhos fixos na criança, e, se ela sorrisse ou se iluminasse com a história, ele diria que era uma boa narrativa e conceberia um gosto por aquele livro. Quando, em sua conversa noturna, o solteiro contava uma história que lhe agradava (como suas histórias frequentemente faziam), o velho dolorosamente tentava guardá-la em sua memória, mas não conseguia; e, quando o solteiro os deixava, às vezes corria atrás dele e com humildade implorava que lhe contasse alguma parte de novo, para que pudesse aprender para ganhar um sorriso de Nell.

Mas essas eram ocasiões raras, felizmente, pois a criança ansiava por estar ao ar livre e caminhando em seu jardim solene. As festas também aconteciam perto da igreja; e aqueles que vinham, comentando uns com os outros sobre a criança, incentivavam outros a virem também; portanto, mesmo naquela estação do ano, eles recebiam visitantes quase diariamente. O velho os seguiria a certa distância pelo prédio, ouvindo a voz que tanto amava; e, quando os estranhos partiam e se separavam de Nell, ele se misturava a eles para ouvir fragmentos de sua conversa; ou ele ficava parado com o mesmo propósito, com a cabeça grisalha descoberta, no portão quando eles passavam.

Sempre elogiavam a criança, seu bom senso e beleza, e ele ficava orgulhoso de ouvi-los! Mas o que foi aquilo, tantas vezes acrescentado, que apertava o seu coração e o fazia soluçar e chorar sozinho, em algum canto sombrio! Ai de mim! Até estranhos descuidados, aqueles que não tinham nenhum sentimento por ela, mas o interesse do momento, aqueles que iriam embora e esqueceriam na próxima semana que tal ser vivia, até eles notavam isso, até eles tinham pena dela, até eles lhe desejaram bom-dia por compaixão e sussurraram enquanto passavam.

As pessoas da aldeia também, das quais não escapava uma, começaram a gostar da pobre Nell; mesmo entre eles, havia o mesmo sentimento, uma ternura para com ela, uma consideração compassiva por ela aumentando a cada dia. Os próprios colegiais, alegres e descuidados como eram, até eles se importavam com ela. O mais rude entre eles lamentava se ele sentia falta dela no lugar de costume no caminho para a escola e saía do caminho para perguntar por ela na janela de treliça. Se ela estivesse sentada na igreja, talvez eles pudessem espiar suavemente pela porta aberta; mas eles nunca falavam com ela, a menos que ela se levantasse e fosse falar com eles. Algum sentimento superior colocava a criança acima de todos eles.

Então, quando chegava o domingo, eles eram todos camponeses pobres na igreja, pois o castelo em que a velha família tinha vivido era uma ruína vazia, e não havia ninguém além de pessoas humildes por onze quilômetros ao redor. Lá, como em qualquer lugar, eles tinham interesse em Nell. Eles se reuniam ao redor dela na varanda, antes e depois da missa; crianças pequenas se aglomeravam em suas saias; e homens e mulheres idosos abandonavam suas fofocas para saudá-la gentilmente. Nenhum deles, jovem ou velho, imaginava passar pela criança sem uma palavra amiga. Muitos que vinham de três ou quatro milhas de distância traziam pequenos presentes; o mais humilde e o mais rude tinham bons votos a conceder.

Ela havia procurado as crianças que viu brincar no cemitério da igreja. Um deles, aquele que falara de seu irmão, era seu pequeno favorito e amigo, e muitas vezes sentava-se ao lado dela na igreja, ou subia com ela até o topo da torre. Era seu prazer ajudá-la, ou imaginar que o fazia, e logo se tornaram companheiros próximos.

Aconteceu que, enquanto ela lia sozinha no antigo lugar um dia, esta criança veio correndo com os olhos cheios de lágrimas, e depois de afastá-la dele e olhando para ela ansiosamente por um momento, apertou seus bracinhos apaixonadamente em volta do seu pescoço.

– O que foi agora? – disse Nell, acalmando-o. – Qual é o problema?

– Ela ainda não se foi! – gritou o menino, abraçando-a ainda mais de perto. – Não, não. Ainda não.

Ela olhou para ele com admiração e, afastando o cabelo do rosto e beijando-o, perguntou o que ele queria dizer.

– Você não pode se juntar a eles, querida Nell! – gritou o menino. – Nem conseguimos vê-los. Eles nunca vêm jogar conosco, ou falar conosco. Seja você como é. É melhor que você permaneça assim.

– Eu não entendo você – disse Nell à criança. – Diga-me o que você quer dizer.

– Ora, dizem – respondeu o menino, olhando para o rosto dela –, que você se tornará um anjo antes que os pássaros voltem a cantar novamente. Mas você não vai partir, vai? Não nos deixe, Nell, embora o céu ainda esteja claro. Não nos deixe!

A criança baixou a cabeça e colocou as mãos diante do rosto.

– Ela não consegue encarar essa ideia! – gritou o menino, exultando em meio às lágrimas. – Você não pode ir. Você sabe quanto iremos lamentar. Querida Nell, diga-me que ficará entre nós. Oh! Por favor, por favor, diga que ficará!

A criaturinha cruzou as mãos e se ajoelhou aos pés dela.

– Olhe só para mim, Nell – disse o menino –, e diga-me que vai ficar, e então saberei que eles estão errados e não chorarei mais. Você não vai dizer que sim, Nell?

Ainda com a cabeça inclinada e o rosto escondido, a criança permaneceu silenciosa, exceto pelos soluços.

– Depois de um tempo – prosseguiu o menino, tentando afastar a mão dela –, os anjos bondosos ficarão felizes em pensar que você não está entre eles, e que você ficou aqui para estar conosco. Willy foi embora, para se juntar a eles; mas, se ele soubesse como eu sentiria a falta dele em nossa pequena cama à noite, nunca teria me deixado, tenho certeza.

Mesmo assim, Nelly não conseguiu dar a ele nenhuma resposta e soluçava como se o coração dela fosse explodir.

– Por que você partiria, querida Nell? Eu sei que você não ficaria feliz quando soubesse que choramos por sua perda. Dizem que Willy está no céu agora e que sempre é verão lá, mas tenho certeza de que ele fica triste quando me deito em seu canteiro de jardim e ele não pode se virar para me beijar. Mas, se você for, Nell – disse o menino, acariciando-a e pressionando o seu rosto contra o dela –, tenha carinho por ele, por mim. Diga a ele como ainda o amo e quanto amei você; e, quando achar que vocês dois estão juntos e felizes, tentarei suportar isso e nunca causarei dor a vocês por fazer algo errado. Na verdade, nunca mais o farei!

A criança permitiu que ele movesse as mãos e as colocasse em volta do pescoço. Houve um silêncio lacrimoso, mas não demorou muito para que ela olhasse para ele com um sorriso e prometesse, com uma voz muito gentil e tranquila, que ficaria e seria sua amiga enquanto o céu permitisse. Ele bateu palmas de alegria e agradeceu muitas vezes; e, sendo encarregado de não contar a ninguém o que havia acontecido entre eles, deu a ela a promessa sincera de que ele nunca o faria.

E ele não fez, pelo que a criança podia entender; mas era sua companheira silenciosa em todas as suas caminhadas e meditações, e nunca mais se referiu ao tema, pois ele sentia que lhe causaria dor, embora não tivesse consciência de sua causa. Algo de desconfiança ainda pairava sobre ele, pois ele costumava vir, mesmo nas noites escuras, e chamar com uma voz tímida fora da porta para saber se ela estava segura lá dentro; e, recebendo resposta afirmativa e sendo convidado a entrar, tomaria seu lugar em um banquinho baixo aos pés dela e ficaria ali sentado pacientemente até que viessem procurá-lo e levá-lo para casa. Claro, quando a manhã chegava, lá estava ele demorando-se perto da casa para perguntar se ela estava bem; e, de manhã, ao meio-dia ou à noite, onde ela quisesse, ele abandonaria seus companheiros de brincadeira e seus esportes para lhe fazer companhia.

– E ele também é um bom amiguinho – disse-lhe certa vez o velho sacristão. – Quando o irmão mais velho dele morreu, mais velho parece uma palavra estranha, pois ele tinha apenas 7 anos, lembro que ele levou isso muito a sério.

A criança pensou no que o professor lhe havia contado e sentiu como sua ideia da verdade foi obscurecida, até mesmo por aquela criança.

– Isso deu a ele um jeito meio introspectivo, eu acho – disse o velho –, embora às vezes ele seja bastante alegre. Aposto agora que você e ele já estiveram ouvindo perto do velho poço.

– Na verdade, não – respondeu a criança. – Tive medo de chegar perto, pois não costumo descer naquela parte da igreja e não conheço o terreno.

– Venha comigo – disse o velho. – Eu descobri isso por um dos meninos. Venha!

Eles desceram os degraus estreitos que levavam à cripta e pararam entre os arcos sombrios, em um local escuro e sinistro.

– Este é o lugar – disse o velho. – Dê-me sua mão enquanto joga a coberta para trás, para não tropeçar e cair. Estou muito velho, quero dizer, reumático, para me abaixar.

– Que lugar escuro e horrível! – exclamou a criança.

– Olhe para dentro – disse o velho, apontando para baixo com o dedo. A criança obedeceu e olhou para o buraco.

– Parece um túmulo, não? – disse o velho.

– É verdade – respondeu a criança.

– Muitas vezes tive a ideia – disse o sacristão – de que poderia ter sido cavado no início para tornar o antigo lugar mais sombrio, e os velhos monges, mais religiosos. Deveria ser fechado e reconstruído.

A criança ainda estava de pé, olhando pensativa para o poço.

– Veremos – disse o sacristão – sobre quais cabeças alegres o outro mundo será fechado quando a luz se apagar por aqui. Deus sabe! Eles vão fechá-lo na próxima primavera.

"Os pássaros cantam de novo na primavera", pensou a criança, ao se encostar na janela de batente e contemplar o sol poente. "Primavera! Um momento lindo e feliz!"

Capítulo 56

Um ou dois dias após o chá de Quilp no Wilderness, o senhor Swiveller entrou no escritório de Sampson Brass na hora habitual e, estando sozinho naquele Templo da Probidade, colocou o chapéu sobre a mesa, tirou do bolso um pequeno embrulho de crepe preto e aplicou-se a dobrá-lo e prendê-lo sobre o chapéu como se fosse uma fita. Tendo completado a montagem desse apêndice, ele examinou seu trabalho com grande satisfação e colocou o chapéu novamente, bem sobre um dos olhos, para aumentar a dramaticidade do efeito. Esses arranjos feitos à perfeição, ele enfiou as mãos nos bolsos e andou para cima e para baixo no escritório com passos medidos.

– Sempre foi a mesma coisa comigo – disse o senhor Swiveller. – Sempre foi assim, desde a infância eu vi minhas maiores esperanças se deteriorar, eu nunca amei uma árvore ou flor que não fosse a primeira a murchar; nunca me aproximei de uma gazela me agradando com seu olhos negros e macios, mas, quando ela chegou a me conhecer bem e me amar, seguramente ela se casaria com um vendedor de hortaliças.

Dominado por essas reflexões, o senhor Swiveller parou diante da cadeira dos clientes e atirou-se em seus braços abertos.

– E isso – disse o senhor Swiveller, com uma espécie de compostura zombeteira – é a vida, creio eu. Oh, certamente. Por que não? Estou bastante satisfeito. Vou usar – acrescentou Richard, tirando o chapéu novamente e olhando fixamente para ele, como se ele apenas fosse impedido, por considerar o prejuízo, de esmagá-lo com o pé –, vou usar este emblema da perfídia feminina, em memória daquela com quem nunca mais terei as voltas no salão de baile; a quem nunca mais prometerei nada; ela, que durante o curto resto de minha existência, aniquilaria todos os meus prazeres. Ha, ha, ha!

Pode ser necessário observar, para que não pareça incongruência no encerramento deste solilóquio, que o senhor Swiveller não terminou com uma risada alegre, que teria sido sem dúvida em desacordo com suas reflexões solenes, mas que, estando em um humor teatral, ele meramente alcançou aquela performance que é chamada nos melodramas de "rindo como um demônio", pois parece que seus demônios sempre riem em sílabas, e sempre em três sílabas, nunca mais nem menos, o que é uma propriedade notável dessas personagens dignas de lembrança.

Os sons macabros da sua risada mal haviam terminado, e o senhor Swiveller ainda estava sentado em um estado muito sombrio na cadeira dos clientes, quando ouviu um toque, ou, se pudermos adaptar o som ao seu humor naquela ocasião, uma sineta, na campainha do escritório. Abrindo a porta rapidamente, viu o semblante expressivo do senhor Chuckster, entre o qual e ele próprio se seguiu uma saudação fraterna.

– Você chegou diabolicamente cedo a este matadouro pestilento – disse aquele cavalheiro, apoiando-se em uma perna e sacudindo a outra com facilidade.

– Muito cedo – respondeu Dick.

– Muito! – retrucou o senhor Chuckster, com aquele ar de brincadeira graciosa que tão bem lhe convinha.

– Eu acho que sim. Ora, meu bom camarada, você sabe que horas são? Nove e meia da manhã!

A velha loja de curiosidades - Tomo 2

– Você não quer entrar? – disse Dick. – Estou sozinho. Swiveller *solus*. Eis a hora da magia...

– Horas noturnas!

– Quando os cemitérios bocejam! E os túmulos liberam seus mortos.

No final dessa citação em diálogo, cada cavalheiro tomou sua atitude e, imediatamente caindo na prosa, entrou no escritório. Esses pedaços de entusiasmo são comuns entre os Glorious Apollos, e eram de fato os elos que os uniam e os elevavam acima da terra fria e opaca.

– Bem, e como você está, meu camarada? – disse o senhor Chuckster, sentando-se em um banquinho.

– Fui forçado a vir até a cidade por causa de alguns pequenos assuntos particulares e não pude passar na esquina do escritório sem olhar para dentro, mas juro pela minha alma que não esperava encontrar você. É realmente muito cedo.

O senhor Swiveller expressou seus agradecimentos, e pareceu, em conversas posteriores, que ele estava com boa saúde e que o senhor Chuckster estava na mesma condição invejável. Ambos os senhores, em conformidade com um costume solene da antiga Irmandade a que pertenciam, juntaram-se em um fragmento do dueto popular da canção "Tudo está bem", com um longo cumprimento no final.

– E quais são as novidades? – disse Richard.

– A cidade é tão plana, meu caro amigo – respondeu o senhor Chuckster –, como um forno holandês. Não há novidades. A propósito, aquele seu inquilino é uma pessoa extraordinária. Ele consegue ludibriar as mentes mais astutas, você sabe. Nunca vi um sujeito assim antes!

– O que ele está fazendo agora? – disse Dick.

– Por Deus, senhor – respondeu o senhor Chuckster, tirando uma caixa de rapé retangular, cuja tampa era ornamentada com uma cabeça de raposa curiosamente esculpida em latão –, aquele homem é insondável. Senhor, aquele homem fez amizade com nosso escriturário. Não há nenhum mal nele, mas ele é tão incrivelmente lento e suave. Agora, se ele queria um amigo, por que não escolheu um que conhecesse algumas coisas

507

interessantes e pudesse fazer-lhe algum bem com seus modos e conversas? Eu tenho meus defeitos, senhor...

– Não, não – interpôs o senhor Swiveller.

– Oh, sim, eu tenho, eu tenho meus defeitos, nenhum homem conhece seus defeitos melhor do que eu conheço os meus. Mas – disse o senhor Chuckster – não sou manso. Meus piores inimigos, e todo homem tem seus inimigos, senhor, e eu tenho os meus, nunca me acusaram de ser manso. E vou lhe dizer uma coisa, senhor, se eu não tivesse mais dessas qualidades, que em geral tornam os homens mais próximos, do que nosso funcionário tem, eu roubaria um queijo Cheshire, amarraria em volta do meu pescoço e me afogaria. Eu morreria degradado, como vivi. Eu o faria por minha honra.

O senhor Chuckster fez uma pausa, bateu na cabeça da raposa, exatamente no nariz, com o nó do dedo indicador, deu uma pitada de rapé e olhou fixamente para o senhor Swiveller, a ponto de dizer que, se ele pensasse que ia espirrar, ele estaria enganado.

– Não satisfeito, senhor – disse o senhor Chuckster –, em fazer amizade com Abel, ele cultivou a afeição de seu pai e sua mãe. Desde que ele voltou para casa daquela perseguição selvagem, ele esteve lá, realmente esteve por lá. Além disso, ele patrocina o jovem Snobby; você verá, senhor, que ele está constantemente indo e voltando para este lugar. Mas eu não suponho que, além das formas comuns de civilidade, ele alguma vez tenha trocado meia dúzia de palavras comigo. Agora, no fundo da minha alma, você sabe – disse o senhor Chuckster, balançando a cabeça gravemente, como os homens costumam fazer quando consideram que as coisas estão indo um pouco longe demais –, essa situação é tão mesquinha que, se eu não sentisse muito pelo patrão e não soubesse que ele nunca poderia viver sem mim, seria obrigado a cortar relações. Eu não teria alternativa.

O senhor Swiveller, que estava sentado em outro banquinho em frente ao amigo, acendeu o fogo por excesso de simpatia, mas nada disse.

– Quanto ao jovem Snobby, senhor – prosseguiu o senhor Chuckster com um olhar profético –, você verá que ele vai se dar mal. Em nossa profissão conhecemos algo da natureza humana, e acredite em minha palavra que o sujeito que voltou para trabalhar atrás daquele xelim se mostrará um dia desses em suas cores verdadeiras. Ele é um ladrão baixo, senhor. Ele deve ser, sim.

O senhor Chuckster levantou-se, e provavelmente teria prosseguido com esse assunto em uma linguagem mais enfática, mas uma batida na porta, que parecia anunciar a chegada de alguém a negócios, fez com que ele assumisse uma aparência de mansidão maior do que seria consistente com a sua última declaração. O senhor Swiveller, ouvindo o mesmo som, fez seu banquinho girar rapidamente sobre uma perna e o encaixou sob sua mesa e, tendo-se esquecido de colocar de volta o atiçador, empurrou-o para baixo dela também enquanto gritava "Entre!"

Quem acabava de chegar senão aquele mesmo Kit, que fora o tema da ira do senhor Chuckster? Nunca o homem criou coragem tão rapidamente ou pareceu tão feroz como o senhor Chuckster quando descobriu que era ele. O senhor Swiveller o encarou por um momento e, então, saltando de seu banquinho e puxando o atiçador de seu esconderijo, executou o movimento da espada larga com todos os cortes e guardas completos, em uma espécie de frenesi.

– O cavalheiro está em casa? – perguntou Kit, bastante surpreso com a recepção incomum.

Antes que o senhor Swiveller pudesse dar qualquer resposta, o senhor Chuckster aproveitou a ocasião para apresentar sua indignação com o tom da pergunta, que ele considerou ser desrespeitosa e esnobe, visto que o inquiridor, vendo dois cavalheiros então presentes, perguntou de um terceiro cavalheiro; ou melhor (pois não era impossível que o objeto de sua busca pudesse ser de condição inferior) deveria ter mencionado seu nome, deixando aos ouvintes a determinação de como o assunto deveria ser tratado. O senhor Chuckster também disse que tinha alguma razão para acreditar que essa forma de tratamento era pessoal e dirigida para ele mesmo e que ele não era um homem com quem se pudesse brincar, como certos esnobes (a quem ele não nomeou ou descreveu mais especificamente) poderiam entender à própria custa.

– Refiro-me ao cavalheiro escada acima – disse Kit, voltando-se para Richard Swiveller. – Ele está em casa?

– Por quê? – respondeu Dick.

– Porque, se estiver, tenho uma carta para ele.

– De quem? – disse Dick.

– Do senhor Garland.

– Oh! – disse Dick, com extrema polidez. – Então você pode entregá-la, senhor. E, se quiser esperar uma resposta, senhor, pode esperar no corredor, senhor, que é um apartamento arejado e bem ventilado, senhor.

– Obrigado – respondeu Kit. – Mas devo entregá-la pessoalmente, por favor.

A excessiva audácia dessa réplica dominou o senhor Chuckster, e isso o comoveu tanto, em razão do terno respeito pela honra do amigo, que, conforme ele afirmou, se não fosse impedido por uma questão legal, certamente teria aniquilado Kit ali mesmo, em resposta à afronta que ele considerou, sob as circunstâncias extraordinárias de agravamento que a acompanhavam, que só poderia ter encontrado a devida sanção e aprovação de um júri de ingleses, o qual, ele não tinha dúvida, daria um veredicto de homicídio justificável, juntamente com a prova da moral e do caráter do vingador. O senhor Swiveller, sem ser tão entusiasmado com o assunto, ficou um tanto envergonhado com a empolgação de seu amigo e bastante intrigado em pensar como deveria agir (Kit sendo bastante frio e bem-humorado), quando o cavalheiro solteiro foi ouvido gritar alto pelas escadas.

– Eu ouvi alguém chamar por mim? Entre! – gritou o inquilino.

– Sim, senhor – respondeu Dick. – Certamente, senhor.

– Então, onde ele está? – rugiu o cavalheiro.

– Ele está aqui, senhor – respondeu o senhor Swiveller.

– Agora, meu jovem, não ouve que está sendo chamado a subir as escadas? Você é surdo?

Kit não pareceu achar que valia a pena entrar em confronto, mas saiu apressado e deixou os Apoller se olhando em silêncio.

– Eu não acabei de dizer-lhe isso? – perguntou o senhor Chuckster. – O que você pensa daquela atitude?

Sendo o senhor Swiveller em geral um sujeito bem-humorado e não percebendo na conduta de Kit nenhuma vilania de tamanha magnitude, mal sabia o que responder. Ele foi aliviado de sua perplexidade, entretanto, com a entrada do senhor Sampson e de sua irmã, Sally, e ao vê-los o senhor Chuckster saiu rapidamente.

O senhor Brass e sua adorável companhia pareciam ter realizado uma reunião durante seu café da manhã temperado, sobre algum assunto de grande interesse e importância. Por ocasião de tais conversas, eles geralmente apareciam no escritório cerca de meia hora depois de seu horário habitual, e em um ânimo muito sorridente, como se seus últimos planos e desígnios tivessem tranquilizado suas mentes e lançado uma luz sobre seu caminho profissional. No presente caso, eles pareciam particularmente alegres: o aspecto da senhorita Sally sendo do tipo mais suave, e o senhor Brass esfregando as mãos de maneira jocosa e despreocupada.

– Bem, senhor Richard – disse Brass. – Como estamos nesta manhã?

– Estamos muito animados e alegres, senhor...

– Hein, senhor Richard?

– Muito bem, senhor – respondeu Dick.

– Muito bem – disse Brass. – Ha, ha! Deveríamos estar tão alegres quanto cotovias, senhor Richard, e por que não? É um mundo agradável em que vivemos, senhor, um mundo muito agradável. Tem gente má nisso, senhor Richard, mas, se não houvesse gente má, não haveria bons advogados. Ha, ha! Alguma carta pelo correio nesta manhã, senhor Richard?

O senhor Swiveller respondeu negativamente.

– Há! – disse Brass. – Não importa. Se há poucos negócios hoje, haverá mais amanhã. Um espírito satisfeito, senhor Richard, é a doçura da existência. Alguém esteve aqui, senhor?

– Apenas meu amigo – respondeu Dick. – Que nunca queiramos um...

– Amigo – disse Brass rapidamente –, ou uma garrafa para dar a ele. Ha, ha! É assim que a música diz, não é? Uma música muito boa, senhor Richard, muito boa. Gosto do sentimento. Ha, ha! Seu amigo é o jovem do escritório de Witherden, eu acho.

– Sim. Podemos nunca querer...

– Ninguém mais apareceu, senhor Richard?

– Apenas alguém para o inquilino – respondeu o senhor Swiveller.

– Oh, de fato! – gritou Brass. – Alguém para o inquilino, hein? Ha, ha! Nunca podemos querer um amigo ou um... Visita para o inquilino, hein, senhor Richard?

– Sim – disse Dick, um pouco desconcertado com a excessiva flutuabilidade de humor que seu patrão exibia. – Está com ele neste instante!

– Com ele agora? – gritou Brass. – Ha, ha! Lá, deixe-os estar, felizes e livres, trá-lá-lá! Hein, senhor Richard? Ha, ha!

– Ah, com certeza – respondeu Dick.

– E quem é a visita do inquilino? – perguntou Brass, remexendo seus papéis. – Não uma visitante feminina, espero, hein, senhor Richard? A moral da casa de Bevis Marks, você sabe, senhor "quando mulheres adoráveis cedem à loucura"... e tudo o mais... hein, senhor Richard?

– Outro jovem, que também pertence a Witherden, ou metade pertence a ele – respondeu Richard. – Kit, eles o chamam.

– Kit, hein! – disse Brass. – Nome estranho... Nome do violino de um mestre de dança, hein, senhor Richard? Ha, ha! Kit está aí, não está? Oh!

Dick olhou para a senhorita Sally, perguntando-se se ela iria interromper aquela exuberância incomum no comportamento do senhor Sampson; mas, como ela não fez menção em fazê-lo, e em vez disso pareceu exibir uma aquiescência tácita, ele concluiu que eles estavam apenas enganando alguém e sendo pagos para isso.

– O senhor teria a bondade, senhor Richard – disse Brass, pegando uma carta de sua escrivaninha –, de ir somente até Peckham Rye para levar isso? Não há necessidade de resposta, mas é bastante privado e deve ser entregue em mãos. Cobre do escritório como despesa de coche, você sabe; não nos poupe das despesas; tire o máximo que puder disso, lema do bom funcionário, não é, senhor Richard? Ha, ha!

O senhor Swiveller tirou solenemente o paletó marítimo, vestiu o casaco, tirou o chapéu do cabide, guardou a carta no bolso e partiu. Assim que ele se foi, a senhorita Sally Brass levantou-se e, sorrindo docemente para o irmão (que acenou com a cabeça e bateu no nariz em resposta), também se retirou.

Mal Sampson Brass foi deixado sozinho, ele escancarou a porta do escritório e se instalou em sua mesa bem em frente, para não deixar de ver quem descia as escadas e chegava até a porta da rua, e começou a escrever com extrema alegria e assiduidade, cantarolando enquanto o fazia, numa voz que nada tinha de musical, certos fragmentos vocais que pareciam fazer referência à união entre Igreja e Estado, visto que eram compostos pelo "Hino da Noite" e "Deus salve o Rei".

Assim, o advogado de Bevis Marks sentou-se, escreveu e cantarolou por muito tempo, exceto quando parava para ouvir com uma cara muito astuta, e nada ouvindo, continuava cantarolando mais alto e escrevendo mais devagar do que nunca. Por fim, em uma dessas pausas, ele ouviu a porta de seu inquilino abrir e fechar, e passos descendo as escadas. Então, o senhor Brass parou totalmente de escrever e, com a caneta na mão, cantarolou bem alto, enquanto balançava a cabeça de um lado para o outro, como um homem cuja alma inteira estava na música, e sorrindo de uma maneira bastante angelical.

Foi para este comovente espetáculo que a escada e os acordes sonoros guiaram Kit. Quando este chegou à porta, o senhor Brass parou de cantar, mas não de sorrir, e acenou com a cabeça afavelmente, ao mesmo tempo acenando para ele com sua caneta.

– Kit – disse o senhor Brass, da maneira mais agradável que se possa imaginar –, como vai?

Kit, bastante tímido com o amigo, deu uma resposta adequada e estava com a mão na fechadura da porta da rua quando o senhor Brass o chamou suavemente de volta.

– Você não deve ir ainda, por favor, Kit – disse o advogado de maneira misteriosa, mas profissional. – Você deve entrar aqui, por favor. Meu caro, meu caro! Quando eu olho para você – disse o advogado, deixando seu banquinho e parando diante do fogo de costas para ele –, eu me lembro do rostinho mais doce que meus olhos já viram. Lembro-me de você ter ido até lá, duas ou três vezes, quando estávamos ocupando o imóvel. Ah, Kit, meu caro amigo, o cavalheiro na minha profissão às vezes tem deveres tão penosos a cumprir que você não precisa invejar, não precisa mesmo!

– Não o invejo, senhor – disse Kit –, embora não caiba a mim julgar.

– Nosso único consolo, Kit – prosseguiu o advogado, olhando para ele numa espécie de abstração pensativa –, é que, embora não possamos desviar o vento, podemos abrandá-lo; podemos temperá-lo, se assim posso dizer, às ovelhas tosquiadas.

"Tosquiadas mesmo!", pensou Kit. "Bem isso mesmo!". Mas ele JAMAIS diria isso.

– Naquela ocasião, Kit – disse o senhor Brass –, naquela ocasião que acabei de lembrar, tive uma dura batalha com o senhor Quilp (pois o senhor Quilp é um homem muito duro) para obter alguma concessão para eles. Poderia ter me custado um cliente. Mas a virtude de quem sofria me inspirou, e consegui vencer.

"Afinal de contas, ele não é tão ruim assim", pensou o honesto Kit, enquanto o advogado franzia os lábios e parecia um homem que lutava contra seus melhores sentimentos.

– Respeito você, Kit – disse Brass com emoção. – Eu vi o suficiente de sua conduta, naquela época, para respeitá-lo, embora sua posição seja humilde, e seu futuro, também humilde. Não é o colete que olho. É o coração. Os quadrados do colete são apenas os fios da gaiola. Mas o coração é o pássaro. Ah! Quantos pássaros doentios estão sempre mudando de penas e enfiando seus bicos por entre os fios para bicar toda a humanidade!

A velha loja de curiosidades – Tomo 2

Essa figura poética, que Kit interpretou como uma alusão especial ao seu próprio colete xadrez, dominou-o completamente. A voz e os modos do senhor Brass aumentaram muito o seu efeito, pois ele discursou com toda a austeridade moderada de um eremita e queria apenas uma corda em volta da cintura de sua bata cor de ferrugem e um crânio na chaminé, para ser completamente estabelecida nessa linha de negociação.

– Bem, bem – disse Sampson, sorrindo como os bons homens sorriem quando têm compaixão de sua própria fraqueza ou a de seus semelhantes –, isso está longe do alvo. Você deve pegar isso, por favor. Enquanto falava, ele apontou para um par de meias coroas na mesa.

Kit olhou para as moedas e depois para Sampson e hesitou.

– São para você – disse Brass.

– Da parte de...

– Não importa a pessoa de onde vieram – respondeu o advogado. – Diga que fui eu, se quiser. Temos amigos excêntricos lá em cima, Kit, e não devemos fazer perguntas ou falar muito, entendeu? Você deve pegá-la, só isso; e, cá entre nós, eu não acho que elas serão as últimas que você verá chegar da mesma fonte. Espero que não. Adeus, Kit. Adeus!

Com muitos agradecimentos e muito mais autocensura por ter suspeitado, por motivos tão insignificantes, de alguém que, em sua primeira conversa, se revelou um homem tão diferente do que ele supunha, Kit pegou o dinheiro e fez o melhor caminho para voltar para casa. O senhor Brass continuou se arejando junto à lareira e retomou o exercício vocal e o sorriso seráfico ao mesmo tempo.

– Posso entrar? – disse a senhorita Sally, espiando.

– Oh, sim, você pode entrar – respondeu o irmão.

– Cof, cof – tossiu a senhorita Brass interrogativamente.

– Ora, claro que sim – respondeu Sampson –, devo dizer que já está tudo feito.

Capítulo 57

As apreensões indignadas de Chuckster não eram infundadas. Certamente, a amizade entre o cavalheiro solteiro e o senhor Garland não esfriou, mas cresceu rapidamente e floresceu muito. Logo eles adquiriram hábitos de constante diálogo e comunicação; e o cavalheiro solteiro, que trabalhava nessa época sob uma leve indisposição, como consequência mais provável de seus últimos sentimentos exaltados e subsequente decepção, fornecia uma razão para que mantivessem correspondência ainda mais frequente, de modo que algum dos empregados de Abel Cottage, Finchley, iam e voltavam entre aquele lugar e Bevis Marks quase todos os dias.

Como o pônei agora havia perdido todo o disfarce, e sem nenhuma dúvida ou rodeios, vigorosamente se recusava a ser conduzido por qualquer pessoa que não fosse Kit, geralmente acontecia que, quer viesse o velho senhor Garland, quer viesse o senhor Abel, Kit era a companhia. De todas as mensagens e indagações, Kit era, em razão de sua posição, o portador; assim aconteceu que, enquanto o cavalheiro solteiro permanecia indisposto, Kit retornava a Bevis Marks todas as manhãs com quase tanta regularidade quanto o carteiro oficial.

O senhor Sampson Brass, que sem dúvida tinha seus motivos para olhar atentamente para ele, logo aprendeu a distinguir o trote do pônei e o barulho da pequena carruagem dobrando a esquina da rua. Sempre que o som chegava a seus ouvidos, ele imediatamente largava a caneta e esfregava as mãos, exibindo a maior alegria. "Ha, ha!", ele dizia. "Aqui está o pônei de novo! Pônei notável, extremamente dócil, hein, senhor Richard, hein, senhor?"

Dick daria alguma resposta natural, e o senhor Brass, de pé na parte inferior de seu banquinho, de modo a ter uma visão da rua por cima da veneziana, observaria os visitantes.

– O velho cavalheiro de novo! – ele exclamava –, um cavalheiro muito atraente, senhor Richard, semblante encantador, senhor, extremamente calmo, benevolente em todos os aspectos, senhor. Ele representa perfeitamente minha ideia do Rei Lear, como ele apareceu quando estava de posse de seu reino, senhor Richard, o mesmo bom humor, o mesmo cabelo branco e a calvície parcial, a mesma responsabilidade a ser imposta. Ah! Um assunto agradável para contemplação, senhor, muito agradável!

Depois que o senhor Garland descia do coche e subia as escadas, Sampson acenava com a cabeça e sorria para Kit da janela, e logo saía para a rua para cumprimentá-lo, quando alguma conversa como a seguinte acontecia.

– Admiravelmente escovado, Kit. – O senhor Brass dava uma tapinha no pônei. – Dá a você um grande crédito, incrivelmente elegante e brilhante com certeza. Ele literalmente parece ter sido todo envernizado.

Kit toca o chapéu, sorri, dá uma tapinha no pônei ele mesmo e expressa sua certeza de que "o senhor Brass não encontrará muitos como ele".

– Um lindo animal, de fato! – grita Brass. – Sagaz, também?

– Deus o proteja! – Kit responde. – Ele entende tão bem o que lhe é dito, como qualquer cristão.

– É verdade? – grita Brass, que já ouviu a mesma história, no mesmo lugar, da mesma pessoa, as mesmas palavras, uma dúzia de vezes, mas está paralisado de espanto apesar disso. – Mas que coisa!

– Eu mal imaginava na primeira vez que o vi, senhor – diz Kit, satisfeito com o forte interesse do advogado por seu animal favorito –, que eu seria tão íntimo dele como sou agora.

– Ah! – retoma o senhor Brass, cheio de preceitos morais e amor à virtude. – Um tema encantador de reflexão para você, muito encantador. Um assunto para o seu orgulho e parabéns, Christopher. Honestidade é a melhor política. Eu sempre acho isso eu mesmo. Perdi cinquenta e sete libras por ser honesto nesta manhã. Mas é tudo ganho, é sempre um ganho!

O senhor Brass maliciosamente faz cócegas no nariz com a caneta e olha para Kit com lágrimas nos olhos. Kit pensa que, se alguma vez houve um homem bom que desmentia a sua aparência, esse homem é Sampson Brass.

– Um homem – diz Sampson – que perde cinquenta e sete libras em uma manhã com sua honestidade é um homem invejável. Se fossem oitenta libras, a luxúria dos sentimentos teria aumentado. Cada libra perdida representaria cem quilos de felicidade ganha. A voz mansa e delicada, Christopher – grita Brass, sorrindo e batendo no próprio peito – está cantando canções alegres dentro de mim, e tudo é felicidade e alegria!

Kit fica tão emocionado com a conversa, e descobre que ela o faz sentir tão à vontade com aqueles sentimentos, que está pensando no que vai dizer, quando o senhor Garland aparece. O velho cavalheiro é ajudado a subir na carruagem com grande subserviência por Mr. Sampson Brass; e o pônei, depois de balançar a cabeça várias vezes e ficar por três ou quatro minutos com todas as quatro pernas plantadas firmemente no chão, como se ele tivesse decidido a nunca mais sair daquele lugar, mas ficar ali para viver ou morrer, de repente sai disparado, sem o menor aviso, a uma velocidade de doze milhas inglesas por hora. Então, o senhor Brass e sua irmã (que se juntou a ele na porta) trocam um tipo estranho de sorriso, nada agradável em sua expressão, e retornam à companhia do senhor Richard Swiveller, que, durante sua ausência, tem se regalado com várias façanhas de pantomima e é descoberto em sua mesa, muito corado e suado, desafiando violentamente o nada com o seu canivete.

A velha loja de curiosidades – Tomo 2

Sempre que Kit vinha sozinho, e sem a carruagem, acontecia que Sampson Brass era lembrado de alguma missão, chamando o senhor Swiveller, se não para Peckham Rye novamente, em todo caso para algum lugar bem distante, do qual ele não poderia voltar por duas ou três horas, ou com toda probabilidade, por um período ainda mais longo, já que aquele cavalheiro não era, para dizer a verdade, conhecido por ser muito ágil em tais ocasiões, mas, sim, por prolongar-se e girar o tempo até o limite máximo possível. Com o senhor Swiveller fora de vista, a senhorita Sally saía imediatamente. O senhor Brass então abria a porta do escritório, cantarolava sua velha melodia com grande alegria de coração e sorria angelicalmente como antes. Kit descendo as escadas seria chamado; entretido com alguma conversa moral e agradável; talvez seria rogado a cuidar do escritório por um instante, enquanto o senhor Brass ia a algum lugar; e depois era conferido com uma ou duas meias coroas, conforme o caso. Isso acontecia com tanta frequência que Kit, sem duvidar que vinham do cavalheiro solteiro, já havia recompensado sua mãe grandiosamente, mas não conseguia admirar sua generosidade; e comprava tantos presentes baratos para ela, e para o pequeno Jacob, e para o bebê, e ainda por cima para Bárbara, que, dia sim, dia não, eles estariam comendo alguma ninharia até o fim da vida.

Enquanto esses atos e ações estavam em andamento dentro e fora do escritório de Sampson Brass, Richard Swiveller, sendo muitas vezes deixado sozinho lá, começou a achar que o tempo estava pesado em suas mãos. Para melhor preservar sua alegria, portanto, e para evitar que suas faculdades enferrujassem, ele conseguiu um tabuleiro de jogo de cartas e um baralho e se acostumou a jogá-las com um manequim, por vinte, trinta ou às vezes até cinquenta mil libras de cacife, além de muitas apostas arriscadas de uma quantia considerável.

Como esses jogos eram conduzidos de forma muito silenciosa, não obstante a magnitude dos interesses envolvidos, o senhor Swiveller começou a pensar que, nas noites em que o senhor e a senhorita Brass saíam (e agora costumavam sair bastante), ele ouvia o som de uma espécie de

519

fungado ou respiração ofegante vindo da direção da porta, que lhe ocorreu, após alguma reflexão, deveria vir da pequena criada, que sempre estava resfriada por causa da umidade. Olhando intensamente naquela direção uma noite, ele claramente distinguiu um olho brilhando e piscando no buraco da fechadura; e agora não tendo dúvida de que suas suspeitas estavam corretas, ele se esgueirou suavemente até a porta e se lançou sobre ela antes que ela percebesse sua aproximação.

– Oh! Não tive a intenção de fazer mal. Dou minha palavra de que não fiz isso – gritou a pequena criada, lutando como um ser muito maior. – É tão chato ficar o tempo todo no andar de baixo, por favor, não me denuncie, por favor, não.

– Confesse! – disse Dick. – Você quer dizer que estava procurando diversão pelo buraco da fechadura?

– Sim, eu disse que sim – respondeu a pequena criada.

– Há quanto tempo você está espiando com o seu olho aí? – disse Dick.

– Oh, desde que você começou a jogar cartas com eles, e muito antes.

Vagas recordações de vários exercícios fantásticos com os quais se distraíra depois das fadigas dos negócios, e para todos os quais, sem dúvida, a pequena criada era sua acompanhante em segredo, desconcertaram o senhor Swiveller; mas ele não era muito sensível nesses pontos e se recuperou rapidamente.

– Bem, entre – disse ele, após um pouco de reflexão. – Aqui... sente-se e eu ensinarei você a jogar.

– Oh! Não ousaria fazer isso – disse a pequena criada. – A senhorita Sally me mataria se soubesse que eu estive aqui.

– Você tem algum fogo lá embaixo? – perguntou Dick.

– Muito pequeno – respondeu a pequena criada.

– A senhorita Sally não poderia me matar se soubesse que fui até lá, então irei – disse Richard, colocando as cartas no bolso. – Ora, como você é magra! O que você me diz sobre isso?

– Não é minha culpa.

A velha loja de curiosidades – Tomo 2

– Você consegue comer algum pão com carne? – disse Dick, tirando o chapéu. – Sim? Ah! Eu pensei que sim. Você já provou cerveja?

– Eu bebi um gole uma vez – disse a pequena criada.

– Mas que situação! – gritou o senhor Swiveller, erguendo os olhos para o teto. – Ela nunca provou cerveja, não se pode provar com apenas um gole! Quantos anos você tem?

– Eu não sei.

O senhor Swiveller arregalou muito os olhos e pareceu pensativo por um momento; então, ordenando à criança que vigiasse a porta até que ele voltasse, desapareceu imediatamente.

Em seguida, ele voltou, seguido pelo menino da taverna, que trazia em uma mão um prato de pão e carne, e na outra uma grande panela, cheia de algum composto muito perfumado, que emitia um vapor agradável, e era de fato uma cerveja especial, feita de acordo com uma receita particular que o senhor Swiveller havia transmitido ao senhorio, numa época em que ele estava perdido em seus livros e desejoso de conquistar a sua amizade. Aliviando o menino de seu fardo na porta e pedindo à sua pequena companheira que a fechasse para evitar surpresa, o senhor Swiveller a seguiu até a cozinha.

– Vamos lá! – disse Richard, colocando o prato diante dela. – Primeiro limpe isso e depois você verá o que vem a seguir.

A pequena criada não precisou de um segundo aviso, e o prato logo ficou vazio.

– A seguir – disse Dick, entregando a cerveja –, dê um gole nisso; mas cuidado com a velocidade, você sabe, porque você não está acostumada com isso. Bem, isso é bom?

– Claro, não é? – disse a pequena criada.

O senhor Swiveller pareceu extremamente satisfeito com essa resposta, e ele próprio tomou um longo gole, olhando fixamente para sua companheira enquanto o fazia. Eliminadas essas preliminares, ele se dedicou a ensinar-lhe o jogo, que ela logo aprendeu razoavelmente bem, sendo ao mesmo tempo perspicaz e astuta.

– Agora – disse o senhor Swiveller, colocando duas moedas de seis pence em um pires e aparando a vela miserável, depois que as cartas foram cortadas e distribuídas –, essas são as apostas. Se você vencer, terá todas elas. Se eu ganhar, eu fico com elas. Para fazer com que pareça mais real e agradável, devo chamá-la de Marquesa, ouviu?

A pequena criada consentiu.

– Então, Marquesa – disse o senhor Swiveller –, vamos nós!

A Marquesa, segurando as cartas com força com as duas mãos, pensava em qual jogar, e o senhor Swiveller, assumindo o ar alegre e elegante que aquela contenda exigia, deu outro gole na caneca e esperou por sua vez.

Capítulo 58

O senhor Swiveller e sua parceira jogaram várias partidas com sucesso variável, até a perda de três moedas de seis pence, o consumo gradual da cerveja e a batida das dez horas, combinados para tornar aquele cavalheiro consciente do voo do tempo e da urgência de se retirar antes que o senhor Sampson e a senhorita Sally Brass retornassem.

– Com tal objetivo em vista, Marquesa – disse o senhor Swiveller gravemente –, pedirei permissão a vossa senhoria para pôr o tabuleiro no bolso e retirar-me da vossa presença quando terminar esta caneca; apenas observando, Marquesa, que, já que a vida corre como um rio, não me importa quão rápido ela rola, senhora, enquanto a cerveja estiver brotando, e esses olhos iluminando as ondas à medida que correm. Marquesa, à sua saúde! Desculpe-me por usar meu chapéu, mas o palácio está úmido, e o piso de mármore, se me permite a expressão, desleixado.

Como precaução contra este último inconveniente, o senhor Swiveller estava sentado havia algum tempo com os pés no fogão, atitude em que agora expressava essas observações apologéticas, e lentamente sorveu as últimas gotas de néctar.

– O barão Sampson Brasso e sua bela irmã estão (diga-me você) na peça? – disse o senhor Swiveller, apoiando pesadamente o braço esquerdo sobre a mesa e erguendo a voz e a perna direita à maneira de um bandido teatral.

A Marquesa assentiu.

– Ah! – disse o senhor Swiveller, com uma carranca portentosa. – Até mais ver, Marquesa! Mas não importa. Um pouco de vinho aí. Hô! – ele ilustrou esses pedaços melodramáticos entregando a caneca a si mesmo com grande humildade, recebendo-a com altivez, bebendo dela com sede e estalando os lábios com ferocidade.

A pequena criada, que não estava tão familiarizada com as manifestações teatrais como o senhor Swiveller (nunca viu uma peça ou ouviu falar de uma, exceto por acaso através da fresta das portas e em outros lugares proibidos), ficou bastante alarmada com a nova atuação em sua natureza e mostrava sua preocupação tão claramente em seu olhar que o senhor Swiveller achou por bem dispensar seu papel de bandido por um mais adequado à vida privada, quando ele perguntou:

– Eles vão com frequência aonde a glória os espera e deixam você aqui?

– Ah sim, acredito que sim – respondeu a pequena criada. – A senhorita Sally é uma dessas aí, isso ela é.

– É como o quê? – disse Dick.

– Uma dessas…

Depois de um momento de reflexão, o senhor Swiveller decidiu renunciar a seu dever responsável de corrigi-la e permitir que ela continuasse a falar; pois era evidente que sua língua estava solta com a cerveja, e suas oportunidades para conversar não eram tão frequentes a ponto de tornar uma correção pontual de pouca importância.

– Eles às vezes vão ver o senhor Quilp – disse a pequena criada com olhar astuto. – Eles vão a muitos lugares, Deus abençoe!

– O senhor Brass gosta de sair também? – disse Dick.

– Não, nem metade do que a senhorita Sally gosta, ele não – respondeu a pequena criada, abanando a cabeça. – Deus abençoe, ele nunca seria alguém sem ela.

– Oh! Ele não seria, não é? – disse Dick.

– A senhorita Sally o mantém sob controle – falou a pequena criada. – Ele sempre pede os conselhos dela, aí ele faz; e às vezes ele aceita. Deus abençoe, você não imagina quanto ele a obedece.

– Suponho – disse Dick – que eles conversam bastante e falam sobre muitas pessoas, sobre mim, por exemplo, às vezes, hein, Marquesa?

A Marquesa assentiu surpreendentemente.

– Falam bem? – disse o senhor Swiveller.

A Marquesa mudou o movimento da cabeça, que ainda não havia parado de balançar positivamente, e de repente começou a balançá-la de um lado para o outro, com uma veemência que ameaçava deslocar seu pescoço.

– Hum! – Dick murmurou. – Seria alguma quebra de confiança, Marquesa, contar o que dizem do humilde indivíduo que agora tem a honra de...?

– Miss Sally disse que você é um sujeito engraçado – respondeu ao amigo.

– Bem, Marquesa – disse o senhor Swiveller –, isso não é incomum. A alegria, Marquesa, não é uma qualidade ruim ou degradante. O velho rei Cole era ele mesmo uma velha alma alegre, se é que podemos confiar nas páginas da história.

– Mas ela disse – prosseguiu sua companheira – que você não é confiável.

– Ora, realmente, Marquesa – disse o senhor Swiveller, pensativo –, várias senhoras e senhores, não exatamente profissionais, mas comerciantes, senhora, comerciantes, fizeram o mesmo comentário. O obscuro cidadão, proprietário do hotel próximo daqui, inclinou-se fortemente a essa opinião hoje à noite quando lhe ordenei que preparasse o banquete. É um preconceito popular, Marquesa; no entanto, tenho certeza de que não há motivos, pois em meu tempo recebi uma considerável quantidade de confiança e posso dizer com segurança que nunca abandonei minha confiança até que ela me abandonasse, nunca. O senhor Brass tem a mesma opinião, suponho?

Sua amiga assentiu novamente, com um olhar astuto que parecia sugerir que o senhor Brass tinha opiniões mais fortes sobre o assunto do que sua irmã; e, parecendo se recompor, acrescentou suplicante:

– Mas nunca conte nada, ou serei espancada até a morte.

– Marquesa – disse o senhor Swiveller, levantando-se –, a palavra de um cavalheiro é tão boa quanto sua fiança, às vezes melhor, como no presente caso, onde a fiança pode ser apenas uma espécie de garantia duvidosa. Sou seu amigo e espero que joguemos muito mais partidas juntos neste mesmo salão. Mas, Marquesa – acrescentou Richard, detendo-se no caminho até a porta e girando lentamente em direção à pequena criada, que o seguia com a vela –, ocorre-me que você deve ter o hábito constante de espiar pelas fechaduras, para saber tudo isso.

– Eu só queria – respondeu a trêmula Marquesa – saber onde a chave do cofre estava escondida, isso foi tudo, e não teria pegado muito se o tivesse encontrado, apenas o suficiente para aplacar minha fome.

– Você não a encontrou então? – perguntou Dick. – Mas é claro que não, ou você estaria mais gordinha. Boa noite, Marquesa. Passe bem e, se for para sempre, fique bem então para sempre… e ponha a corrente, Marquesa, para não causar acidentes.

Com essa frase de despedida, o senhor Swiveller saiu de casa; e, sentindo que a essa altura já havia bebido tanto quanto prometido para ser bom para sua constituição (a cerveja especial, sendo um composto bastante forte e inebriante), sabiamente resolveu se dirigir para seus aposentos e dormir imediatamente. Ele foi para casa, portanto; e como seus aposentos (pois ele ainda mantinha a ficção plural) não estavam muito distantes do escritório, ele logo se sentou em seu próprio quarto, onde, tendo tirado uma bota e esquecido a outra, caiu em profunda meditação.

– Esta Marquesa – disse o senhor Swiveller, cruzando os braços – é uma pessoa muito extraordinária, cercada de mistérios, ignorante do sabor da cerveja, desconhecendo seu próprio nome (que é menos notável) e tendo uma visão limitada da sociedade através da fechadura das portas. Essas coisas podem ser o seu destino, ou alguma pessoa desconhecida se opôs aos decretos do seu destino? É um mistério inescrutável e absoluto!

Quando suas meditações alcançaram esse ponto satisfatório, ele se deu conta de sua bota restante, a qual, com solenidade intacta, ele começou a tirar, balançando a cabeça com extrema gravidade o tempo todo e suspirando profundamente.

– Essas partidas – disse o senhor Swiveller, pondo a touca de dormir exatamente do mesmo jeito que usava o chapéu – me fizeram recordar da lareira da festa matrimonial. A esposa de Cheggs joga *cribbage*, com quatro jogadores da mesma forma. Ela dá as cartas agora. De partida em partida, eles a ajudam a banir seus arrependimentos e, quando ganham um sorriso dela, pensam que ela já se esqueceu, mas garanto que ela não esquece. A essa altura, devo dizer – acrescentou Richard, colocando a bochecha esquerda de perfil e olhando complacentemente para o reflexo de um pequeno pedaço de costeletas no espelho –, a espada penetrou a sua alma. É bem feito para ela!

Derretendo-se dessa atitude severa e obstinada para um estado de espírito carinhoso e patético, o senhor Swiveller gemeu um pouco, andou descontroladamente para cima e para baixo e até fez uma demonstração de arrancar o cabelo; no entanto, pensou melhor e arrancou o pompom de sua touca de dormir em vez disso. Por fim, despindo-se com uma resolução sombria, foi para a cama.

Alguns homens em sua posição arruinada teriam começado a beber; mas, como o senhor Swiveller já havia cometido esse erro antes, passou a tocar flauta ao receber a notícia de que perdera Sophy Wackles para sempre, pensando, depois de amadurecer suas ideias, que era uma ocupação boa, sólida e sombria, que não apenas combinava com seus próprios pensamentos tristes, mas também era calculada para despertar um sentimento de solidariedade no peito de seus vizinhos. Em cumprimento a essa resolução, ele puxou uma mesinha para a cabeceira da cama e, arrumando a luz e um pequeno livro de música retangular da melhor forma, tirou a flauta da caixa e começou a tocar tristemente.

A peça era "Afastando a melancolia", uma composição que, quando tocada muito devagar na flauta, na cama, com a desvantagem de ser executada por um cavalheiro mal familiarizado com o instrumento, que repete uma nota várias vezes antes de encontrar a próxima, não tem um efeito agradável. Mesmo assim, por metade da noite, ou mais, o senhor Swiveller, às vezes deitado de costas com os olhos no teto, às vezes meio fora da cama para se corrigir pelo livro, tocou essa melodia infeliz repetidas vezes, nunca parando, a não ser por um minuto ou dois de cada vez para respirar e fazer um solilóquio sobre a Marquesa, e então recomeçar com renovado vigor. Enquanto ele não exauriu seus vários temas de meditação e soprou na flauta todo o efeito da cerveja até a última gota, quase enlouquecendo as pessoas da casa, e nas duas portas ao lado, e as pessoas que passavam pelo caminho, ele não fechou o livro de música ou apagou a vela e, somente quando estava suficientemente iluminado e aliviado em seus pensamentos, virou-se de lado e adormeceu.

Ele acordou de manhã, muito revigorado; e, tendo feito meia hora de exercício de flauta, e graciosamente recebido um aviso para parar de sua senhoria, que tinha ficado esperando na escada para esse fim desde o amanhecer do dia, dirigiu-se a Bevis Marks, onde a bela Sally já estava em seu posto, trazendo em sua aparência um brilho suave, como o que irradia da lua virgem.

O senhor Swiveller reconheceu a presença dela com um aceno de cabeça e trocou o casaco pela jaqueta náutica, o que normalmente demorava a encaixar, pois, por causa do aperto nas mangas, só era vestida corretamente após uma série de lutas. Superada essa dificuldade, ele sentou-se à mesa.

– Eu digo – disse a senhorita Brass, quebrando abruptamente o silêncio –, você não viu um estojo de prata nesta manhã, viu?

– Não encontrei nenhum na rua – respondeu o senhor Swiveller. – Eu vi um, um estojo robusto de aparência respeitável, mas, como ele estava na companhia de um velho canivete e um jovem palito de dente com quem ele conversava seriamente, eu senti que seria indelicado falar com ele.

– Não, mas você viu? – voltou senhorita Brass. – Sério, de verdade.

– Que cão aborrecido você deve ser para me fazer uma pergunta dessas a sério – disse o senhor Swiveller. – Não acabei de chegar aqui?

– Bem, tudo o que sei é – respondeu miss Sally – que não foi encontrado, mas que desapareceu em um dia desta semana, quando o deixei sobre a mesa.

"Ai, ai!", pensou Richard, "espero que a Marquesa não tenha atuado por aqui."

– Também havia uma faca – disse a senhorita Sally – do mesmo padrão. Eles foram dados a mim por meu pai, anos atrás, e ambos se foram. Você não encontrou nada, não é?

O senhor Swiveller bateu involuntariamente com as mãos na jaqueta para ter certeza de que ERA uma jaqueta e não um casaco com saia; e, estando satisfeito com a constatação, seu único bem material guardado em Bevis Marks, respondeu negativamente.

– É uma coisa muito desagradável, Dick – disse a senhorita Brass, puxando a caixa de lata e se refrescando com uma pitada de rapé –, mas, entre nós, entre amigos, você sabe, pois se Sammy soubesse, ele falaria até a morte, mas parte do dinheiro do escritório, também, que tinha sido deixado sem guardar, foi da mesma forma. Em particular, perdi três meias coroas em três momentos diferentes.

– Você não quis insinuar isso! – gritou Dick. – Cuidado com o que diz, minha cara, pois este é um assunto sério. Tem certeza? Não houve algum engano?

– É fato, e não pode haver nenhum engano – respondeu a senhorita Brass enfaticamente.

"Então, por Deus", pensou Richard, largando a caneta, "acho que a Marquesa está perdida!"

Quanto mais ele repassava o assunto em seus pensamentos, mais provável parecia a Dick que a criada miserável era a culpada. Quando ele pensou com quanta comida ela vivia, quão abandonada e ignorante ela era, e como sua astúcia natural havia sido aguçada pela necessidade e privação, ele quase não duvidou. E, no entanto, sentia tanta pena dela e não queria que um assunto de tal gravidade perturbasse a magia de seu relacionamento que pensou, e pensou com sinceridade, que, em vez de receber suas cinquenta libras adiantadas, ele preferia provar a inocência da Marquesa.

Enquanto ele estava mergulhado em um pensamento muito profundo e sério sobre esse tema, a senhorita Sally balançou a cabeça com ar de grande mistério e dúvida quando a voz de seu irmão Sampson, cantando alegremente, foi ouvida na passagem, e o próprio cavalheiro, sorrindo em sua virtude, apareceu.

– Senhor Richard, senhor, bom dia! Aqui estamos nós novamente, senhor, entrando em outro dia, com nossos corpos fortalecidos pelo sono e pelo café da manhã, e nosso espírito revigorado e fluindo. Aqui estamos nós, senhor Richard, renascendo com o sol para seguir nosso pequeno curso, nosso curso do dever, senhor, e, como ele, cumprir nosso dia de trabalho com crédito para nós mesmos e vantagens para os nossos semelhantes. Um pensamento encantador, senhor, muito encantador!

Enquanto se dirigia ao escrivão com essas palavras, o senhor Brass estava, de maneira um tanto ostensiva, empenhado em examinar minuciosamente e segurar contra a luz uma cédula de cinco libras, que trouxera em suas mãos.

Como o senhor Richard não recebeu seus comentários com muito entusiasmo, seu patrão voltou os olhos para ele e observou que tinha uma expressão preocupada.

– O senhor está desanimado, senhor – disse Brass. – Senhor Richard, senhor, devemos começar a trabalhar com alegria, e não nesse estado de desânimo. Cabe a nós, senhor Richard, senhor...

Aqui, a casta Sarah deu um suspiro alto.

– Oh, Deus! – disse o senhor Sampson –, você também! Há algum problema? Senhor Richard...

Dick, olhando para a senhorita Sally, viu que ela estava fazendo sinais para ele, para informar seu irmão sobre o assunto de sua conversa recente. Como sua própria posição não era muito agradável até que o assunto fosse resolvido de uma forma ou de outra, ele o fez; e a senhorita Brass, usando sua caixa de rapé a um ritmo extremamente perdulário, corroborou seu relato.

O discurso de Sampson mudou, e a ansiedade espalhou-se por suas feições. Em vez de lamentar furiosamente a perda de seu dinheiro, como a senhorita Sally esperava, ele caminhou na ponta dos pés até a porta, abriu-a, olhou para fora, fechou-a suavemente, voltou na ponta dos pés e disse em um sussurro:

– Esta é uma circunstância extraordinária e dolorosa... Senhor Richard, senhor, é uma circunstância muito dolorosa. O fato é que eu mesmo notei a ausência de várias pequenas quantias da escrivaninha, ultimamente, e me abstive de anotá-las, esperando que o infrator fosse descoberto por acaso; mas não foi, não foi. Sally, senhor Richard, senhor, este é um caso particularmente angustiante!

Enquanto Sampson falava, ele colocou a cédula sobre a escrivaninha entre alguns papéis, de maneira displicente, e enfiou as mãos nos bolsos. Richard Swiveller apontou para ela e disse que a guardasse em local seguro.

– Não, senhor Richard – replicou Brass emocionado. – Não vou pegá-la. Eu vou deixá-la aí, senhor. Recolhê-la, senhor Richard, implicaria uma dúvida sobre a sua pessoa; e em você, senhor, tenho confiança ilimitada. Vamos deixá-la ficar ali, senhor, por favor, e não vamos retirá-la de forma alguma.

Com isso, o senhor Brass deu-lhe uma tapinha no ombro duas ou três vezes, de maneira muito amigável, e implorou-lhe que acreditasse que tinha tanta fé em sua honestidade quanto na dele.

Embora em outra ocasião o senhor Swiveller pudesse ter considerado isso um elogio duvidoso, ele sentiu, nas circunstâncias então existentes, um grande alívio ter a certeza de que ele não era injustamente suspeito. Depois de dar uma resposta adequada, o senhor Brass apertou-lhe a mão e entrou em estado total de abstração, assim como a senhorita Sally. Richard também permaneceu pensativo, temendo a todo momento ouvir a dispensa da Marquesa e incapaz de resistir à convicção de que ela devia ser culpada.

Quando eles permaneceram nessa condição por alguns minutos, a senhorita Sally de repente deu uma batida forte na mesa com o punho cerrado e gritou:

– Eu acertei! – como de fato ela tinha feito, e fez saltar uma lasca de madeira, mas não era isso que ela queria dizer.

– Bem – gritou Brass ansiosamente. – Vá em frente, sim?

– Ora – respondeu a irmã com ar de triunfo –, não tem havido sempre alguém entrando e saindo deste escritório nas últimas três ou quatro semanas, alguém que até ficou sozinho às vezes, graças a você, e você quer me dizer que esse tal não é o ladrão?

– Que alguém? – reclamou Brass. – Ora, como você o chama? Kit? O jovem do senhor Garland?

– Claro!

– Nunca! – gritou Brass. – Nunca. Não quero nem ouvir falar nisso. Não me diga – disse Sampson, balançando a cabeça e trabalhando com as duas mãos como se estivesse limpando dez mil teias de aranha. – Nunca vou acreditar que foi ele. Nunca!

– Eu digo – repetiu a senhorita Brass, aspirando outra pitada de rapé – que ele é o ladrão.

– Eu digo – respondeu Sampson com violência – que ele não é. O que você quer dizer? Como você ousa? O caráter de alguém pode ser ofendido assim? Você sabe que ele é o sujeito mais honesto e fiel que já existiu e que tem um nome irrepreensível? Entre, entre!

Estas últimas palavras não foram dirigidas à senhorita Sally, embora compartilhassem do tom com que foram proferidas as indignadas manifestações que as precederam. Elas foram endereçadas a alguém que havia batido na porta do escritório; e mal haviam saído dos lábios do senhor Brass quando o próprio Kit apareceu.

– O cavalheiro está lá em cima, senhor, por favor?

– Sim, Kit – disse Brass, ainda animado com uma indignação honesta e franzindo a testa e as sobrancelhas para a irmã. – Sim, Kit, ele está. Estou feliz em ver você, Kit, estou muito feliz em vê-lo. Olhe para cá novamente, enquanto você desce as escadas, Kit. Esse rapaz é um ladrão? – gritou Brass quando Kit se retirou. – Com aquele semblante franco e aberto! Eu confiaria nele com ouro em quantidade. Senhor Richard, senhor, tenha a bondade de ir imediatamente à Wrasp and Co., na Broad Street, e pergunte se eles receberam instruções para comparecer na Carkem and Painter. ESSE rapaz, um ladrão... – zombou Sampson, enrubescido e acalorado com sua ira. – Sou cego, surdo, tolo; não sei nada da natureza humana quando a vejo diante de mim? Kit um ladrão! Bah!

Lançando esta última interjeição à senhorita Sally com desprezo e desdém incomensuráveis, Sampson Brass enfiou a cabeça na mesa, como se quisesse fechar o mundo vil de sua vista, e suspirou em desafio por baixo da tampa da escrivaninha.

Capítulo 59

Quando Kit, tendo cumprido sua missão, desceu as escadas do apartamento do cavalheiro solteiro após o lapso de cerca de um quarto de hora, o senhor Sampson Brass estava sozinho no escritório. Ele não estava cantando como de costume nem estava sentado à sua mesa. A porta aberta mostrava-o parado diante do fogo, de costas para ele, com uma aparência tão estranha que Kit supôs que ele devia ter adoecido repentinamente.

– Há algum problema, senhor? – disse Kit.

– Problemas?! – gritou Brass. – Não. Por que haveria algum problema?

– Você está tão pálido – disse Kit – que eu dificilmente o reconheceria.

– Ah, isso é mera fantasia – gritou Brass, abaixando-se para derramar as cinzas. – Nunca estive melhor, Kit, nunca estive melhor em toda a minha vida. Feliz também. Ha, ha! Como está nosso amigo lá em cima, hein?

– Muito melhor – disse Kit.

– Fico feliz em ouvir isso – respondeu Brass. – Fico grato, posso dizer. Um excelente cavalheiro, digno, liberal, generoso, dá muito pouco trabalho, um inquilino admirável. Ha, ha! O senhor Garland, ele está bem, eu espero, Kit, e o pônei, meu amigo, meu grande amigo, você deve saber. Ha, ha!

Kit fez um relato satisfatório de toda a pequena casa de Abel Cottage. O senhor Brass, que parecia extremamente desatento e impaciente, subiu em seu banquinho e, acenando para que ele se aproximasse, segurou-o pela casa do botão.

– Tenho pensado, Kit – disse o advogado –, que poderia lançar alguns pequenos auxílios no caminho de sua mãe... Você tem mãe, não é? Se eu me lembro bem, você me disse...

– Oh, sim, senhor, sim certamente.

– Uma viúva, eu acho? Uma viúva diligente?

– Uma mulher que trabalha mais duro ou uma mãe melhor nunca houve, senhor.

– Ah! – gritou Brass. – Isso é tocante, verdadeiramente tocante. Uma pobre viúva lutando para manter seus órfãos com decência e conforto, é uma doce imagem da bondade humana. Deixe aqui o chapéu, Kit.

– Obrigado, senhor, eu preciso ir rapidamente.

– Largue-o enquanto você fica, pelo menos mais um pouco – disse Brass, pegando-o dele e misturando os papéis, procurando um lugar para ele na mesa. – Eu estava pensando, Kit, que muitas vezes temos casas para hospedar as pessoas com as quais nos preocupamos e assuntos desse tipo. Agora você sabe que somos obrigados a colocar pessoas nessas casas para cuidar delas, muitas vezes pessoas indignas, nas quais não podemos confiar. O que nos impede de ter uma pessoa em quem PODEMOS confiar e, ao mesmo tempo, ter o prazer de fazer uma boa ação? Eu digo, o que nos impede de empregar essa mulher digna, sua mãe? Com um emprego e outro, com hospedagem, e uma boa hospedagem, diga-se, praticamente o ano todo, sem aluguel, e, além disso, um salário semanal, Kit, que lhe daria muitos confortos que ela não pode atualmente aproveitar. O que você acha disso? Você vê alguma objeção? Meu único desejo é servi-lo, Kit; portanto, se algo o incomodar, diga-o livremente.

Enquanto falava, Brass moveu o chapéu duas ou três vezes e remexeu nos papéis novamente, como se procurasse alguma coisa.

– Como posso ver alguma objeção a uma oferta tão gentil, senhor? – respondeu Kit com todo o seu coração. – Não sei como lhe agradecer, senhor, não sei.

– Ora, então – disse Brass, virando-se repentinamente para ele e aproximando o rosto de Kit com um sorriso tão repulsivo que este, mesmo no auge de sua gratidão, recuou, bastante assustado. – Ora, então, está feito.

Kit olhou para ele confuso.

– Feito, eu disse – acrescentou Sampson, esfregando as mãos e cobrindo-se novamente com seu jeito oleoso de sempre. – Ha, ha! E assim será, assim será, Kit. Mas, meu Deus – disse Brass –, há quanto tempo o senhor Richard se foi! Um triste vadio com certeza! Você pode tomar conta do escritório um minuto enquanto eu subo as escadas correndo? Apenas um minuto. Não vou detê-lo nem mais um minuto, em hipótese alguma, Kit.

Falando enquanto caminhava, o senhor Brass saiu apressado do escritório e logo voltou. O senhor Swiveller voltou, quase no mesmo instante; e, quando Kit saiu apressadamente da sala para recuperar o tempo perdido, a própria senhorita Brass encontrou-o na porta.

– Oh! – zombou Sally, procurando por ele assim que ela entrou. – Lá vai seu bichinho de estimação, Sammy, hein?

– Ah! Lá vai ele – respondeu Brass. – Meu bichinho de estimação, por favor! Um sujeito honesto, senhor Richard, um sujeito digno, de fato!

– Cof, cof! – tossiu a senhorita Brass.

– Eu lhe digo, sua preguiçosa irritante – disse o furioso Sampson –, que apostaria minha vida pela honestidade dele. Eu tenho que sempre ouvir isso? Devo sempre ser alvo de iscas e perseguições por suas suspeitas mesquinhas? Você não tem consideração pelo verdadeiro mérito, sua sujeita maligna? Se você chegar a esse ponto, prefiro suspeitar da sua honestidade à da dele.

Miss Sally puxou a caixinha de rapé e deu uma longa e lenta aspirada, olhando para o irmão com um olhar fixo o tempo todo.

– Ela me deixa louco, senhor Richard, senhor – disse Brass –, ela me exaspera além da minha capacidade. Estou alterado com isso, senhor, sei que estou. Não são modos de negócios, senhor, nem aparência de negócios, mas ela me tira de mim.

– Por que você não o deixa sozinho? – disse Dick.

– Porque ela não pode, senhor – retrucou Brass. – Porque me irritar e assediar é parte da natureza dela, senhor, e ela irá e deverá fazê-lo sempre, ou não acredito que ela teria saúde sem isso. Mas deixe para lá – disse Brass –, deixe para lá. Eu deixei claro meu ponto. Mostrei minha confiança no rapaz. Ele cuidou do escritório novamente. Ha, ha! Argh, sua víbora!

A bela virgem deu outra aspirada e colocou a caixa de rapé no bolso, ainda olhando para o irmão com compostura perfeita.

– Ele voltou a cuidar do escritório – disse Brass triunfante. – Ele tem minha confiança e continuará a tê-la; ele... espere, cadê o...

– O que você perdeu? – perguntou o senhor Swiveller.

– Ah, meu Deus! – disse Brass, batendo em todos os bolsos, um após o outro, e olhando em sua escrivaninha, e embaixo dela, e em cima dela, e agitando descontroladamente os papéis. – A nota, senhor Richard, senhor, a nota de cinco libras, o que pode ter acontecido com ela? Eu a coloquei aqui. Oh, Deus me abençoe!

– O quê? – gritou a senhorita Sally, levantando-se, batendo palmas e espalhando os papéis no chão. – Já era! Agora quem está certo? Agora quem está com ela? Esqueça as cinco libras, o que são cinco libras? Ele é honesto, você sabe, muito honesto. Seria maldade suspeitar dele. Não corra atrás dele. Não, não, não, pare o mundo!

– Isso realmente aconteceu? – disse Dick, olhando para Brass com um rosto tão pálido quanto o seu.

– Dou-lhe minha palavra, senhor Richard – respondeu o advogado, apalpando todos os bolsos com ar de grande agitação. – Temo que seja uma atitude terrível. Certamente foi, senhor. O que devemos fazer?

– Não corra atrás dele – disse Miss Sally, tomando mais rapé. – Não corra atrás dele de forma alguma. Dê a ele tempo para se livrar disso, você sabe. Seria cruel descobri-lo!

O senhor Swiveller e Sampson Brass olharam da senhorita Sally um para o outro, em um estado de perplexidade, e então, como por um impulso, pegaram seus chapéus e correram para a rua, disparando no meio da avenida e desviando de todos os obstáculos, como se estivessem correndo para salvar a vida deles.

Acontece que Kit também tinha corrido, embora não tão rápido, e, tendo começado alguns minutos antes, estava a uma boa distância. Como eles estavam bastante certos do caminho que ele deveria ter percorrido, porém, e continuavam em um bom ritmo, eles o alcançaram, no exato momento em que ele respirava fundo e começou a correr novamente.

– Pare! – gritou Sampson, colocando a mão em um ombro, enquanto o senhor Swiveller alcançava o outro. – Não tão rápido, senhor. Você está com pressa?

– Sim, estou – disse Kit, olhando de um para o outro com grande surpresa.

– Eu… eu… mal posso acreditar – disse Sampson ofegante –, mas algo de valor está faltando no escritório. Presumo que você não saiba o quê.

– Saber do quê? Bom Deus, senhor Brass! – gritou Kit, tremendo da cabeça aos pés. – Você não acha…

– Não, não – retrucou Brass rapidamente –, não acho nada. Não diga que eu disse que você fez. Você vai voltar em silêncio, espero?

– Claro que vou – respondeu Kit. – Por que não?

– Para ter certeza! – disse Brass. – Por que não? Espero que não haja por que não. Se você soubesse que encrenca estou passando esta manhã, por ficar do seu lado, Christopher, você se arrependeria.

– E tenho certeza de que lamentará por ter suspeitado de mim, senhor – respondeu Kit. – Venha. Vamos voltar depressa.

– Certamente! – gritou Brass –, quanto mais rápido, melhor. Senhor Richard, tenha a bondade, senhor, de segurar esse braço. Eu vou levar o outro. Não é fácil caminhar os três, lado a lado, mas nessas circunstâncias deve ser feito, senhor; não há outro meio.

A velha loja de curiosidades – Tomo 2

Kit mudou de branco para vermelho, e de vermelho para branco novamente, quando eles o prenderam assim, e por um momento pareceu disposto a resistir. Mas rapidamente se recompôs, e lembrando que, se lutasse, talvez fosse arrastado pela gola pela via pública, apenas repetia, com grande seriedade e com as lágrimas nos olhos, que eles se arrependeriam disso, e permitiu que o levassem. Enquanto eles estavam no caminho de volta, o senhor Swiveller, sobre quem suas funções atuais eram muito incômodas, aproveitou a oportunidade para sussurrar em seu ouvido que, se confessasse sua culpa, mesmo com um aceno de cabeça, e prometesse não o fazer mais, ele seria conivente em chutar Sampson Brass nas canelas e escapar de uma corte; mas, tendo Kit indignadamente rejeitado essa proposta, o senhor Richard nada tinha a fazer a não ser segurá-lo com força até que alcançassem Bevis Marks e o conduzissem à presença da encantadora Sarah, que imediatamente tomou a precaução de trancar a porta.

– Bem, você sabe – disse Brass –, se este é um caso de inocência, o que parece ser, Christopher, a rápida confirmação é a melhor solução para todos. Portanto, se você concordar com uma revista – ele demonstrou a que tipo de revista se referia ao virar as mangas do casaco –, será uma coisa confortável e rápida para todas as partes.

– Revistem-me – disse Kit, erguendo os braços com orgulho. – Mas lembre-se, senhor: eu sei que você vai se arrepender disso até o último dia de sua vida.

– É certamente um acontecimento muito doloroso – disse Brass com um suspiro, enquanto mergulhava em um dos bolsos de Kit e pescava uma coleção variada de pequenos artigos –, muito doloroso. Nada aqui, senhor Richard, senhor, tudo perfeitamente satisfatório. Nem aqui, senhor. Nem no colete, senhor Richard, nem nas abas do casaco. Até agora, estou feliz, tenho certeza.

Richard Swiveller, segurando o chapéu de Kit na mão, observava os procedimentos com grande interesse e trazia no rosto a menor indicação possível de um sorriso, enquanto Brass, fechando um dos olhos, olhava com o outro para dentro de uma das mangas do pobre coitado como se fosse um telescópio, quando Sampson se voltou apressadamente para ele e mandou que revistasse o chapéu.

– Aqui está um lenço – disse Dick.

– Não há mal nenhum nisso, senhor – respondeu Brass, olhando para a outra manga e falando com a voz de alguém que contemplava uma imensa perspectiva. – Não há mal nenhum em um lenço, senhor, tanto faz. A faculdade não considera um costume saudável, creio, senhor Richard, carregar o lenço no chapéu. Ouvi dizer que mantém a cabeça muito quente. Mas, em todos os outros pontos de vista, estar lá é extremamente satisfatório, extremamente satisfatório.

De repente, uma exclamação ao mesmo tempo de Richard Swiveller, Miss Sally e do próprio Kit interrompeu o advogado. Ele virou a cabeça e viu Dick parado com a cédula de dinheiro na mão.

– No chapéu? – disse Brass em uma espécie de grito.

– Debaixo do lenço e enfiado sob o forro – disse Dick, horrorizado com a descoberta.

O senhor Brass olhou para ele, para sua irmã, para as paredes, para o teto, para o chão, em todos os lugares, menos para Kit, que estava completamente perplexo e imóvel.

– E este – gritou Sampson, apertando as mãos – é o mundo que gira em torno de seu próprio eixo e sofre influências lunares, e revoluções em torno dos corpos celestes, e vários jogos desse tipo! Esta é a natureza humana, não é? Oh, natureza, natureza! Este é o desgraçado que eu ia beneficiar com todas as minhas pequenas artes e que, mesmo agora, sinto tanto por ele a ponto de desejar deixá-lo ir! Mas – acrescentou o senhor Brass com maior firmeza – sou advogado e devo dar o exemplo na aplicação das leis de meu feliz país. Sally, minha querida, perdoe-me e segure-o do outro lado. Senhor Richard, senhor, tenha a bondade de correr e buscar um policial. A fraqueza passou e acabou, senhor, e a força moral voltou. Um policial, senhor, por favor!

Capítulo 60

Kit permaneceu em transe, com os olhos bem abertos e fixos no chão, independentemente do aperto trêmulo que o senhor Brass mantinha de um lado da gravata e do aperto mais firme da senhorita Sally do outro, embora esta última detenção fosse especialmente incômoda, já que aquela mulher fascinante, além de enfiar os nós dos dedos inconvenientemente em sua garganta de vez em quando, havia se agarrado a ele com tanta força que, mesmo na desordem e distração de seus pensamentos, ele não conseguia se livrar de uma sensação incômoda de asfixia. Entre o irmão e a irmã, ele permaneceu nessa postura, sem resistência e passivo, até que o senhor Swiveller retornou, com um policial em seus calcanhares.

Esse funcionário estava bem acostumado a tais cenas, considerando todos os tipos de roubo, desde pequenos furtos até arrombamento de casa ou ocorrências nas estradas, como questões do curso normal de suas atividades; e sobre os infratores, à luz de tantos clientes vindo para ser atendidos na loja de atacado e varejo do direito penal onde ele estava atrás do balcão, recebeu a declaração dos fatos do senhor Brass com tanto interesse e surpresa quanto um agente funerário poderia demonstrar se fosse obrigado a ouvir um relato circunstancial da última doença de uma pessoa que ele foi chamado para atender profissionalmente; e levou Kit sob custódia com uma indiferença decente.

– É melhor – disse esse ministro subordinado da Justiça – ir para o escritório logo, enquanto há um magistrado disponível. Quero que venha conosco, senhor Brass, e o... – olhou para a senhorita Sally como se estivesse em dúvida se ela não seria um grifo ou outro monstro fabuloso.

– A senhora, certo? – disse Sampson.

– Ah! – respondeu o policial. – Sim, a senhora. Da mesma forma o jovem que encontrou o objeto furtado.

– Senhor Richard, senhor – disse Brass com voz pesarosa. – Uma triste necessidade. Mas o altar de nosso país, senhor...

– Você deve ter uma carruagem de aluguel, suponho? – interrompeu o policial, segurando Kit (que seus outros captores haviam libertado) descuidadamente pelo braço, um pouco acima do cotovelo. – Por favor, mande buscar uma, sim?

– Mas ouça-me dizer algo – exclamou Kit, erguendo os olhos e olhando suplicante à sua volta. – Ouça-me dizer uma palavra. Eu não sou mais culpado do que qualquer um de vocês. Em minha alma, não sou. Eu, um ladrão? Oh, senhor Brass, você me conhece bem. Tenho certeza de que você me conhece muito bem. Isso não está certo da sua parte, de fato.

– Dou minha palavra, policial... – disse Brass.

Mas aqui o policial interpôs com o princípio constitucional sobre "declarações aleatórias", observando que as palavras soltas eram apenas carne cozida para alimentar bebês e crianças de peito, e que os depoimentos e confissões eram o alimento para os homens fortes.

– É verdade, policial – concordou Brass no mesmo tom melancólico. – Estritamente correto. Juro-lhe, policial, que até poucos minutos atrás, quando essa descoberta fatal foi feita, eu tinha tanta confiança naquele rapaz que teria acreditado nele... Uma carruagem de aluguel, senhor Richard, senhor; você é muito lento, senhor.

– Quem por acaso me conhece – exclamou Kit – certamente confia em mim... não confia? Pergunte a qualquer pessoa se alguma vez duvidou de mim; se alguma vez os prejudiquei em um centavo. Jamais fui desonesto quando era pobre e estava com fome, e é pouco provável que eu comece agora! Oh, pense bem no que está fazendo. Como posso encontrar os amigos mais gentis que uma criatura humana já teve, com essa terrível acusação sobre mim?

O senhor Brass respondeu que teria sido bom para o prisioneiro se ele tivesse pensado nisso antes e estivesse prestes a fazer algumas outras observações sombrias quando a voz do cavalheiro solteiro foi ouvida, perguntando do alto da escada qual era o problema e qual foi a causa de toda aquela agitação. Kit deu um salto involuntário em direção à porta na ansiedade de responder por si, mas, sendo detido rapidamente pelo policial, teve a agonia de ver Sampson Brass sair correndo sozinho para contar a história à sua maneira.

– E ele também mal consegue acreditar – disse Sampson, quando voltou –, e ninguém vai acreditar. Eu gostaria de poder duvidar da prova diante dos meus sentidos, mas seus depoimentos são incontestáveis. Não adianta examinar meus olhos – exclamou Sampson, piscando e esfregando-os. – Eles se atêm aos fatos principais e impulsos. Agora, Sarah, eu ouço o coche chegar a Marks. Pegue seu chapéu e partiremos. Uma triste missão! Um funeral moral, sem dúvida!

– Senhor Brass – disse Kit –, faça-me um favor. Leve-me primeiro ao senhor Witherden.

Sampson balançou a cabeça negativamente.

– Faça isso – disse Kit. – Meu patrão está lá. Pelo amor de Deus, leve-me lá primeiro.

– Bem, não sei – gaguejou Brass, que talvez tivesse motivos para querer se mostrar o mais justo possível aos olhos do tabelião. – Como estamos de tempo, policial, hein?

O policial, que estava mastigando um canudo todo esse tempo com grande filosofia, respondeu que, se eles fossem embora imediatamente, teriam tempo suficiente, mas que, se eles ficassem parados ali por mais tempo, deveriam ir direto para Mansion House; e, finalmente, expressou sua opinião de que era para lá que deveriam seguir, e foi só isso.

Tendo o senhor Richard Swiveller entrado na carruagem e ainda permanecendo imóvel no canto mais confortável com o rosto voltado para os cavalos, o senhor Brass instruiu o oficial a recolher o prisioneiro e declarou-se bastante pronto. Portanto, o policial, ainda segurando Kit da mesma maneira e empurrando-o um pouco à sua frente, de modo a mantê-lo a cerca de três quartos do comprimento do braço (que é o modo profissional), empurrou-o para o veículo e entrou a seguir. A senhorita Sally entrou na sequência; e, agora com quatro pessoas acomodadas, Sampson Brass subiu na caixa e ordenou ao cocheiro para seguir em frente.

Ainda completamente aturdido pela mudança repentina e terrível que ocorrera em sua vida, Kit ficou sentado olhando pela janela da carruagem, quase esperando ver algum fenômeno monstruoso nas ruas que pudesse confirmar que estava sonhando. Ai dele! Tudo era muito real e familiar: a mesma sucessão de curvas, as mesmas casas, os mesmos fluxos de pessoas correndo de um lado para outro em diferentes direções na calçada, a mesma agitação de carroças e carruagens na estrada, os mesmos objetos bem lembrados nas vitrines: uma regularidade no próprio barulho e na pressa que nenhum sonho seria capaz de reproduzir. Apesar de ser como um sonho, porém, era real. Ele foi acusado de roubo; a nota fora encontrada com ele, embora fosse inocente em pensamentos e ações; e eles o carregavam de volta, um prisioneiro.

Absorto nessas dolorosas reflexões, pensando com o coração abatido em sua mãe e no pequeno Jacob, sentindo que até a consciência da inocência seria insuficiente para apoiá-lo na presença de seus amigos se eles o considerassem culpado, e se afundando na esperança e na coragem cada vez mais à medida que se aproximavam do tabelião, o pobre Kit olhava seriamente para fora da janela, observando o nada, quando de repente, como se tivesse sido enfeitiçado por magia, ele viu o rosto de Quilp.

E que olhar malicioso havia naquele rosto! Era da janela aberta de uma taverna que ele olhava para fora; e o anão havia se espalhado sobre ela de tal modo, com os cotovelos no parapeito e a cabeça apoiada nas duas mãos, que, entre esta atitude e o fato de ser engolido pelo riso reprimido, ele parecia estufado e inchado com o dobro de sua largura habitual. O senhor Brass, ao reconhecê-lo, parou imediatamente a carruagem. Quando parou bem em frente de onde ele estava, o anão tirou o chapéu e saudou a outra parte com uma educação hedionda e grotesca.

– Ahá! – ele gritou. – Aonde vai agora, Brass? Aonde você está indo? Sally está com você também? Doce Sally! E Dick? O agradável Dick! E Kit! O honesto Kit!

– Ele está exultante! – disse Brass para o cocheiro. – Muito mesmo! Ah, senhor, um negócio triste! Nunca mais acredite em honestidade, senhor.

– Por que não? – voltou o anão. – Por que não, seu advogado desonesto, por que não?

– Uma cédula perdida em nosso escritório, senhor – disse Brass, balançando a cabeça. – Encontrada no chapéu dele, senhor. Ele tinha estado sozinho lá, nenhuma chance de equívoco, senhor, a rede de provas está completa, não há um elo faltando.

– O quê? – gritou o anão, inclinando metade de seu corpo para fora da janela. – Kit, um ladrão? Kit, um ladrão? Ha, ha, ha! É o ladrão mais feio que se pode encontrar em qualquer lugar por um centavo. Não é, Kit, hein? Ha, ha, ha! Você prendeu Kit antes que ele tivesse a chance de me bater! Não é mesmo Kit, hein?

E, com isso, ele explodiu em uma gargalhada, manifestamente para grande terror do cocheiro, e apontou para o mastro de uma tinturaria bem próximo, onde um terno pendurado tinha alguma semelhança com um homem em uma forca.

– Está chegando a sua vez, Kit! – gritou o anão, esfregando as mãos com violência. – Ha, ha, ha! Que decepção para o pequeno Jacob e para sua querida mãe! Deixe que ele receba o pastor de Little Bethel para confortá-lo e consolá-lo, Brass. Ei, Kit, hein? Dirija, cocheiro, siga em frente. Tchau, Kit; que tudo de bom vá com você; mantenha seu ânimo; meu amor para os Garlands, à querida senhora e ao cavalheiro. Diga que eu perguntei por eles, sim? Bênçãos para eles, para você e para todos, Kit. Bênçãos em todo o mundo!

Com tantos votos de boa sorte e despedidas, derramados em uma torrente rápida até que estivessem fora de alcance, Quilp permitiu que partissem; e, quando não conseguiu mais ver a carruagem, retraiu a cabeça e rolou no chão em êxtase de alegria.

Quando chegaram ao tabelião, o que não demorou muito, pois haviam encontrado o anão em uma rua secundária a pouca distância da casa, o senhor Brass desceu; e, abrindo a porta da carruagem com semblante melancólico, pediu à irmã que o acompanhasse ao escritório, com o objetivo de preparar a boa gente de lá para a triste tarefa que os aguardava. A senhorita Sally concordou, e ele pediu ao senhor Swiveller que os acompanhasse. Então, eles seguiram para o escritório: senhor Sampson e sua irmã de braços dados, e o senhor Swiveller seguindo atrás, sozinho.

O tabelião estava de pé diante do fogo na antessala, conversando com o senhor Abel e com o senhor Garland, enquanto o senhor Chuckster escrevia à mesa, recolhendo migalhas da conversa que por acaso caíam em seu caminho. Esta cena o senhor Brass observou através da porta de vidro enquanto girava a maçaneta e, vendo que o tabelião o reconhecia, começou a balançar a cabeça e suspirar profundamente enquanto aquela divisória ainda os dividia.

– Senhor – disse Sampson, tirando o chapéu e beijando os dois dedos indicadores da luva de castor da mão direita –, meu nome é Brass, Brass de Bevis Marks, senhor. Tive a honra e o prazer de cuidar para o senhor de alguns pequenos assuntos testamentários. Como vai, senhor?

– Meu escrivão cuidará de qualquer negócio que você possa ter encontrado, senhor Brass – disse o tabelião, virando-se.

– Obrigado, senhor – disse Brass –, obrigado, tenho certeza. Permita-me, senhor, apresentar minha irmã, uma de nós, senhor, embora do sexo mais frágil, de grande utilidade em meus negócios, posso assegurar-lhe.

– Senhor Richard, tenha a bondade de ir em frente, por favor...

A velha loja de curiosidades – Tomo 2

– Não, de verdade – disse Brass, passando entre o notário e seu escritório particular (para o qual ele havia começado a se retirar) e falando no tom de um homem ferido –, realmente senhor, devo, por gentileza, solicitar uma palavra ou duas com você, em particular.

– Senhor Brass – disse o outro, em tom decidido –, estou ocupado. Você vê que estou conversando com esses cavalheiros. Se você comunicar seu assunto ao senhor Chuckster, receberá toda a atenção.

– Cavalheiros – disse Brass, pondo a mão direita no colete e olhando para o pai e o filho com um sorriso suave. – Cavalheiros, faço um apelo, honestamente. Eu sou um homem das leis, fui nomeado cavalheiro pelo Parlamento, eu mantenho esse título pelo pagamento anual de doze libras esterlinas por um certificado. Não sou um de seus músicos, atores de palco, escritores de livros ou pintores de quadros, que assumem uma ocupação que as leis de seu país não reconhecem. Não sou nenhum de seus andarilhos ou vagabundos. Se qualquer homem pensar em uma ação contra mim, ele deve fazê-lo como um cavalheiro, ou sua ação será nula e sem efeito. Eu apelo a você, isso é bastante respeitoso? Realmente, cavalheiros...

– Bem, então o senhor teria a bondade de expor o que deseja, senhor Brass? – disse o notário.

– Senhor – respondeu Brass –, eu direi prontamente. Ah, senhor Witherden! O senhor mal sabe..., mas não ficarei tentado a mudar de assunto. O nome de um desses cavalheiros não é Garland?

– De ambos – disse o notário.

– De fato! – regozijou-se Brass, encolhendo-se excessivamente. – Mas eu deveria saber disso, pela semelhança incomum. Extremamente feliz, tenho certeza, por ter a honra de ser apresentado a dois desses cavalheiros, embora a ocasião seja das mais dolorosas. Um de vocês, cavalheiros, tem um criado chamado Kit?

– Ambos – respondeu o notário.

– Dois Kits? – disse Brass sorrindo. – Meu Deus!

– Um Kit, senhor – respondeu mister Witherden com raiva –, que é empregado de ambos os cavalheiros. O que tem ele?

547

– É dele, senhor – respondeu Brass, baixando a voz de maneira impressionante. – Aquele jovem, senhor, em quem senti uma confiança ampla e sem limites, e sempre me comportei como se ele fosse meu igual, aquele jovem cometeu nesta manhã um roubo em meu escritório e foi quase preso.

– Isso deve ser alguma calúnia! – gritou o notário.

– Não é possível – disse Abel.

– Não vou acreditar em nenhuma palavra! – exclamou o velho.

O senhor Brass olhou suavemente para eles e voltou:

– Senhor Witherden, senhor, suas palavras são passíveis de uma ação, e, se eu fosse um homem de posição baixa e mesquinha, que não poderia se dar ao luxo de ser caluniado, deveria prosseguir com o pedido de indenização. No entanto, senhor, sendo o que sou, apenas desconsidero essa manifestação. Respeito o sincero calor do outro cavalheiro, e realmente sinto muito por ser o mensageiro de tão desagradáveis notícias. Eu não deveria ter me colocado nesta posição dolorosa, garanto-lhe, mas o próprio rapaz desejou ser trazido aqui em primeiro lugar, e eu cedi às suas súplicas. Senhor Chuckster, senhor, terá a bondade de bater na janela para chamar o policial que está esperando na carruagem?

Os três cavalheiros se entreolharam com rostos inexpressivos quando essas palavras foram ditas, e o senhor Chuckster, fazendo o que ele desejava, e pulando de seu banquinho com algo da empolgação de um profeta inspirado, cujas predições na plenitude dos tempos foram realizadas, segurou a porta aberta para a entrada do miserável detido.

Uma cena como aquela, quando Kit entrou, explodindo na eloquência brutal com que a verdade finalmente o inspirou, chamou o céu como testemunha de que ele era inocente e que como a cédula tinha ido parar nele ele não fazia a menor ideia! Tanta confusão de discurso, antes que as circunstâncias fossem relatadas e as provas reveladas! Que silêncio mortal quando tudo foi narrado, e seus três amigos trocaram olhares de dúvida e espanto!

A velha loja de curiosidades – Tomo 2

– Não é possível – disse o senhor Witherden, após uma longa pausa – que essa nota possa ter parado no chapéu por algum acidente, como a arrumação dos papéis sobre a mesa, por exemplo?

Mas isso se mostrou claramente impossível. O senhor Swiveller, embora fosse uma testemunha relutante, não pôde deixar de provar com uma demonstração que, pela posição em que foi encontrada, deve ter sido deliberadamente escondida.

– É muito angustiante – disse Brass –, extremamente angustiante, tenho certeza. Quando ele for julgado, ficarei muito feliz em recomendá-lo à misericórdia por causa de seu bom caráter anterior. Eu perdi dinheiro antes, certamente, mas não quer dizer que ele o tenha levado. A presunção é contra ele, fortemente contra ele, mas somos cristãos, não somos?

– Suponho – disse o policial, olhando em volta – que nenhum cavalheiro aqui pode dar provas de que ultimamente ele tenha ostentado ter mais dinheiro disponível. Por acaso algum dos senhores observou esse comportamento?

– Ele tem aparecido com algum dinheiro de vez em quando, certamente – respondeu o senhor Garland, a quem o homem havia feito a pergunta. – Mas isso, como ele sempre me disse, foi dado a ele pelo próprio senhor Brass.

– Sim, com certeza – disse Kit ansiosamente. – Você pode me apoiar nisso, senhor?

– Como? – gritou Brass, olhando-o cara a cara com uma expressão de espanto.

– O dinheiro, você sabe, as meias coroas, que você me deu... do seu inquilino – disse Kit.

– Oh, meu Deus! – gritou Brass, balançando a cabeça e franzindo a testa pesadamente. – Esse é um caso perdido, eu acho; um caso muito ruim, de fato.

– O quê? Você não deu dinheiro a ele por conta de ninguém, senhor? – perguntou o senhor Garland, com grande ansiedade.

549

– Eu, dar dinheiro a ele, senhor? – retornou Sampson. – Ah, sabe, isso é muito descaramento. Policial, meu bom amigo, é melhor irmos embora.

– O quê? – Kit gritou. – Ele nega que seja verdade? Alguém pergunte a ele, alguém, por favor. Peça a ele para confirmar se deu ou não!

– É verdade, senhor? – perguntou o notário.

– Vou lhes dizer uma coisa, senhores – respondeu Brass, de maneira muito séria –, ele não será beneficiado em seu caso desta forma e, realmente, se vocês sentirem algum interesse por ele, é melhor aconselhá-lo a procurar outro caminho de defesa. Eu, senhor? Claro que nunca dei nada a ele.

– Cavalheiros – gritou Kit, acendendo uma luz repentinamente. – Mestre, senhor Abel, senhor Witherden, cada um de vocês, ele finalmente conseguiu! O que fiz para ofendê-lo não sei, mas isso é uma conspiração para me arruinar. Veja, senhores, é uma conspiração e, aconteça o que acontecer, direi com o último suspiro que ele mesmo colocou aquela cédula no meu chapéu! Olhem para ele, senhores! Vejam como ele muda de cor. Qual de nós parece ser o culpado: ele ou eu?

– Estão ouvindo, cavalheiros? – disse Brass, sorrindo. – Vocês o ouviram. Agora, vocês acham que este caso está tomando um rumo bastante complicado, ou não? É um caso de traição, vocês não acham, ou é apenas um caso comum de furto? Talvez, senhores, se ele não tivesse dito isso na sua presença e eu tivesse relatado, vocês também teriam considerado isso impossível, não é mesmo?

Com comentários tão pacíficos e zombeteiros, o senhor Brass refutou a vil calúnia sobre seu caráter; mas a virtuosa Sara, movida por sentimentos mais fortes, e tendo no coração, talvez, um respeito mais ciumento pela honra de sua família, fugiu do lado de seu irmão, sem nenhuma indicação prévia de suas intenções, e atacou o prisioneiro com a máximo fúria. Sem dúvida, teria sido um duro ataque ao rosto de Kit, mas o desconfiado policial, prevendo o plano dela, puxou-o para o lado no momento do ataque e, assim, expôs o pobre senhor Chuckster ao perigo. Como aquele cavaleiro era o próximo objeto no caminho da ira da senhorita Brass, e a raiva sendo, como o amor e a fortuna, cega, ele foi atacado pela bela advogada e teve seu colarinho arrancado pela raiz, e seu cabelo muito desgrenhado, antes que os esforços dos outros presentes pudessem fazê-la perceber seu engano.

O policial, alertado por esse ataque desesperado, e pensando que talvez fosse mais satisfatório para os fins da Justiça se o prisioneiro fosse levado inteiro perante um magistrado, em vez de em pequenos pedaços, conduziu-o de volta à carruagem sem mais sobressaltos; além disso, insistiu em que a senhorita Brass seguisse do lado de fora da carruagem. Com essa proposta, a encantadora criatura, após uma pequena discussão furiosa, cedeu, e assim tomou o lugar de seu irmão Sampson no banco externo. O senhor Brass, com certa relutância, concordou em ocupar seu lugar lá dentro. Aperfeiçoados os arranjos, dirigiram-se a toda a velocidade para a sala de Justiça, seguidos pelo tabelião e pelos seus dois amigos em outra carruagem. Apenas o senhor Chuckster foi deixado para trás, para sua grande indignação, pois ele considerava o depoimento que poderia ter dado, relativo ao retorno de Kit para receber o xelim, tão decisivo sobre o seu caráter hipócrita e astuto que ele considerou sua supressão quase como a transigência do crime.

Na sala de Justiça, encontraram o cavalheiro solteiro, que tinha ido direto para lá e os esperava com desesperada impaciência. Mas nem cinquenta cavalheiros solteiros em um só poderiam ter ajudado o pobre Kit, que meia hora depois foi levado a julgamento e foi conduzido por um oficial amistoso a caminho da prisão, que disse não haver motivos para desânimo, pois a sessão logo iria começar, e ele, com toda a certeza, teria seu pequeno caso resolvido e seria transportado confortavelmente em menos de duas semanas.

Capítulo 61

Que os moralistas e filósofos digam o que quiserem, é muito questionável se um homem culpado teria sentido metade da miséria naquela noite como sentiu Kit, por ser inocente. O mundo, acostumado na prática constante de grandes injustiças, não está apto a se consolar com a ideia de que, se a vítima dessa falsidade e malícia tem a consciência limpa, ela não pode deixar de ser assistida em suas provações, pois a justiça virá de uma forma ou de outra; "nesse caso", dizem aqueles que o caçaram, "embora nós certamente não esperemos isso, ninguém ficará mais satisfeito do que nós". Considerando que o mundo faria bem em refletir que a injustiça é em si mesma, para toda mente generosa e devidamente constituída, uma injúria, de todas as outras, a mais insuportável, a mais torturante e a mais difícil de suportar, e que muitas consciências tranquilas se perderam, e muitos corações fortes foram quebrados, por causa deste mesmo motivo, o conhecimento de seus próprios méritos apenas agrava seus sofrimentos e os torna insuportáveis.

O mundo, entretanto, não tinha culpa no caso de Kit. Mas Kit era inocente; e, sabendo disso, e sentindo que seus melhores amigos o consideravam culpado, que o senhor e a senhora Garland o considerariam um monstro de ingratidão, que Bárbara o associaria a tudo o que era de mau e criminoso, que o pônei se consideraria abandonado por ele e que até mesmo sua própria mãe talvez pudesse ceder às fortes evidências contra ele e acreditar que ele era o desgraçado que parecia ser, sabendo e sentindo tudo isso ele experimentou, a princípio, uma agonia que nenhuma palavra consegue descrever e caminhou para cima e para baixo na pequena cela em que foi trancado durante a noite, quase fora de si de tanta dor.

Mesmo quando a violência dessas emoções havia diminuído em algum grau e ele estava começando a ficar mais calmo, veio-lhe à mente um novo pensamento, cuja angústia não era menor. A criança, estrela mais brilhante da vida do simples sujeito, ela, que sempre voltava aos seus pensamentos como um lindo sonho, que havia tornado a parte mais pobre de sua existência a mais feliz e a melhor, que sempre foi tão gentil, atenciosa e boa, se ela soubesse disso, o que pensaria? Quando esta ideia lhe ocorreu, as paredes da prisão pareceram derreter e a antiga loja tomou o seu lugar, como costumava ser nas noites de inverno: a lareira, a pequena mesa de jantar, o velho chapéu, casaco e bengala, a porta entreaberta que dava para o quartinho dela, estavam todos lá. E a própria Nell estava lá, e ele, os dois rindo com vontade, como sempre faziam, e, quando sua mente viajou tão longe, Kit não pôde prosseguir, mas se jogou em sua pobre cama e chorou.

Foi uma longa noite, que parecia não ter fim; mas conseguiu dormir e sonhar, sempre em liberdade e perambulando, ora com uma pessoa, ora com outra, mas sempre com um vago pavor de ser chamado de volta à prisão; não aquela prisão, mas uma que era em si mesma uma vaga ideia, não de um lugar, mas de um cuidado e tristeza, de algo opressor e sempre presente, mas impossível de definir. Por fim, a manhã chegou e lá estava ele na prisão, fria, escura e sombria, e tudo era bem real de fato. Ele estava abandonado à própria sorte, entretanto havia algum conforto nisso. Ele teve autorização para andar por um pequeno quintal asfaltado a uma certa hora, e aprendeu com o carcereiro que veio abrir sua cela e mostrar onde se lavar, que havia um horário regular de visita, todos os dias, e que, se houvesse algum de seus amigos que quisesse vê-lo, ele seria levado até a lareira. Depois de lhe dar essa informação e uma bandeja de lata contendo seu desjejum, o homem o trancou novamente e foi fazendo barulho ao longo da passagem de pedra, abrindo e fechando muitas outras portas e gerando inúmeros ecos altos que ressoaram pelo prédio por um longo tempo, como se eles também estivessem na prisão e incapazes de sair.

Este carcereiro deu-lhe a entender que estava alojado, como alguns outros na prisão, à parte da massa de prisioneiros, porque ele não devia ser totalmente depravado e irrecuperável, e nunca havia ocupado os aposentos daquela mansão antes. Kit ficou grato por essa indulgência e sentou-se, lendo o catecismo da igreja com muita atenção (embora o soubesse de cor desde criança), até que ouviu a chave na fechadura, e o homem entrou novamente.

– Agora, senhor – disse ele –, vamos!

– Para onde vamos, senhor? – perguntou Kit.

O homem se contentou em responder brevemente "visitas" e, pegando-o pelo braço exatamente da mesma maneira que o policial fizera no dia anterior, conduziu-o, por vários caminhos sinuosos e portões reforçados, até uma passagem, onde o colocou em uma grade e girou sobre os calcanhares. Além dessa grade, a uma distância de cerca de quatro ou cinco pés, havia outra exatamente igual. No espaço intermediário, sentava-se um carcereiro lendo um jornal, e do lado de fora da outra grade, Kit viu, com o coração palpitante, sua mãe com o bebê nos braços, a mãe de Bárbara com seu guarda-chuva infalível, e o pobrezinho do Jacob, olhando para dentro com todas as suas forças, como se procurasse o pássaro ou a fera, e pensava que os homens eram meros acidentes com os quais as grades não deveriam se preocupar.

Mas, quando o pequeno Jacob viu seu irmão, e, colocando os braços entre as grades para abraçá-lo, percebeu que ele não se aproximava, mas ainda estava longe com a cabeça apoiada no braço que segurava em uma das barras, começou a chorar terrivelmente; então, a mãe de Kit e a mãe de Bárbara, que se contiveram tanto quanto possível, começaram a soluçar e chorar também. O pobre Kit não pôde deixar de se juntar a eles, e nenhum deles conseguiu dizer uma palavra. Durante essa pausa melancólica, o carcereiro lia seu jornal com um olhar irônico (ele evidentemente chegara à página de humor) até que, por acaso, tirou os olhos por um instante, como que por força da contemplação de alguma piada mais engraçada do que as outras, e pareceu ocorrer-lhe, pela primeira vez, que alguém ali estava chorando.

– Vamos, senhoras, senhoras – disse ele, olhando em volta surpreso –, aconselho-as a não perderem tempo assim. Não é permitido isso aqui, vocês sabem. Vocês também não devem deixar aquela criança fazer tanto barulho. É contra todas as regras.

– Eu sou a pobre mãe dele, senhor – soluçou a senhora Nubbles, fazendo uma mesura humilde –, e este é o irmão dele, senhor. Oh, meu Deus, meu Deus!

– Bem! – respondeu o carcereiro, dobrando o jornal sobre os joelhos, de modo a enxergar com maior comodidade o topo da próxima coluna. – Não posso fazer nada, você sabe. Ele não é o único na mesma situação. Vocês não devem fazer barulho!

Com isso ele continuou lendo. O homem não era anormalmente cruel ou de coração duro. Ele passara a considerar o crime uma espécie de doença, como escarlatina ou erisipela: algumas pessoas o tinham, outras não, exatamente como deveria ser.

– Oh! Meu querido Kit – disse sua mãe, de quem a mãe de Bárbara caridosamente recolheu o bebê –, por que eu deveria ver meu pobre menino aqui?

– Você não acredita que fiz aquilo de que me acusam, não é, querida mãe? – perguntou Kit, com a voz sufocada.

– Não posso acreditar nisso! – exclamou a pobre mulher. – Eu, que nunca soube de qualquer mentira ou alguma má ação desde o seu berço, nunca tive um momento de tristeza por sua causa, exceto pelas refeições pobres que você comeu com tanto bom humor e contente por ter me feito esquecer de quão pouco havia, quando penso em como você era gentil e atencioso, embora fosse apenas uma criança! Acredito nisso, no filho que tem sido um conforto para mim desde o nascimento até hoje, e nunca me deitei uma noite com raiva! Eu acredito em você, Kit!

– Bem, graças a Deus! – disse Kit, agarrando-se às barras com uma seriedade que as sacudiu. – E eu aguento, mãe! Aconteça o que acontecer, terei sempre uma gota de felicidade no coração quando pensar no que você me disse aqui.

Com isso, a pobre mulher caiu em prantos de novo, e a mãe de Bárbara também. E o pequeno Jacob, cujos pensamentos desconexos a essa altura tinham se resolvido em uma impressão bastante distinta de que Kit não poderia sair para dar um passeio se quisesse, e que não havia pássaros, leões, tigres ou outras curiosidades naturais atrás daquelas grades, nada mesmo, mas apenas seu irmão enjaulado, acrescentou suas lágrimas às deles com o mínimo de barulho possível.

A mãe de Kit, enxugando os olhos (e umedecendo-os, coitada, mais do que os enxugava), agora tirava do chão um pequeno cesto e dirigia-se submissamente ao carcereiro, dizendo, por favor, se ele poderia ouvi-la por um minuto? O carcereiro, estando no meio de uma crise de riso por causa da última piada, gesticulou para que ela ficasse em silêncio por mais um minuto, pela vida dela. Tampouco retirou a mão da postura anterior, mas a manteve na mesma atitude de advertência até terminar o parágrafo, quando fez uma pausa de alguns segundos, com um sorriso no rosto, como quem diria "este editor tem uma veia cômica, um cachorro engraçado", e então perguntou o que ela queria.

– Trouxe algo para ele comer – disse a boa mulher. – Por favor, senhor, ele pode ficar com a cesta?

– Sim, ele pode ficar com ela. Não há regras contra isso. Dê-me quando você for embora, e eu cuidarei que ele a receba.

– Não, mas por favor, senhor, não fique zangado comigo. Eu sou a mãe dele, e você teve uma mãe um dia. Se eu pudesse vê-lo comer um pouco, eu iria embora muito mais satisfeita por saber que ele está um pouco mais confortável.

E novamente as lágrimas da mãe de Kit, da mãe de Bárbara e do pequeno Jacob. Quanto ao bebê, ele gritava e ria com toda a força sob a ideia, aparentemente, de que toda a cena havia sido inventada e montada para sua satisfação.

O carcereiro parecia achar o pedido estranho e um tanto fora do comum, mesmo assim largou o papel e, chegando aonde a mãe de Kit estava, pegou a cesta dela e, após inspecionar seu conteúdo, entregou-a para Kit e voltou para seu lugar. Pode-se facilmente conceber que o prisioneiro não tinha grande apetite, mas ele se sentou no chão e comeu o mais que pôde, enquanto, a cada pedaço que ele colocava na boca, sua mãe soluçava e chorava de novo, embora com um uma dor suavizada que indicava a satisfação que a visão proporcionava a ela.

Enquanto estava assim ocupado, Kit fez algumas perguntas afoitas sobre seus patrões e se eles haviam expressado alguma opinião a respeito dele; mas tudo o que pôde descobrir foi que o próprio senhor Abel havia contado o ocorrido pessoalmente à mãe, com grande gentileza e delicadeza, tarde da noite anterior, mas não expressara nenhuma opinião sobre sua inocência ou culpa. Kit estava a ponto de reunir coragem para perguntar à mãe de Bárbara sobre Bárbara quando o carcereiro que o conduzira reapareceu, um segundo carcereiro apareceu atrás de seus visitantes, e o terceiro carcereiro com o jornal gritou "Acabou o tempo!", acrescentando na mesma respiração "Venham os próximos!", e então mergulhou fundo em seu jornal novamente. Kit foi levado em um instante, com uma bênção de sua mãe e um grito do pequeno Jacob ecoando em seus ouvidos. Enquanto ele estava cruzando o próximo pátio com a cesta na mão, sob a orientação de seu condutor anterior, outro oficial os chamou para parar e apareceu com um pote de cerveja na mão.

– Este é Christopher Nubbles, não é, que veio ontem à noite por crime? – disse o homem.

Seu camarada respondeu que este era o frangote em questão.

– Então aqui está sua cerveja – disse o outro homem a Christopher. – O que você está esperando? Não vamos cobrar por isso.

– Perdão – disse Kit. – Quem me enviou?

– Ora, seu amigo – respondeu o homem. – Você poderá receber uma todos os dias, ele diz. E você receberá, se ele continuar pagando por isso.

– Meu amigo? – Kit repetiu.

– Vocês estão todos viajando, aparentemente – respondeu o outro homem. – Aí está a carta dele. Tome!

Kit pegou e, quando foi recolhido à cela novamente, leu o seguinte:

Bebendo desta caneca, você descobrirá que há um feitiço em cada gota contra os males da mortalidade. Falo do cordial que brilhou para Helena! A tala dela era uma lenda, mas esta é real (da Barclay and Co.). Se eles a enviarem vazia um dia, reclame ao Diretor. Atenciosamente, R. S.

– R. S.! – disse Kit, após alguma consideração. – Deve ser o senhor Richard Swiveller. Bem, é muito gentil da parte dele, e agradeço-lhe de coração.

Capítulo 62

Uma luz fraca, cintilando da janela da casa de contabilidade no cais de Quilp, e parecendo inflamada e vermelha através da névoa noturna, como se sofresse com isso como um olho, avisou o senhor Sampson Brass, ao se aproximar da cabana de madeira com um passo cauteloso, que o excelente proprietário, seu estimado cliente, estaria lá dentro e provavelmente aguardando, com sua costumeira paciência e doçura de temperamento, o cumprimento da encomenda que agora trazia o senhor Brass para seu justo domínio.

– Um lugar traiçoeiro para entrar em uma noite escura – murmurou Sampson, enquanto tropeçava pela vigésima vez em uma madeira perdida e mancava de dor. – Eu acredito que aquele menino as espalha no chão de forma diferente a cada dia, com o propósito de machucar e mutilar alguém, a menos que seu mestre o faça com as próprias mãos, o que é mais do que provável. Odeio vir a este lugar sem Sally. Ela serve de maior proteção do que uma dúzia de homens.

Ao fazer esse elogio ao mérito da encantadora ausente, o senhor Brass parou, olhando em dúvida para a luz e por cima do ombro.

– Onde está ele, eu me pergunto? – murmurou o advogado, ficando na ponta dos pés e esforçando-se por obter um vislumbre do que se passava lá dentro, o que àquela distância era impossível. – Bebendo, eu suponho, tornando-se mais feroz e furioso e aquecendo sua malícia e maldade até elas ferverem. Sempre tenho medo de vir aqui sozinho quando a sua conta é bem grande. Não acredito que ele se importaria de me estrangular e me jogar tranquilamente no rio quando a maré estivesse mais forte, assim como não se importaria em matar um rato; na verdade, não sei se ele não consideraria isso uma piada engraçada. Ouça! Agora ele está cantando!

O senhor Quilp certamente estava se divertindo com seus exercícios vocais, mas era mais uma espécie de mantra do que uma canção, sendo uma repetição monótona de uma frase de uma maneira muito rápida, com uma longa ênfase na última palavra, que ele transformava em um rugido sombrio. Nem o fardo dessa apresentação teve qualquer referência ao amor, ou à guerra, ou ao vinho, ou à lealdade, ou qualquer outra coisa, os temas-padrão de qualquer música, mas a um assunto que nem sempre é tocado ou geralmente conhecido nas baladas; as palavras eram estas: "O digno magistrado, depois de observar que o prisioneiro teria alguma dificuldade em convencer o júri a acreditar em sua história, convenceu-o a fazer o julgamento nas sessões seguintes; e ordenou os procedimentos habituais a ser celebrados para o pro-ces-so".

Cada vez que chegava a essa palavra conclusiva, e exauria toda a ênfase possível, Quilp caía na gargalhada e começava de novo.

– Ele é terrivelmente imprudente – murmurou Brass, depois de ouvir duas ou três repetições do canto. – Terrivelmente imprudente. Eu queria que ele fosse burro. Eu gostaria que ele fosse surdo. Eu gostaria que ele fosse cego. Enforquem-no! – gritou Brass, quando o canto recomeçou. – Eu queria que ele estivesse morto!

Extravasando essas considerações amigáveis em intenção de seu cliente, o senhor Sampson recompôs o rosto em seu estado usual de suavidade e, esperando até que o grito viesse novamente e estivesse encerrado, foi até a casa de madeira e bateu à porta.

– Entre! – gritou o anão.

– Como vai nesta noite, senhor? – disse Sampson, espiando. – Ha, ha, ha! Como vai o senhor? Oh, meu Deus, que excêntrico! Incrivelmente caprichoso, com certeza!

– Entre, seu idiota! – respondeu o anão. – E não fique aí balançando a cabeça e mostrando os dentes. Entre, sua falsa testemunha, seu perjuro, seu plantador de provas, entre!

– Ele tem o humor mais rico! – gritou Brass, fechando a porta atrás de si. – Tem a veia mais incrível de comicidade! Mas não é um tanto imprudente, senhor...?

– O quê? – perguntou Quilp. – O quê, Judas?

– Judas! – gritou Brass. – Ele tem um ânimo tão extraordinário! Seu humor é extremamente divertido! Judas! Oh, sim, meu Deus, que bom! Ha, ha, ha! – Todo esse tempo, Sampson estava esfregando as mãos e olhando, com surpresa e consternação ridículas, para uma grande cabeça de olhos arregalados e nariz de batata que deveria ter ornado algum velho navio, que estava encostada contra a parede em um canto perto do fogão, parecendo um *goblin* ou ídolo horrível a quem o anão adorava. Uma massa de madeira em forma de cabeça, esculpida no obscuro e distante formato de um chapéu armado, junto com a representação de uma estrela no peito esquerdo e dragonas nos ombros, denotava que se destinava à imagem de algum almirante famoso; mas, sem ajuda dessas alegorias, qualquer observador poderia supor que fosse o retrato autêntico de um tritão ou grande monstro marinho. Sendo originalmente muito grande para os aposentos os quais agora decorava, tinha sido serrada na cintura. Mesmo nesse estado, ia do chão ao teto e, projetando-se para a frente, com aquele aspecto excessivamente desperto e ar de polidez um tanto intrusivo pelos quais as figuras de proa costumam ser caracterizadas, parecia reduzir tudo o mais a meras proporções de pigmeus.

– Você o conhece? – disse o anão, observando os olhos de Sampson. – Você vê a semelhança?

– Hein? – disse Brass, segurando a cabeça de lado e jogando-a um pouco para trás, como fazem os colecionadores. – Agora que olho de novo, imagino ver um… sim, certamente há algo no sorriso que me lembra… e ainda assim, pela minha palavra, eu…

Agora, o fato era que Sampson, por nunca ter visto nada no menor grau semelhante a esse fantasma gigantesco, ficou muito perplexo, sendo incerto se o senhor Quilp o considerava parecido com ele próprio e, portanto, o havia comprado como um retrato de família; ou se ele estava satisfeito em considerá-lo como a imagem de algum inimigo. Ele não ficou muito tempo em dúvida, pois, enquanto o examinava com aquele olhar astuto que as pessoas assumem quando contemplam pela primeira vez um retrato onde deveriam reconhecer alguém, mas não reconhecem, o anão jogou no chão o jornal de onde vinha cantando as palavras já citadas e, agarrando uma barra de ferro enferrujada, que ele usou no lugar do atiçador, deu à figura um golpe tão forte no nariz que ele balançou novamente.

– Parece Kit, é seu retrato, sua imagem, não é ele mesmo? – gritou o anão, mirando uma chuva de golpes no rosto insensível e cobrindo-o com profundas covinhas. – É o modelo exato e a contrapartida do cão, não é, não é, não é? – E, a cada repetição da pergunta, ele golpeava a grande imagem, até que o suor escorreu por seu rosto com a violência do exercício.

Embora isso possa ter sido uma coisa muito cômica de se olhar de uma plateia segura, como uma tourada é considerada um espetáculo confortável para aqueles que não estão na arena, e uma casa em chamas é melhor do que uma peça para as pessoas que não moram perto dela, havia algo na seriedade dos gestos do senhor Quilp que fazia seu advogado achar que a casa de contabilidade era um pouco pequena e solitária demais para o gozo completo desses humores. Portanto, ele ficou o mais longe que pôde, enquanto o anão estava assim compenetrado, lamuriou apenas alguns aplausos fracos e, quando Quilp parou e voltou a sentar-se de puro cansaço, aproximou-se com mais subserviência do que nunca.

– Excelente mesmo! – gritou Brass. – Ha, ha! Oh, muito bom senhor. Você sabe – disse Sampson, olhando em volta como se estivesse apelando para o boneco machucado –, ele é um homem notável!

– Sente-se – disse o anão. – Comprei esse cachorro ontem. Venho enfiando o furador nele, garfos em seus olhos e recitando meu nome para ele. Eu pretendo queimá-lo ao final.

– Ha, ha! – gritou Brass. – Extremamente divertido, de fato!

– Venha aqui – disse Quilp, acenando para que ele se aproximasse. – O que é imprudente, hein?

– Nada, senhor, nada. Quase não vale a pena mencionar, senhor; mas eu pensei que aquela música, admiravelmente bem-humorada em si mesma, você sabe, talvez fosse bastante...

– Sim – disse Quilp –, muito o quê?

– Apenas beirando, ou como se pode dizer remotamente beirando, os limites da imprudência, talvez, senhor – respondeu Brass, olhando timidamente para os olhos astutos do anão, que estavam voltados para o fogo e refletiam sua luz vermelha.

– Por quê? – perguntou Quilp, sem erguer os olhos.

– Ora, você sabe, senhor – respondeu Brass, aventurando-se a ser mais familiar. – O fato é, senhor, que qualquer alusão a essas pequenas combinações entre amigos, por objetivos em si extremamente louváveis, mas que a lei classifica em termos conspiratórios, é... Você me entende, senhor? É melhor mantê-las conscritas e entre amigos, sabe?

– É mesmo? – disse Quilp, erguendo os olhos com um semblante per-feitamente vazio. – O que você quer dizer?

– Cauteloso, extremamente cauteloso, muito correto e apropriado! – gritou Brass, balançando a cabeça. – Silêncio, senhor, mesmo aqui; o que quero dizer, senhor, exatamente.

– SEU significado exatamente, seu espantalho de bronze, qual o seu significado? – retrucou Quilp. – Por que você fala comigo de combinar? Eu combinei algo? Eu sei alguma coisa sobre suas combinações?

– Não, não, senhor, certamente não, de forma alguma – retrucou Brass.

– Se você piscar e acenar para mim – disse o anão, olhando em volta como se procurasse o seu atiçador –, eu vou estragar a expressão do seu rosto de macaco.

– Não se exalte, eu imploro, senhor – replicou Brass, controlando-se com grande sobressalto. – Você está certo, senhor, muito certo. Eu não deveria ter mencionado o assunto, senhor. É muito melhor não tocar nele. Você está certo, senhor. Deixe-nos mudar de assunto, por favor. Você estava perguntando, senhor, Sally me contou, sobre nosso inquilino. Ele não voltou, senhor.

– Não? – disse Quilp, esquentando um pouco de rum em uma panela pequena e olhando para evitar que fervesse. – Por que não?

– Ora, senhor – retrucou Brass –, ele... Meu Deus, senhor Quilp, senhor...

– Qual é o problema? – perguntou o anão, parando a mão no ato de levar a panela à boca.

– Você se esqueceu da água, senhor – disse Brass. – E... com licença, senhor, mas está muito quente.

Atribuindo-se nada mais que uma resposta prática a esse protesto, o senhor Quilp levou a panela quente aos lábios e deliberadamente bebeu todo o rum que ela continha, que poderia ser cerca de meio litro, e tinha sido apenas um momento antes, quando ele o tirou do fogo, borbulhando e sibilando ferozmente. Depois de engolir o estimulante suave e sacudir o punho para o almirante, ele ordenou que mister Brass continuasse.

– Mas primeiro – disse Quilp, com seu sorriso costumeiro – tome uma gota você mesmo, uma boa gota, uma boa gota quente e ardente.

– Ora, senhor – respondeu Brass –, se houvesse uma boca cheia de água que pudesse ser tomada sem problemas...

– Não existe tal coisa aqui – gritou o anão. – Água para advogados! Chumbo derretido e enxofre, você quer dizer, piche e alcatrão quentes e escaldantes... Esse é o tratamento para eles... hein, Brass, hein?

– Ha, ha, ha! – riu o senhor Brass. – Oh, muito mordaz! No entanto, é como sentir cócegas, também é um prazer, senhor!

– Beba isso – disse o anão, que já havia esquentado um pouco mais. Jogue para dentro, não deixe nenhum restinho, queime sua garganta e seja feliz!

O desgraçado Sampson tomou alguns goles curtos do licor, que imediatamente se destilou em lágrimas ardentes, e naquela forma desceu rolando suas bochechas para dentro da goela de novo, transformando a cor de seu rosto e pálpebras em um vermelho profundo e dando origem a um violento acesso de tosse, no meio do qual ainda se ouvia dizer, com a constância de um mártir, que era "muito bonito!". Enquanto ele ainda estava em agonias indescritíveis, o anão reiniciou a conversa.

– O inquilino... – disse Quilp – e ele?

– Ele está quieto, senhor – respondeu Brass, com intervalos de tosse –, parando com a família Garland. Ele só voltou para casa uma vez, senhor, desde o dia do exame daquele culpado. Ele informou ao senhor Richard, senhor, que não poderia suportar a casa depois do ocorrido, que ele estava miserável por causa disso e que ele se considerava de certo modo a causa da ocorrência. Um excelente inquilino senhor. Espero que não o percamos.

– Sim! – gritou o anão. – Nunca pense em ninguém além de você mesmo... Por que não se retrai, então? Raspe, acumule, economize, hein?

– Ora, senhor – respondeu Brass –, acredito que Sarah é uma economizadora tão boa quanto qualquer outro. Sim, sim, senhor Quilp.

– Molhe a garganta, molhe novamente os olhos, beba, homem! – gritou o anão. – Você contratou um escriturário para me atender.

– Encantado, senhor, tenho certeza, a qualquer momento – respondeu Sampson. – Sim, senhor, eu fiz isso.

– Então agora você pode dispensá-lo – disse Quilp. – São necessárias medidas de contenção para você imediatamente.

– Dispensar o senhor Richard, senhor? – gritou Brass.

– Você tem mais de um funcionário, seu papagaio, para fazer tal pergunta? Sim.

– Dou minha palavra, senhor – disse Brass –, não esperava por isso...

– Como poderia esperar – zombou o anão – quando eu mesmo não sabia? Quantas vezes devo dizer-lhe que o trouxe até você para que eu pudesse sempre estar de olho nele e saber notícias, e que eu tinha uma trama, um esquema, um pequeno esquema para me divertir, do qual a nata e a essência eram que aquele velho e sua neta (que devem estar debaixo da terra, nessa altura), enquanto ele e seus preciosos amigos os consideravam ricos, mas que na verdade são tão pobres quanto ratos congelados?

– Compreendo perfeitamente, senhor – replicou Brass. – Completamente.

– Bem, senhor – replicou Quilp –, e você entende agora que eles não são pobres, que não podem ser, se eles têm pessoas como o seu inquilino procurando por eles, e vasculhando o país por toda a parte?

– Claro que sim, senhor – disse Sampson.

– Claro que sim – retrucou o anão, mordendo as palavras com violência. – É claro que você entende, então, que não importa o que aconteça com esse sujeito? É claro que você entende que para qualquer outro propósito ele não serve mais para mim nem para você?

– Tenho dito frequentemente a Sarah, senhor – retrucou Brass –, que ele não tinha nenhuma utilidade no negócio. Você não pode confiar nele, senhor. Se você acreditar em mim, encontrei aquele sujeito, nos pequenos assuntos mais comuns do escritório que eram confiados a ele, deixando escapar a verdade, embora expressamente advertido. A irritação daquele camarada, senhor, excedeu qualquer coisa que você possa imaginar, de fato excedeu. Nada além do respeito e obrigação que devo a você, senhor.

Como estava claro que Sampson estava inclinado a uma arenga elogiosa, a menos que recebesse uma interrupção oportuna, o senhor Quilp educadamente bateu em sua cabeça com a pequena panela e pediu que ele fosse tão amável a ponto de ficar calado.

– Prático, senhor, prático – disse Brass, esfregando o local e sorrindo –, mas ainda extremamente agradável, imensamente!

– Ouça-me, sim? – retornou Quilp. – Ou eu serei um pouco mais agradável, em breve. Não há chance de seu camarada e amigo retornar. O patife foi obrigado a voar, pelo que descobri, atrás de alguma velhacaria, e encontrou seu caminho no exterior. Deixe-o apodrecer lá.

– Certamente, senhor. Muito apropriado. Fantástico! – gritou Brass, olhando novamente para o almirante, como se ele fosse um terceiro na companhia. – Extremamente forte!

– Eu o odeio – disse Quilp entre os dentes – e sempre o odiei, por razões de família. Além disso, ele era um rufião intratável; caso contrário, ele teria sido útil. Este sujeito tem coração de pombo e cabeça leve. Eu não o quero mais. Deixe-o se enforcar ou se afogar, morrer de fome; que vá para o diabo.

– Certamente, senhor – respondeu Brass. – Quando deseja que ele… Ha, ha!… faça essa pequena excursão?

– Quando esse julgamento acabar – disse Quilp. – Assim que terminar, mande-o cuidar de assuntos fora.

– Assim será, senhor – respondeu Brass –, de qualquer forma. Será um duro golpe para Sarah, senhor, mas ela tem todos os sentimentos sob controle. Ah, senhor Quilp, muitas vezes penso, senhor, se ao menos tivesse agradado à Providência reunir você e Sarah, quando era mais jovem, que benditos resultados teriam fluído de tal união! Nunca viu nosso querido pai, senhor? Um cavalheiro encantador. Sarah era seu orgulho e alegria, senhor. Foxey teria fechado os olhos em êxtase, não teria, senhor Quilp, se ele pudesse ter encontrado tal parceiro para ela? Você gosta dela, não é, senhor?

– Eu a amo – resmungou o anão.

– Você é muito bom, senhor – respondeu Brass. – Tenho certeza. Existe alguma outra ordem, senhor, da qual eu possa tomar nota, além deste pequeno assunto do senhor Richard?

– Nenhuma – respondeu o anão, agarrando a panela. – Vamos beber à adorável Sarah.

– Se pudéssemos fazê-lo em alguma coisa, senhor, que não estivesse fervendo tanto – sugeriu Brass humildemente –, talvez fosse melhor. Acho que será mais agradável aos sentimentos de Sarah, quando ela vier a ouvir de mim sobre a honra que você lhe prestou, se ela descobrir que foi com álcool um pouco mais fresco do que o anterior, senhor.

Mas a essas acusações o senhor Quilp fez ouvidos moucos. Sampson Brass, que a essa altura estava tudo, menos sóbrio, sendo compelido a tomar mais goles da mesma tigela forte, descobriu que, em vez de contribuir para sua recuperação, eles tinham o novo efeito de fazer o contador girar, girar e girar, com extrema velocidade, fazendo com que o chão e o teto se levantem de maneira muito dolorosa. Depois de um breve estupor, ele acordou com a consciência de estar parcialmente sob a mesa e parcialmente sob a grade. Não sendo essa a posição mais confortável que poderia ter escolhido para si, conseguiu levantar-se cambaleando e, segurando-se pelo almirante, olhou em volta à procura de seu anfitrião.

A primeira impressão de mister Brass foi a de que seu anfitrião havia partido e o deixara sozinho, talvez o tivesse trancado durante a noite. Um forte cheiro de tabaco, entretanto, sugeria uma nova linha de ideias; ele olhou para cima e viu que o anão estava fumando em sua rede.

– Adeus, senhor – gritou Brass com voz fraca. – Adeus, senhor.

– Você não vai ficar aqui a noite toda? – disse o anão, espiando. – Fique a noite toda!

– De fato, não poderia, senhor – respondeu Brass, que estava quase morto de náusea e da claustrofobia do lugar. – Se você tiver a bondade de me mostrar uma luz, para que eu possa ver o meu caminho através do pátio, senhor…

Quilp saiu em um instante, não com as pernas primeiro, ou a cabeça primeiro, ou os braços primeiro, mas o corpo inteiro de uma vez.

– Com certeza – disse ele, pegando uma lanterna, que agora era a única luz no local. – Cuidado por onde você anda, meu caro amigo. Certifique-se de abrir caminho entre a madeira, pois todos os pregos enferrujados estão para cima. Tem um cachorro no caminho. Ele mordeu um homem na noite passada e uma mulher na noite anterior, e na terça-feira passada ele matou uma criança, mas isso era parte do risco. Não chegue muito perto dele.

– De que lado do caminho ele está, senhor? – perguntou Brass, com grande consternação.

– Ele vive no lado direito – disse Quilp –, mas às vezes se esconde na esquerda, pronto para um ataque. Ele é imprevisível a esse respeito. Cuide de si mesmo. Eu nunca vou perdoar você se não fizer isso. A luz está apagada, não importa, você conhece o caminho, vá em frente!

Quilp havia diminuído levemente a luz, segurando-a contra o peito, e agora estava rindo e se sacudindo da cabeça aos pés em êxtase de alegria, enquanto ouvia o advogado tropeçar no pátio, e de vez em quando caindo pesadamente. Por fim, porém, ele deixou a contabilidade e ficou fora de alcance.

O anão fechou-se novamente e saltou mais uma vez para a rede.

Capítulo 63

O cavalheiro profissional que dera a Kit a informação consoladora sobre o acerto de seus negócios em Old Bailey e a probabilidade de que logo fosse resolvido revelou-se bastante correto em seus prognósticos. Em oito dias, as sessões começaram. Um dia depois, o Grande Júri pronunciou uma acusação contra Christopher Nubbles por crime; e, em dois dias a partir desse veredicto, o citado Christopher Nubbles foi chamado a se declarar culpado ou inocente da acusação de que ele, o tal Christopher, teria criminosamente se abstraído e roubado da casa e escritório de um tal Sampson Brass, cavalheiro, uma cédula de cinco libras emitida pelo governador e Companhia do Banco da Inglaterra; em contravenção aos Estatutos, nesse caso feito e previsto, e contra a paz de nosso soberano senhor o rei, sua coroa e dignidade.

A esta acusação, Christopher Nubbles, em voz baixa e trêmula, alegou ser Inocente; e aqui, que aqueles que têm o hábito de formar julgamentos precipitados a partir das aparências, e que gostariam que Christopher, se realmente inocente, falasse muito forte e alto, observaram como o confinamento e a ansiedade subjugaram os corações mais fortes; e que, para quem esteve fechado, embora tenha sido apenas por dez ou onze dias, vendo apenas paredes de pedra e muito poucos rostos de pedra, a entrada repentina em um grande salão cheio de vida é uma circunstância bastante desconcertante e surpreendente. A isso deve-se acrescentar que a vida com uma peruca é, para uma grande classe de pessoas, muito mais aterrorizante e impressionante do que a vida com seus próprios cabelos; e se, além dessas considerações, for levada em conta a emoção natural de Kit ao ver os dois Mr. Garlands e o pequeno notário olhando com rostos pálidos e ansiosos, talvez não pareça muito surpreendente que ele devesse ter ficado bastante aborrecido e incapaz de se sentir à vontade ali.

Embora nunca tivesse visto o senhor Garlands ou o senhor Witherden desde o momento de sua prisão, ele foi informado de que haviam contratado um advogado para ele. Portanto, quando um dos cavalheiros de peruca se levantou e disse "Ajo em favor do prisioneiro, meu Senhor", Kit fez-lhe uma reverência; e, quando outro cavalheiro de peruca se levantou e disse "E eu ajo contra ele, meu Senhor", Kit tremeu muito e se curvou para ele também. E ele não esperava em seu próprio coração que seu defensor fosse páreo para o outro cavalheiro e o deixasse envergonhado de si mesmo em algum momento!

O cavalheiro que estava contra ele teve que falar primeiro, e, estando de péssimo humor (pois ele tinha, no último julgamento, quase conseguido a absolvição de um jovem cavalheiro que teve o azar de assassinar seu pai), ele falou, você pode ter certeza, dizendo ao júri que, se absolvessem esse prisioneiro, eles não deveriam esperar sofrer menos dores e agonias do que ele havia dito ao outro júri, que certamente sofreria se condenassem aquele prisioneiro. E, quando ele contou a eles tudo sobre o caso, e que ele nunca tinha conhecido um caso pior, ele parou um pouco, como um homem que tinha algo terrível para lhes contar, e então disse que entendia que uma tentativa seria feita por seu erudito amigo (e aqui olhou de soslaio para o advogado de Kit) para contestar o depoimento daquelas testemunhas imaculadas que ele deveria chamar diante delas; mas ele esperava e confiava que seu erudito amigo teria maior respeito e veneração pelo caráter do promotor do que quem, como ele bem sabia, não existia,

A velha loja de curiosidades – Tomo 2

e nunca existiu, um membro mais honrado da mais nobre profissão a que estava vinculado. E então, ele disse, o júri conhecia Bevis Marks? E, se eles conheciam Bevis Marks (como ele confiava em seu próprio caráter, eles conheciam), eles conheciam as relações históricas e elevadas ligadas àquele local notável? Eles acreditavam que um homem como Brass poderia residir em um lugar como Bevis Marks e não ser um personagem virtuoso e muito correto? E, quando ele disse muito a eles sobre este ponto, lembrou que era um insulto ao seu entendimento fazer qualquer comentário sobre o que eles devem ter sentido tão fortemente sem ouvi-lo, portanto chamou Sampson Brass para o banco das testemunhas, imediatamente.

Em seguida, surge o senhor Brass, muito vivo e fresco; e, tendo se curvado ao juiz, como um homem que teve o prazer de vê-lo antes, e que espera que ele esteja muito bem desde seu último encontro, cruza os braços e olha para seu cavalheiro tanto quanto para dizer "Aqui estou, cheio de provas, toque-me!". E o cavalheiro toca nele agora, e com grande discrição; retirando as provas aos poucos, e tornando-as bastante claras e brilhantes aos olhos de todos os presentes. Então, o advogado de Kit o interroga, mas não consegue tirar muito mais dele; e, depois de muitas perguntas longas e respostas muito curtas, o senhor Sampson Brass cai na glória.

A ele sucede Sarah, que, da mesma maneira, é fácil de ser conduzida pelo advogado do senhor Brass, mas muito obstinada para contrariar o de Kit. Em suma, o advogado de Kit nada consegue arrancar dela a não ser a repetição do que ela disse antes (só um pouco mais forte desta vez, em relação à cliente) e, portanto, deixa-a ir, meio confusa. Então, o advogado do senhor Brass chama Richard Swiveller, e Richard Swiveller aparece de acordo.

Agora, o cavalheiro do senhor Brass sussurrou em seu ouvido que a testemunha está disposta a ser amigável com o prisioneiro, o que, para dizer a verdade, o deixa muito feliz em ouvir, já que sua força é considerada estar no que é familiarmente chamado de atormentando. Portanto, ele começa pedindo ao oficial para ter certeza de que essa testemunha beija o livro, então vai trabalhar nele, com unhas e dentes.

– Senhor Swiveller – disse este cavalheiro a Dick quando ele contou sua história com evidente relutância e desejo de tirar o melhor proveito dela –, por favor, senhor, onde jantou ontem?

– Onde jantei ontem?

– Sim, senhor, onde jantou ontem. Foi perto daqui, senhor?

– Oh, com certeza, sim, bem perto daqui.

– Com certeza. Sim. Logo no meio do caminho – repete o advogado do senhor Brass, com um olhar para o tribunal.

– Sozinho, senhor?

– Desculpe – diz o senhor Swiveller, que não entendeu a pergunta.

– Senhor? – repete o advogado do senhor Brass com uma voz de trovão. – Você jantou sozinho? Você convidou alguém, senhor? Vamos!

– Oh, sim, com certeza, sim, eu convidei – diz o senhor Swiveller com um sorriso.

– Tenha a bondade de banir a leviandade, senhor, que é muito inadequada para o lugar em que você se encontra, embora talvez você tenha motivos para estar grato por ser apenas neste lugar – diz o advogado do senhor Brass, com um aceno de cabeça, insinuando que o cais é a esfera de ação legítima do senhor Swiveller. – E atenção aqui: você estava esperando por aqui, ontem, na expectativa de que este julgamento estava chegando. Você jantou no caminho. Você convidou alguém. Bem, aquele alguém era irmão do prisioneiro atrás das grades?

O senhor Swiveller está começando a explicar.

– Sim ou Não, senhor?! – grita o advogado do senhor Brass.

– Mas você me permite...

– Sim ou Não, senhor?

– Sim, foi, mas...

– Sim, foi! – grita o cavalheiro, interrompendo-o.

– Que bela testemunha é você!

O advogado do senhor Brass está sentado agora. O advogado de Kit, sem saber como o assunto realmente está, tem medo de prosseguir com ele. Richard Swiveller se retira envergonhado. O juiz, o júri e os espectadores têm visões dele vagando por aí, com um jovem crescido, de bigodes grandes e feio, de um metro e oitenta de altura. A realidade é que se tratava do pequeno Jacob, com as panturrilhas para fora, e ele mesmo amarrado em um xale. Ninguém sabia a verdade; todo mundo acreditava em uma mentira; e tudo por causa da engenhosidade do advogado do senhor Brass.

Em seguida, vêm as testemunhas de defesa, e aqui o advogado do senhor Brass brilha novamente. Acontece que o senhor Garland não teve nenhum testemunho sobre Kit, nenhuma recomendação sobre ele, mas de sua própria mãe, dizendo que ele foi demitido por seu antigo empregador por razões desconhecidas.

– Realmente, senhor Garland – diz o advogado do senhor Brass –, para uma pessoa que chegou no seu momento de vida, você é, para dizer o mínimo, singularmente indiscreto, eu acho.

O júri também pensava assim e considerava Kit culpado. Ele foi levado embora, humildemente protestando sua inocência. Os espectadores se acomodam em seus lugares com atenção renovada, pois havia ainda várias testemunhas a ser interrogadas no próximo caso, e havia rumores de que o advogado do senhor Brass se divertiria muito ao interrogá-las para o prisioneiro.

A mãe de Kit, pobre mulher, estava esperando na grade embaixo da escada, acompanhada pela mãe de Bárbara (que alma sincera! Nunca faz nada além de chorar e segurar o bebê), e uma triste conversa se segue. O carcereiro que lê jornais contou tudo a elas. Ele não acha que será uma sentença perpétua, porque ainda dá tempo de provar o bom caráter, e isso com certeza vai ajudá-lo. Ele se pergunta por que Kit fez isso.

– Ele nunca fez isso! – chora a mãe de Kit.

– Bem – diz o carcereiro –, não vou contradizê-la. Tanto faz agora, quer ele tenha feito isso ou não.

A mãe de Kit pôde tocar a mão dele através das grades, e ela a agarra; apenas Deus e aqueles a quem Kit deu tanta ternura sabem quanta agonia ela sente. Kit pede que ela mantenha o coração tranquilo, sob o pretexto de ter as crianças levantadas para beijá-lo, e pede à mãe de Bárbara que a leve para casa.

– Algum amigo se levantará em minha defesa, mãe – exclamou Kit. – Tenho certeza. Se não agora, em breve. Minha inocência aparecerá, mãe, e serei trazido de volta; sinto confiança nisso. Você deve explicar ao pequeno Jacob e ao bebê como tudo isso aconteceu, pois, se eles pensarem que eu fui desonesto, quando eles crescerem o suficiente para entender, iria partir meu coração saber disso, mesmo se eu estivesse a milhares de quilômetros de distância. Oh! Algum bom cavalheiro aqui poderia ajudá-la?

A mão dela escorrega da dele, pois a pobre criatura afunda no chão, insensível. Richard Swiveller se aproxima apressadamente, afasta os espectadores do caminho com os cotovelos, pega-a (depois de alguns problemas) em um dos braços à maneira dos raptores teatrais e, acenando para Kit e ordenando que a mãe de Bárbara o siga, pois ele tem uma carruagem esperando, carrega-a rapidamente.

Bem, Richard a levou para casa. E que absurdos surpreendentes na forma de citar canções e poemas que ele perpetrou na estrada ninguém sabe. Ele a levou para casa e ficou até ela se recuperar; e, não tendo dinheiro para pagar a carruagem, voltou ao estado de Bevis Marks, pedindo ao motorista (pois era sábado à noite) que esperasse no portão enquanto ele entrava atrás de algum troco.

– Senhor Richard, senhor – disse Brass alegremente –, boa noite!

Por mais monstruosa que a história de Kit parecesse, a princípio o senhor Richard, naquela noite, meio que suspeitou de que seu afável patrão tivesse alguma vilania profunda. Talvez tenha sido apenas a miséria que ele acabara de testemunhar que deu esse impulso à sua natureza descuidada; mas, seja como for, foi muito forte para ele, e ele disse com o mínimo de palavras possível o que queria.

– Dinheiro? – gritou Brass, pegando sua bolsa. – Ha, ha! Com certeza, senhor Richard, com certeza, senhor. Todos os homens devem ter do que viver. Você não tem troco para uma nota de cinco libras, não é, senhor?

– Não – respondeu Dick, sem demora.

– Oh! – disse Brass. – Esta é a exata soma. Isso evita problemas. De nada, tenho certeza. Senhor Richard, senhor...

Dick, que a essa altura alcançara a porta, virou-se.

– Você não precisa – disse Brass – se preocupar em voltar mais, senhor.

– Como?

– Veja, senhor Richard – disse Brass, enfiando as mãos nos bolsos e balançando-se para a frente e para trás em seu banquinho –, o fato é que um homem com as suas habilidades está perdido, senhor, deveras perdido em nosso tipo de trabalho, tão árido e inóspito. É uma chatice terrível, chocante. Devo dizer, agora, que o palco, ou o... ou o exército, senhor Richard, ou algo muito superior no setor de abastecimento e distribuição de gêneros, era o tipo de coisa que chamaria atenção do gênio de um homem como você. Espero que você passe para nos ver de vez em quando. Sally, senhor, ficará encantada, tenho certeza. Ela está extremamente triste por perdê-lo, senhor Richard, mas o senso de seu dever para com a sociedade a reconcilia. Uma criatura incrível, senhor! Você descobrirá que o dinheiro está correto, eu acho. Há uma janela quebrada, senhor, mas não fiz nenhuma dedução nessa conta. Sempre que nos separarmos de amigos, senhor Richard, vamos nos separar liberalmente. Um sentimento delicioso, senhor!

A todas essas observações desconexas o senhor Swiveller não respondeu uma palavra, mas, voltando para pegar a jaqueta marítima, enrolou-a em uma bola redonda e apertada. Enquanto isso, olhava fixamente para Brass como se tivesse a intenção de derrubá-lo com ela. Ele apenas a pegou debaixo do braço, no entanto, e marchou para fora do escritório em profundo silêncio. Depois de fechar a porta, ele a reabriu, olhou para dentro por alguns momentos com a mesma gravidade portentosa e, balançando a cabeça uma vez, de maneira lenta e fantasmagórica, desapareceu.

Pagou ao cocheiro e deu as costas a Bevis Marks, sentindo-se pleno e com grandes projetos para confortar a mãe de Kit e ajudar o próprio Kit.

Mas a vida de cavalheiros dedicados a prazeres como Richard Swiveller é extremamente precária. A excitação espiritual da última quinzena, atuando sobre uma saúde afetada em algum grau pela excitação espirituosa de alguns anos, foi um pouco demais para ele. Naquela mesma noite, o senhor Richard foi acometido de uma doença alarmante e, em vinte e quatro horas, foi atacado por uma febre violenta.

Capítulo 64

    Virando-se de um lado para o outro em sua cama quente e inquieta, atormentado por uma sede feroz que nada poderia aplacar, incapaz de encontrar, em qualquer mudança de postura, um momento de paz ou tranquilidade, e perambulando, sempre, por desertos de pensamento onde não havia lugar de descanso, nenhuma visão ou som sugestivo de refresco ou repouso, nada além de um cansaço eterno e opaco, sem nenhuma mudança, exceto as incansáveis mudanças de seu corpo miserável e o vagar cansado de sua mente, constante ainda de uma ansiedade sempre presente, de uma sensação de algo deixado por fazer, de algum obstáculo terrível a ser superado, de algum cuidado que não seria afastado e que assombrava o cérebro destroçado, ora desta forma, ora de outra, sempre sombria e obscura, mas reconhecível pelo mesmo fantasma em todas as formas que assumiu, escurecendo cada visão como uma consciência má e tornando o sono horrível, nessas torturas lentas de sua terrível doença, o infeliz Richard jazia definhando e se consumindo centímetro a centímetro, até que, finalmente, quando ele pareceu lutar e se esforçar para se levantar e ser contido por demônios, ele caiu em um sono profundo e não sonhou mais.

    Ele acordou. Com a sensação do mais bem-aventurado descanso, melhor do que o próprio sono, ele começou gradualmente a se lembrar de algo desses sofrimentos e a pensar que a noite longa fora e se ele não delirara duas ou três vezes. Acontecendo, em meio a essas cogitações, levantar a mão, ele ficou surpreso ao descobrir como ela parecia pesada e, no entanto, como realmente era fina e leve. Mesmo assim, ele se sentia indiferente e feliz; e, não tendo curiosidade alguma em prosseguir no assunto, permaneceu no mesmo sono acordado até que sua atenção foi atraída por uma tosse. Isso o fez duvidar se havia trancado a porta na noite anterior e se sentiu um pouco surpreso por ter um companheiro no quarto. Ainda assim, ele não tinha energia para seguir essa linha de pensamento; e inconscientemente caiu, em uma ostentação de repouso, a olhar para algumas listras verdes na mobília da cama, associando-as estranhamente com faixas de relva fresca, enquanto o piso amarelo lhe parecia passeios de cascalho, e assim o ajudava a ter uma longa visão de jardins aparados.

Ele estava divagando em imaginação nesses terraços e realmente se perdeu entre eles quando ouviu a tosse mais uma vez. As caminhadas se transformaram novamente em listras com aquele som, e, erguendo-se um pouco na cama e segurando a cortina aberta com uma das mãos, ele olhou para fora.

A mesma sala, certamente, e ainda à luz de velas, mas com que espanto sem limites ele viu todas aquelas garrafas, bacias e artigos de linho arejados pelo fogo, e móveis semelhantes aos de um quarto de hospital, tudo muito limpo e arrumado, mas totalmente diferente de tudo que ele havia deixado lá, quando ele foi para a cama! A atmosfera também se encheu de um cheiro fresco de ervas e vinagre; o chão recentemente polvilhado; o... o quê? A Marquesa?

Sim, jogando *cribbage* consigo mesma na mesa. Lá estava ela sentada, concentrada em seu jogo, tossindo de vez em quando de maneira moderada, como se temesse perturbá-lo, embaralhando as cartas, cortando, distribuindo, jogando, contando, marcando, passando por todos os mistérios do *cribbage* como se ela estivesse em plena prática desde o berço! O senhor Swiveller contemplou essas cenas por um curto período e, deixando a cortina cair na posição anterior, deitou novamente a cabeça no travesseiro.

"Estou sonhando", pensou Richard, "está claro. Quando fui para a cama, minhas mãos não eram feitas de casca de ovo; e agora quase consigo ver através delas. Se isso não é um sonho, acordei, por engano, em uma noite árabe, em vez de em Londres. Mas não tenho dúvida de que estou dormindo. Não menos que isso."

Aqui a pequena criada teve outra tosse.

"Muito interessante!", pensou o senhor Swiveller. "Nunca sonhei com uma tosse tão real como essa antes. Na verdade, não sei se alguma vez sonhei tossir ou espirrar. Talvez seja parte da filosofia dos sonhos que nunca se faz. Há outro, e outro, eu digo! Estou sonhando muito rápido!"

Com o propósito de testar sua condição real, o senhor Swiveller, após alguma reflexão, beliscou-se no braço.

"Ainda mais estranho!", ele pensou. "Vim para a cama mais para rechonchudo do que o contrário, e agora não há nada em que pegar. Vou fazer outra pesquisa."

O resultado dessa inspeção adicional foi convencer o senhor Swiveller de que os objetos pelos quais estava cercado eram reais e que ele os via, sem sombra de dúvida, com seus olhos acordados.

– É uma noite árabe, é isso que é – disse Richard. – Estou em Damasco ou no Grande Cairo. A Marquesa é um gênio, e, tendo feito uma aposta com outro gênio sobre quem é o rapaz mais bonito do mundo e o mais digno de ser marido da princesa da China, trouxe-me embora, com espaço e tudo, para nos comparar. Talvez – disse o senhor Swiveller, virando-se languidamente sobre o travesseiro e olhando para o lado da cama que ficava ao lado da parede – a princesa esteja bem quieta... Não, ela se foi.

Não se sentindo muito satisfeito com essa explicação, pois, mesmo sendo a correta, ainda envolvia um pouco de mistério e dúvida, o senhor Swiveller tornou a erguer a cortina, determinado a aproveitar a primeira oportunidade favorável para se dirigir à sua companhia. Uma ocasião se apresentou. A Marquesa embaralhou, deu as cartas, tirou um valete e deixou de aproveitar a vantagem usual, ao que o senhor Swiveller gritou o mais alto que pôde:

– Dois pelo valete!

A Marquesa saltou rapidamente e bateu palmas. "Noites da Arábia, certamente", pensou o senhor Swiveller; "eles sempre batem palmas em vez de tocar a campainha. Agora, devem vir os dois mil escravos negros, com potes de joias na cabeça!"

Parecia, entretanto, que ela apenas batia palmas de alegria, pois logo depois ela começou a rir, e então a chorar, declarando, não em árabe, mas em língua familiar, que estava "tão feliz que não sabia o que fazer".

– Marquesa – disse o senhor Swiveller, pensativo –, fique feliz em se aproximar. Antes de mais nada, terá a bondade de me informar onde encontrarei minha voz; e, em segundo lugar, o que aconteceu com a minha carne?

A Marquesa apenas balançou a cabeça pesarosamente e chorou de novo; então o senhor Swiveller (estando muito fraco) sentiu seus próprios olhos afetados da mesma forma.

– Começo a pensar, pela minha aparência e por suas reações, Marquesa – disse Richard após uma pausa, e sorrindo com os lábios trêmulos –, que estive doente.

– Você ainda está! – respondeu a pequena criada, enxugando os olhos. – E você não está falando bobagem!

– Oh! – disse Dick. – Muito doente, Marquesa, eu estive?

– Quase morto – respondeu a pequena criada. – Nunca pensei que você pudesse melhorar. Graças a Deus você conseguiu!

O senhor Swiveller ficou em silêncio por um longo tempo. Aos poucos, ele começou a falar novamente, perguntando há quanto tempo ele estava ali.

– Três semanas amanhã – respondeu a criada.

– Três o quê? – disse Dick.

– Semanas – respondeu a Marquesa enfaticamente. – Três semanas longas e lentas.

A simples ideia de ter estado em tal ponto extremo fez com que Richard caísse em outro silêncio e se deitasse de novo, com todo o corpo. A Marquesa, tendo arrumado as roupas de cama de forma mais confortável, e sentindo que as mãos e a testa dele estavam muito frias, uma descoberta que a encheu de alegria, chorou um pouco mais, e então se dedicou a preparar o chá e a fazer um pouco de torrada seca fina.

Enquanto ela estava assim ocupada, o senhor Swiveller olhou com o coração agradecido, muito surpreso ao ver como ela se sentia completamente em casa, e atribuindo esta atenção, em sua origem, a Sally Brass, a quem, em sua própria mente, ele poderia não ter agradecido o suficiente. Quando a Marquesa terminou de torrar, estendeu um pano limpo sobre uma bandeja e trouxe-lhe algumas fatias crocantes e uma grande bacia de chá fraco, com o qual (disse ela) o médico deixara recado que poderia se refrescar quando acordasse. Ela o apoiou em travesseiros, embora não com tanta habilidade como se tivesse sido enfermeira profissional durante toda a vida, mas pelo menos com a mesma ternura; e olhava com indizível satisfação enquanto o paciente, parando de vez em quando para apertar sua mão, comia sua pobre refeição com apetite e sabor, que as maiores guloseimas da Terra, em quaisquer outras circunstâncias, teriam falhado em provocar. Depois de se afastar e colocar tudo à sua volta confortavelmente, ela se sentou à mesa para tomar seu chá.

– Marquesa – disse o senhor Swiveller –, como está Sally?

A pequena serva contorceu o rosto em uma expressão do mais completo emaranhado de astúcia e balançou a cabeça.

– O quê, você não a viu ultimamente? – disse Dick.

– Se eu a vi? – gritou a pequena criada. – Deus abençoe, eu fugi!

O senhor Swiveller deitou-se imediatamente de novo, completamente estirado, e assim permaneceu por cerca de cinco minutos. Aos poucos, ele retomou sua postura sentado após esse lapso de tempo e perguntou:

– E onde você mora, Marquesa?

– Morar? – gritou a pequena criada. – Aqui!

– Ah! – disse o senhor Swiveller. E com isso ele caiu de novo, tão repentinamente como se tivesse levado um tiro. Assim ele permaneceu imóvel e sem fala, até que ela terminou a refeição, colocou tudo em seu lugar e varreu a lareira; quando ele gesticulou para que ela trouxesse uma cadeira para perto da cama e, sendo apoiado novamente, iniciou uma conversa.

– E então – disse Dick – você fugiu?

– Sim – disse a Marquesa –, e eles puseram um "núncio" sobre mim.

– Puseram um... desculpe-me – disse Dick –, o que eles andaram fazendo?

– Publicaram um "núncio", uma publicação, você sabe, nos jornais – respondeu a Marquesa.

– Sim, sim – disse Dick –, publicidade?

A pequena criada acenou com a cabeça e piscou. Seus olhos estavam tão vermelhos de acordar e chorar que nenhuma Musa Trágica poderia ter piscado com maior consistência. E era o que Dick sentia.

– Diga-me – disse ele –, como foi que você pensou em vir aqui.

– Ora, veja – respondeu a Marquesa –, quando você foi embora, eu não tinha nenhum amigo, porque o inquilino nunca mais voltou, e eu não sabia onde ele ou você estavam. Mas uma manhã, quando eu estava...

– Estava espiando pelo buraco da fechadura? – sugeriu o senhor Swiveller, observando que ela vacilou.

– Bem, então – disse a pequena criada, balançando a cabeça –, quando eu estava perto do buraco da fechadura do escritório, como você me via às vezes, você sabe, eu ouvi alguém dizer que ela morava aqui, e era a senhora em cuja casa você estava hospedado, e que você estava muito mal e não tinha ninguém que viesse cuidar de você. O senhor Brass, ele disse, "Não é da minha conta", ele disse; e a senhorita Sally, ela disse: "Ele é um sujeito engraçado, mas não é da minha conta"; e a senhora foi embora e bateu a porta atrás dela quando ela saiu, eu posso lhe dizer. Então eu fugi naquela noite e vim aqui e disse a eles que você era meu irmão, e eles acreditaram em mim, e eu estou aqui desde então.

– Esta pobre Marquesa tem se desgastado até a morte! – gritou Dick.

– Não, não tenho – respondeu ela –, nem um pouco. Você não se importe comigo. Gosto de me sentar, e muitas vezes consegui dormir, abençoado seja, em uma daquelas cadeiras. Mas, se você pudesse ter visto como você tentou pular a janela, e se você pudesse ouvir como você costumava continuar cantando e fazendo discursos, você não teria acreditado. Estou tão feliz que você esteja melhor, senhor Liverer.

581

– Sim, Liverer! – disse Dick pensativamente. – É bom que eu seja um sobrevivente. Suspeito fortemente que deveria ter morrido, Marquesa, se não fosse por você.

Neste ponto, o senhor Swiveller pegou a mão da pequena criada novamente, e estando, como vimos, lutando para expressar sua gratidão, fez seus olhos tão vermelhos quanto os dela, mas ela rapidamente mudou de tema, fazendo-o deitar-se e pedindo-lhe que ficasse muito quieto.

– O médico – disse ela – falou que você deveria ficar bem quieto e que não deveria haver barulho nem nada. Agora, descanse e depois conversaremos novamente. Eu vou me sentar com você, você sabe. Se você fechar os olhos, talvez vá dormir. Você ficará melhor com isso se o fizer.

A Marquesa, ao dizer essas palavras, trouxe uma mesinha para perto da cama, sentou-se perto dela e começou a preparar uma bebida refrescante, com a receita de uma vintena de farmacêuticos. Richard Swiveller, estando de fato cansado, adormeceu e, acordando cerca de meia hora depois, perguntou que horas eram.

– Só passou meia hora depois das seis – respondeu sua pequena amiga, ajudando-o a sentar-se novamente.

– Marquesa – disse Richard, passando a mão pela testa e virando-se repentinamente, como se o assunto naquele momento tivesse passado por ele –, o que aconteceu com Kit?

– Ele foi condenado ao cárcere por muitos anos – disse ela.

– Ele foi encarcerado? – perguntou Dick. – A mãe dele, como ela está? O que foi feito dela?

A enfermeira balançou a cabeça e respondeu que nada sabia sobre eles.

– Mas, se eu pensasse – disse ela, muito lentamente – que você ficaria quieto e não teria outra febre, eu poderia dizer, mas não vou falar nada agora.

– Sim, faça isso – disse Dick. – Isso vai me distrair.

– Oh! Iria realmente! – respondeu a pequena criada, com um olhar horrorizado. – Eu sei mais do que isso. Espere até você melhorar e então eu conto.

Dick olhou com muita seriedade para a amiguinha. E seus olhos, grandes e vazios de doença, ajudaram tanto na expressão que ela ficou bastante assustada e implorou que ele não pensasse mais naquilo. O que já havia sido dito por dela, no entanto, não apenas despertou sua curiosidade, mas o alarmara seriamente, por isso ele a instou a lhe contar o pior imediatamente.

– Oh, não há nada de pior nisso – disse a pequena criada. – Não tem nada a ver com você.

– Tem alguma coisa a ver com... é alguma coisa que você ouviu através de frestas ou fechaduras e que não deveria ouvir? – perguntou Dick, sem fôlego.

– Sim – respondeu a pequena criada.

– Em... em Bevis Marks? – prosseguiu Dick apressadamente. – Conversas entre Brass e Sally?

– Sim! – gritou a pequena criada novamente.

Richard Swiveller empurrou o braço esguio para fora da cama e, agarrando-a pelo pulso e puxando-a para perto de si, ordenou-lhe que dissesse tudo o que sabia, ou não responderia pelas consequências, sendo totalmente incapaz de suportar o estado de excitação e expectativa. Ela, vendo que ele estava muito agitado e que os efeitos de adiar sua revelação poderiam ser muito mais prejudiciais do que falar logo tudo de uma vez, prometeu obediência, com a condição de que o paciente se mantivesse perfeitamente quieto e se abstivesse de se levantar ou se agitar muito.

– Mas, se você começar a fazer isso – disse a pequena criada –, eu vou parar. E então eu lhe digo.

– Você não pode parar antes de terminar – disse Dick. – E continue, querida. Fale, irmã, fale. Diga, Pretty Polly. Oh, diga-me quando e onde, por favor, Marquesa, eu imploro!

Incapaz de resistir a essas súplicas fervorosas, que Richard Swiveller despejou tão apaixonadamente como se fossem da natureza mais solene e tremenda, sua companheira falou assim:

– Bem! Antes de fugir, costumava dormir na cozinha, onde jogamos cartas, você sabe. A senhorita Sally costumava guardar a chave da porta da cozinha no bolso e sempre descia à noite para tirar a vela e limpar o fogo. Quando ela fazia isso, ela me deixava para ir para a cama no escuro, trancava a porta por fora, colocava a chave no bolso novamente e me mantinha trancada até que ela retornasse pela manhã, muito cedo, eu posso dizer, e me deixava sair. Tinha um medo terrível de ficar assim, porque, se acontecesse um incêndio, pensava que me esqueceriam e pensariam apenas em se salvar. Portanto, sempre que via alguma chave velha e enferrujada em qualquer lugar, eu a apanhava e tentava ver se cabia na porta, e finalmente encontrei no depósito de pó uma chave que cabia nela.

Aqui, o senhor Swiveller fez uma demonstração violenta com as pernas. Mas a pequena criada imediatamente fez uma pausa em sua fala, ele se acalmou novamente, e, pedindo perdão pelo esquecimento momentâneo de seu pacto, suplicou que ela continuasse.

– Eles me mantinham ali faminta – disse a pequena criada. – Ah! você não pode imaginar quão faminta eles me mantiveram! Então eu costumava sair à noite, depois que eles iam para a cama, e tatear no escuro em busca de pedaços de biscoito, ou *sangwitches* que você tinha deixado no escritório, ou mesmo pedaços de casca de laranja para colocar em água fria e fingir que era vinho. Você já provou casca de laranja e água?

O senhor Swiveller respondeu que nunca havia provado aquele licor ardente; e mais uma vez instou sua amiga a retomar o fio da narrativa.

– Se você finge muito, é muito bom – disse a pequena criada –, mas, se você não aprender a fazer isso, sabe, parece que falta sempre algum tempero para a fome, com certeza. Bem, às vezes eu costumava sair depois que eles iam para a cama, e às vezes antes, sabe; e uma ou duas noites antes houve todo aquele barulho tremendo no escritório, quando o jovem foi levado, quero dizer, subi enquanto o senhor Brass e a senhorita Sally estavam sentados perto da lareira do escritório; e eu lhe digo a verdade, que tentava ouvir novamente sobre a chave do cofre.

O senhor Swiveller juntou os joelhos para fazer um grande cone com as roupas de cama e transmitiu ao semblante uma expressão de extrema preocupação. Mas, quando a pequena serva fez uma pausa e ergueu o dedo, o cone desapareceu suavemente, embora o olhar de preocupação, não.

– Estavam ele e ela – disse a pequena criada – sentados perto do fogo e conversando baixinho. O senhor Brass diz à senhorita Sally: "Dou-lhe a palavra, é uma coisa perigosa e pode nos colocar em um mundo de problemas, e eu não gosto disso". Ela diz, e você conhece o jeito dela, ela diz: "Você é o homem com o coração mais medroso, o mais fraco e o mais mole que já vi, e acho", diz ela, "que eu deveria ter sido o irmão, e você a irmã. Quilp não é 'nosso principal apoio?'". "Ele certamente é", diz o senhor Brass. "E não estamos", diz ela, "constantemente arruinando alguém no meio dos negócios?". "Certamente estamos", diz o senhor Brass. "Então o que significa", diz ela, "arruinar este Kit quando Quilp o desejar?". "Certamente não significa nada", diz o senhor Brass. Então eles cochicharam e riram por um longo tempo sobre não haver perigo se fosse bem-feito, e então o senhor Brass puxou sua carteira e disse: "Bem", ele disse, "aqui está, os próprios cinco de Quilp, uma nota de cinco libras. Vamos concordar assim, então", diz ele. "Kit vem amanhã de manhã, eu sei. Enquanto ele estiver subindo as escadas, você sai do caminho e eu limpo o senhor Richard. Tendo Kit sozinho, vou mantê-lo conversando e colocar essa propriedade em seu chapéu. Eu vou conseguir, sem problemas", ele diz, "que o senhor Richard o encontre lá e seja essa a prova. E, se isso não tirar Christopher do caminho do senhor Quilp e satisfizer os rancores do senhor Quilp", ele diz, "o diabo está com ele". A senhorita Sally riu e disse que era esse o plano e, como pareciam estar se afastando e eu estava com medo de parar ali por muito tempo, desci as escadas novamente. Pronto!

A pequena criada foi gradualmente ficando tão agitada quanto o senhor Swiveller e, portanto, não fez nenhum esforço para contê-lo quando ele se sentou na cama e perguntou apressadamente se essa história havia sido contada a alguém.

– Como isso poderia ser? – respondeu sua enfermeira. – Quase tive medo de pensar nisso e esperava que o jovem fosse liberado. Quando os ouvi dizer que o consideraram culpado pelo que não fez, você se foi, e o inquilino também, embora eu ache que ficaria com medo de contar a ele, mesmo que ele estivesse lá. Desde que cheguei aqui, você perdeu o juízo, e de que adiantaria lhe contar então?

– Marquesa – disse o senhor Swiveller, tirando sua touca de dormir e jogando-a na outra extremidade da sala –, se você me fizer o favor de se retirar por alguns minutos e ver como está a noite, vou me levantar.

– Você não deve nem pensar em tal coisa! – exclamou a enfermeira.

– Eu devo, sim – disse o paciente, olhando ao redor da sala. – Onde estão minhas roupas?

– Oh, que bom que você não tem nenhuma – respondeu a Marquesa.

– Senhora! – disse o senhor Swiveller, com grande espanto.

– Fui obrigada a vendê-las, todas, para pegar as coisas que foram enco-mendadas para você. Mas não se preocupe com isso – insistiu a Marquesa, enquanto Dick se deitava no travesseiro. – Você está fraco demais para ficar em pé, de fato.

– Receio – disse Richard tristemente – que você esteja certa. O que devo fazer? O que deveria ser feito?

Naturalmente, ocorreu-lhe, após muito pouca reflexão, que o primeiro passo seria comunicar-se com um dos senhores Garlands imediatamente. Era bem possível que o senhor Abel ainda não tivesse saído do escritório. No curto espaço de tempo que leva para ditá-lo, a pequena criada tinha o endereço a lápis em um pedaço de papel; uma descrição verbal de pai e filho, que permitiria que ela reconhecesse qualquer um deles, sem dificul-dade; e um cuidado especial para se esgueirar do senhor Chuckster, por causa da conhecida antipatia desse cavalheiro por Kit. Armada com esses poderes de esquivar-se, ela saiu apressada, encarregada de trazer o velho senhor Garland ou o senhor Abel, fisicamente, para aquele apartamento.

– Suponho – disse Dick, enquanto ela fechava a porta devagar e es-piava para dentro da sala novamente, para se certificar de que ele estava confortável –, suponho que não sobrou nada, nem mesmo um colete?

– Não, nada.

– É constrangedor – disse o senhor Swiveller –, em caso de incêndio, até um guarda-chuva já seria alguma coisa, mas você fez muito bem, cara Marquesa. Eu poderia ter morrido sem você!

Capítulo 65

Era bom para a pequena criada que ela fosse de uma natureza astuta e rápida, ou a consequência de mandá-la sozinha, da mesma vizinhança em que era mais perigoso para ela aparecer, provavelmente teria sido a restauração da autoridade e posse da senhorita Sally Brass sobre sua pessoa. Não esquecendo o risco que corria, entretanto, a Marquesa mal saiu de casa e mergulhou no primeiro atalho escuro que se apresentava e, sem nenhuma referência ao ponto para o qual sua viagem tendia, tratou de deixar três quilômetros de tijolos e argamassa entre ela e Bevis Marks. Quando ela alcançou esse objetivo, começou a traçar seu caminho para o cartório, para o qual, astutamente inquirindo vendedoras de maçãs e vendedoras de ostras nas esquinas, em vez de perguntar em lojas iluminadas ou para pessoas bem-vestidas, eliminando o perigo de atrair atenção, ela facilmente conseguiu uma direção. Assim como os pombos-correios, ao serem soltos pela primeira vez em um lugar estranho, batem asas no ar aleatoriamente por um curto tempo antes de disparar em direção ao local para o qual foram treinados, a Marquesa girou e girou até se assegurar de que estava em segurança e, em seguida, desceu rapidamente até o porto seguro para o qual ela estava destinada.

Ela não usava chapéu, nada na cabeça, exceto um grande boné que, em algum tempo, fora usado por Sally Brass, cujo gosto para enfeites para a cabeça era, como vimos, peculiar – e sua velocidade era bastante retardada sem muita ajuda de seus sapatos, que, sendo extremamente grandes e descuidados, voavam de vez em quando, e eram difíceis de encontrar de novo entre a multidão de pedestres. Na verdade, a pobre criaturinha experimentou tantos problemas e demora por ter de tatear por essas peças de vestimenta no barro e no canil, e sofreu tanto por ter de se acotovelar, empurrar, apertar e enrolar de mão em mão, que, na hora em que chegou à rua do tabelião, estava bastante esgotada e exausta e não conseguia conter as lágrimas.

Mas ter chegado lá foi um grande alívio, especialmente porque ainda havia luzes acesas na janela do escritório e, portanto, alguma esperança de que ela não tivesse chegado tarde demais. Então a Marquesa enxugou os olhos com as costas das mãos e, subindo os degraus com cuidado, espiou pela porta de vidro.

O senhor Chuckster estava de pé atrás do tampo de sua mesa, fazendo os preparativos para encerrar a noite, como puxar para baixo as pulseiras e puxar a gola da camisa, acomodando o pescoço com mais elegância em seu colarinho e secretamente arrumando seus bigodes com a ajuda de um pequeno pedaço triangular de espelho. Diante das cinzas da lareira estavam dois cavalheiros, um dos quais ela corretamente julgou ser o notário, e o outro (que estava abotoando o casaco e evidentemente prestes a partir imediatamente), o senhor Abel Garland.

Feitas essas observações, a pequena espiã aconselhou-se consigo mesma e resolveu esperar na rua até que o senhor Abel saísse, pois não haveria medo de ter de falar diante do senhor Chuckster e menos dificuldade em entregar sua mensagem. Com esse propósito, ela saiu novamente e, atravessando a rua, sentou-se no degrau de uma porta em frente.

Ela mal havia assumido essa posição quando apareceu dançando rua acima, com as pernas todas erradas, e a cabeça para todos os lados, um pônei. Este pônei tinha uma pequena carroça atrás dele, e um homem nele;

A velha loja de curiosidades – Tomo 2

mas nem o homem nem a carroça pareciam embaraçá-lo minimamente, pois ele empinava-se nas patas traseiras, ou parava, ou continuava, ou ficava parado de novo, ou recuava ou andava de lado, sem dar a menor importância a eles, agarrado à sua própria vontade, como se ele fosse o animal mais livre da criação. Quando eles chegaram à porta do tabelião, o homem gritou de maneira muito respeitosa "Ooa, então", insinuando que, se ele pudesse se aventurar a expressar um desejo, seria que eles parassem por aí. O pônei fez uma pausa momentânea, mas, como se lhe ocorresse que parar quando fosse necessário poderia estabelecer um precedente inconveniente e perigoso, ele imediatamente recomeçou, troteou rapidamente até a esquina, deu meia-volta, voltou e parou por sua própria vontade.

– Oh! você é uma criatura preciosa! – disse o homem, que não se aventurou a sair em suas verdadeiras cores até que estivesse seguro na calçada. – Eu gostaria de ter a recompensa para lhe dar, bem que eu queria.

– O que ele tem feito? – disse o senhor Abel, amarrando um xale ao pescoço enquanto descia as escadas.

– Ele fez o suficiente para aborrecer o coração de um homem – respondeu o condutor. – Ele é o malandro mais astuto. Ooa, então, sim?

– Ele nunca vai ficar parado se você o xingar – disse o senhor Abel, entrando e pegando as rédeas. – Ele é um sujeito muito bom se você souber como gerenciá-lo. Esta é a primeira vez que ele sai, há muito tempo, pois ele perdeu seu antigo motorista e não se moveu por mais ninguém, até esta manhã. As lâmpadas estão certas, não é? Isso é bom. Esteja aqui para levá-lo amanhã, por favor. Boa noite!

E, depois de um ou dois mergulhos estranhos, inteiramente de sua própria intenção, o pônei cedeu à suavidade do senhor Abel e trotou gentilmente.

Todo esse tempo o senhor Chuckster ficou parado na porta, e a pequena criada teve medo de se aproximar. Ela não tinha nada a fazer agora, portanto, a não ser correr atrás da carruagem e chamar o senhor Abel para parar. Estando sem fôlego quando ela tentou isso, ela foi incapaz de fazê-lo ouvir. O caso era desesperador, pois o pônei estava acelerando o passo. A Marquesa ficou atrás por alguns momentos e, sentindo que não poderia ir mais longe, e logo deveria ceder, escalou com vigoroso esforço até o assento traseiro e entrou, perdendo assim um de seus sapatos para sempre.

O senhor Abel, com um estado de espírito pensativo e tendo trabalho suficiente para manter o pônei em marcha, continuou correndo sem olhar em volta e nem imaginava a estranha figura que estava atrás dele, até que a Marquesa, em algum grau, recuperou-se da difícil respiração, da perda de seu sapato e da novidade da sua missão e proferiu perto de seu ouvido, as palavras "Olá, senhor".

Ele virou a cabeça rapidamente e, parando o pônei, gritou, com certa apreensão:

– Deus me perdoe, o que é isso?

– Não tenha medo, senhor – respondeu a mensageira, ainda ofegante. – Oh, eu corri tanto atrás de você!

– O que você quer comigo? – disse o senhor Abel. – Como veio parar aqui?

– Corri atrás da carruagem – respondeu a Marquesa. – Oh, por favor, continue dirigindo, não pare, e vá em direção à cidade, está bem? E, oh, por favor, apresse-se, porque é importante. Alguém quer ver você lá. Ele me mandou dizer se você viria imediatamente e que ele sabia tudo sobre Kit e ainda poderia salvá-lo e provar sua inocência.

– O que você me diz, criança?

– A verdade, dou minha palavra de honra que sim. Mas, por favor, continue, rápido, por favor! Já estou fora há tanto tempo que ele vai pensar que estou perdida.

O senhor Abel involuntariamente comandou o pônei para a frente. O pônei, impelido por alguma simpatia secreta ou algum novo capricho, irrompeu em grande ritmo, e não o abrandou, nem se entregou a nenhuma ação excêntrica, até que chegou à porta do alojamento do senhor Swiveller, onde, o que é maravilhoso de se relatar, ele consentiu em parar quando o senhor Abel deu o comando.

– Veja! É o quarto lá em cima – disse a Marquesa, apontando para uma janela onde estava uma luz fraca. – Venha!

O senhor Abel, que era uma das criaturas mais simples e retraídas do universo, e naturalmente tímido, hesitou, pois ele tinha ouvido falar de pessoas sendo atraídas para lugares estranhos para serem roubadas e assassinadas, em circunstâncias muito semelhantes àquelas, e, por tudo que ele ouvira falar, por iscas muito semelhantes à Marquesa. Sua consideração por Kit, no entanto, superou qualquer outra circunstância. Assim, confiando Whisker a um homem que se demorava muito na expectativa do trabalho, ele permitiu que sua companheira pegasse sua mão e o conduzisse para o andar de cima pelas escuras e estreitas escadas.

Ele não ficou nem um pouco surpreso ao ser conduzido a um quarto mal iluminado, onde um homem dormia tranquilamente na cama.

– Não é bom vê-lo deitado tão quieto? – disse sua guia, em um sussurro sincero. – Ah! Você diria que sim se o tivesse visto há apenas dois ou três dias.

O senhor Abel não respondeu e, para falar a verdade, mantinha-se afastado da cama e muito perto da porta. Sua guia, que parecia entender sua relutância, apanhou a vela e, tomando-a nas mãos, aproximou-se da cama. Ao fazê-lo, o dorminhoco deu um salto, e o senhor Abel reconheceu no rosto abatido as feições de Richard Swiveller.

– O quê? Como pode? – disse Abel gentilmente, enquanto corria em sua direção. – Você esteve doente?

– Muito – respondeu Dick. – Quase morto. Você quase ouviu falar de seu Richard em um esquife, não fosse pela amiga que enviei para buscá-lo. Outro aperto de mão, Marquesa, por favor. Sente-se, senhor.

O senhor Abel pareceu bastante surpreso ao saber da qualidade de seu guia e sentou-se ao lado da cama.

– Mandei chamá-lo, senhor – disse Dick –, mas ela contou por quê?

– Ela disse. Estou bastante perplexo com tudo isso. Realmente não sei o que dizer ou pensar – respondeu o senhor Abel.

– Você dirá isso em breve – retrucou Dick. – Marquesa, sente-se na cama, sim? Agora, diga a este cavalheiro tudo o que você me disse; e seja precisa. Não diga mais uma palavra, senhor.

A história foi repetida; era, com efeito, exatamente o mesmo de antes, sem nenhum desvio ou omissão. Richard Swiveller manteve os olhos fixos no visitante durante a narração e, logo que foi concluído, tomou a palavra novamente.

– Você já ouviu tudo e não vai esquecer. Estou muito tonto e muito esquisito para sugerir qualquer coisa, mas você e seus amigos saberão o que fazer. Após essa longa demora, cada minuto é uma eternidade. Se alguma vez você foi para casa rápido em sua vida, vá para casa rápido nesta noite. Não pare para dizer uma palavra para mim, mas vá. Ela será encontrada aqui, sempre que quiser; e, quanto a mim, com certeza você vai me encontrar em casa por uma ou duas semanas. Existem mais razões do que uma para isso. Marquesa, uma luz! Se perder mais um minuto olhando para mim, senhor, nunca o perdoarei!

O senhor Abel não precisava de mais protesto ou persuasão. Ele se foi em um instante; e a Marquesa, voltando depois de iluminar o caminho até o andar de baixo, relatou que o pônei, sem nenhuma objeção preliminar, partira a galope.

– Está certo! – disse Dick. – É cordial da parte dele, e eu o honro desde agora. Mas coma um pouco do jantar e tome uma caneca de cerveja, pois tenho certeza de que você deve estar cansada. Tome uma caneca de cerveja. Vai me fazer muito bem ver você tomá-la, como se eu mesmo fosse beber.

Nada além dessa afirmativa poderia ter prevalecido sobre a pequena enfermeira a se entregar a tal luxo. Depois de comer e beber para a extrema satisfação do senhor Swiveller, dar-lhe a bebida e colocar tudo em ordem, ela se enrolou em uma velha colcha e deitou-se no tapete diante do fogo.

O senhor Swiveller estava murmurando em seu sono: "Espalhe então, oh, espalhe, uma cama de juncos. Aqui ficaremos, até o amanhecer. Boa noite, Marquesa!".

Capítulo 66

Ao acordar pela manhã, Richard Swiveller tornou-se consciente, aos poucos, de vozes sussurrantes em seu quarto. Olhando por entre as cortinas, ele avistou o senhor Garland, o senhor Abel, o tabelião e o cavalheiro solteiro reunidos em torno da Marquesa e falando com ela com grande seriedade, mas em tons muito suaves, temendo, sem dúvida, perturbá-lo. Ele não perdeu tempo em avisá-los de que essa precaução era desnecessária, e todos os quatro cavalheiros se aproximaram imediatamente de sua cama. O velho senhor Garland foi o primeiro a estender a mão e perguntar como ele se sentia.

Dick estava prestes a responder que se sentia muito melhor, embora ainda tão fraco como não podia deixar de ser, quando sua enfermeira, empurrando os visitantes para o lado e apertando seu travesseiro como se estivesse com ciúme de sua interferência, colocou seu café da manhã diante dele e insistiu que deveria tomá-lo antes de sofrer o cansaço de falar ou de ser contatado. O senhor Swiveller, que estava perfeitamente faminto e teve, durante toda a noite, sonhos incrivelmente distintos e consistentes com costeletas de carneiro, cervejas escuras e iguarias semelhantes, sentiu até o chá fraco e torradas secas como tentações tão irresistíveis que consentiu em comer e beber com uma condição.

– E a condição é – disse Dick, devolvendo a pressão da mão do senhor Garland – que você me responda a esta pergunta com sinceridade, antes que eu ceda um pouco ou diminua: é tarde demais?

– Para completar o trabalho que você começou tão bem ontem à noite? – voltou o velho cavalheiro. – Não. Descanse sua mente quanto a isso. Não é tarde, garanto-lhe.

Consolado por essa análise, o paciente se dedicou à comida com apetite agudo, embora evidentemente não com maior entusiasmo ao comer do que sua enfermeira parecia ter ao vê-lo comer. O modo como tomou essa refeição foi o seguinte: senhor Swiveller, segurando uma fatia de torrada ou xícara de chá na mão esquerda e dando uma mordida ou uma bebida, conforme o caso, constantemente mantinha, na direita, uma mão da Marquesa bem fechada; e para apertar, ou mesmo beijar essa mão cativa, ele parava de vez em quando, no próprio ato de engolir, com perfeita seriedade de intenção e extrema gravidade. Sempre que ele punha qualquer coisa na boca, fosse para comer ou beber, o rosto da Marquesa iluminava-se além de qualquer descrição; mas, sempre que ele lhe dava um ou outro desses sinais de reconhecimento, seu semblante se obscurecia e ela começava a soluçar. Ora, quer estivesse na alegria do riso, quer no do choro, a Marquesa não pôde deixar de dirigir-se aos visitantes com um olhar atraente, que parecia perguntar "Vejam este sujeito, posso evitar?", e eles, sendo assim feitos, por assim dizer, partes da cena, como regularmente respondiam por outro olhar, "Não. Certamente não". Esse espetáculo mudo ocorreu durante todo o tempo do desjejum do convalescente, e, tendo o próprio doente, pálido e abatido, desempenhado uma parte considerável dele, pôde-se questionar bastante se, em qualquer refeição, onde nenhuma palavra, boa ou má, foi falada do começo ao fim, tanto foi dito por gestos tão leves e sem importância.

Por fim, e para dizer a verdade não demorou muito, o senhor Swiveller despachou tantas torradas e chá quanto, naquela fase de sua recuperação, foi recomendado deixá-lo comer. Mas as preocupações da Marquesa não pararam aqui, pois, desaparecendo por um instante e logo retornando com uma bacia de água limpa, ela lavou seu rosto e mãos, escovou seu cabelo e, em suma, tornou-o tão fresco e elegante quanto qualquer pessoa poderia ser em tais circunstâncias; e tudo isso de maneira muito enérgica e profissional, como se ele fosse um menininho, e ela, sua ama adulta. A essas várias atenções o senhor Swiveller submeteu-se com uma espécie de espanto agradecido além do alcance da linguagem. Quando finalmente terminaram e a Marquesa se retirou para um canto distante para tomar seu próprio café da manhã frugal (e frio o suficiente, a essa hora), ele desviou o rosto por alguns instantes e apertou cordialmente as mãos no ar.

– Cavalheiros – disse Dick, despertando da pausa e virando-se novamente –, vocês me desculpem. Homens que foram rebaixados tanto quanto eu ficam facilmente fatigados. Estou fresco de novo agora e pronto para falar. Estamos com falta de cadeiras aqui, entre outras amenidades, mas, se fizerem a gentileza de se sentar na cama...

– O que podemos fazer por você? – disse o senhor Garland gentilmente.

– Se você pudesse tornar a Marquesa ali uma marquesa, com toda a seriedade e sobriedade – retrucou Dick –, eu agradeceria se pudesse ser feito imediatamente. Mas, como você não pode, e como a questão não é o que você fará por mim, mas o que você fará por outra pessoa que depende bem mais da sua ajuda, por favor, diga-me o que pretende fazer.

– É principalmente por causa disso que viemos agora mesmo – disse o cavalheiro solteiro –, pois você terá outra visita em breve. Temíamos que você ficasse ansioso, a menos que soubesse por nós mesmos quais passos pretendíamos dar e, portanto, viemos até você antes de mexermos no assunto.

– Cavalheiros – respondeu Dick –, agradeço. Qualquer pessoa no estado de desamparo em que você me vê fica naturalmente ansiosa. Não me deixe interrompê-lo, senhor.

– Então, você vê, meu bom amigo – disse o cavalheiro solteiro –, que, embora não tenhamos nenhuma dúvida da verdade dessa revelação, que tão providencialmente veio à luz...

– Quer dizer a dela? – disse Dick, apontando para a marquesa.

– Sim, a dela, é claro. Embora não tenhamos dúvida disso, ou de que um uso adequado dela proporcionaria o perdão e a libertação imediatos do pobre rapaz, temos grandes dúvidas de que, por si só, isso nos permitiria alcançar Quilp, o principal agente dessa vilania. Devo dizer-lhe que esta dúvida foi confirmada em algo muito próximo da certeza pelas melhores opiniões que pudemos, neste curto espaço de tempo, tomar sobre o assunto. Você vai concordar conosco que dar a ele mesmo a mais distante chance de escapar, se pudéssemos evitar, seria estupendo. Você concorda conosco, sem dúvida, que, se alguém precisa escapar, que seja qualquer um, menos ele.

– Sim – respondeu Dick –, certamente. Isso se alguém for escapar, mas, juro pela minha palavra, não estou querendo que alguém o faça. Já que as leis foram feitas para todos os graus, para refrear o vício em outras pessoas, assim como em mim, e assim por diante, você sabe, não lhe parece correto que seja assim?

O cavalheiro solteiro sorriu como se a luz sob a qual o senhor Swiveller colocara a questão fosse a mais clara do mundo, e passou a explicar que pensavam em proceder por estratégia em primeira instância e que seu objetivo era se esforçar para conseguir uma confissão da gentil Sarah.

– Quando ela descobrir quanto nós sabemos e como nós soubemos – disse ele –, e que ela já está claramente comprometida, temos grandes esperanças de que possamos, por seu intermédio, punir os outros dois com eficácia. Se pudéssemos fazer isso, ela poderia ficar impune, pelo que me parece.

Dick recebeu esse projeto de uma maneira qualquer, menos graciosa, representando, com tanto entusiasmo quanto ele era então capaz de mostrar, que eles veriam como o velho camarada (como ele se referia a Sarah) era mais difícil de manejar do que o próprio Quilp, que, para qualquer negociação, aterrorizante ou bajuladora, ela era seria um sujeito muito pouco promissor e inflexível, que era de uma espécie de bronze que não se derretia ou moldava facilmente; em suma, que eles não eram páreo para ela e seriam notoriamente derrotados. Mas foi em vão instá-los a adotar algum outro curso de ação. O cavalheiro solteiro foi descrito como explicando suas intenções conjuntas, mas deveria ter sido escrito que todos falaram juntos; que, se algum deles por acaso se calasse por um momento, ele ficaria ofegante e ofegante por uma oportunidade de atacar novamente: em uma palavra, que eles haviam atingido aquele nível de impaciência e ansiedade em que os homens não podem ser persuadidos nem racionais e que teria sido mais fácil virar o vento mais impetuoso que já soprou do que persuadi-los a reconsiderar sua determinação. Então, depois de contar ao senhor Swiveller como eles não haviam perdido de vista a mãe de Kit e os filhos, como eles nunca perderam o próprio Kit de vista, mas foram incessantes em seus esforços para obter uma mitigação de sua sentença, como eles haviam ficado perfeitamente distraídos entre as fortes provas de sua culpa e suas próprias esperanças decadentes de sua inocência e como ele, Richard Swiveller, poderia manter sua mente tranquila, pois tudo deveria ser felizmente ajustado entre aquela hora e o final da noite. Depois de lhe dizer tudo isso e adicionar muitas expressões amáveis e cordiais, pessoais para ele, que é desnecessário recitar, o senhor Garland, o tabelião e o cavalheiro solteiro saíram em um momento muito propício, ou Richard Swiveller poderia ter outra febre, cujos resultados poderiam ter sido fatais.

O senhor Abel ficou para trás, muitas vezes olhando para o relógio e para a porta do quarto, até que o senhor Swiveller foi despertado de um breve cochilo, ao pousar no patamar do lado de fora, como se descarregada dos ombros de um carregador, alguma carga gigante, que pareceu sacudir a casa e fez os pequenos frascos de remédio na prateleira da lareira ressoar. Imediatamente esse som alcançou seus ouvidos, e o senhor Abel se levantou, foi mancando até a porta e a abriu; e eis! Ali estava um homem forte, com um grande cesto, que, sendo puxado para dentro da sala e logo desempacotado, despejou tesouros como chá, café, vinho, biscoitos, laranjas, uvas e aves prontas para cozinhar, e geleia de mocotó, raiz de flecha, sagu e outros restauradores delicados, que a pequena criada, que nunca pensou ser possível que tais coisas pudessem existir, exceto em lojas, ficou grudada no lugar em seus sapatos, com a boca e os olhos lacrimejando em uníssono e seu poder de fala praticamente perdido. Mas não foi somente o senhor Abel ou o homem forte que esvaziou o cesto, grande como era, em um piscar de olhos, mas um simpática senhora, que apareceu tão de repente que poderia ter saído do cesto também (era bastante grande para isso) e que, movimentando-se na ponta dos pés e sem barulho, ora aqui, ora ali, ora em toda parte imediatamente, começou a preencher a geleia em xícaras de chá, a fazer caldo de galinha em pequenas panelas e a descascar laranjas para o homem doente e a cortá-las em pequenos pedaços, e a oferecer à pequena criada copos de vinho e pedaços de tudo, até que uma carne mais substancial pudesse ser preparada. Todas as medidas foram tão inesperadas e desconcertantes que o senhor Swiveller, quando pegou duas laranjas e um pouco de geleia e viu o homem forte sair com a cesta vazia, claramente deixando toda aquela abundância para seu uso e benefício, teve vontade de se deitar e adormecer de novo, por pura incapacidade de entreter tais maravilhas em sua mente.

Enquanto isso, o cavalheiro solteiro, o tabelião e o senhor Garland dirigiram-se a um certo café e, dali, redigiram e enviaram uma carta à senhorita Sally Brass, solicitando-lhe, em termos misteriosos e breves, que visitasse um amigo desconhecido que desejava consultá-la, com sua presença ali, o mais rápido possível. A comunicação cumpriu sua missão tão bem que, dez minutos depois do retorno do mensageiro e do relatório de sua entrega, a própria senhorita Brass foi anunciada.

– Por favor, senhora – disse o cavalheiro solteiro, que ela encontrou sozinho na sala –, pegue uma cadeira.

A senhorita Brass sentou-se, em um estado muito rígido e frígido, e pareceu, como de fato estava, muito surpresa ao descobrir que o inquilino e seu misterioso correspondente eram a mesma pessoa.

– Você não esperava me ver? – disse o cavalheiro solteiro.

– Eu não pensei muito sobre isso – respondeu a bela. – Achei que fosse um negócio de algum tipo. Se for sobre os apartamentos, é claro que você dará notícias regularmente ao meu irmão, você sabe, ou dinheiro. Isso é facilmente resolvido. Você é uma pessoa responsável e, em tal caso, dinheiro legal e notificação legal são praticamente a mesma coisa.

A velha loja de curiosidades – Tomo 2

– Estou grato a você por sua boa opinião – retrucou o cavalheiro solteiro –, e concordo inteiramente com esses sentimentos. Mas esse não é o assunto sobre o qual desejo falar com você.

– Ah! – disse Sally. – Então me diga os detalhes, está bem? Suponho que seja um assunto profissional.

– Ora, isso está relacionado com a lei, certamente.

– Muito bem – respondeu a senhorita Brass. – Meu irmão e eu somos iguais. Posso passar qualquer instrução ou dar-lhe algum conselho.

– Como existem outras partes interessadas além de mim – disse o cavalheiro solteiro, levantando-se e abrindo a porta de uma sala interna –, é melhor conversarmos juntos. A senhorita Brass está aqui, cavalheiros.

O senhor Garland e o notário entraram, parecendo muito sérios; e, ao puxarem duas cadeiras, uma de cada lado do cavalheiro solteiro, formaram uma espécie de cerca ao redor da gentil Sarah e a acuaram em um canto. Seu irmão Sampson, nessas circunstâncias, certamente teria demonstrado alguma confusão ou ansiedade, mas ela, com toda compostura, puxou a caixa de lata e calmamente pegou uma pitada de rapé.

– Senhorita Brass – disse o notário, tomando a palavra no meio daquela crise –, nós, profissionais, compreendemo-nos uns aos outros e, quando quisermos, poderemos dizer o que temos a dizer, em bem poucas palavras. Você anunciou uma criada fugitiva outro dia?

– Bem – respondeu a senhorita Sally, com um rubor repentino cobrindo suas feições –, e daí?

– Ela foi encontrada, senhora – disse o tabelião, puxando o lenço de bolso com um floreio. – Ela foi encontrada.

– Quem a encontrou? – perguntou Sarah apressadamente.

– Nós três, senhora. Ontem à noite, ou você teria ouvido falar de nós antes.

– E agora ouvi falar de você – disse a senhorita Brass, cruzando os braços como se fosse negar algo até a morte. – O que você tem a dizer? Algo que você colocou em sua cabeça sobre ela, é claro. Prove, sim? E isso é tudo. Prove. Você a encontrou, você diz. Posso dizer-lhe, se você não sabe, que encontrou a atrevida mais astuta, mentirosa, furtiva e diabólica que já nasceu. Você a trouxe até aqui? – ela acrescentou, olhando bruscamente em volta.

– Não, ela não está aqui no momento – respondeu o notário. – Mas ela está bem segura.

– Há! – gritou Sally, arrancando uma pitada de rapé de sua caixa, tão maldosamente como se estivesse prestes a arrancar o nariz da pequena criada. – Ela estará suficientemente segura a partir deste momento, garanto-lhe.

– Espero que sim – respondeu o notário. – Ocorreu-lhe alguma vez, quando descobriu que ela havia fugido, que havia duas chaves na porta da sua cozinha?

Miss Sally deu outra aspirada, inclinando a cabeça para o lado, e olhou para o seu questionador, com uma espécie de espasmo curioso na boca, mas com um aspecto astuto muito expressivo.

– Duas chaves – repetiu o notário –, uma das quais deu a ela a oportunidade de vagar pela casa à noite, quando você supôs que ela estava devidamente trancada, e de ouvir conversas confidenciais, entre outras, aquela conversa em particular, a ser descrita hoje diante de um juiz, que você irá ter a oportunidade de ouvi-la relatar; aquela conversa que você e o senhor Brass mantiveram juntos, na noite anterior ao infeliz e inocente jovem ser acusado de roubo, por um artifício horrível do qual direi apenas que pode ser caracterizado pelos epítetos que você aplicou a esta miserável testemunha, e ainda por alguns mais graves.

Sally aspirou outra pitada. Embora seu rosto estivesse maravilhosamente composto, era evidente que ela foi totalmente pega de surpresa e que o que ela esperava ser acusada, em conexão com sua pequena criada, era algo muito diferente disso.

– Ora, vamos, senhorita Brass – disse o notário –, você tem um grande domínio da situação, mas você sentiu, eu posso ver, que por um acaso que nunca passou pela sua imaginação, este rascunho foi revelado, e dois de seus autores devem ser levados à Justiça. Agora, você conhece as dores e penalidades às quais está sujeita, então não preciso me alongar sobre elas, mas tenho uma proposta a fazer a você. Você tem a honra de ser irmã de um dos maiores canalhas ainda não enforcados; e, se me atrevo a dizer isso a uma senhora, você é, em todos os aspectos, bastante digna da associação com ele. Mas conectado a vocês dois está um terceiro, um vilão de nome Quilp, o principal motor de todo o dispositivo diabólico, que acredito ser pior do que qualquer um. Pelo bem dele, senhorita Brass, faça-nos o favor de revelar toda a história deste caso. Deixe-me lembrá-la de que, fazendo isso, a nosso critério, você será colocada em uma posição segura e confortável, pois sua posição atual não é desejável, e não pode ferir seu irmão; contra ele e você, já temos provas suficientes (como você ouviu). Não direi a você que sugerimos este curso por misericórdia (pois, para dizer a verdade, não temos nenhuma consideração por você), mas é uma necessidade à qual estamos reduzidos, e eu o recomendo como uma questão da melhor política. O tempo – disse o senhor Witherden, puxando o relógio –, em um negócio como este, é extremamente precioso. Favoreça-nos com sua decisão o mais rápido possível, senhora.

Com um sorriso no rosto e olhando para cada um dos três por turnos, a senhorita Brass deu mais duas ou três pitadas de rapé e, a essa altura, muito pouco sobrou, deu voltas e mais voltas na caixa com o indicador e o polegar, raspando um no outro. Tendo eliminado isso da mesma forma e colocado a caixa com cuidado em seu bolso, ela disse:

– Devo aceitar ou rejeitar imediatamente, não é?

– Sim – disse o senhor Witherden.

A encantadora criatura estava abrindo os lábios para falar em resposta quando a porta também foi aberta às pressas e a cabeça de Sampson Brass foi enfiada para dentro da sala.

– Com licença – disse o cavalheiro apressadamente. – Espere um pouco!

Dizendo isso, e bastante indiferente ao espanto que sua presença ocasionava, ele se esgueirou, fechou a porta, beijou sua luva sebosa tão servilmente como se fosse o pó e fez uma reverência abjeta.

– Sarah – disse Brass –, segure a língua, por favor, e deixe-me falar. Senhores, se eu pudesse expressar o prazer que me dá ver três homens assim em uma feliz unidade de propósito e harmonia de sentimentos, acho que dificilmente acreditariam em mim. Mas, embora eu seja infeliz, não, senhores, criminoso, se formos usar expressões duras em uma empresa como esta, ainda assim, tenho meus sentimentos como os de outros homens. Já ouvi falar de um poeta que afirmou que os sentimentos eram o destino comum de todos. Se ele pudesse ser um porco, senhores, e expressasse esse sentimento, ainda assim seria imortal.

– Se você não é um idiota – disse a senhorita Brass com severidade –, fique calado.

– Sarah, minha querida – respondeu o irmão –, obrigado. Mas eu sei do que estou falando, meu amor, e tomarei a liberdade de me expressar de acordo. Senhor Witherden, senhor, o seu lenço está pendurado para fora do bolso, permita-me.

Enquanto o senhor Brass avançava para corrigir o ligeiro descuido, o tabelião se afastou dele com um ar de repulsa. Brass, que, além de suas qualidades atraentes usuais, tinha um rosto arranhado, uma lente verde sobre um dos olhos e um chapéu gravemente amassado, parou e olhou em volta com um sorriso lamentável.

– Ele me evita – disse Sampson –, mesmo quando eu, como posso dizer, posso lhe causar algum remorso. Bem! Ah! Mas eu sou uma casa caindo, e os ratos, se me permitem a expressão em referência a um cavalheiro que eu respeito e amo acima de tudo, fogem de mim! Senhores, em relação à sua conversa de agora, por acaso eu vi minha irmã vindo para cá e, perguntando-me para onde ela poderia estar indo, e sendo, posso arriscar-me a dizer, naturalmente de uma tendência suspeita, eu a segui. Desde então, tenho ouvido a conversa.

– Se você não está louco – interrompeu senhorita Sally –, pare aí e não diga mais nada.

– Sarah, minha querida – retrucou Brass com polidez inalterada –, agradeço gentilmente, mas continuarei. Senhor Witherden, senhor, como temos a honra de sermos membros da mesma profissão, para não

A velha loja de curiosidades – Tomo 2

falar de aquele outro cavalheiro ter sido meu inquilino e ter participado, como se pode dizer, da hospitalidade do meu teto, eu acho você poderia ter me dado a recusa desta oferta em primeira instância. Sim, sim. Agora, meu caro senhor – exclamou Brass, vendo que o tabelião estava prestes a interrompê-lo –, deixe-me falar, eu imploro.

O senhor Witherden ficou em silêncio, e Brass continuou.

– Se você me fizer o favor – disse ele, segurando a lente verde e revelando um olho horrivelmente descolorido – ao olhar para isso, você naturalmente perguntará, em suas próprias mentes, como eu o consegui. Se você olhar para o meu rosto, vai se perguntar qual pode ter sido a causa de todos esses arranhões. E se deles olharem para o meu chapéu, como chegou ao estado em que vocês o veem. Cavalheiros – disse Brass, batendo no chapéu com força com a mão cerrada –, a todas essas perguntas eu respondo: Quilp!

Os três cavalheiros se entreolharam, mas nada disseram.

– Eu digo – prosseguiu Brass, olhando de lado para a irmã, como se ele estivesse falando para obter informações dela, e falando com uma malignidade grunhida, em violento contraste com sua suavidade usual – que eu respondo a todas essas perguntas: Quilp, Quilp, que me ilude em seu covil infernal e se delicia em olhar e rir enquanto eu chamo, e queimo, e me machuco, e me mutila; Quilp, que nunca, nem uma vez, em todas as nossas comunicações juntos, tem me tratado de outra forma do que como um cachorro; Quilp, a quem sempre odiei de todo o coração, mas nunca tanto quanto ultimamente. Ele me rejeita exatamente sobre esse assunto, como se nada tivesse a ver com isso, em vez de ser o primeiro a propô-lo. Eu não posso confiar nele. Em um de seus humores uivantes, delirantes e ardentes, acredito que ele tenha deixado escapar, se fosse um assassinato, e nunca pensaria em si mesmo, desde que pudesse me aterrorizar. Agora – disse Brass, pegando o chapéu novamente e recolocando a lente sobre o olho, e literalmente se agachando, no excesso de seu servilismo –, a que tudo isso me leva? Senhores, vocês podem adivinhar para onde?

Ninguém falou. Brass ficou sorrindo por um momento, como se tivesse proposto algum enigma, e então disse:

603

– Para ser breve com vocês, então, isso me trouxe até aqui. Se a verdade veio à tona, como claramente veio de uma maneira que não há como se opor, e uma coisa muito sublime e grandiosa é a verdade, senhores, à sua maneira, embora, como outras coisas sublimes e grandiosas, como o trovão, tempestades e outras, nem sempre ficamos muito contentes em ver isso, é melhor eu me virar contra este homem do que deixá-lo se virar contra mim. É claro para mim que estou perdido. Portanto, se alguém vai se separar, é melhor eu ser a pessoa e ter a vantagem disso. Sarah, minha querida, comparativamente falando, você está segura. Relato essas circunstâncias para meu próprio benefício.

Com isso, o senhor Brass, com muita pressa, revelou toda a história, carregando-a tão pesadamente quanto possível sobre seu amável empregador e fazendo-se passar por um personagem quase sagrado e bastante semelhante ao de um santo, embora sujeito, como ele mesmo reconheceu, às fraquezas humanas. Ele concluiu assim:

– Bem, senhores, não sou um homem que faz as coisas pela metade. Ganhando um centavo, estou pronto, como diz o ditado, para ganhar uma libra. Você deve fazer comigo o que quiser e me levar aonde quiser. Se você deseja ter isso por escrito, vamos reduzi-lo ao manuscrito imediatamente. Vocês serão justos comigo, tenho certeza. Estou bastante confiante de que vocês serão justos. Vocês são homens de honra e têm coração sensível. Eu cedi por necessidade a Quilp, pois, embora a necessidade não tenha lei, ela tem seus advogados. Eu também me rendo a vocês por necessidade; da política além disso; e por causa de sentimentos que há muito tempo trabalham dentro de mim. Punam Quilp, senhores. Pesem fortemente sobre ele. Esmaguem-no. Pisem-no sob seus pés. Ele tem feito muito mal para mim, por muitos e muitos dias.

Tendo chegado agora à conclusão de seu discurso, Sampson controlou a corrente de sua ira, beijou sua luva novamente e sorriu como só parasitas e covardes podem fazer.

– E isto – disse a senhorita Brass, erguendo a cabeça, a qual até então estava apoiada nas mãos, e examinando-o da cabeça aos pés com um amargo sorriso de escárnio –, este é meu irmão, é isso? Este é meu irmão, por quem trabalhei e labutei, e no qual acreditei ter alguma coisa de hombridade!

– Sarah, minha querida – respondeu Sampson, esfregando as mãos debilmente –, você perturba nossos amigos. Além de você... você estar decepcionada, Sarah, e, sem saber o que diz, você se expõe.

– Sim, seu miserável covarde – retrucou a adorável donzela –, eu entendo você. Você temeu que eu deveria estar com você de antemão. Mas você acha que eu teria sido convencida a dizer uma palavra? Eu os teria desprezado se eles tivessem me tentado e tentado por vinte anos.

– He, he, he! – sorriu Brass, que, em sua profunda degradação, parecia realmente ter mudado de sexo com a irmã e ter passado para ela qualquer centelha de masculinidade que ele pudesse ter. – Você pensa assim, Sarah, talvez pense assim; mas você teria agido bem diferente, minha boa amiga. Você não deve ter esquecido que era uma máxima de Foxey, nosso reverenciado pai, senhores, "Sempre suspeite de todo mundo". Essa é a máxima para seguir pela vida! Se você não estivesse realmente prestes a comprar sua própria segurança quando eu cheguei, suspeito que já o teria feito. E, portanto, eu mesmo fiz isso, e poupei você do trabalho e da vergonha. A vergonha, senhores – acrescentou Brass, deixando-se ligeiramente dominado –, se houver alguma, é minha. É melhor que uma mulher seja poupada.

Com deferência à melhor opinião do senhor Brass, e mais particularmente à autoridade de seu Grande Ancestral, pode-se duvidar, humildemente, se o elevado princípio estabelecido por este último cavalheiro, e posto em prática por seu descendente, foi sempre o da prudência, ou aplicado na prática com os resultados desejados. Esta é, sem dúvida, uma dúvida ousada e presunçosa, na medida em que muitos personagens distintos, chamados de homens do mundo, clientes importantes, cães experientes, camaradas astutos, mão de obra para bons negócios, e assim por diante, fizeram e fazem diariamente deste axioma sua estrela polar e bússola. Ainda assim, a dúvida pode ser gentilmente insinuada. E, como ilustração, pode-se observar que, se o senhor Brass, não sendo excessivamente desconfiado, tivesse, sem bisbilhotar e ouvir, deixado sua irmã para administrar a conferência em seu nome, ou, bisbilhotando e ouvindo, não tivesse agido com tal poderosa pressa em antecipá-la (o que ele não teria feito, não fosse por sua desconfiança e ciúme), ele provavelmente teria se encontrado muito melhor no final. Assim, sempre acontecerá que esses homens do mundo, que o atravessam com armaduras, defendam-se tanto do bem quanto do mal, para não falar do inconveniente e absurdo de montar guarda sempre com um microscópio e de usar uma cota de malha nas ocasiões mais inocentes.

Os três cavalheiros conversaram separados, por alguns momentos. No final da sua conversa, que foi muito breve, o notário apontou para os materiais de escrita sobre a mesa e informou ao senhor Brass que, se desejasse fazer alguma declaração por escrito, tinha a oportunidade de fazê-la. Ao mesmo tempo, sentiu-se obrigado a dizer-lhe que exigiriam sua presença, em breve, perante um juiz de paz e que, no que fizesse ou dissesse, era guiado inteiramente por sua própria discrição.

– Cavalheiros – disse Brass, tirando a luva e rastejando em espírito pelo chão diante deles –, justificarei a ternura com que sei que serei tratado; e como, sem ternura, eu deveria, agora que esta descoberta foi feita, ficar na pior posição das três, você pode estar certo de que farei com o coração limpo. Senhor Witherden, senhor, uma sensação de desmaio está em meu espírito. Se me fizer o favor de tocar a campainha e pedir um copo de algo quente e ardente, terei, não obstante o que aconteceu, um prazer melancólico bebendo à sua boa saúde. Eu esperava – disse Brass, olhando em volta com um sorriso pesaroso – ter visto vocês, três cavalheiros, um dia ou outro, com as pernas sob o mogno em minha humilde sala em Marks. Mas as esperanças são passageiras. Pobre de mim! – O senhor Brass sentiu-se tão profundamente afetado, a essa altura, que não pôde dizer ou fazer mais nada até que chegasse um refresco. Tendo se servido dele, com bastante liberdade para alguém em seu estado agitado, ele sentou-se para escrever.

A adorável Sarah, ora com os braços cruzados, ora com as mãos cruzadas atrás do corpo, caminhava pela sala com passadas masculinas, enquanto o irmão estava assim ocupado, e às vezes parava para puxar sua caixa de rapé e morder a tampa. Ela continuou a andar para cima e para baixo até ficar bastante cansada e, em seguida, adormeceu em uma cadeira perto da porta.

Desde então, tem-se suposto, com alguma razão, que esse sono foi uma farsa ou fingimento, pois ela conseguiu escapar sem ser observada no crepúsculo da tarde. Se esta foi uma partida intencional ao acordar, ou uma despedida sonâmbula e uma caminhada durante o sono, pode permanecer um assunto de controvérsia; mas, em um ponto (e de fato o principal), todas as partes estão de acordo: em qualquer estado em que ela se afastou, ela não voltou à sala novamente.

Tendo sido feita menção ao crepúsculo da tarde, pode-se deduzir que a tarefa do senhor Brass demorou algum tempo a ser concluída.

Não foi concluída até a noite; mas, finalmente terminada, aquela pessoa digna e os três amigos foram transferidos em uma carruagem de aluguel para o escritório particular de um juiz, que, dando uma recepção calorosa ao senhor Brass e prendendo-o em um lugar seguro para que pudesse proteger a si mesmo e com o prazer de vê-lo no dia seguinte, despediu os outros com a garantia animadora de que um mandado não poderia deixar de ser concedido no dia seguinte para a apreensão do senhor Quilp, e que uma aplicação adequada e declaração de todas as circunstâncias ao secretário de Estado (que estava felizmente na cidade) sem dúvida obteria o perdão e a libertação de Kit sem demora.

E agora, de fato, parecia que a carreira maligna de Quilp estava terminando, e aquela retribuição, que muitas vezes viaja lentamente, especialmente quando mais pesada, havia seguido seus passos com um faro certo e seguro e estava se aproximando dele rapidamente. Sem se importar com seu passo furtivo, sua vítima mantém seu curso em triunfo imaginário. Ainda em seus calcanhares, ela vem, e, uma vez em marcha, nunca é desviada!

Terminados os negócios, os três cavalheiros voltaram às pressas para os aposentos do senhor Swiveller, que consideraram progredindo tão favoravelmente em sua recuperação que puderam sentar-se por meia hora e conversar com alegria. A senhora Garland tinha ido para casa fazia algum tempo, mas o senhor Abel ainda estava sentado com ele. Depois de lhe contar tudo o que haviam feito, os dois senhores Garlands e o cavalheiro solteiro, como se por algum acordo anterior, saíram à noite, deixando o doente sozinho com o tabelião e a pequena criada.

– Como você está muito melhor – disse o senhor Witherden, sentando-se ao lado da cama –, posso me aventurar a lhe comunicar uma notícia que chegou a mim profissionalmente.

A ideia de qualquer inteligência profissional de um cavalheiro ligado a questões jurídicas parecia proporcionar a Richard qualquer coisa, exceto uma expectativa agradável. Talvez ele próprio tenha ligado isso a uma ou duas contas pendentes, em referência às quais já havia recebido várias cartas ameaçadoras. Seu semblante caiu quando ele respondeu:

– Certamente, senhor. Espero que não seja nada de natureza muito desagradável.

– Se eu pensasse assim, deveria escolher um momento melhor para lhe comunicar – respondeu o notário. – Deixe-me dizer, em primeiro lugar, que meus amigos que estiveram aqui hoje não sabem nada a respeito e que sua bondade para com você foi bastante espontânea e sem esperança de retorno. Pode ser bom para um homem irrefletido e descuidado saber disso.

Dick agradeceu e disse que esperava que sim.

– Tenho feito algumas perguntas a seu respeito – disse o senhor Witherden –, sem pensar que deveria encontrá-lo em tais circunstâncias como as que nos uniram. Você é sobrinho de Rebecca Swiveller, solteirona, falecida, de Cheselbourne em Dorsetshire.

– Falecida?! – gritou Dick.

– Falecida. Se você fosse outro tipo de sobrinho, teria recebido (assim diz o testamento, e não vejo razão para duvidar) vinte e cinco mil libras. Do jeito que está, você caiu em uma anuidade de cento e cinquenta libras por ano, mas acho que posso parabenizá-lo por isso.

– Senhor – disse Dick, soluçando e rindo ao mesmo tempo –, você pode sim. Pois, por favor, Deus, ainda faremos da pobre Marquesa uma erudita! E ela deve andar em trajes de seda, e prata terá de sobra, ou posso nunca mais me levantar desta cama!

Capítulo 67

Inconsciente dos acontecimentos fielmente narrados no capítulo anterior, e pouco sonhando com a mina que havia surgido sob os seus pés (pois, a fim de que ele não soubesse dos próximos passos, o mais profundo sigilo foi observado em toda a negociação), o senhor Quilp permaneceu fechado em seu chalé, sem ser perturbado por qualquer suspeita e extremamente satisfeito com o resultado de suas maquinações. Empenhado no acerto de algumas contas, ocupação a que o silêncio e a solidão de seu retiro eram muito favoráveis, não se afastou de seu covil por dois dias inteiros. No terceiro dia de sua devoção a essa busca, ele ainda estava trabalhando duro e pouco disposto a se mexer.

Foi no dia seguinte à confissão do senhor Brass e, consequentemente, aquele que ameaçava a restrição da liberdade do senhor Quilp e quando receberia uma comunicação abrupta de alguns fatos muito desagradáveis e indesejáveis. Não tendo nenhuma percepção intuitiva da nuvem que desceu sobre sua casa, o anão estava em seu estado normal de humor; e, quando descobriu que se encontrava muito absorto pelos negócios, levando em consideração sua saúde e seu espírito, ele variou sua rotina monótona com um pequeno grito, uivo ou algum outro relaxamento inocente dessa natureza.

Ele foi atendido, como de costume, por Tom Scott, que se sentava agachado sobre o fogo como um sapo e, de vez em quando, quando seu mestre dava as costas, imitava suas caretas com uma exatidão temerosa. A estátua de proa ainda não havia desaparecido, mas permanecia em seu lugar anterior. O rosto, terrivelmente queimado pela aplicação frequente do atiçador de brasa, e ainda mais ornamentado pela inserção, na ponta do nariz, de um prego de dez centavos, ainda sorria suavemente em suas partes menos machucadas e parecia, como um resistente mártir, que provocava seu algoz para cometer novos ultrajes e insultos. O dia, nos bairros mais altos e claros da cidade, estava úmido, escuro, frio e sombrio. Naquele local baixo e pantanoso, a névoa enchia todos os cantos com uma nuvem densa e espessa. Cada objeto estava indivisível a uma ou duas jardas de distância. As luzes de advertência e fogos no rio eram impotentes sob esta mortalha, e, exceto por um frio penetrante no ar, e de vez em quando o grito de algum barqueiro perplexo enquanto ele descansava em seus remos e tentava descobrir onde ele estava, o próprio rio poderia estar a quilômetros de distância.

A névoa, embora espessa e lenta em seu movimento, era de um tipo penetrante. Nenhum agasalho de pele ou lona a impedia de entrar. Parecia penetrar nos próprios ossos dos viajantes, que se encolhiam, e atormentava-os com o frio e as dores no corpo. Tudo estava úmido e pegajoso ao toque. Apenas o calor do fogo sozinho o desafiava, e saltitava e cintilava alegremente. Era um dia para ficar em casa, aconchegando-se perto do fogo, contando histórias de viajantes que se perderam com aquele tempo nos brejos e pântanos; e para amar uma lareira acolhedora mais do que nunca.

O humor do anão, como sabemos, era ter uma lareira só para ele; e, quando ele estava disposto a estar confortável, preferia se divertir sozinho. De maneira nenhuma insensível ao conforto de estar dentro de casa, ele ordenou a Tom Scott que abastecesse o pequeno fogão com carvão e, dispensando o seu trabalho para o dia, decidiu ser jovial.

Para isso, acendeu velas novas e colocou mais lenha no fogo; e, depois de jantar um bife, que ele próprio cozinhou de maneira um tanto selvagem ao estilo canibal, preparou uma grande tigela de ponche quente, acendeu seu cachimbo e sentou-se para passar a noite.

Nesse momento, uma batida baixa na porta da cabine prendeu sua atenção. Depois de repetida duas ou três vezes, ele abriu suavemente a janelinha e, lançando a cabeça para fora, perguntou quem estava ali.

– Só eu, Quilp – respondeu uma voz de mulher.

– Só você?! – gritou o anão, esticando o pescoço para ver melhor a visitante. – E o que a traz aqui, sua megera? Como você ousa se aproximar do castelo do ogro, hein?

– Eu trouxe algumas novidades – respondeu sua esposa. – Não fique zangado comigo.

– É uma boa notícia, uma notícia agradável, uma notícia que faça alguém pular e estalar os dedos? – disse o anão. – A querida velhinha está morta?

– Não sei que notícias são, se são boas ou más – respondeu a esposa.

– Então ela está viva – disse Quilp – e não há nada de errado com ela. Vá para casa de novo, sua ave agourenta, vá para casa!

– Eu trouxe uma carta! – exclamou a dócil mulher.

– Jogue pela janela aqui e siga seu caminho – disse Quilp, interrompendo-a –, ou irei sair e bater em você.

– Não, mas, por favor, Quilp, ouça-me falar – pediu sua esposa submissa, em lágrimas. – Por favor!

– Fale, então – rosnou o anão com um sorriso malicioso. – Seja rápida e breve. Fale logo, sim?

– Foi deixada em nossa casa nesta tarde – disse a senhora Quilp, tremendo – por um menino que disse não saber de quem veio, mas que lhe foi instruído para ser deixada ali, e que lhe foi dito para entregar a você diretamente, pois ela era da maior importância. Mas, por favor – ela acrescentou, enquanto o marido estendia a mão para pegá-la –, por favor, deixe-me entrar. Você não sabe como estou com frio, ou quantas vezes me perdi ao vir aqui através desta névoa densa. Deixe-me secar ao fogo por cinco minutos. Eu irei embora assim que você me disser, Quilp. Por minha palavra, eu vou.

Seu amável marido hesitou por alguns momentos; mas, pensando que a carta poderia exigir alguma resposta, da qual ela poderia ser a portadora, fechou a janela, abriu a porta e mandou-a entrar. A senhora Quilp obedeceu de boa vontade e, ajoelhando-se diante do fogo para aquecer as mãos, entregou-lhe um pacotinho.

– Que bom que você está molhada – disse Quilp, agarrando-o e semicerrando os olhos para ela. – Estou feliz que você esteja com frio. Estou feliz que você tenha se perdido. Estou feliz que seus olhos estão vermelhos de tanto chorar. Faz bem ao meu coração ver seu narizinho tão tapado e gelado.

– Oh, Quilp! – soluçou sua esposa. – Como é cruel da sua parte!

– Ela achou que eu estivesse morto? – disse Quilp, franzindo o rosto numa extraordinária série de caretas. – Ela pensou que teria todo o dinheiro e se casaria com alguém de quem gostasse? Ha, ha, ha! Ela achou, hein?

Essas provocações não obtiveram resposta da pobre mulher, que permaneceu de joelhos, aquecendo as mãos e soluçando, para grande deleite do senhor Quilp. Mas, enquanto a estava contemplando e rindo excessivamente, ele percebeu que Tom Scott também estava encantado; portanto, para que não tivesse nenhum parceiro presunçoso em sua alegria, o anão imediatamente o prendeu com uma gravata, arrastou-o até a porta, e, após uma breve briga, chutou-o para o quintal. Em troca dessa prova de afeição, Tom imediatamente caminhou com as mãos até a janela e, se a expressão for válida, olhou para dentro com os sapatos, além de bater os pés no vidro como um fantasma de cabeça para baixo. É claro que o senhor Quilp não perdeu tempo em recorrer ao infalível atiçador de brasas, com o qual, depois de alguma esquiva e emboscada, fez ao jovem amigo um ou dois elogios tão inequívocos que ele desapareceu rapidamente e o deixou em silêncio na posse absoluta do terreno.

– Então! Concluída essa pequena tarefa – disse o anão, friamente –, vou ler minha carta. Hum! – ele murmurou, olhando o endereço. – Eu conheço essa caligrafia. A linda Sally!

Abrindo o envelope, ele leu, em palavras justas, diretas e de cunho legal, como segue:

– Sammy foi convencido e quebrou a sua confiança. Tudo foi revelado. É melhor você não ficar no caminho, pois estranhos irão visitá-lo. Eles ainda estão muito calados, porque pretendem surpreendê-lo. Não perca tempo. Eu não perdi o meu. Não posso ser encontrada em lugar nenhum. Se eu fosse você, também o faria. S.B. de (mais recentemente) B.M.

Descrever as mudanças que passaram pelo rosto de Quilp ao ler esta carta meia dúzia de vezes exigiria alguma nova linguagem, pois a descrição de tal expressão nunca foi escrita, lida ou falada. Por muito tempo, ele não pronunciou uma palavra; mas, após um intervalo considerável, durante o qual a senhora Quilp estava quase paralisada com o alarme que sua aparência gerava, ele conseguiu desengasgar:

– Se eu o tivesse aqui. Se eu apenas o tivesse aqui...

– Oh, Quilp! – disse sua esposa. – Qual é o problema? Com quem você está zangado?

– ... Eu deveria afogá-lo – disse o anão, sem dar atenção a ela. – Uma morte muito fácil, muito curta, muito rápida, mas o rio corre bem perto. Oh! Se eu o tivesse aqui! Apenas para levá-lo até a margem, de forma persuasiva e agradável, agarrando-o pela casa do botão, brincando com ele, e, com um empurrão repentino, para fazê-lo espirrar para o fundo! Homens se afogando vêm à superfície três vezes, dizem. Ah! Vê-lo aquelas três vezes e zombar dele quando seu rosto aparecesse, ah, que belo presente seria!

– Quilp! – gaguejou a esposa, aventurando-se ao mesmo tempo a tocá-lo no ombro. – O que aconteceu de errado?

Ela estava tão apavorada com a satisfação que ele expressava ao imaginar aquele prazer pessoal de vingar-se que ela mal conseguia se fazer entender.

– Um vira-lata sem sangue! – disse Quilp, esfregando as mãos muito lentamente e apertando-as com força. – Achei que sua covardia e servilismo eram a melhor garantia para manter o silêncio. Oh, Brass, Brass, meu caro amigo, bom, afetuoso, fiel, elogioso e encantador, se eu apenas tivesse você aqui agora! – Sua esposa, que recuou para não dar a impressão de ouvir esses murmúrios, aventurou-se a abordá-lo novamente e estava prestes a falar quando ele correu para a porta e chamou Tom Scott, que, lembrando-se de sua última manifestação, considerou prudente aparecer imediatamente.

– Vamos – disse o anão puxando-o para dentro –, leve-a para casa. Não venha aqui amanhã, pois este lugar estará fechado. Não volte mais até ouvir de mim ou me ver. Você entendeu?

Tom acenou com a cabeça amuado e gesticulou para a senhora Quilp para indicar o caminho.

– Quanto a você – disse o anão, dirigindo-se a ela –, não faça perguntas sobre mim, não me procure, não diga nada a meu respeito. Não morrerei, senhora, e isso a confortará. Ele vai cuidar de você.

– Mas Quilp? Qual é o problema? Aonde você vai? Diga algo mais...

– Vou dizer – disse o anão, agarrando-a pelo braço – e fazer coisas com você que desdito e desfeito seria melhor para a sua saúde, a menos que saia imediatamente daqui.

– Aconteceu alguma coisa? – gritou sua esposa. – Oh! Diga-me por favor.

– Sim – rosnou o anão. – Não. O que importa agora? Eu disse a você o que fazer. Ai de você se você falhar em fazer isso ou me desobedecer por um fio de cabelo. Vá imediatamente!

– Eu estou indo, imediatamente; mas – hesitou sua esposa –, responda--me primeiro a uma pergunta. Esta carta tem alguma relação com a querida e pequena Nell? Devo lhe perguntar isso, realmente devo, Quilp. Você não pode imaginar quantos dias e noites de tristeza passei por ter enganado aquela criança. Não sei que mal posso ter causado, mas, grande ou pequeno, fiz isso por você, Quilp. Minha consciência me perdoou quando fiz isso. Responda-me, por favor?

O anão exasperado não respondeu, mas se virou e pegou sua arma usual com tanta veemência que Tom Scott fugiu do seu alcance com força total e o mais rápido que pôde. Foi bom fazê-lo, pois Quilp, que estava quase louco de raiva, perseguiu-os até a estrada vizinha e poderia ter prolongado a perseguição, não fosse a densa névoa que os obscurecia de vista e parecia engrossar a cada momento.

A velha loja de curiosidades - Tomo 2

– Será uma ótima noite para viajar em segredo – disse ele, enquanto voltava lentamente, respirando quase sem fôlego com a corrida. – Espere, podemos ajeitar melhor isso aqui. Parece ainda muito hospitaleiro e agradável.

Com grande esforço, ele fechou os dois velhos portões, profundamente afundados na lama, e os trancou com uma viga pesada. Feito isso, ele sacudiu o cabelo emaranhado sobre os olhos e forçou a tranca para testá-la.

– Forte e seguro! A cerca entre este cais e o próximo é fácil de escalar – disse o anão, depois de tomar essas precauções. – Também há um caminho secundário de lá. Essa deve ser a minha saída. Um homem precisa conhecer bem o seu caminho, para poder encontrá-lo neste lugar adorável nesta noite. Não preciso temer visitantes indesejáveis enquanto isso durar, eu acho.

Quase reduzido à necessidade de tatear o caminho com as mãos (havia ficado muito escuro, e a neblina tinha aumentado muito), ele voltou para seu esconderijo; e, depois de meditar por algum tempo junto ao fogo, ocupou-se dos preparativos para uma partida rápida.

Enquanto recolhia algumas coisas necessárias e as enfiava nos bolsos, nunca parava de falar consigo mesmo em voz baixa nem parava de cerrar os dentes, que havia rangido ao terminar o bilhete da senhorita Brass.

– Ah, Sampson! – ele murmurou. – Criatura boa e digna; se eu pudesse apenas abraçar você! Se eu pudesse apenas envolvê-lo em meus braços e apertar suas costelas, como poderia apertá-las se uma vez mais pudesse abraçá-lo, que encontro haveria entre nós! Se algum dia nos cruzarmos novamente, Sampson, teremos uma saudação que não será facilmente esquecida, acredite em mim. Desta vez, Sampson, este momento em que tudo tinha corrido tão bem, foi tão bem escolhido! Foi tão atencioso de sua parte, tão penitente, tão bom. Ah, se estivéssemos cara a cara nesta sala novamente, meu advogado de sangue de barata, como apenas um de nós ficaria bem!

Aí ele parou; e, levando a tigela de ponche aos lábios, bebeu um gole longo e profundo, como se fosse água limpa e refrescante para sua boca ressecada. Largando-o abruptamente e retomando seus preparativos, ele continuou com seu solilóquio.

– Ali está Sally – disse ele, com os olhos faiscando. – A mulher tem espírito, determinação, propósito, ela estava dormindo ou petrificada? Ela poderia tê-lo esfaqueado, envenenado com segurança. Ela poderia saber que isso ia acontecer. Por que ela me avisa quando é tarde demais? Quando ele se sentou aqui, ali, acolá, com seu rosto branco, cabeça ruiva e sorriso doentio, por que eu não percebi o que estava se passando em seu coração? Deveria ter parado de bater, naquela noite, se eu soubesse dos seus segredos, ou não há drogas para embalar um homem para dormir, ou nenhum fogo para queimá-lo!

Outro gole da tigela; e, encolhendo-se sobre o fogo com um aspecto feroz, ele murmurou para si mesmo novamente.

– E isso, como todos os outros problemas e ansiedades que tive nos últimos tempos, vem daquele velho caduco e sua querida netinha, dois fracos, miseráveis e errantes! Ainda serei o gênio do mal. E você, doce Kit, honesto Kit, virtuoso e inocente Kit, olhe para si mesmo. Onde eu odeio, eu mordo. Eu o odeio, meu querido amigo, por uma boa causa, e, orgulhoso como você está esta noite, eu terei minha vez. O que é isso?

Uma batida no portão que ele havia fechado. Uma batida forte e violenta. Então, uma pausa; como se quem bateu tivesse parado para ouvir. Então, o barulho novamente, mais clamoroso e importuno do que antes.

– Tão cedo! – disse o anão. – E tão ansioso! Sinto ter que desapontá-lo. É bom estar bem preparado. Sally, obrigado!

Enquanto falava, ele apagou a vela. Em suas impetuosas tentativas de subjugar o brilho do fogo, ele estourou o fogão, que tombou para a frente e caiu com estrondo sobre as brasas ardentes que havia derramado em sua queda, deixando a sala na escuridão do breu. O barulho no portão ainda continuava, ele tateou o caminho até a porta e saiu para o ar livre.

Naquele momento, as batidas cessaram. Eram cerca de oito horas, mas o fim da noite mais escura teria sido como o meio-dia em comparação com a nuvem espessa que então pousou sobre a terra e encobriu tudo de vista. Ele disparou adiante por alguns passos, como se dentro da boca de alguma caverna escura e escancarada; então, pensando que ele tinha errado, mudou a direção de seus passos e ficou parado, sem saber para onde seguir.

– Se eles batessem de novo – disse Quilp, tentando analisar a escuridão que o cercava –, o som poderia me guiar! Venha! Bata no portão mais uma vez!

Ele ficou ouvindo atentamente, mas o barulho não foi repetido. Nada se ouvia naquele lugar deserto, a não ser, a intervalos, latidos distantes de cães. O som estava longe, ora de um lado, ora de outro, nem servia como um guia, pois muitas vezes vinha de alguma embarcação, como ele sabia.

– Se eu pudesse encontrar uma parede ou cerca – disse o anão, esticando os braços e caminhando lentamente –, saberia para que lado virar. Que boa negra noite do diabo esta para ter meu querido amigo aqui! Se eu tivesse apenas um desejo, poderia, por qualquer coisa que me importasse, nunca mais haver dia.

Quando a palavra passou por seus lábios, ele cambaleou e caiu – e no momento seguinte estava lutando contra a água fria e escura!

Apesar de todo o borbulhar e disparar em seus ouvidos, ele podia ouvir as batidas no portão novamente, podia ouvir um grito que se seguia, podia reconhecer a voz. Apesar de toda a sua luta e golpes, ele conseguiu ouvir que eles haviam se perdido e vagavam de volta ao ponto de onde haviam partido; que eles quase podiam enxergá-lo enquanto ele se afogava; que eles estavam próximos, mas não podiam fazer nenhum esforço para salvá-lo; que ele mesmo os havia fechado e barrado. Ele respondeu ao grito com outro grito, que pareceu fazer as cem fogueiras que dançavam diante de seus olhos tremer e piscar, como se uma rajada de vento os tivesse agitado. Não adiantou. A forte maré encheu sua garganta e o carregou em sua rápida corrente.

Outra batalha pela vida e ele se levantou novamente, batendo na água com as mãos e olhando para fora, com olhos selvagens e brilhantes que lhe mostraram algum objeto preto sobre o qual ele estava se aproximando.

O casco de um navio! Ele podia tocar sua superfície lisa e escorregadia com a mão. Um grito alto, agora, mas a água irresistível o derrubou antes que ele pudesse dizer algo, e, empurrando-o para o fundo, carregou seu cadáver.

Ela brincava e se divertia com sua carga horrível, ora machucando-o contra as pedras viscosas, ora escondendo-o na lama ou na grama alta, ora arrastando-o pesadamente sobre pedras ásperas e cascalho, ora fingindo cedê-lo a seu próprio elemento, e na mesma ação o atraindo para longe, até que, cansada do brinquedo feio, ela o jogou em um pântano, um lugar sombrio onde piratas haviam balançado acorrentados por muitas noites de inverno, e o deixou lá para empalidecer.

E lá estava ele sozinho. O céu estava vermelho de chamas, e a água que o carregava havia sido tingida com a luz sombria que fluía. O lugar que a carcaça abandonada havia deixado tão recentemente um homem vivo era, agora, uma ruína em chamas. Havia algo do brilho em seu rosto. O cabelo, agitado pela brisa úmida, brincava com uma espécie de zombaria da morte (uma zombaria com a qual o próprio morto teria se deleitado em vida, em torno da cabeça), e seu vestido esvoaçava preguiçosamente ao vento noturno.

Capítulo 68

Salas iluminadas, lareiras brilhantes, rostos alegres, a música de vozes alegres, palavras de amor e boas-vindas, corações calorosos e lágrimas de felicidade, mas que mudança é esta! Mas é para essas delícias que Kit se apressa. Eles estão esperando por ele, ele sabe. Ele teme morrer de alegria antes de chegar até eles.

Eles o prepararam para isso o dia todo. Ele não deve ser levado amanhã com o resto, eles lhe dizem primeiro. Aos poucos, eles o deixaram saber que surgiram dúvidas, que investigações deveriam ser feitas e talvez ele possa ser perdoado, afinal. Por fim, chegada a noite, eles o levam a uma sala onde alguns cavalheiros estão reunidos. O primeiro deles é o seu bom e velho mestre, que vem e o leva pela mão. Ele ouve que sua inocência foi comprovada e que foi perdoado. Ele não consegue ver quem está falando, mas se volta para a voz e, ao tentar responder, cai inconsciente.

Eles o restabelecem novamente e lhe dizem que ele deve se recompor e encarar isso como um homem. Alguém diz que ele deve pensar em sua pobre mãe. É porque ele pensa tanto nela que as boas notícias o dominaram. Eles se aglomeram em torno dele e dizem que a verdade se espalhou e que toda a cidade e todo o país vibram com simpatia por seus infortúnios. Ele não tem ouvidos para isso. Seus pensamentos, ainda, não têm um alcance mais amplo do que o lar. Será que ela sabe disso? O que ela disse? Quem contou a ela? Ele não consegue falar de mais nada.

Eles o fazem beber um pouco de vinho e conversam gentilmente com ele por um tempo, até que ele esteja mais controlado e possa ouvir e agradecer. Ele está livre para ir. O senhor Garland pensa que, se ele se sente melhor, é hora de eles partirem. Os cavalheiros se aglomeram em volta dele e apertam sua mão. Ele se sente muito grato a eles pelo interesse que têm nele e pelas amáveis promessas que fazem; mas o poder da fala se foi novamente, e ele tem muito trabalho para se manter de pé, mesmo apoiado no braço do mestre.

Ao passarem pelos corredores lúgubres, alguns oficiais da prisão que ali estão esperando parabenizam-no, de maneira grosseira, por sua libertação. O leitor de jornais foi um deles, mas seus modos não eram muito cordiais, havia algo de carrancudo em seus cumprimentos. Ele olha para Kit como um intruso, como alguém que obteve admissão naquele lugar sob falsos pretextos, que desfrutou de um privilégio sem ser devidamente qualificado. Ele pode ser um tipo de jovem muito bom, pensa, mas não tem nada a ver com o lugar, e quanto mais cedo for embora, melhor.

A última porta se fecha atrás deles. Eles passaram pelos muros externos e estão ao ar livre, na rua que ele tantas vezes imaginou para si mesmo quando cercado pelas pedras sombrias, e que esteve em todos os seus sonhos. Parecia mais ampla e ocupada do que costumava ser. A noite está ruim, mas quão alegre e efusiva parecia aos seus olhos! Um dos cavalheiros, despedindo-se dele, colocou algum dinheiro em sua mão. Ele não o contou; mas, quando eles dão alguns passos além da caixa de coleta para os prisioneiros pobres, ele retorna rapidamente e deposita ali o dinheiro.

O senhor Garland tem uma carruagem esperando em uma rua vizinha e, levando Kit com ele para dentro, manda o cocheiro seguir para casa. No início, eles só podem viajar a passos curtos e seguindo com tochas acesas adiante, por causa da forte neblina. Mas, à medida que se distanciam do rio e abandonam as partes mais populosas da cidade, conseguem dispensar essa precaução e prosseguir com maior rapidez. Na estrada, galopar forte seria muito lento para Kit; mas, quando se aproximam do fim da jornada, ele implora que andem mais devagar e, quando a casa aparecer à vista, que parem, apenas por um ou dois minutos, para dar-lhe tempo para respirar.

Mas não há como parar, pois o velho falava com firmeza com ele, os cavalos se recuperam e já estão no portão do jardim. No minuto seguinte, eles estão na porta. Ouve-se o barulho de conversas e passos lá dentro. Ela se abre. Kit corre e encontra sua mãe agarrada em seu pescoço.

E lá está também a sempre fiel mãe de Bárbara, ainda segurando o bebê como se nunca o tivesse largado desde aquele dia triste em que eles esperavam ter uma alegria como esta; lá estava ela, que Deus a abençoe, chorando lágrimas abundantes e soluçando como nenhuma mulher soluçou antes; e ali está a pequena Bárbara, a pobre Bárbara, muito mais magra e muito mais pálida, e ainda assim tão bonita, tremendo como uma folha e se apoiando na parede; e lá está a senhora Garland, mais arrumada e agradável do que nunca, desmaiando como uma pedra sem ninguém para ajudá-la; e lá está o senhor Abel, assoando o nariz violentamente e querendo abraçar a todos; e ali está o cavalheiro solteiro pairando ao redor de todos eles, e sem conversar com ninguém por um instante; e ali está aquele bom, querido e atencioso pequeno Jacob, sentado sozinho no último degrau, com as mãos nos joelhos como um velho, rugindo de medo sem causar problema a ninguém; e todos e cada um deles estavam, por algum tempo, completamente desorientados e cometiam, conjunta e individualmente, todo tipo de felicitações.

E mesmo quando todo o resto, em certa medida, voltou à normalidade e pôde encontrar palavras e sorrisos, Bárbara, aquela pequena Bárbara de coração mole, gentil e tola, foi repentinamente encontrada desmaiada sozinha na sala dos fundos, onde ela acorda e desmaia de novo, e é, de fato, tão ruim que, apesar de uma quantidade letal de vinagre e água fria, ela dificilmente consegue melhorar. Então, a mãe de Kit chega e diz, ele virá falar com ela; e Kit diz "Sim" e vai; e ele diz em uma voz gentil "Bárbara!", e a mãe de Bárbara diz a ela que "é apenas Kit"; e Bárbara diz (com os olhos fechados o tempo todo) "Oh! Mas é ele mesmo?", e a mãe de Bárbara diz "Com certeza é, minha querida; não há nada de errado agora". E, para ter certeza de que ele está são e salvo, Kit fala com ela novamente; e então Bárbara teve outro acesso de riso, e depois outro acesso de choro; e então a mãe de Bárbara e a mãe de Kit acenam uma para a outra e fingem repreendê-la, mas apenas para fazê-la voltar a si mais rápido, abençoado seja!, e sendo matronas experientes, e sagazes em perceber os primeiros sintomas de recuperação, elas consolam Kit com a certeza de que "ela está recuperada agora", e assim mandam-no para o lugar de onde ele veio.

Bem! Naquele lugar (que é a sala ao lado) há decantadores de vinho e todo esse tipo de coisa, dispostos tão elegantemente como se Kit e seus amigos fossem uma visita de alta classe; e lá está o pequeno Jacob, caminhando, como diz a frase popular, como um bolo de ameixa feito em casa, em um ritmo surpreendente, e de olho nos figos e nas laranjas que virão, e fazendo o melhor uso de seu tempo, você pode acreditar. Mal chega Kit, e aquele cavalheiro solteiro (nunca foi um cavalheiro tão ocupado) carrega todos os copos, cheios até a boca, e bebem à sua saúde, e diz que ele nunca vai querer um amigo enquanto viver; e o mesmo acontece com o senhor Garland, a senhora Garland e o senhor Abel. Mas mesmo esta honra e distinção não são tudo, pois o cavalheiro solteiro imediatamente tira de seu bolso um enorme relógio de prata maciça, com precisão de meio segundo, e na parte de trás deste relógio está gravado o nome de Kit, com floreios por toda parte; e, em suma, é o relógio de Kit, comprado expressamente para ele e presenteado a ele na hora. Você pode ter certeza de que o senhor e a senhora Garland não podem deixar de falar sobre o presente que eles tinham reservado, e que o senhor Abel diz abertamente que também trouxe o seu; e que Kit é o mais feliz dos felizes.

Há um amigo que ele ainda não viu e, como não pode ser convenientemente apresentado ao círculo familiar, por ser um quadrúpede calçado com ferro, Kit aproveita a primeira oportunidade para fugir e correr para o estábulo. No momento em que ele coloca a mão no trinco, o pônei relincha a saudação mais alta de um pônei; antes de cruzar a soleira, ele salta sobre sua caixa livre (pois não tolera a indignidade de um cabresto), louco para recebê-lo; e, quando Kit vai acariciá-lo e afagá-lo, o pônei esfrega o nariz no casaco e o acaricia com mais amor do que um ser humano. É a coroação de sua recepção honesta e sincera; e Kit passa o braço em volta do pescoço de Whisker e o abraça.

Mas como Bárbara pôde vir até ali? E como ela se aprumou novamente! Ela está com seu copo desde que se recuperou. Como estaria Bárbara no estábulo, dentre todos os lugares do mundo? Porque, desde que Kit esteve fora, o pônei não aceitava comida de ninguém além dela, de Bárbara, você vê. Sem sonhar que Christopher estava lá, ela apenas olhou para dentro, para ver se tudo estava certo, e o surpreendeu. A pequena Bárbara tão corada! Pode ser que Kit tenha acariciado o pônei o suficiente; pode ser que haja coisas ainda melhores para acariciar do que pôneis. Ele o troca por Bárbara de qualquer maneira, e espera que ela melhore. Sim. Bárbara é muito melhor. Ela tem medo, e agora Bárbara baixa os olhos e enrubesce ainda mais, pois ele pode tê-la considerado muito tola.

– Nem um pouco – diz Kit.

Bárbara fica feliz com isso e tosse, Cof!, apenas a tosse mais leve possível, não mais do que isso.

Que pônei discreto quando ele quer ser! Ele está tão quieto agora como se fosse de mármore. Ele tem uma aparência muito astuta, mas sempre teve.

– Quase não tivemos tempo de apertar as mãos, Bárbara – diz Kit.

Bárbara dá a ele a dela. Ora, ela está tremendo agora! Bárbara tola e apreensiva!

À distância de um braço? O comprimento de um braço não é muito. O braço de Bárbara não era longo, de forma alguma; além disso, ela não o estendeu direito, mas se curvou um pouco. Kit estava tão perto dela quando eles apertaram as mãos que ele pôde ver uma pequena lágrima minúscula, mas trêmula em um cílio. Era natural que ele olhasse para ela sem que Bárbara notasse. Era natural que Bárbara levantasse os olhos inconscientemente e o descobrisse tão perto. Era natural que naquele instante, sem nenhum impulso ou planejamento prévio, Kit beijasse Bárbara? E ele fez isso, queiram ou não. Bárbara disse "que vergonha", mas deixou que ele fizesse de novo, duas vezes. Ele poderia ter feito isso três vezes, mas o pônei chutou os calcanhares e balançou a cabeça, como se de repente tivesse convulsões de prazer, e Bárbara, assustada, fugiu, não direto para onde sua mãe e a mãe de Kit estavam, no entanto, para que elas não vissem como suas bochechas estavam vermelhas e perguntassem por quê. Ah, a astuta Bárbara!

Quando a primeira euforia de toda a festa diminuiu, e Kit e sua mãe, e Bárbara e sua mãe, com o pequeno Jacob e o bebê, jantaram juntos, e que não houvesse pressa, pois eles ficariam por ali a noite toda, o senhor Garland chamou Kit até ele e, levando-o para um quarto onde eles pudessem ficar sozinhos, disse-lhe que ainda tinha algo a dizer, o que o deixaria muito surpreso. Kit parecia tão ansioso e pálido ao ouvir isso que o velho cavalheiro se apressou a acrescentar que ficaria agradavelmente surpreso; e perguntou-lhe se estaria pronto na manhã seguinte para uma viagem.

– Para uma viagem, senhor?! – gritou Kit.

– Em minha companhia e de meu amigo na sala ao lado. Você consegue adivinhar seu propósito?

Kit ficou mais pálido ainda e balançou a cabeça.

– Ah, sim. Eu acho que você já sabe – disse seu mestre. – Tente adivinhar.

Kit murmurou algo um tanto incoerente e ininteligível, mas pronunciou claramente as palavras "senhorita Nell" três ou quatro vezes, balançando a cabeça enquanto o fazia, como se fosse acrescentar que não havia esperanças disso.

Mas o senhor Garland, em vez de dizer "tente de novo", como Kit pensou que diria com certeza, afirmou muito seriamente que ele havia adivinhado.

– O lugar de seu retiro foi realmente descoberto – disse ele –, finalmente. E esse é o fim de nossa jornada.

Kit hesitou em fazer mais perguntas, como: onde estava e como fora encontrada e há quanto tempo, e ela estava bem e feliz?

– Feliz, sem sombra de dúvida – disse o senhor Garland. – E eu... eu acredito que ela ficará bem em breve. Ela tem estado fraca e doente, como eu ouvi dizer, mas estava melhor quando soube disso nesta manhã, e eles estavam cheios de esperança. Sente-se e ouvirá o resto.

Quase sem se aventurar a respirar, Kit fez o que ele mandou. O senhor Garland então contou a ele como ele tinha um irmão (de quem ele se lembraria de tê-lo ouvido falar, e cujo retrato, feito quando ele era jovem, estava pendurado no melhor quarto), e como esse irmão viveu um longo tempo bem longe, em um lugar no campo, com um velho clérigo que fora seu melhor amigo. Como, embora se amassem como irmãos deveriam, não se encontravam havia muitos anos, mas se comunicavam por carta de vez em quando, sempre ansiosos por algum período em que se cumprimentassem novamente com as mãos, e ainda permitindo que o tempo presente seguisse, como era o hábito dos homens, e fazendo com que o futuro se misturasse com o passado. Como este irmão, cujo temperamento era muito brando e quieto e retraído, como o do senhor Abel, era muito amado pelas pessoas simples entre as quais ele vivia, eles reverenciavam bastante o solteirão (pois assim o chamavam), e todos ali experimentavam a sua caridade e benevolência.

Como mesmo aquelas pequenas circunstâncias chegaram ao seu conhecimento, muito lentamente e no decorrer dos anos, pois o solteiro era um daqueles cuja bondade foge da luz e que tem mais prazer em descobrir e exaltar as boas ações dos outros do que em alardear as suas, mesmo que elas fossem muito mais meritórias. Como, por essa razão, ele raramente falava de seus amigos da aldeia; mas como, apesar de tudo isso, sua mente se tornou tão afeiçoada por dois entre eles, uma criança e um velho, com quem ele tinha sido muito gentil, que, em uma carta recebida poucos dias antes, ele se referiu a eles do princípio ao fim, e contou tal história de sua perambulação e amor mútuo, que poucos podiam lê-la sem comover-se às lágrimas. Como ele, o destinatário daquela carta, foi levado diretamente à crença de que aqueles deviam ser os próprios fugitivos por quem tantas buscas haviam sido feitas, e que o Céu havia direcionado aos cuidados de seu irmão. Como ele havia escrito solicitando informações adicionais que colocariam o fato fora de qualquer dúvida; cuja confirmação tinha chegado aquela manhã; haviam confirmado sua primeira impressão com certeza; e aquela era a causa daquela viagem que estava sendo planejada imediatamente, que eles deveriam iniciar na amanhã seguinte.

– Nesse ínterim – disse o senhor levantando-se e pondo a mão no ombro de Kit –, você precisa muito descansar, pois um dia como esse desgastaria o homem mais forte. Boa noite, e os céus permitam que nossa viagem tenha um final próspero!

Capítulo 69

Kit não foi preguiçoso na manhã seguinte, mas, saltando da cama um pouco antes do amanhecer, começou a se preparar para sua expedição de boas-vindas. A pressa e o ânimo resultantes dos eventos do dia anterior e a inesperada narrativa que ele tinha ouvido à noite tinham perturbado seu sono durante a longa noite e trouxeram tantos sonhos conturbados sobre seu travesseiro que ele estava ansioso para se levantar.

Mas, se tivesse sido o início de algum grande trabalho com o mesmo objetivo em vista, se fosse o início de uma longa jornada a ser realizada a pé, naquela estação inclemente do ano, conquistada ao custo de muita privação e dificuldade, e a ser alcançada apenas com grande angústia, fadiga e sofrimento; se esse fosse o alvorecer de algum empreendimento doloroso, certo de colocar em movimento sua grande força de vontade e precisasse de seu máximo empenho, mas provavelmente terminasse, se o resultado fosse alcançado, para a boa sorte e alegria de Nell, o zelo alegre de Kit teria sido igualmente despertado: o ardor e a impaciência de Kit teriam sido, no mínimo, iguais.

Ele também não estava animado e ansioso sozinho. Ao menos um quarto de hora antes que ele tivesse acordado, a casa inteira estava agitada e ocupada. Todos se apressaram em fazer algo para facilitar os preparativos. O cavalheiro solteiro, é verdade, nada podia fazer sozinho, mas ele ignorava todo mundo e era mais ativo do que qualquer um. O trabalho de empacotar e preparar prosseguiu rapidamente, e ao amanhecer todos os preparativos para a jornada estavam concluídos. Então Kit começou a desejar que eles não tivessem sido tão ágeis, pois a carruagem alugada para a ocasião não chegaria antes das nove horas, e não havia nada além do café da manhã para preencher o espaço em branco de uma hora e meia. Sim, havia, na verdade. Lá estava Bárbara. Bárbara estava ocupada, certamente, mas tanto melhor, pois Kit poderia ajudá-la, e isso faria com que o tempo passasse melhor do que por qualquer meio que pudesse ser inventado. Bárbara não fez objeções a esse arranjo, e Kit, rastreando a ideia que lhe ocorrera tão repentinamente da noite para o dia, começou a pensar que certamente Bárbara gostava dele, e certamente ele gostava de Bárbara.

Bem, Bárbara, se é preciso dizer a verdade, como deve ser sempre, Bárbara parecia, de toda a pequena casa, ter menos prazer com a agitação da ocasião; e quando Kit, com toda a franqueza de seu coração, disse a ela como aquilo o deixava contente e radiante, Bárbara ficou ainda mais abatida e parecia sentir ainda menos prazer do que antes!

– Você voltou não faz muito tempo, Christopher – disse Bárbara, e é impossível dizer quão descuidadamente ela disse isso. – Você chegou não faz tanto tempo, e parece estar feliz por ir embora novamente, eu poderia pensar.

– Mas com esse propósito – respondeu Kit. – Para trazer de volta a senhorita Nell! Para vê-la novamente! Apenas pense nisso! Também estou muito contente em pensar que finalmente você a conhecerá, Bárbara.

Bárbara não disse de forma alguma que não sentia nenhuma gratificação nesse ponto, mas expressou seu sentimento tão claramente, com um leve movimento de cabeça, que Kit ficou bastante desconcertado e se perguntou, em sua simplicidade, por que ela estava tão fria com o assunto.

– Você vai dizer que ela tem o rosto mais doce e lindo que você já viu, eu sei – disse Kit, esfregando as mãos. – Tenho certeza de que você vai dizer isso.

Bárbara balançou a cabeça novamente.

– Qual é o problema, Bárbara? – perguntou Kit.

– Nada! – gritou Bárbara. E Bárbara fez beicinho, não de mau humor ou de uma maneira feia, mas apenas o suficiente para parecer ter, mais do que nunca, os lábios de cereja.

Não há escola em que um aluno progrida tão rápido quanto aquela em que Kit se tornou um estudioso ao dar um beijo em Bárbara. Ele entendeu o que Bárbara queria dizer agora; ele aprendeu essa lição de cor imediatamente, pois o livro estava em pé, diante dele, tão claro como se fosse impresso.

– Bárbara – disse Kit –, você não está zangada comigo?

– Oh, querido, não! Por que Bárbara deveria estar zangada? E que direito ela teria de ficar zangada? E o que importaria se estivesse zangada ou não? Quem se importaria com ela?

– Sim, eu me importo – disse Kit. – Claro que eu me importo!

Bárbara não entendia por que isso acontecia, é claro. Kit tinha certeza de que sim. Ela iria reconsiderar? Certamente, Bárbara iria reconsiderar. Não, ela não viu por que estava tão claro. Ela não entendeu o que Christopher quis dizer. E, além disso, ela tinha certeza de que eles queriam que ela subisse as escadas neste momento, e ela deveria ir, de fato.

– Não, mas Bárbara – disse Kit, detendo-a gentilmente –, vamos nos separar mantendo nossa amizade. Sempre estive pensando em você, durante o meu infortúnio. Eu teria ficado muito mais infeliz do que fui se não fosse por você.

Meu Deus, como Bárbara ficava bonita quando corava, e quando tremia, como um passarinho encolhido!

– Estou dizendo a verdade, Bárbara, dou minha palavra, mas não com a metade da força que eu gostaria – disse Kit. – Quando quero que você fique feliz em conhecer a senhorita Nell, é só porque gosto que fique satisfeita com o que me agrada, isso é tudo. Quanto a ela, Bárbara, acho que quase morreria para lhe prestar auxílio, mas você também o faria, se a conhecesse como eu. Tenho certeza de que sim.

Bárbara ficou comovida e lamentou ter parecido indiferente.

– Fui acostumado, sabe, a falar e pensar nela quase como se fosse um anjo. Quando estou ansioso para encontrá-la novamente, penso nela sorrindo como costumava fazer, e feliz em me ver, estendendo a mão e dizendo "É o meu velho Kit", ou outras palavras parecidas, como ela costumava dizer. Penso em vê-la feliz, com amigos ao seu redor, e criada como ela merece e como deveria ser. Quando penso em mim, é como seu antigo criado, e alguém que a amava muito, como seu gentil, bom e afetuoso amigo; e quem teria passado, sim, e ainda passaria, por qualquer provação para servi-la. Uma vez, não pude deixar de ter medo de que, se ela tivesse outros amigos, ela poderia esquecer, ou ter vergonha de ter conhecido um rapaz humilde como eu, e então poderia me tratar friamente, o que teria me ferido, Bárbara, mais profundamente do que eu posso imaginar. Mas, quando pensei novamente, tive certeza de que estava pensando muito errado sobre ela; e assim continuei, como fiz a princípio, esperando vê-la mais uma vez, como ela costumava ser. Esperar por isso e lembrar o que ela era fez com que eu sentisse que sempre tentaria lhe agradar e sempre seria o que gostaria de ser para ela, se ainda fosse seu criado. Se eu sou melhor por isso, e não acho que tenha me tornado pior, sou grato a ela e a amo e honro ainda mais. Essa é a pura e honesta verdade, querida Bárbara, dou minha palavra que sim!

A pequena Bárbara não era rebelde ou caprichosa e, cheia de remorso, derreteu-se em lágrimas. A que mais conversa isso poderia ter levado não precisamos parar para indagar, pois as rodas da carruagem foram ouvidas naquele momento, e, sendo seguidas por um badalar no portão do jardim, fizeram com que a agitação na casa, que havia ficado adormecida por um curto período de tempo, explodisse novamente em dez vezes mais vida e vigor.

Simultaneamente com a carruagem de viagem, chegou o senhor Chuckster em um táxi, com alguns papéis e suprimentos de dinheiro para o cavalheiro solteiro, em cujas mãos os entregou. Cumprido esse dever, ele misturou-se com a família; e, entretendo-se com um café da manhã, perambulando e filosofando pela sala, observava com delicada indiferença o processo de carregamento da carruagem.

– Snobby está nessa empreitada, verdade, senhor? – disse ele ao senhor Abel Garland. – Achei que ele não estava na última viagem porque era de esperar que sua presença não fosse aceitável para o velho búfalo.

– Para quem, senhor? – perguntou o senhor Abel.

– Para o velho cavalheiro – respondeu o senhor Chuckster, ligeiramente envergonhado.

– Nosso cliente prefere levá-lo agora – disse o senhor Abel, secamente. – Não há mais necessidade dessa precaução, pois o relacionamento de meu pai com esse cavalheiro, em quem as pessoas procuradas têm total confiança, será uma garantia importante para o sucesso de sua missão.

– Ah! – pensou o senhor Chuckster, olhando pela janela. – Qualquer um, menos eu! Snobby diante de mim, é claro. Por acaso, ele não pegou aquela nota específica de cinco libras, mas não tenho a menor dúvida de que ele está sempre fazendo algo desse tipo. Eu sempre disse isso, muito antes de isso ser descoberto. Que diabos de menina bonita! Por minha alma, que criaturinha incrível!

Bárbara foi o assunto das observações do senhor Chuckster; e, como ela estava se demorando perto da carruagem (agora todos prontos para sua partida), aquele cavalheiro foi repentinamente tomado por um forte interesse nos procedimentos, o que o impeliu a descer para o jardim e assumir sua posição a uma distância conveniente para melhor contemplação. Tendo tido grande experiência com o sexo oposto, e estando perfeitamente familiarizado com todos aqueles pequenos artifícios que encontram o caminho mais rápido para seus corações, o senhor Chuckster, ao se posicionar, plantou uma das mãos no quadril e com a outra ajeitou os cabelos esvoaçantes. Esta é uma postura muito usada nos círculos eruditos e, acompanhada por um assobio gracioso, é conhecida por ter um resultado imediato.

Tal é, porém, a diferença entre a cidade e o campo, pois ninguém deu a mínima atenção a essa pose insinuante; os infelizes, estando totalmente empenhados em se despedir dos viajantes, em beijar as mãos uns dos outros, agitar lenços e coisas semelhantes, práticas comezinhas e vulgares. Por enquanto, o cavalheiro solteiro e o senhor Garland estavam na carruagem, o carteiro na sela, e Kit, bem agasalhado e coberto, estava no assento de trás; e a senhora Garland estava lá, e o senhor Abel estava lá, e a mãe de Kit estava lá, e o pequeno Jacob estava lá, e a mãe de Bárbara estava visível em uma perspectiva remota, amamentando o bebê sempre acordado; e todos estavam acenando, acenando, fazendo reverências ou gritando "Adeus" com toda a energia que podiam expressar. Em um minuto, a carruagem estava fora de vista; e o senhor Chuckster permaneceu sozinho no local onde estivera recentemente, observando Kit de pé, no meio daquele alvoroço, acenando com a mão para Bárbara, e observando Bárbara, em plena luz e brilho de seus olhos (os seus olhos, os olhos de Chuckster, Chuckster, a imagem do sucesso, para quem as senhoras sofisticadas olhavam com admiração das carruagens nos parques aos domingos), acenando para Kit!

Como o senhor Chuckster, fascinado por esse pensamento monstruoso, ficou por algum tempo enraizado na terra, protestando consigo mesmo que Kit era o Príncipe dos personagens criminosos, e o próprio Imperador ou Grande Mogul dos Esnobes, e como ele constantemente voltava àquele fato revoltante, a velha vilania do xelim, são assuntos estranhos ao nosso propósito, que deve acompanhar agora as rodas da carruagem que levava o grupo de viajantes em sua jornada fria e sombria.

Foi um dia amargo. Um vento forte soprava e investia contra eles ferozmente, branqueando o solo duro, sacudindo a neve branca das árvores e sebes e soprando-a em círculos como poeira. Mas Kit pouco se importou com o clima. Havia uma liberdade e um frescor no vento, que passava uivando, e que, embora soprasse forte, era bem-vindo. Enquanto varria com sua nuvem de gelo, derrubando os galhos e ramos secos e as folhas murchas e elevando-os desordenadamente, parecia que alguma simpatia contagiante se espalhara, e tudo ao redor estava com pressa, como eles. Quanto mais fortes as rajadas, melhor o progresso que pareciam fazer. Foi uma boa atitude seguir tentando e lutando adiante, vencendo os obstáculos um a um, para vê-los aumentar, ganhar força e fúria à medida que avançavam; curvar-se por um momento, enquanto eles passavam assobiando; e então olhar para trás e vê-los fugir, seu ruído rouco morrendo a distância e as árvores robustas encolhendo-se diante deles.

Durante todo o dia ele soprou sem parar. A noite estava clara e iluminada pelas estrelas, mas o vento não tinha diminuído, e o frio era cortante. Às vezes, no final de uma longa etapa, Kit não podia deixar de desejar que estivesse um pouco menos frio, mas, quando eles paravam para trocar de cavalos, ele dava uma boa corrida, e com isso, e na ânsia de pagar o cocheiro que ia descansar e despertar o próximo, correndo para lá e para cá novamente até que os cavalos fossem atrelados, ele estava tão aquecido que o sangue formigava e ardia nas pontas de seus dedos, então ele sentia que, se estivesse um grau menos frio, seria perder metade do deleite e da glória da viagem; e ele saltava novamente, bem animado, cantando a música alegre das rodas enquanto elas giravam e, deixando os habitantes da cidade em suas camas quentes, prosseguiam em seu curso ao longo da estrada solitária.

Enquanto isso, os dois cavalheiros lá dentro, pouco dispostos a dormir, enganavam o tempo com conversas. Como ambos estavam ansiosos e esperançosos, naturalmente giravam em torno do assunto de sua expedição, da maneira pela qual ela fora realizada e das esperanças e temores que nutriam em relação a ela. Do primeiro, eles tinham muitos assuntos; do último, tinham poucos; nenhum, talvez, além daquele desconforto indefinível que é inseparável da esperança repentinamente despertada e da expectativa que se prolongava.

Em uma das pausas de sua conversa, e quando a meia-noite já havia passado, o cavalheiro solteiro, que gradualmente se tornava cada vez mais silencioso e pensativo, voltou-se para seu companheiro e disse abruptamente:

– Você é um bom ouvinte?

– Como a maioria dos outros homens, suponho – retrucou o senhor Garland, sorrindo. – Eu posso ser, se estiver interessado; e, se não estiver interessado, posso tentar parecer que sim. Por que você pergunta?

– Eu tenho uma breve narrativa para você – respondeu seu amigo –, e vou testá-lo com ela. É muito breve.

Parando sem esperar pela resposta, ele colocou a mão na manga do velho cavalheiro e procedeu assim:

– Era uma vez dois irmãos que se amavam ternamente. Havia uma diferença nas idades, cerca de doze anos. Não tenho certeza, mas eles podem ter se amado ainda mais por esse motivo. Larga como o intervalo de suas idades, uma rivalidade surgiu entre eles cedo demais. A afeição mais profunda e forte de ambos os corações se fixou na mesma pessoa.

– O mais novo, que tinha motivos para ser mais sensível e vigilante, foi o primeiro a descobrir esse amor. Não vou lhe dizer que provação ele passou, que agonia interior ele experimentou, quão grande foi sua luta interna. Ele tinha sido uma criança doente. Seu irmão, paciente e atencioso apesar da sua própria boa saúde e força, passou muitos e muitos dias negando a si mesmo participar dos esportes que amava para sentar-se ao lado de seu sofá, contando-lhe velhas histórias, até que seu rosto pálido se iluminasse com um brilho incomum; para carregá-lo nos braços para algum lugar verde, onde pudesse cuidar do pobre menino pensativo enquanto olhava para o brilhante dia de verão e via toda a natureza saudável, exceto ele; para ser, de qualquer forma, seu amado e fiel enfermeiro. Não posso relatar tudo o que ele fez para fazer a pobre e fraca criatura amá-lo, ou minha história não teria fim. Mas, quando chegou a hora da decisão, o coração do irmão mais novo estava cheio da lembrança daqueles velhos tempos. O céu o fortaleceu para retribuir os sacrifícios de uma juventude irrefletida por uma maturidade consciente. Ele deixou seu irmão para que este pudesse ser feliz. A verdade nunca saiu dos seus lábios, e ele deixou o país, esperando morrer no exterior. O irmão mais velho se casou com ela. Ela foi para o céu em pouco tempo e o deixou com uma filha pequena.

"Se você observar a galeria de retratos de qualquer família antiga, você se lembrará de como o mesmo rosto e aparência, frequentemente o mais belo e o mais leve de todos, aparecem novamente em gerações diferentes; e como você identifica a mesma doce menina através de uma longa linha de retratos, nunca envelhecendo ou mudando, o rosto angelical da linhagem, obedecendo a eles em todos os detalhes, redimindo todos os seus pecados.

"Nesta filha a mãe viveu novamente. Você pode julgar com que devoção aquele que perdeu aquela mãe logo após tê-la conquistado agarrou-se a essa menina, sua imagem viva. Ela cresceu e se tornou mulher e deu seu coração a alguém que não conhecia seu valor. Bem! Seu pai afetuoso não podia vê-la murchar e cair; talvez o genro pudesse ser mais merecedor do que ele supunha. Ele certamente poderia ser, com uma esposa como ela. Ele juntou as mãos deles e eles se casaram.

"Através de toda a miséria que se seguiu a esta união; por meio de toda a negligência fria e reprovação imerecida; através de toda a pobreza que ele trouxe sobre ela; através de todas as brigas de sua vida diária, muito mesquinhas e lamentáveis para contar, mas terríveis de suportar; ela lutou, na profunda devoção de seu espírito e em sua melhor natureza, como só as mulheres podem fazer. Seus meios e recursos foram desperdiçados; seu pai quase foi levado à mendicância pela mão de seu marido, e era testemunha a toda hora (pois eles viviam sob o mesmo teto) de seu mau comportamento e infelicidade; ela nunca, a não ser para ele, lamentou seu destino. Paciente e amparada por forte afeto até o fim, ela morreu viúva umas três semanas mais tarde, deixando aos cuidados de seu pai dois órfãos: um filho de 10 ou 12 anos; e uma menina, uma outra criança de colo, em profundo desamparo, como ela mesma fora quando sua jovem mãe morreu.

"O irmão mais velho, avô dessas duas crianças, era agora um homem alquebrado, esmagado e abatido, menos pelo peso dos anos do que pela mão pesada da tristeza. Com a destruição de seus bens, ele começou a negociar, primeiro com fotos e depois com coisas antigas e curiosidades. Ele nutrira desde menino um gosto por tais objetos, e os gostos que cultivara agora iriam lhe render uma subsistência curta e precária.

"O menino cresceu como seu pai em ideias e aparência; a menina, tão parecida com a mãe que, quando o velho a segurou nos joelhos e olhou em seus suaves olhos azuis, teve a sensação de despertar de um sonho miserável e sua filha voltar a ser uma criança. O menino rebelde logo rejeitou o abrigo de seu lar e procurou companheiros mais adequados ao seu gosto. O velho e a criança moraram sozinhos.

"Quando o amor de duas pessoas mortas que eram as mais próximas e queridas ao seu coração foi todo transferido para aquela pequena criatura; quando o rosto dela, diariamente diante dele, lembrava-o a toda hora da mudança repentina que ele vira acontecer em um rosto semelhante, e de todos os sofrimentos que ele assistira e conhecera, e tudo o que ela havia passado; quando o jovem neto perdulário de conduta difícil começou a drenar o seu dinheiro como seu pai o fizera, chegando a gerar privações e problemas de tempos em tempos; foi então que ele começou a se sentir acuado, e ter sempre em sua mente um pavor sombrio da pobreza e da necessidade. Ele não pensava em si mesmo; seu temor era pela criança. Era um fantasma em sua casa e o perseguia noite e dia.

"O irmão mais novo viajou por muitos países e fez sua peregrinação pela vida sozinho. Seu banimento voluntário foi mal interpretado, e ele suportou (não sem dor) reprovação e desprezo por fazer o que havia despedaçado seu coração e lançado uma sombra triste em seu caminho. Além disso, a comunicação entre ele e o mais velho era difícil e incerta, e frequentemente falhava; ainda assim, não foi totalmente interrompida, mas ele soube, com longos espaços em branco e lacunas entre cada intervalo de informação, tudo o que eu relatei agora.

"Então, os sonhos de sua vida jovem e feliz, feliz para ele, embora carregada de dor e cuidados precoces, visitavam seu travesseiro com mais frequência do que antes; e todas as noites, voltando a ser aquele menino, lá estava ele ao lado do irmão. Com a maior velocidade que podia exercer, ele resolveu seus negócios, converteu em dinheiro todos os bens que possuía; e, com riqueza honrada e suficiente para ambos, com o coração e as mãos abertos, com os membros que tremiam enquanto o carregavam, com uma emoção que os homens dificilmente suportam e vivem, chegou uma noite à porta de seu irmão!"

O narrador, cuja voz vacilou recentemente, parou.

– O resto – disse o senhor Garland, apertando sua mão após uma pausa –, eu sei.

– Sim – respondeu o amigo –, podemos nos poupar da sequência. Você conhece o resultado triste de todas as minhas buscas. Mesmo quando, por força de tais investigações que a máxima vigilância e sagacidade puderam colocar a pé, descobrimos que eles foram vistos com dois pobres espetáculos itinerantes, e com o tempo descobriram os próprios homens, e com o tempo, o verdadeiro lugar do seu retiro; mesmo assim, chegamos tarde demais. Por favor, Deus, conceda que não estejamos atrasados de novo!

– Não podemos estar – disse Garland. – Desta vez, devemos ter sucesso.

– Eu acreditei e esperava que sim – respondeu o outro. – Eu tento acreditar e ainda ter esperanças. Mas um grande peso caiu sobre meu espírito, meu bom amigo, e a tristeza que se apodera de mim não cederá à esperança nem à razão.

– Isso não me surpreende – disse Garland. – É uma consequência natural dos eventos que você recordou; desta época e lugar sombrios; e, acima de tudo, desta noite selvagem e sombria. Uma noite sombria, de fato! Ouça! Como o vento está uivando!

Capítulo 70

O dia amanheceu e os encontrou ainda a caminho. Desde que saíram de casa, eles pararam aqui e ali para se refrescar e frequentemente se atrasaram, especialmente à noite, esperando pela troca por cavalos descansados. Não haviam feito outras paradas, mas o tempo continuava difícil, e as estradas costumavam estar íngremes e pesadas. Seria noite novamente antes que eles alcançassem seu local de destino.

Kit, todo exibido e endurecido pelo frio, continuou corajosamente; e, tendo o suficiente para manter seu sangue circulando, imaginar o final feliz dessa jornada de aventura e olhar em volta e se maravilhar com tudo, teve pouco tempo livre para pensar em desconfortos. Embora sua impaciência e a de seus companheiros de viagem aumentassem rapidamente com o passar do dia, as horas não pararam. A curta luz do dia de inverno logo desapareceu, e estava escuro novamente quando eles ainda tinham muitos quilômetros a percorrer.

À medida que escurecia, o vento diminuía; seus uivos distantes eram mais baixos e tristes; e, quando veio rastejando estrada acima, e chacoalhando secretamente entre os arbustos secos de cada lado, parecia um grande fantasma para quem o caminho era estreito, cujas vestes farfalhavam enquanto caminhava. Aos poucos, ele acalmou e morreu, e então começou a nevar.

Os flocos caíram rápidos e grossos, logo cobrindo o solo com alguns centímetros de profundidade e espalhando uma quietude solene. As rodas agora giravam silenciosas, e o barulho afiado e o tilintar dos cascos dos cavalos se transformavam em um andar surdo e abafado. A agitação do seu progresso passou a ser lentamente silenciada, e algo semelhante à morte chegou para usurpar seu lugar.

Protegendo os olhos da neve que caía, que congelava em seus cílios e obscurecia sua visão, Kit muitas vezes tentava capturar a primeira visão de luzes cintilantes, indicando sua aproximação de alguma cidade não muito distante. Ele conseguia ver vários objetos em tais ocasiões, mas nenhum claramente. Uma alta torre de igreja apareceu à vista e logo se tornou uma árvore; um celeiro revelou-se uma sombra no chão, projetada por suas próprias lâmpadas brilhantes. Agora, havia cavaleiros, viajantes a pé, carruagens, indo antes, ou encontrando-os em caminhos estreitos; que, quando estavam perto deles, também se transformavam em sombras. Uma parede, uma ruína, uma ponta de telhado robusto se ergueriam na estrada; e, quando estivessem mergulhando de cabeça neles, eram na verdade a própria estrada. Estranhas curvas também, pontes e lençóis de água pareciam começar aqui e ali, tornando o caminho duvidoso e incerto; e ainda assim eles estavam na mesma estrada vazia, e essas coisas, como as outras, à medida que eram passadas, transformavam-se em vagas ilusões.

Ele desceu lentamente de seu assento, pois seus membros estavam dormentes, quando eles chegaram a uma solitária casa dos correios, e perguntou quão longe eles tinham que ir para chegar ao fim de sua jornada. Já era bem tarde naqueles lugares, e as pessoas estavam dormindo, mas uma voz respondeu de uma janela superior "dez milhas". Os dez minutos que se seguiram pareceram uma hora; mas, ao final desse tempo, uma figura trêmula conduziu os cavalos de que precisavam e, após outra breve demora, eles voltaram a andar. Era uma estrada principal, depois das primeiras três ou quatro milhas, de buracos e sulcos de carroças que, estando cobertos pela neve, formavam tantas armadilhas para os cavalos trêmulos que os obrigavam a manter um espaço para os pés. Como era quase impossível para os homens tão agitados quanto estavam naquela altura ficarem parados e se moverem tão lentamente, os três desceram e seguiram com dificuldade atrás da carruagem. A distância parecia interminável, e a caminhada foi muito trabalhosa. Como cada um pensava em seu íntimo que o cocheiro devia ter se perdido, um sino de igreja, bem próximo, soou a meia-noite, e a carruagem parou. Tinha se movido com bastante suavidade, mas, quando parou de esmagar a neve, o silêncio foi tão surpreendente como se um grande ruído tivesse sido substituído por uma imobilidade perfeita.

– Este é o lugar, senhores – disse o cocheiro, desmontando do cavalo e batendo à porta de uma pequena estalagem.

– Olá! Passa das doze horas, já estamos na calada da noite aqui.

A batida foi alta e longa, mas não conseguiu despertar os moradores sonolentos. Tudo permanecia escuro e silencioso como antes. Eles recuaram um pouco e olharam para as janelas, que eram meras manchas pretas na fachada esbranquiçada da casa. Nenhuma luz apareceu. A casa poderia estar deserta, ou os habitantes mortos em seu sono, pois não havia nenhum sinal de vida ali.

Eles falavam todos ao mesmo tempo, em sussurros; relutantes em iniciar novamente os ecos sombrios que acabaram de provocar.

– Vamos prosseguir – disse o irmão mais novo – e deixar este bom sujeito para acordá-los, se puder. Não consigo descansar enquanto não tiver certeza de que não é tarde demais. Prossigamos, em nome dos céus!

Eles o fizeram, deixando o cavalariço para organizar as acomodações que a casa oferecesse e para continuar com as batidas na porta. Kit os acompanhou com um pequeno embrulho, que ele pendurou na carruagem quando eles saíram de casa e não esqueceu desde então: o pássaro em sua velha gaiola, assim como ela o deixou. Ela ficaria feliz em ver seu pássaro, ele sabia.

A estrada serpenteava suavemente para baixo. À medida que avança-vam, perderam de vista a igreja, cujo relógio haviam ouvido, e a pequena aldeia aglomerada em volta dela. As batidas na porta, que agora foram retomadas, e que naquela quietude eles podiam ouvir claramente, perturbou--os. Desejaram que o homem parasse ou que lhe tivessem dito para não quebrar o silêncio até que voltassem.

A velha torre da igreja, vestida com uma roupa fantasmagórica de branco puro e frio, novamente se ergueu diante deles, e alguns momen-tos os trouxeram para perto dela. Um edifício venerável, cinza, mesmo no meio de uma paisagem antiga. Um antigo relógio de sol na parede do campanário estava quase oculto pela neve e mal se sabia o que era. O próprio tempo parecia ter ficado enfadonho e velho, como se nenhum dia fosse novamente substituir a noite melancólica.

Um portão fechado estava próximo, mas havia mais de um caminho através do cemitério para o qual ele conduzia e, sem saber qual cami-nho seguir, eles pararam novamente.

A rua da aldeia, se fosse possível chamar de rua aquele aglomerado irregular de cabanas pobres de muitas alturas e idades, algumas com as frentes, outras com as costas, e outras com a cumeeira acabando sobre a estrada, com aqui e ali uma placa de sinalização, ou um galpão invadindo o caminho, estava próxima. Havia uma luz fraca na janela de um cômodo não muito longe, e Kit correu para a casa para perguntar o caminho.

Seu primeiro grito foi respondido por um velho lá dentro, que logo apareceu na janela, enrolando uma peça de roupa em volta do pescoço para se proteger do frio, e perguntou quem estava fora naquela hora ina-propriada, chamando por ele.

– Está um tempo horrível – resmungou ele –, e não é uma noite para me chamar. Minha profissão não é desse tipo que preciso ser despertado da cama. O negócio para o qual as pessoas me querem, vai ficar frio, principalmente nesta temporada. O que você quer?

– Eu não o teria acordado se soubesse que você estava velho e doente – disse Kit.

– Velho? – repetiu o outro mal-humorado. – Como você sabe que sou um velho? Não tão velho quanto você pensa, amigo, talvez. Quanto a estar doente, você encontrará muitos jovens em situação pior do que a minha. É uma pena que seja assim, não que eu seja forte e saudável para a minha idade, quero dizer, mas por eles serem fracos e moles. Peço perdão, no entanto – disse o velho –, se eu falei um pouco áspero no início. Meus olhos não são bons à noite, e isso não é idade nem doença; eles nunca foram... e não vi que você era um estranho.

– Lamento chamá-lo da sua cama – disse Kit –, mas aqueles cavalheiros que você pode ver no portão do cemitério também são estranhos que acabaram de chegar de uma longa viagem e procuram a casa paroquial. Você pode nos indicar a direção?

– Eu poderia – respondeu o velho, com a voz trêmula –, pois, no próximo verão, serei o sacristão daqui a uns bons cinquenta anos. O caminho da direita, amigo, é a estrada. Não há más notícias para nosso bom cavalheiro, espero.

Kit agradeceu e deu uma resposta negativa apressadamente; ele estava voltando quando sua atenção foi chamada pela voz de uma criança. Olhando para cima, ele viu uma criatura pequenina em uma janela lateral.

– O que é isso? – gritou a criança, com gravidade. – Meu sonho se tornou realidade? Por favor, fale comigo, seja quem for, que esteja acordado e desperto.

– Pobre garoto! – disse o sacristão, antes que Kit pudesse responder. – Como é isso, querido?

– Meu sonho se tornou realidade? – exclamou a criança novamente, em uma voz tão fervorosa que poderia ter emocionado o coração de qualquer ouvinte. – Mas não, isso nunca poderia acontecer! Como poderia, ah! Como poderia?

– Acho que sei o que ele quis dizer – disse o sacristão. – Para a cama de novo, pobre menino!

– Sim! – gritou a criança, em uma explosão de desespero. – Eu sabia que isso poderia acontecer, eu tinha certeza disso, antes de perguntar! Mas, toda esta noite, e ontem à noite também, foi a mesma coisa. Eu nunca durmo, mas aquele sonho cruel sempre volta.

– Tente dormir de novo – disse o velho, suavemente. – Vai passar com o tempo.

– Não, não, eu prefiro que ele fique, por mais cruel que seja, prefiro que fique – respondeu a criança. – Não tenho medo dele quando durmo, mas estou muito triste; muito, muito triste.

O velho o abençoou, a criança em lágrimas respondeu com um "boa-noite", e Kit ficou novamente sozinho.

Ele voltou apressado, comovido com o que ouvira, embora mais pelo comportamento da criança do que por qualquer coisa que dissera, pois seu significado estava oculto para ele. Eles seguiram o caminho indicado pelo sacristão, e logo chegaram diante do muro da casa paroquial. Virando-se para olhar em volta quando chegaram até ali, viram, entre alguns prédios em ruínas a distância, uma única luz solitária.

Ela brilhava do que parecia ser uma velha janela e, sendo cercada pelas sombras profundas das paredes salientes, brilhava como uma estrela. Brilhante e cintilante como as estrelas acima da cabeça deles, solitária e imóvel como elas, parecia reivindicar algum parente com as lâmpadas eternas do céu e queimar em comunhão com elas.

– Que luz é essa? – disse o irmão mais novo.

– Certamente – disse Garland – vem das ruínas onde eles moram. Não vejo nenhuma outra acomodação por aqui.

– Eles não podem – respondeu o irmão apressadamente – estar acordados a esta hora...

Kit interpôs-se diretamente e implorou que, enquanto tocassem e esperassem no portão, deixassem-no ir até onde a luz estava brilhando e tentassem verificar se havia alguém por perto. Obtendo a permissão que desejava, ele disparou com ansiedade ofegante e, ainda carregando a gaiola na mão, foi direto para o local.

Não era fácil manter esse ritmo entre os túmulos, e em outro momento ele poderia ter ido mais devagar, ou contornado pelo caminho. Sem se importar com todos os obstáculos, no entanto, ele avançou sem diminuir a velocidade e logo chegou a poucos metros da janela. Aproximou-se o mais suavemente que pôde e, avançando tão perto da parede a ponto de roçar a hera esbranquiçada com sua roupa, ouviu. Não havia nenhum som dentro. A própria igreja não estaria mais silenciosa. Tocando o vidro com a face, ele ouviu novamente. Não. E, no entanto, havia um silêncio tão grande que ele tinha certeza de que poderia ter ouvido até mesmo a respiração de uma pessoa adormecida, se houvesse alguma ali.

Uma circunstância estranha, uma luz em um lugar assim àquela hora da noite, sem ninguém por perto.

Uma cortina havia sido fechada na parte inferior da janela, e ele não podia ver dentro da sala. Mas não havia nenhuma sombra projetada sobre ela de dentro. Ter se firmado na parede e tentado olhar de cima teria sido uma ação de algum perigo, e certamente faria algum barulho, e a chance de aterrorizar a criança, se essa realmente fosse sua habitação. Repetidamente ele ouviu; repetidamente o mesmo vazio cansativo. Saindo do local com passos lentos e cautelosos e contornando a ruína por alguns passos, ele finalmente chegou a uma porta. Ele bateu. Sem resposta. Mas havia um ruído curioso lá dentro. Foi difícil determinar o que era. Tinha uma semelhança com o gemido baixo de alguém com dor, mas não era isso, sendo muito regular e constante. Agora parecia uma espécie de canção, agora um lamento, parecia, isto é, para sua imaginação fértil, pois o som em si nunca se alterava ou parava. Era diferente de tudo que ele já tinha ouvido; e em seu tom havia algo assustador, assustador e sobrenatural.

O sangue do ouvinte estava mais frio agora do que nunca na geada e na neve, mas ele bateu novamente. Não houve resposta, e o som continuou sem nenhuma interrupção. Ele pousou a mão suavemente no trinco e apoiou o joelho na porta. Estava trancada por dentro, mas cedeu à pressão e girou sobre as dobradiças. Ele viu o brilho de uma fogueira nas velhas paredes e entrou.

Capítulo 71

O brilho vermelho e opaco de um fogo de lenha, pois não havia lâmpada ou vela acesa dentro do quarto, mostrou-lhe uma figura, sentada na lareira com as costas voltadas para ele, curvada sobre a luz intermitente. A atitude era de quem buscava o calor. Era, mas não era. A postura curvada e a forma encolhida estavam lá, mas nenhuma mão estava estendida para receber agradecida o calor, nenhum encolher de ombros ou arrepio em contraste com o frio penetrante lá de fora. Com os membros encolhidos, a cabeça abaixada, os braços cruzados sobre o peito e os dedos firmemente cerrados, balançava para a frente e para trás em sua cadeira sem um momento de pausa, acompanhando a ação com o som triste que ouvira.

A pesada porta se fechou atrás dele em sua entrada, com um estrondo que o fez estremecer. A figura não falou, nem se virou para olhar, nem deu de outra forma o mais leve sinal de ter ouvido o barulho. A figura era a de um homem velho, sua cabeça branca com uma cor semelhante às brasas que ele olhava. Ele e a luz que se apagava e o fogo que se apagava, a sala gasta pelo tempo, a solidão, a vida perdida e a escuridão, estavam todos em comunhão. Cinzas, poeira e ruína!

Kit tentou falar e pronunciou algumas palavras, embora ele mal soubesse o que eram. Ainda o mesmo terrível grito baixo continuava, ainda o mesmo balanço na cadeira, a mesma figura abatida estava lá, inalterada e indiferente à sua presença.

Ele estava com a mão no trinco quando algo na figura, visto claramente quando uma tora se quebrou e caiu e, quando caiu, atiçou a brasa, chamou sua atenção. Ele voltou para onde estava antes, avançou um passo, outro, e outro ainda. Mais um passo e ele reconheceu aquele rosto. Sim! Mesmo mudado, ele o conhecia bem.

– Mestre! – ele gritou, abaixando-se sobre um joelho e segurando sua mão. – Caro mestre. Fale comigo!

O velho voltou-se lentamente para ele; e murmurou com uma voz oca:

– Este é outro! Quantos desses espíritos virão aqui nesta noite?

– Nenhum espírito, mestre. Ninguém, exceto seu antigo criado. Você me reconhece agora, estou certo? A senhorita Nell, onde ela está? Onde ela está?

– Todos eles perguntam isso! – gritou o velho. – Todos eles fazem a mesma pergunta. Um espírito!

– Onde ela está? – exigiu Kit. – Oh, diga-me apenas isso, só isso, querido mestre!

– Ela está dormindo… lá… lá dentro.

– Graças a Deus!

– Sim! Graças a Deus! – devolveu o velho. – Eu orei a Ele, muitas, e muitas, e muitas noites, enquanto ela dormia. Ele sabe. Ouça! Ela me chamou?

– Não ouvi nenhuma voz.

– Ouviu sim. Você a ouve agora? Me diga que você não ouve ISSO?

Ele parou para ouvir novamente.

– Nem isso? – ele gritou, com um sorriso triunfante. – Alguém pode reconhecer essa voz tão bem quanto eu? Silêncio! Silêncio! – gesticulando para que ele ficasse em silêncio, ele se escondeu em outro cômodo. Após uma breve ausência (durante a qual se ouviu falar em um tom suave e calmante), ele voltou, trazendo na mão uma lamparina.

– Ela ainda está dormindo – sussurrou ele. – Você estava certo. Ela não chamou, a menos que o tivesse feito em seu sono. Ela já me chamou durante seu sono, senhor; enquanto estava sentado, observando, vi seus lábios se mover e soube, embora nenhum som deles saísse, que ela falava de mim. Eu temia que a luz pudesse ofuscar seus olhos e acordá-la, então eu a trouxe aqui.

Ele falava mais consigo mesmo do que com o visitante, mas, quando colocou a lamparina sobre a mesa, ele a pegou, como se impelido por alguma lembrança ou curiosidade momentânea, e segurou-a perto do rosto. Então, como se esquecendo seu motivo na própria ação, ele se virou e a largou novamente.

– Ela está dormindo profundamente – disse ele –, mas não admira. As mãos dos anjos espalharam a neve pelo chão, para que os passos mais leves ainda sejam mais leves; e os próprios pássaros estão mortos, para que não possam acordá-la. Ela costumava alimentá-los, senhor. Embora nunca com tanto frio e fome, as aves tímidas fugiam de nós. Eles nunca fugiram voando dela! – Mais uma vez, ele parou para escutar e, mal respirando, ouviu por muito, muito tempo. Daquele passado fantasioso, ele abriu um velho baú, tirou algumas roupas com tanto carinho como se fossem coisas vivas e começou a alisá-las e escová-las com a mão.

– Por que você fica tão imóvel aí, querida Nell – ele murmurou –, quando há cerejas vermelhas brilhantes do lado de fora esperando por você para colhê-las? Por que você fica tão preguiçosa aí, quando seus amiguinhos vêm rastejando para a porta, gritando "Onde está Nell, doce Nell?", e soluçam, e choram, porque eles não podem vê-la. Ela sempre foi gentil com as crianças. O mais selvagem cumpriria suas ordens, ela tinha um jeito carinhoso com eles, de fato tinha!

Kit não tinha forças para falar. Seus olhos se encheram de lágrimas.

– Seu vestidinho caseiro, seu favorito! – gritou o velho, pressionando-o contra o peito e dando tapinhas nele com a mão enrugada. – Ela vai sentir falta quando acordar. Eles esconderam aqui por esporte, mas ela o terá de volta, ela terá. Eu não irritaria minha querida, pelas riquezas do vasto mundo. Veja aqui, estes sapatos, como estão gastos, ela os guardou para se lembrar de nossa última longa jornada. Você vê onde os pezinhos tocaram descalços no chão? Disseram-me, depois, que as pedras os cortaram e feriram. Ela nunca me disse isso. Não, não, Deus a abençoe! E, desde então, lembrei-me de que ela caminhava atrás de mim, senhor, para que eu não percebesse como ela mancava, mas ainda assim ela segurava minha mão e parecia me conduzir ainda.

Ele os pressionou contra os lábios e, depois de colocá-los cuidadosamente de volta, continuou a se comunicar consigo mesmo, olhando melancolicamente de vez em quando para o quarto de onde acabara de sair.

– Ela não costumava ser uma cama de mentira; mas ela estava bem então. Devemos ter paciência. Quando ela estiver bem novamente, ela se levantará cedo, como costumava fazer, e vagará pelo exterior no horário saudável da manhã. Muitas vezes tentei rastrear o caminho que ela tinha seguido, mas seu pequeno passo não deixou pegadas no solo orvalhado para me guiar. Quem é aquele? Feche a porta. Rápido! Não temos o suficiente com que nos preocupar para afastar aquele frio de mármore e mantê-la aquecida?

A porta foi realmente aberta, para a entrada do senhor Garland e seu amigo, acompanhados por duas outras pessoas. Estes eram o professor e o solteiro. O primeiro segurava uma lanterna na mão. Ele tinha, ao que parecia, ido para sua própria cabana para reabastecer a lamparina gasta, quando Kit apareceu e encontrou o velho sozinho.

Ele amoleceu novamente ao ver esses dois amigos e, deixando de lado a maneira raivosa, como se para algo tão fraco e tão triste o termo pudesse ser aplicado, com que ele havia falado quando a porta se abriu, retomou seu antigo assento, e diminuiu, aos poucos, a velha ação e o velho som monótono e fraco.

Dos estranhos ele não tomou conhecimento. Ele os tinha visto, mas parecia totalmente incapaz de interesse ou curiosidade. O irmão mais novo se separou. O solteiro puxou uma cadeira para o velho e se sentou ao lado dele. Depois de um longo silêncio, ele se aventurou a falar.

– Outra noite, e você fora da cama! – Ele disse suavemente. – Eu esperava que você se preocupasse mais com a promessa que fez a mim. Por que você não descansa um pouco?

– O sono me deixou – respondeu o velho –, foi todo com ela!

– Seria muito doloroso se ela soubesse que você estava em vigília assim – disse o solteiro. – Você não daria essa dor a ela...

– Não tenho tanta certeza disso, mas se isso pudesse despertá-la... Ela está dormindo faz muito tempo. No entanto, sou precipitado em dizer isso. É um sono bom e feliz, hein?

– É verdade – respondeu o solteiro. – Realmente é!

– Tudo bem! E o despertar... – vacilou o velho.

– Feliz também. Mais feliz do que as palavras podem dizer, ou o coração do homem pode conceber.

Eles o observaram quando se levantou e foi na ponta dos pés até o outro cômodo, onde a lâmpada havia sido substituída. Eles ouviram enquanto ele falava novamente dentro de suas paredes silenciosas. Eles se entreolharam, e o rosto de nenhum homem estava livre de lágrimas. Ele voltou, sussurrando que ela ainda estava dormindo, mas que ele pensava que ela havia se movido. Era a mão dela, disse ele, um pouco, muito, muito pouco, mas ele tinha certeza de que ela a havia mexido, talvez procurando a dele. Ele a tinha visto fazer isso antes, embora durante o sono mais profundo. E, quando ele disse isso, ele caiu em sua cadeira novamente, e, juntando as mãos acima da cabeça, soltou um grito inesquecível.

O pobre professor fez um sinal ao solteiro para que ele viesse para o outro lado e falasse com ele. Eles gentilmente destravaram seus dedos torcidos em seus cabelos grisalhos, e os apertaram em suas mãos.

– Ele vai me ouvir – disse o professor –, tenho certeza. Ele ouvirá a mim ou a você se implorarmos a ele. Ela ouviria, em todos os momentos.

– Então vou ouvir qualquer voz que ela gostaria de ouvir – gritou o velho. – Eu amo tudo o que ela amava!

– Eu sei que você ama – retornou o professor. – Estou certo disso. Pense nela; pense em todas as tristezas e aflições que vocês compartilharam; de todas as provações e de todos os prazeres pacíficos que vocês conheceram juntos.

– Sim, sim, não pensarei em mais nada.

– Não gostaria que você pensasse em mais nada nesta noite, em nada além daquelas coisas que amolecerão seu coração, querido amigo, e o abrirão para os velhos afetos e os velhos tempos. É para que ela mesma fale com você, e é em seu nome que eu falo agora.

– Você faz bem em falar baixinho – disse o velho. – Não podemos acordá-la. Eu deveria estar feliz em ver seus olhos novamente, em ver seu sorriso. Há um sorriso em seu rosto jovem agora, mas é fixo e imutável. Eu adoraria vê-lo ir e vir. Isso seria celestial. Não vamos acordá-la.

– Não vamos falar dela durante o seu sono, mas como ela costumava ser quando vocês viajavam juntos, para longe, como ela ficava em casa, na velha casa de onde vocês fugiram, como ela ficava, nos velhos tempos alegres – disse o professor.

– Ela sempre foi muito alegre! – gritou o velho, olhando fixamente para ele. – Sempre houve algo suave e tranquilo sobre ela, eu me lembro, desde o início; mas ela era de uma natureza feliz.

– Ouvimos você dizer – prosseguiu o professor – que nisso e com toda a bondade ela era como a mãe. Você consegue pensar e se lembrar dela?

Ele manteve seu olhar firme, mas não respondeu.

– Ou mesmo alguém que veio antes dela – disse o solteiro. – Foi há muitos anos, e a aflição torna o tempo mais longo, mas você não se esqueceu daquela cuja morte contribuiu para tornar esta criança tão querida para você, mesmo antes de você saber se ela o merecia ou de poder ler o seu coração? Digamos que você pudesse levar seus pensamentos de volta a dias muito distantes, à época de sua infância, quando, ao contrário desta bela flor, você não passou sua juventude sozinho. Digamos que você pudesse se lembrar, há muito tempo, de outra criança que o amava profundamente, quando era você mesmo uma criança. Diga se você não teve um irmão, há muito esquecido, há muito tempo invisível, há muito separado de você, que agora, finalmente, em sua maior necessidade, voltou para confortá-lo e consolá-lo... Ser para você o que você foi para ele – gritou o mais jovem, ajoelhando-se diante dele –, para retribuir seu antigo afeto, querido irmão, com constante cuidado, solicitude e amor; ser, ao seu lado, o que ele nunca deixou de ser quando os oceanos nos separavam; para chamar para testemunhar sua verdade imutável e consciência de dias passados, anos inteiros de desolação. Dê-me apenas uma palavra de reconhecimento, irmão, e nunca, não nunca, no momento mais brilhante de nossos dias mais jovens, quando, pobres meninos tolos, pensamos em passar nossa vida juntos, temos sido tão queridos e preciosos uns com os outros como seremos daqui em diante!

O velho olhou de rosto em rosto e seus lábios se moveram, mas nenhum som veio deles em resposta.

– Se estivéssemos unidos então – prosseguiu o irmão mais novo –, qual será o vínculo entre nós agora? Nosso amor e comunhão começaram na infância, quando a vida estava diante de nós, e serão retomados agora, que estamos reatados, e seremos como crianças novamente. Como muitos espíritos inquietos, que caçaram fortuna, fama ou prazer pelo mundo, retiram-se em seu declínio para onde respiraram pela primeira vez, procurando em vão ser crianças novamente antes de morrer, então nós, menos afortunados do que eles no início da vida, porém bem mais felizes em seu epílogo, teremos nosso descanso entre nossos refúgios infantis, e voltando para casa sem nenhuma esperança realizada, que esperávamos cumprir na idade adulta, carregando nada do que trouxemos, mas nossa grande afeição um pelo outro, deixando para trás os fragmentos do naufrágio da vida e mantendo apenas o que de início a tornou tão agradável, poderemos, de fato, ser crianças como no início. E mesmo – ele acrescentou com sua voz alterada – mesmo que o que temo dizer tenha realmente acontecido, mesmo que seja assim, ou deva ser assim (que o céu nos proíba e nos poupe!), ainda assim, querido irmão, não estaremos mais separados e teremos esse conforto em nossa grande aflição.

Aos poucos, o velho recuou para a câmara interna, enquanto essas palavras eram ditas. Ele apontou para lá, ao responder, com os lábios trêmulos.

– Vocês conspiram para afastar meu coração dela. Vocês nunca conseguirão isso, nunca enquanto eu tiver vida. Não tenho parentes ou amigos, além dela, nunca tive, nunca terei. Ela é tudo para mim. É muito tarde para nos separar agora.

Acenando com a mão para saírem e chamando-a suavemente enquanto caminhava, ele entrou furtivamente no quarto. Aqueles deixados para trás se aproximaram e, após sussurrarem algumas palavras, não isentas de emoção, nem facilmente pronunciadas, seguiram-no. Eles se moviam tão suavemente que seus passos não faziam barulho, mas havia soluços entre o grupo e sons de tristeza e luto.

Porque ela estava morta. Lá, em sua pequena cama, ela descansou. A quietude solene não era nenhuma maravilha agora.

Ela estava morta. Nenhum sono era tão bonito e calmo, tão livre de traços de dor, tão bonito de se olhar. Ela parecia uma criatura recém-saída das mãos de Deus, e esperando pelo sopro da vida; não aquela que viveu e sofreu com a morte.

Seu sofá estava enfeitado aqui e ali com algumas frutas silvestres de inverno e folhas verdes, reunidas de um local em que ela costumava estar. "Quando eu morrer, coloque perto de mim algo que amava a luz do dia e sempre teve o céu acima dela." Essas foram suas palavras.

Ela estava morta. A querida, gentil, paciente e nobre Nell estava morta. Seu passarinho, um ser tão frágil que a pressão de um dedo teria esmagado, mexia-se agilmente na gaiola; e o forte coração de sua companheira criança estava mudo e imóvel para sempre.

Onde estavam os vestígios de seus últimos percalços, seus sofrimentos e fadigas? Tudo se foi. A tristeza estava realmente morta nela, mas a paz e a felicidade perfeita nasceram, retratados em sua beleza tranquila e repouso profundo.

E ainda seu antigo eu estava lá, inalterado por essa mudança. Sim. A velha lareira sorria para aquele mesmo rosto doce; passou, como um sonho, por assombrações de miséria e cuidados; à porta do pobre professor naquela noite de verão, antes do fogo da fornalha na noite fria e úmida, ao lado da cama do estudante moribundo, havia a mesma aparência suave e amável. Assim conheceremos os anjos em sua majestade, após a morte.

O velho segurava um braço lânguido no seu, e a mãozinha estava dobrada contra o peito, para se aquecer. Foi a mão que ela estendeu para ele com seu último sorriso, a mão que o conduziu em todas as suas andanças. De vez em quando ele a pressionava contra os lábios; depois a apertou contra o peito novamente, murmurando que agora estava mais quente; e, ao dizer isso, olhou em agonia para aqueles que estavam ao redor, como se implorando que a ajudassem.

Ela estava morta, não precisava mais de ajuda, nem tinha mais nenhuma necessidade. Os cômodos antigos que ela parecia encher de vida, mesmo enquanto a sua própria estava se esvaindo rapidamente, o jardim de que ela cuidou, os olhos que ela alegrou, os lugares silenciosos de muitas horas de reflexão, os caminhos que ela trilhou ainda ontem, nunca mais poderiam tê-la.

– Não é – disse o professor, ao se abaixar para beijá-la no rosto e dar vazão às suas lágrimas –, não é na terra que termina a justiça divina. Pense no que é a terra, em comparação com o mundo para o qual seu jovem espírito alçou seu voo inicial; e digam, se um desejo verdadeiro e expresso em termos solenes sobre esta cama pudesse trazê-la de volta à vida, qual de nós não o pronunciaria!

Capítulo 72

Quando a manhã chegou e eles puderam falar com mais calma sobre o assunto de sua dor, ouviram como a vida de Nell havia terminado.

Ela estava morta fazia dois dias. Todos falavam dela na época, sabendo que o fim estava chegando. Ela morreu logo após o amanhecer. Eles haviam lido e conversado com ela no início da noite, mas, com o passar das horas, ela caiu no sono. Eles podiam dizer, pelo que ela disse fracamente em seus sonhos, que eram de suas viagens com o velho; não eram cenas dolorosas, mas de pessoas que os ajudaram e os trataram com bondade, pois ela costumava dizer "Deus o abençoe!" com grande fervor. Ao acordar, ela nunca delirava, a não ser uma vez, quando disse ouvir uma bela música pairando no ar. Só Deus sabe se isso pode ter sido verdade.

Abrindo finalmente os olhos, de um sono muito tranquilo, ela implorou que a beijassem mais uma vez. Feito isso, ela se virou para o velho com um sorriso adorável no rosto, o qual, diziam, como nunca tinham visto, e nunca mais poderiam esquecê-lo, e se agarrou com os dois braços ao pescoço dele. Eles não sabiam que ela estava morta, a princípio.

Ela havia falado muito de duas irmãs, que eram como amigas queridas para ela. Gostaria que pudessem ouvir quanto ela pensava nelas e como

A velha loja de curiosidades - Tomo 2

as observava enquanto caminhavam juntas pela beira do rio à noite. Ela gostaria de ver o pobre Kit, ela costumava dizer recentemente. Ela desejou que houvesse alguém para levar seu amor para Kit. E, mesmo assim, ela nunca pensava ou falava sobre ele sem expressar seu antigo sorriso alegre e brilhante.

Quanto ao resto, ela nunca murmurou ou reclamou; mas, com uma mente tranquila e modos absolutamente inalterados, exceto que a cada dia ela se tornava mais séria e mais grata a eles, empalidecia como a luz em uma noite de verão.

A criança que fora sua amiguinha chegou ali, quase ao amanhecer, com uma oferta de flores secas que ele implorou que colocassem em seu peito. Foi ele quem veio à janela durante a noite e falou com o sacristão, e eles viram na neve vestígios de seus pequenos pés perto do quarto em que ela estava deitada, antes de ir para a cama. Ele imaginava, ao que parecia, que eles a haviam abandonado, e não podia suportar esse pensamento.

Ele contou-lhes seu sonho novamente, e que era sobre ela ser devolvida a eles, exatamente como costumava ser. Ele implorou muito para vê-la, dizendo que ficaria muito quieto, e que eles não precisavam temer que ele ficasse assustado, pois ele tinha ficado sozinho com seu irmão mais novo o dia todo, quando ele havia morrido, e se sentiu feliz por poder ficar por perto. Eles o deixaram realizar seu desejo; e, de fato, ele manteve sua palavra e foi, em seu jeito infantil, uma lição para todos.

Até então, o velho não havia falado uma única vez, exceto com ela, ou se afastado do lado da cama. Mas, quando ele viu seu pequeno amigo favorito, ele ficou comovido, como eles ainda não o tinham visto, e pediu para que ele se aproximasse. Então, apontando para a cama, ele começou a chorar pela primeira vez, e os que estavam por perto, sabendo que a visita daquela criança havia lhe feito bem, deixaram-nos sozinhos.

Acalmando-o com sua conversa ingênua sobre ela, o menino o convenceu a descansar um pouco, a passear, a fazer quase o que ele desejava. E, quando chegou o dia, que a levou de sua forma terrestre e dos olhos terrestres para sempre, ele o conduziu para longe, para que ele não soubesse quando ela seria tirada dele para sempre.

655

Eles precisavam colher as folhas frescas e frutos para sua cama. Era domingo, uma tarde clara, brilhante e invernal, e, enquanto eles atravessavam a rua da aldeia, aqueles que estavam andando por perto recuaram, abrindo caminho para que passassem entre saudações suaves. Alguns apertaram gentilmente a mão do velho, alguns descobriam a cabeça enquanto ele passava e muitos gritaram "Deus o abençoe!".

– Vizinha! – disse o velho, parando na cabana onde morava a mãe de seu jovem guia –, como é possível o povo estar quase todo de preto hoje? Já vi uma fita de luto ou um pedaço de crepe em quase todos.

A mulher disse que não sabia.

– Por que você mesma veste negro também? – ele perguntou. – As janelas estão fechadas como nunca estiveram. O que isto significa?

Mais uma vez, a mulher disse que não sabia por quê.

– Precisamos voltar – disse o velho apressadamente. – Precisamos ver o que está acontecendo.

– Não, não – gritou a criança, detendo-o. – Lembre-se do que você prometeu. Nosso caminho é até a velha alameda verde, onde ela e eu estivemos tantas vezes, e onde você nos encontrou, mais de uma vez, fazendo aquelas guirlandas para o jardim dela. Não vamos voltar agora.

– Onde ela está agora? – perguntou o velho. – Diga-me.

– Você não sabe? – devolveu a criança. – Não a deixamos faz bem pouco tempo?

– Verdade. Verdade. Foi ela que deixamos... não foi?

Ele apertou a testa com a mão, olhou em volta distraidamente e, como que impelido por um pensamento repentino, atravessou a rua e entrou na casa do sacristão. Ele e seu assistente surdo estavam sentados diante do fogo. Ambos se levantaram, ao ver quem era.

A criança fez um sinal apressado para eles com a mão. Foi a ação de um instante, mas isso e o olhar do velho bastaram.

– Você vai enterrar alguém hoje? – disse ele, ansioso.

– Não, não! Quem deveríamos enterrar, senhor? – devolveu o sacristão.

– Sim, quem mesmo! Eu digo com você, quem realmente?

A velha loja de curiosidades – Tomo 2

– É feriado para nós, meu bom senhor – respondeu o sacristão suavemente. – Não temos trabalho a fazer hoje.

– Pois então irei aonde você quiser – disse o velho, voltando-se para a criança. – Você tem certeza do que me diz? Você não me enganaria? Estou mudado, mesmo no pouco tempo desde que você me viu pela última vez.

– Siga seu caminho com ele, senhor – sugeriu o sacristão –, e o céu os acompanhe!

– Estou pronto – disse o velho docilmente. – Venha, rapaz, venha... – e assim se submeteu a ser levado embora.

E agora o sino, o sino que ela tantas vezes ouvira, de noite e de dia, e ouvia com prazer solene quase como uma voz viva, tocava seu pedágio implacável, para ela, tão jovem, tão bela, tão boa. Gente com idade avançada, com o vigor da juventude, com uma pobre infância seguiu até lá, em muletas, no auge de sua força e saúde, no rubor de vidas promissoras, ou no ocaso de suas vidas, reuniram-se ao redor de seu túmulo. Velhos estavam lá, com os olhos turvos e os sentidos falhando, avós, que poderiam ter morrido há dez anos, e ainda eram velhos, surdos, cegos, coxos, paralíticos, mortos-vivos em muitas formas e maneiras, para ver o fechamento daquela sepultura precoce. Qual seria a morte que ela encerraria, comparada àquela que ainda rastejaria e assombraria acima dela?

Ao longo do caminho lotado, eles a carregaram, pura como a neve recém-caída que a cobria; cujo dia na terra foi tão fugaz. Debaixo da varanda, onde ela se sentou quando o céu em sua misericórdia a trouxe para aquele lugar pacífico, ela passou novamente; e a velha igreja a recebeu em sua sombra tranquila.

Eles a carregaram para um antigo recanto, onde ela se sentou muitas e muitas vezes, meditando, e colocaram seu fardo suavemente na calçada. A luz fluía sobre ele através da janela colorida, uma janela onde os galhos das árvores sussurravam no verão e onde os pássaros cantavam docemente o dia todo. A cada sopro de ar que se agitava entre aqueles galhos ao sol, alguma luz trêmula e mutante cairia sobre seu túmulo.

Da terra a terra, das cinzas às cinzas, do pó ao pó! Muitas foram as mãos jovens a depositar pequenas coroas, muitos soluços abafados foram

657

ouvidos. Alguns, e não foram poucos, se ajoelharam. Todos foram sinceros e verdadeiros em sua tristeza.

Feito o serviço, os enlutados se separaram, e os aldeões chegaram perto para examinar a sepultura antes que a campa fosse recolocada. Alguém se lembrou de como ele a avistou sentada naquele mesmo lugar e como seu livro caíra em seu colo, enquanto ela olhava pensativa para o céu. Outro contou como ele se admirou muito que uma menina tão delicada como ela fosse tão ousada; como ela nunca teve medo de entrar na igreja sozinha à noite, mas adorava ficar lá quando tudo estava quieto, e até mesmo subir a escada da torre, sem outra luz a não ser a dos raios da lua que escapavam pelas brechas das velhas paredes. Um sussurro correu entre os mais velhos, que ela tinha visto e falado com anjos; e, quando eles se lembraram de como ela parecia, e falava, e de sua morte prematura, imaginavam que poderia ser verdade. Assim, chegando ao túmulo em pequenos grupos, e olhando para baixo, dando lugar aos outros, e saindo em grupos de três ou quatro aos sussurros, a igreja foi esvaziada com o tempo, de todos, exceto o sacristão e os amigos enlutados.

Eles viram a cova ser coberta, e a campa, fixada. Então, quando o crepúsculo da noite chegou, e nenhum som perturbou a quietude sagrada do lugar, quando a lua brilhante derramou sua luz sobre a tumba e o monumento, no pilar, parede e arco e, acima de tudo (como parecia a eles) sobre seu túmulo silencioso, naquela hora tranquila, quando as coisas externas e os pensamentos internos abundam com ideias de imortalidade, e as esperanças e medos mundanos são humilhados no pó diante deles, então com o coração tranquilo e submisso eles se afastaram e deixaram a criança com Deus.

Ah, como é difícil aceitar a lição que essas mortes ensinam, mas que nenhum homem as rejeite, pois é uma lição que todos devem aprender e é uma verdade poderosa e universal. Quando a morte abate os inocentes e jovens, de cada corpo frágil da qual ela liberta o espírito ofegante, uma centena de virtudes surgem, na forma de misericórdia, caridade e amor, para caminhar pelo mundo e abençoá-lo. De cada lágrima que mortais tristes derramam em tais sepulturas novas, algo bom nasce, alguma natureza mais gentil surge. Nos passos do destruidor surgem criações brilhantes que desafiam seu poder, e seu caminho escuro se torna um caminho de luz para o céu.

Já era tarde quando o velho voltou para casa. O menino o levou para sua própria casa, sob algum pretexto, no caminho de volta; e, sonolento por sua longa caminhada e falta de descanso, ele caiu em um sono profundo ao lado da lareira. Ele estava extremamente exausto, e eles tiveram o cuidado de não o acordar. O sono o segurou por muito tempo e, quando finalmente acordou, a lua brilhava.

O irmão mais novo, inquieto com sua ausência prolongada, estava esperando na porta por sua chegada quando ele apareceu no caminho com seu pequeno guia. Ele avançou para encontrá-los e, obrigando ternamente o velho a se apoiar em seu braço, conduziu-o com passos lentos e trêmulos em direção à casa. Ele foi para o quarto dela, direto. Não encontrando o que havia deixado lá, voltou com olhares perdidos para a sala em que estavam reunidos. A partir disso, ele correu para a cabana do professor, chamando seu nome. Eles o seguiram de perto e, quando ele o procurou em vão, trouxeram-no para casa.

Com palavras tão persuasivas quanto a piedade e o afeto poderiam sugerir, eles o convenceram a sentar-se entre eles e ouvir o que deveriam lhe dizer. Então, esforçando-se por meio de cada pequeno artifício para preparar sua mente para o que estava por vir, e refletindo com muitas palavras fervorosas sobre a sorte para a qual ela havia sido removida, eles finalmente lhe disseram a verdade. No momento em que saiu de seus lábios, ele caiu no meio deles como um homem assassinado.

Por muitas horas, eles tiveram pouca esperança de sua sobrevivência; mas a dor é forte, e ele se recuperou.

Se houver alguém que nunca conheceu o branco que segue a morte, o cansaço vazio, a sensação de desolação que virá sobre as mentes mais fortes, quando algo familiar e amado é esquecido a cada passo, a conexão entre o inanimado e as coisas sem sentido, e o objeto de recordação, quando cada objeto doméstico se torna um monumento, e cada quarto um túmulo; se houver alguém que não sabe nada sobre isso, e não provou por sua própria experiência, nunca poderá adivinhar como, por muitos dias, o velho definhava e perdia o tempo e vagava aqui e ali procurando algo e não encontrava conforto.

Qualquer pensamento ou memória que ele tinha, tudo estava ligado a ela. Ele nunca entendeu, ou pareceu se importar em entender, sobre seu irmão. Para cada carinho e atenção, ele continuava apático. Se falassem com ele sobre este ou qualquer outro tema, exceto um, ele os ouviria pacientemente por algum tempo, então se viraria e continuaria procurando como antes.

Sobre aquele único tema, que estava em sua mente e na de todos os outros, era impossível tocar. Morta! Ele não conseguia ouvir ou suportar a palavra. O menor indício disso o lançaria em um paroxismo, como o que ele teve quando soube pela primeira vez. Com que esperança ele viveu, nenhum homem poderia dizer; mas que ele tinha alguma de encontrá-la novamente, mesmo que vaga e sombria, adiada, dia a dia, tornando-o cada vez mais doente e com o coração mais dolorido, era claro para todos.

Eles pensaram sobre a mudança de cena desta última tristeza; de tentar saber se uma mudança de lugar o despertaria ou o alegraria. Seu irmão buscou o conselho daqueles que eram considerados hábeis nesses assuntos, e eles foram visitá-lo. Alguns deles ficaram quietos no local, conversaram com ele quando ele se dispunha a conversar e o observaram enquanto ele vagava para cima e para baixo, sozinho e em silêncio. "Movam-no para onde quiserem", eles disseram, "mas ele tentará voltar para cá." Sua mente correria para aquele local. Se eles o confinassem e mantivessem uma guarda estrita sobre ele, eles poderiam mantê-lo prisioneiro, mas, se ele pudesse escapar por qualquer meio, ele certamente voltaria para aquele lugar, ou morreria na estrada.

O menino, a quem se submetera no início, não tinha mais influência sobre ele. Às vezes, ele deixava a criança andar ao seu lado, ou mesmo tomava conhecimento de sua presença, dando-lhe a mão, ou parava para beijar sua bochecha, ou dar um tapinha em sua cabeça. Em outras ocasiões, ele implorava, não de maneira indelicada, para ir embora e não o tolerava por perto. Mas, quer sozinho, quer com este amigo maleável, ou com aqueles que teriam dado a ele, a qualquer custo ou sacrifício, algum consolo ou alguma paz de espírito, se felizmente os meios pudessem ter sido arranjados, ele era sempre o mesmo: sem amor ou preocupação com nada na vida, um homem de coração partido.

Por fim, eles descobriram, um dia, que ele havia se levantado cedo e, com a mochila nas costas, o cajado na mão, o chapéu de palha dela e a pequena cesta cheia de coisas que ela costumava carregar, ele partiu. Enquanto eles se preparavam para persegui-lo por toda parte, um estudante assustado veio avisar que o tinha visto, alguns minutos antes, sentado na igreja, sobre o túmulo dela.

Eles se apressaram até lá e, indo suavemente até a porta, avistaram-no com a atitude de quem espera pacientemente. Eles não o perturbaram então, mas mantiveram uma vigilância sobre ele o dia todo. Quando escureceu, ele se levantou, voltou para casa e foi para a cama, murmurando para si mesmo:

– Ela virá amanhã!

Na manhã seguinte, ele estava lá novamente do nascer do sol até a noite; e ainda à noite ele se deitou para descansar e murmurou:

– Ela virá amanhã!

E daí em diante, todos os dias, e durante todo o dia, ele esperava no túmulo dela por seu retorno. Quantas imagens de novas viagens por paisagens agradáveis, de lugares de descanso sob o amplo céu livre, de caminhadas nos campos e bosques, e caminhos raramente trilhados, quantos tons daquela voz tão bem lembrada, quantos vislumbres da sua forma, do vestido esvoaçante, do cabelo que balançava tão alegremente ao vento; quantas visões do que havia sido e do que ele esperava que ainda fosse ergueram-se diante dele, na velha, monótona e silenciosa igreja! Ele nunca disse a eles o que pensava ou para onde ia. Ele se sentava com eles à noite, ponderando com uma satisfação secreta, eles podiam ver, sobre o caminho que ele e ela tomariam antes que a noite voltasse; e ainda assim o ouviam sussurrar em suas orações:

– Senhor! Deixe-a vir amanhã!

A última vez foi em um belo dia de primavera. Ele não voltou na hora de costume e foram procurá-lo. Ele estava morto sobre a pedra.

Eles o colocaram ao lado daquela que ele tanto amava; e, na igreja onde muitas vezes oravam, meditavam e ficavam de mãos dadas, a criança e o velho descansavam juntos.

Capítulo 73

O carretel mágico, que, antes rolando, conduziu o cronista até aqui, agora diminui o ritmo e para. Está quase atingindo a meta; a perseguição chega ao fim. Resta apenas dispensar os líderes da pequena multidão que nos acompanhou pela estrada, e assim encerrar a jornada.

Em primeiro lugar, Sampson Brass e Sally, de braços dados, exigem nossa atenção educada.

O senhor Sampson, então, que fora detido, como já demonstrado, pela Justiça à qual ele apelara, e sendo tão fortemente pressionado para prolongar sua permanência que não poderia recusar de forma alguma, continuou sob sua proteção por um tempo considerável, durante o qual a grande atenção de seus carcereiros o manteve tão isolado que ele ficou completamente esquecido pela sociedade, e nunca saiu nem para fazer exercícios, exceto em um pequeno pátio pavimentado. Tão bem, de fato, seu temperamento modesto e reservado era compreendido por aqueles com quem ele tinha que lidar, e tão ciumentos estavam de sua ausência, que exigiram uma espécie de fiança amigável a ser assinada por dois grandes proprietários importantes, no valor de mil e quinhentas libras cada um, antes que o deixassem abandonar seu telhado hospitaleiro, duvidando, ao que parecia, de que ele voltaria, se uma vez o soltassem, em quaisquer outras condições. O senhor Brass, atingido pelo humor dessa brincadeira, e levando seu espírito ao máximo, buscou de sua ampla rede um par de amigos cujos bens conjuntos somavam cerca de quinze pence e ofereceu-os como fiança, pois esse foi o termo engraçado acordado por ambas as partes. Quando os cavalheiros foram rejeitados após vinte e quatro horas de gentilezas, o senhor Brass consentiu em permanecer, e permaneceu, até que um clube de espíritos escolhidos chamado Grande Júri (que era parte da grande piada) o convocou para um julgamento antes de outras doze sacudidas por perjúrio e fraude, que por sua vez o considerou culpado com a mais jocosa alegria; não, a própria população entrou na brincadeira e, quando o senhor Brass estava sendo transferido em uma carruagem em direção ao prédio onde o júri se reunia, saudou-o com ovos podres e gatos mortos, e todos fingiam que iriam despedaçá-lo, o que aumentou muito a comicidade da coisa e o fez saborear ainda mais, sem dúvida.

Para explorar ainda mais essa veia cômica, o senhor Brass, por seu advogado, interpôs-se contrariamente ao julgamento, alegando que havia sido coagido a se autoincriminar, por garantias de segurança e promessas de perdão, e reivindicou a clemência que a lei estende a tais confidentes quando foram assim iludidos. Após solene discussão, esse ponto (com outros de natureza técnica, cuja extravagância humorística seria difícil exagerar) foi encaminhado aos juízes para uma decisão, enquanto Sampson era removido para seus antigos aposentos. Finalmente, alguns dos pontos foram dados a favor de Sampson e alguns contra ele; e o resultado foi que, em vez de poder viajar por algum tempo ao exterior, ele teve permissão para agraciar a metrópole sob certas restrições insignificantes.

Esses foram, para que ele, por um período de anos, residisse em uma espaçosa mansão onde vários outros senhores estavam alojados à custa da sociedade, que eram vestidos com um sóbrio uniforme cinza enfeitado com amarelo, tinham o cabelo cortado extremamente curto e viviam principalmente à base de mingau e sopa leve. Também foi exigido dele que participasse do exercício de subir constantemente um lance de escadas sem fim; e, para que suas pernas, não acostumadas a tal esforço, não ficassem enfraquecidas, ele teve que usar no tornozelo um amuleto: uma bola de ferro. Essas condições uma vez arranjadas, ele foi removido uma noite para sua nova residência e desfrutou, em comum com outros nove cavalheiros e duas senhoras, o privilégio de ser levado para seu local de retiro em uma das próprias carruagens da realeza.

Além dessas penas insignificantes, seu nome foi apagado e riscado do rol de advogados, e esse apagamento tem sido sempre considerado nestes últimos tempos como uma grande degradação e reprovação, e denunciavam o cometimento de alguma vilania surpreendente, como de fato parecia ser o caso, enquanto tantos nomes inúteis permanecem entre seus melhores registros, sem ser molestados.

Sobre Sally Brass, rumores conflitantes foram espalhados. Alguns diziam com segurança que ela descera às docas em trajes masculinos e se tornara marinheira; outros sussurravam sombriamente que ela havia se alistado como soldado raso no segundo regimento da infantaria e fora vista de uniforme, em serviço, apoiada em seu mosquete e olhando para fora de uma guarita no Parque de St. James numa tarde. Havia muitas fofocas como essas em circulação; mas a verdade parece ser que, após um período de uns cinco anos, durante os quais não há evidência direta de ela ter sido vista, duas pessoas infelizes foram mais de uma vez observadas rastejando ao anoitecer dos recantos mais escondidos de St. Giles, a seguir seu caminho pelas ruas, com passos arrastados e de modo trêmulo e acovardado, olhando para as ruas e canis enquanto saíam em busca de sobras de comida ou de restos desprezados. Essas formas nunca foram vistas, a não ser nas noites de frio e escuridão, quando os terríveis espectros, que em todos os outros momentos dormem nos obscenos esconderijos de Londres, em arcadas, abóbadas escuras e porões, aventuravam-se a rastejar pelas ruas; os espíritos encarnados da doença, do vício e da fome. Foi sussurrado por aqueles que os conheciam que esses eram Sampson e sua irmã Sally; e até hoje, dizem, eles às vezes passam, nas noites ruins, com a mesma aparência repulsiva, bem ao lado dos pedestres, que se encolhem com repulsa.

O corpo de Quilp foi encontrado, embora só depois de alguns dias, quando então uma investigação foi realizada perto do local onde havia sido levado à praia. A suposição geral era que ele havia cometido suicídio e, aparentemente favorecido por todas as circunstâncias de sua morte, o veredicto foi nesse sentido. Ele foi enterrado com uma estaca no coração no meio de quatro estradas solitárias.

Posteriormente, espalhou-se o boato de que essa cerimônia horrível e bárbara havia sido dispensada e que os restos mortais haviam sido secretamente entregues a Tom Scott. Mas, mesmo aqui, as opiniões estavam divididas; pois alguns disseram que Tom os desenterrou à meia-noite e os carregou para um lugar indicado a ele pela viúva. É provável que ambas as histórias possam ter se originado no simples fato de Tom derramar lágrimas na investigação, o que ele certamente fez, por mais extraordinário que possa parecer. Ele manifestou, além disso, um forte desejo de agredir o júri; e, sendo contido e conduzido para fora do tribunal, escureceu sua única janela ficando de cabeça para baixo no peitoril, até que foi habilmente inclinado sobre os pés novamente por um bedel cauteloso.

Lançando-se ao mundo após a morte de seu mestre, ele decidiu ganhar sua vida de cabeça para baixo e, consequentemente, começou a lutar assim por seu sustento. Considerando, no entanto, que seu sobrenome inglês seria um obstáculo intransponível para seu avanço nessa busca (apesar de sua arte ter alta reputação e fama), ele assumiu o nome de um jovem italiano, com quem havia se familiarizado; e depois obteve extraordinário sucesso, com audiências lotadas. A pequena senhora Quilp nunca se perdoou totalmente pelo engano que tanto pesava em sua consciência, e nunca falou ou pensou nisso, a não ser com lágrimas amargas. Seu marido não tinha parentes, e ela estava rica. Ele não tinha feito nenhum testamento, ou ela provavelmente teria ficado sem nada. Tendo se casado pela primeira vez por insistência de sua mãe, em sua segunda escolha ela não ouviu ninguém além de si mesma. Apaixonou-se por um jovem bastante inteligente; e como ele impôs como condição preliminar que a senhora Jiniwin fosse dali em diante uma viúva solitária, eles viveram juntos após o casamento, com as brigas normais de qualquer casamento, e levaram uma vida feliz com o dinheiro do anão morto.

O senhor e a senhora Garland e o senhor Abel saíram-se como de costume (exceto que houve uma mudança em sua casa, como se verá em breve), e no devido tempo este último tornou-se sócio de seu amigo, o notário, ocasião em que foi oferecido um jantar e um baile de grande repercussão. Por acaso, para esse baile, foi convidada a jovem mais tímida que já se viu, por quem o senhor Abel se apaixonou. Como aconteceu, ou como eles descobriram, ou qual deles comunicou a descoberta ao outro primeiro, ninguém sabe. Mas é certo que, com o passar do tempo, eles se casaram; e igualmente certo é que eles eram o casal mais feliz entre os felizes; e não menos certo é que eles mereciam estar assim. E é agradável escrever que eles criaram uma família; porque qualquer propagação de bondade e benevolência não é um acréscimo insignificante à aristocracia da natureza, nem um assunto insignificante e um objeto de alegria para a humanidade em geral.

O pônei preservou seu caráter de independência e princípios até o último momento de sua vida; que foi incomumente longa, e fez com que fosse considerado, de fato, como o próprio Old Parr[2] dos pôneis. Ele costumava ir e vir com a pequena carruagem entre o senhor Garland e o filho e, como os velhos e os jovens costumavam estar juntos, tinha um estábulo próprio no novo estabelecimento, no qual entraria com surpresa dignidade. Ele aceitava brincar com as crianças, à medida que cresciam o suficiente para cultivar sua amizade, e corria para cima e para baixo no pequeno cercado com elas como um cachorro; mas, embora tenha relaxado tanto e permitido a eles pequenas liberdades como carícias, ou mesmo olhar para seus cascos ou se pendurar em seu rabo, ele nunca permitiu que nenhuma delas montasse em suas costas ou o conduzisse; mostrando assim que até mesmo sua familiaridade deve ter seus limites, e que havia pontos entre eles muito sérios para serem triviais.

---

[2] Referência a Old Tom Parr, conhecido como o britânico mais longevo que já existiu. Segundo a tradição popular, ele nasceu em 1482 e morreu em 1635, aos 152 anos. (N.T.)

Mais tarde, ele não deixou de ter ligações afetuosas, pois, quando o bom solteiro foi morar com o senhor Garland após a morte do clérigo, ele estabeleceu com ele uma grande amizade e, de maneira amável, submeteu-se a ser conduzido por suas mãos sem a menor resistência. Ele não trabalhou por dois ou três anos antes de morrer, e viveu sua aposentadoria; e seu último ato (como um velho cavalheiro colérico) foi chutar seu médico.

O senhor Swiveller, recuperando-se muito lentamente da doença e recebendo sua indenização, comprou para a Marquesa um belo estoque de roupas e a colocou na escola imediatamente, em resgate do voto que fizera em seu leito febril. Depois de procurar por algum tempo um nome que fosse digno dela, ele decidiu a favor de Sophronia Sphynx, por ser eufônico e gentil e, além disso, indicativo de mistério. Com esse título, a Marquesa dirigiu-se aos prantos para a escola de sua escolha, da qual, como logo se destacou dos demais estudantes, foi alçada antecipadamente para uma de grau superior. É apenas justiça ao senhor Swiveller dizer que, embora as despesas com a educação dela o mantivessem em circunstâncias difíceis por meia dúzia de anos, ele nunca afrouxou seu zelo e sempre se manteve suficientemente recompensado pelos relatos que ouvia (com grande gravidade) sobre seu avanço, em suas visitas mensais à governanta, que o via como um cavalheiro literário de hábitos excêntricos e de um talento prodigioso nas citações.

Em uma palavra, o senhor Swiveller manteve a Marquesa nesse estabelecimento até que ela tivesse, em uma estimativa moderada, completos 19 anos, bonita, inteligente e bem-humorada; quando ele começou a considerar seriamente o que deveria ser feito a seguir. Em uma de suas visitas periódicas, enquanto ele revolvia essa questão em sua mente, a Marquesa veio até ele, sozinha, parecendo mais sorridente e mais fresca do que nunca. Então, ocorreu-lhe, mas não pela primeira vez, que, se ela se casasse com ele, como eles seriam felizes! Então Richard perguntou a ela; tudo o que ela disse foi um "Sim!"; e eles se casaram pontualmente dali a uma semana. O que deu ao senhor Swiveller a oportunidade frequente de observar, em vários períodos subsequentes, que afinal uma jovem havia sido guardada para ele.

Uma casinha em Hampstead estava para alugar, a qual tinha em seu jardim uma caixa para defumar, a inveja do mundo civilizado, concordaram em ser seus inquilinos e, quando a lua de mel acabou, iniciaram sua ocupação. Para esse retiro, o senhor Chuckster ia regularmente todos os domingos para passar o dia, geralmente começando com o café da manhã, e ali era ele o grande provedor de notícias gerais e inteligência da moda. Por alguns anos, ele continuou sendo um inimigo mortal para Kit, protestando que tinha uma opinião melhor sobre ele quando pensava que ele tinha roubado a nota de cinco libras do que quando ele mostrou estar perfeitamente livre do crime, na medida em que sua culpa teria em si mesma algo de ousadia e coragem, enquanto sua inocência era apenas mais uma prova de uma disposição astuta e dissimulada. Aos poucos, entretanto, ele se reconciliou com ele no final; e até mesmo foi tão longe a ponto de honrá-lo com seu patrocínio, como alguém que em alguma medida havia se reformado e, portanto, deveria ser perdoado. Mas ele nunca esqueceu ou perdoou essa circunstância do xelim, sustentando que, se tivesse voltado para buscar outro, estaria tudo bem; mas voltar para trabalhar o que já tinha ganhado foi uma mancha em seu caráter moral que nenhuma penitência ou contrição jamais poderia lavar.

O senhor Swiveller, que sempre tendera a desenvolver pensamentos filosóficos e reflexivos, tornou-se imensamente contemplativo, às vezes, no tabagismo, e estava acostumado em tais períodos a debater em sua própria mente a misteriosa questão da linhagem de Sophronia. A própria Sophronia supôs que era órfã; mas o senhor Swiveller, juntando várias pequenas circunstâncias, muitas vezes pensava que a senhorita Brass devia saber mais do que isso; e, tendo ouvido de sua esposa sua estranha conversa com Quilp, alimentou várias dúvidas se aquela pessoa, em sua vida, também não teria sido capaz de resolver o enigma se ele tivesse escolhido. Essas especulações, entretanto, não o incomodaram, pois Sophronia sempre foi uma esposa muito alegre, afetuosa e previdente para ele; e Dick (exceto por um surto ocasional com o senhor Chuckster, que ela teve o bom senso de encorajar em vez de se opor) era para ela um marido apegado e caseiro.

E eles jogaram centenas de milhares de partidas de *cribbage* juntos. E que se acrescente, para honra de Dick, que, embora a tenhamos chamado de Sophronia, ele a chamava de Marquesa do princípio ao fim; e que em cada aniversário do dia em que ele a encontrou em seu quarto de doente, o senhor Chuckster vinha jantar e havia grande comemoração.

Os jogadores, Isaac List e Jowl, com seu fiel confederado senhor James Groves, de memória incontestável, seguiram seu curso com sucesso variável, até que o fracasso de um empreendimento vigoroso em sua profissão os dispersou em várias direções e custou sua carreira receber um choque repentino do longo e forte braço da lei. Essa derrota teve sua origem na detecção adversa de um novo sócio, o jovem Frederick Trent, que se tornou, assim, o instrumento inconsciente da punição dele e de sua própria.

Quanto ao próprio jovem, ele se aventurou no exterior por um breve período, vivendo de sua inteligência, o que significa que o uso de cada faculdade, quando dignamente empregado, eleva o homem acima dos animais e, ao contrário, quando seu uso é degradado, afunda-o muito abaixo deles. Não demorou muito para que seu corpo fosse reconhecido por um estranho, que por acaso visitou aquele hospital em Paris onde os afogados estão guardados para ser reconhecidos, apesar das contusões e desfigurações que se diz terem sido causadas por alguma briga anterior. Mas o estranho manteve segredo até voltar para casa, e seu corpo nunca foi reclamado ou devidamente sepultado.

O irmão mais novo, ou o cavalheiro solteiro, pois essa designação é mais familiar, teria tirado o pobre professor de seu retiro solitário e feito dele seu companheiro e amigo. Mas o humilde professor da aldeia tinha medo de se aventurar no mundo barulhento e gostava de morar no antigo cemitério da igreja. Calmamente feliz em sua escola, e no local, e no apego de seu pequeno enlutado, ele seguiu seu curso tranquilo e em paz; e, pela justa gratidão de seu amigo, deixe que esta breve menção seja suficiente para isso, nunca mais foi um pobre professor de escola.

Esse amigo, um cavalheiro solteiro ou irmão mais novo, como queira o leitor, tinha em seu coração uma grande tristeza, mas isso não gerou nele nenhuma misantropia ou melancolia monástica. Ele saiu para o mundo, um amante de sua espécie. Por muito, muito tempo, foi seu maior deleite viajar nos passos do velho e da criança (tanto quanto ele poderia rastreá-los de sua última narrativa), parar onde eles pararam, compadecer onde eles haviam sofrido e regozijar-se onde eles se alegraram. Aqueles que haviam sido bons com eles não escaparam de sua busca. As irmãs da escola, elas que eram amigas dela, porque não tinham amigos; a senhora Jarley do teatro de cera, Codlin, Short, ele os encontrou todos; e, acredite em mim, o homem que alimentava o fogo da grande fornalha não foi esquecido.

Tendo a história de Kit se espalhado pelo mundo, ele criou muitos amigos e muitas ofertas de provisões para sua vida futura. A princípio, ele não tinha ideia de deixar o serviço do senhor Garland; mas, após sérios protestos e conselhos daquele cavalheiro, começou a contemplar a possibilidade de tal mudança acontecer com o tempo. Um bom posto foi conseguido para ele, com uma rapidez que lhe tirou o fôlego, por alguns dos cavalheiros que o haviam considerado culpado da ofensa imputada a ele e que agiram de acordo com essa crença. Por meio da mesma ação gentil, sua mãe foi protegida da necessidade e viveu muito feliz. Assim, como Kit costumava dizer, seu grande infortúnio acabou sendo a fonte de toda a prosperidade subsequente.

Kit viveu solteiro todos os seus dias ou se casou? Claro que ele se casou, e quem deveria ser sua esposa senão Bárbara? E o melhor de tudo foi que ele se casou tão cedo que o pequeno Jacob era um tio antes que as panturrilhas de suas pernas, já mencionadas nesta história, tivessem sido envoltas em calças de tecido grosso, embora isso também não fosse o melhor, pois necessariamente o bebê também era um tio. O deleite da mãe de Kit e da mãe de Bárbara pela grande ocasião é indescritível; descobrindo que eles concordavam tão bem nisso e em todos os outros assuntos, eles passaram a morar juntos e foram um par de amigos muito harmonioso daquele tempo em diante. E o Teatro Astley não ficava satisfeito por irem todos juntos uma vez por trimestre, para a geral, e a mãe de Kit sempre dizia, quando eles pintaram o exterior, que a última recompensa de Kit ajudara nisso, e me pergunto o que o gerente sentiria se soubesse ao passarem por sua casa!

Quando Kit teve filhos de 6 e 7 anos, havia uma Bárbara entre eles, e ela era uma linda Bárbara. Nem queria um fac-símile e uma cópia exata do pequeno Jacob, como ele apareceu naqueles tempos remotos em que lhe ensinaram o que significavam ostras. Claro que havia um Abel, próprio afilhado do senhor Garland com aquele nome; e havia um Dick, a quem o senhor Swiveller favorecia especialmente. O pequeno grupo costumava se reunir em torno dele durante a noite e implorar que ele contasse novamente a história da boa senhorita Nell que morreu. Isso Kit fazia; e, quando chorassem ao ouvir, desejando mais tempo também, ele lhes ensinaria como ela fora para o céu, como todas as pessoas boas faziam; e como, se fossem bons, como ela, poderiam esperar estar lá também, um dia, e vê-la e conhecê-la como ele havia feito quando era um menino. Em seguida, ele contaria como ele costumava ser carente e como ela lhe ensinara o que, de outra forma, ele era muito pobre para aprender, e como o velho costumava dizer "ela sempre ri de Kit"; com o que eles enxugariam as lágrimas e ririam ao pensar que ele dizia isso, e voltariam a ficar muito felizes.

Ele às vezes os levava para a rua onde ela havia morado; mas novas benfeitorias alteraram tanto a vizinhança que não era mais a mesma coisa. A velha casa havia sido demolida fazia muito tempo, e uma bela e larga estrada estava em seu lugar. A princípio, ele desenhava com seu bastão um quadrado no chão para mostrar a eles onde ficava. Mas ele logo ficou inseguro quanto ao local, e só podia dizer que estava por aí, pensou, e essas mudanças eram confusas.

Tais são as mudanças que acontecem em poucos anos, e assim as coisas vão passando, como uma história que se conta!

Fim